# 樂府續集

宋代卷

肆

郭麗 吴相洲 編撰

宋代卷

雜曲歌辭

近代曲辭

雜歌謠辭

新樂府辭

上海古籍出版社

## 卷一〇五　宋雜曲歌辭一一

### 荆州歌

陸　游

宋鄭樵《通志二十略·樂略一》「都邑三十四曲」曰：「《荆州歌》，今荆南府。」①

楚江鱗鱗緑如釀，銜尾江邊繫朱舫。東征打鼓挂高帆，西上湯豬聯百丈。伏波古廟占好風，武昌白帝在眼中。倚樓女兒笑迎客，清歌未盡千觴空。沙頭巷陌三千家，烟雨冥冥開橘花。峽人住多楚人少，土鐺争餉茱萸茶。《全宋詩》卷二一七二，册39，第24683頁

① 《通志二十略》，第919頁。

## 長干曲

周紫芝

黄昏明月上朱樓，簾旌射月香霧浮。畫欄垂手樓中女，對月低眉不舉頭。人似長干橋下水，一去悠悠幾千里。謾道嫁鷄逐鷄飛，長干夫婿那得知。《全宋詩》卷一四九六，册 26，第 17087 頁

## 長干行

陳與義

妾家長千里，春慵晏未起。花香襲夢回，略略事梳洗。妝臺罷窺鏡，盛色照江水。郎帆十幅輕，渾不聞櫓聲。曲岸轉掀篷，一見兮目成。羞聞媒致辭，心許郎深情。一床兩年少，相看悔不早。酒權娛藏鬮，園嬉索鬥草。含笑盟春風，同心以偕老。郎行有程期，郎知妾未知。鵠首生羽翼，蛾眉無光輝。寄來紙上字，不盡心中事。問遍相逢人，不如自見真。心苦泪更苦，滴爛閨中土。寄語里中兒，莫作商人婦。《全宋詩》卷一七五八，册 31，第 19585 頁

## 同前

陸　游

裙腰緑如草，衫色石榴花。十二學彈箏，十三學琵琶。寧嫁與商人，夫婦各天涯。朝朝問水神，夜夜夢三巴。聘金雖如山，不願入侯家。鄣袖庭花下，東風吹鬢斜。《全宋詩》卷二一九六，册40，第25075頁

## 邯鄲才人嫁爲廝養卒婦

曹　勛

清吴景旭《歷代詩話》「廝養卒」條曰：「楊升庵《樂府序》曰：『觀樂府有《邯鄲才人嫁爲廝養卒婦》篇，特亡其辭，亦失其解。及考《史記・張耳傳》洎《楚漢春秋》，并云：趙王武臣爲燕軍所獲，囚于燕獄，先後使者往請，輒爲燕所殺。趙有廝養卒，謝其舍中曰：「吾將載趙王歸。」舍中人笑之，乃走燕壁，以利害説燕將，燕以爲然，乃歸趙王。廝養卒御王以歸，武臣歸趙，以美人妻，養卒以報之，是其事也。』吴旦生曰：李蓘謂《張耳傳》祇云廝養卒，并無才人嫁爲婦語，曷以知所嫁者即此卒耶？陳耀文

謂此事《史》《漢》并同，注中俱無《楚漢春秋》字。余按，古辭已亡，謝朓所作，但言自宮閣而出，徒增悲羞，亦不及武臣陷燕意也。然據升庵引《張耳傳》洎《楚漢春秋》，明是兩種書，陳晦伯謂注中無『楚漢春秋』字，是不細看升庵一『洎』字也。升庵淹博，必見《楚漢春秋》有此語，因合《張耳傳》而并舉之，以立此説。《張耳傳》趙有厮養卒，蘇林注云：『厮，取薪者也。養，養人者也。』蓋厮主樵蘇，養主烹飪。此《通鑑》所謂竈下養中郎將也，本皆賤者之事。田子藝謂厮養卒當爲厮扈卒。按，《左傳》『厮役扈養』注，養馬者曰扈，炊烹者曰養，則扈别是一役矣。」①

落葉逐驚風，落花逐流水。漂零無定端，寄托隨所委。朝榮瑶圃中，暮落窮轍裏。豈不惡糟糠，豈不願羅綺。羅綺閉深宫，嫉妒交相靡。糟糠守窮廬，苦樂同終始。行藏宜自然，燕巢茅屋底。《全宋詩》卷一八八一，册33，第21067頁

---

①《歷代詩話》卷二七，景印文淵閣四庫全書，册1483，第280—281頁。

## 同前

趙　文

按，《全元詩》册九亦收趙文此詩，元代卷不復録。

鴛鴦異野鶩，鳳凰非山鷄。物生各有偶，非偶不并棲。昔爲叢臺人，今爲圉者妻。亦知久當棄，無乃太不齊。同時歌舞人，何異玉與泥。失身已至斯，違天將安歸。俛首衹自羞，有聲不敢啼。何緣夢到君王側，徹夜不眠聞馬嘶。《全宋詩》卷三六一一，册68，第43234頁

## 楊白花

劉　敞

宋李昉《太平御覽》引《三國典略》曰：「梁楊白花，字長茂，武都仇池人，大眼之子也，少有勇力，容貌瓌偉。」①宋王楙《野客叢書》曰：「今市井人言快樂，則有唱《楊白花》之説。

---

①《太平御覽》卷三八〇，第1754頁。

其事見《北史》。時有楊華者，本名白花，容貌瓌偉，胡太后逼幸之，華懼禍及，改名華，遯去。胡后追思不已，爲作《楊白花歌》，使宫人晝夜連臂蹋歌之，聲甚淒惻。柳子厚有《楊白花》詩。此正與漢宫人歌《赤鳳來曲》相似，見《趙后外傳》。」①元俞鎮《學易居筆録》曰：「《楊白花》，蓋惜時也，或以爲刺后德之亂。楊白，人名也。」②

飛飛楊白花，隨風渡江水。江水來不極，楊花去無已。鵶啼淺深樹，雪落千萬里。春風傷人心，綿綿復如此。《全宋詩》卷四六六，册9，第5647頁

## 同前二首

郭祥正

池水滿，宫柳長，胡地沙晴日色黄。自知憔悴容華改，朝來臨鏡懶梳妝。却尋携手舊遊處，拾得落花空斷腸。

---

①《野客叢書》卷二四，第279頁。

②［元］俞鎮《學易居筆録》，中華書局，1985年版，第2頁。

秋風起，黄葉飛，宫門深鏁日還西。背人一去音書斷，塞雁無情亦解歸。此恨此愁無處托，暗塵消盡縷金衣。《全宋詩》卷七五四，册 13，第 8790 頁

## 同前

劉奉世

詩序曰：「自郴徙隰，春云暮矣。楊柳依依，繁花委地，有女凝睇而不去者。問之，曰：『夫客遊不返五載矣，不若花之能相隨也。』」

春風吹百花，楊花飛惱人。誰家芍藥殿春後，花飛楊柳空暮春。春來復春去，春去又春來。陽阿歌白雪，落絮欲成灰。花若有情風引去，拂郎征衣點歸路。《全宋詩》卷八九一，册 15，第 10409 頁

## 同前

王　阮

天河秋來有時見，秋江人去無還期。南風北風日争吹，三十六宫空泪垂。塞鴻已作隨陽去，社燕寧諭故巢住。安得胡越爲一家，春風來訪紅桃花。《全宋詩》卷二六五六，册 50，第 31118 頁

## 同前

舒岳祥

按，《全元詩》册三亦收舒岳祥此詩，元代卷不復録。

楊白花，懊惱隨風渡江水。將心莫托少年郎，少年一去輕萬里。楊條插地便生根，花性飄揚似夢塵。恨不築城高萬丈，花飛莫放出重門。珠簾綉柱香雲護，祇有黄鶯知去路。《全宋詩》卷三四三六，册65，第40917頁

## 同前

魚潜

楊白花，誰教度簾幕。摇蕩春風能幾何，不比無情自漂泊。人生祇合作支離，長秋鴉啼江水落。《全宋詩》卷三七五八，册72，第45323頁

## 楊白華

司馬光

勸君勿嫌楊花太輕薄，籬下溝中紛漠漠。翠鬟婢子不勝愁，掃盡還飛滿朱閣。晚來風雨送行春，天無遊絲地無塵。雪狂絮亂安可得，孤樹青青愁殺人。《全宋詩》卷四九八，册9，第6015頁

## 同前

薛季宣

楊白華，柳眼自生息。風傳華落大江東，綰毬團絮無多力。柳眼落落不可見，淡蕩遊絲空萬億。由來宫樹未成陰，踏歌驚斷喧笳篴。《全宋詩》卷二四七五，册46，第28697頁

## 秦王卷衣

文同

宋洪邁《容齋隨筆》「文與可樂府」曰：「今人但能知文與可之竹石，惟東坡公稱其詩騷，又表出『美人却扇坐，羞落庭下花』之句。予常恨不見其全，比得蜀本《石室先生丹淵

集》，蓋其遺文也。於樂府雜詠，有《秦王卷衣篇》曰：『咸陽秦王家，宮闕明曉霞。……』其語意罙入騷人閫域。」①

咸陽秦王家，宮闕明曉霞。丹文映碧鏤，光采相鉤加。銅螭逐銀猊，壓屋矜蟠拏。洞户鎖日月，其中光景賒。春風動珠箔，鸞額金窠斜。美人却扇坐，羞落庭下花。閑弄玉指環，輕冰扼紅牙。君王顧之笑，爲駐七寶車。自卷金縷衣，龍鸞蔚紛葩。持以贈所愛，結歡期無涯。《全宋詩》卷四三二，册8，第5299頁

## 秦王卷衣曲

曹勛

六國斂衽朝秦王，秦王宮闕高相望。美人充積盈椒房，金珠鉛粉輝煌煌。昔爲花與玉，今爲糟與糠。感時悲舊事，無意惜年光。晝苦短，夜苦長。朝朝暮暮卷衣裳，誰復正爾恃紅妝。《全宋詩》卷一八八〇，册33，第21058頁

① 《容齋隨筆》四筆卷一一，第759頁。

## 妾换馬

于石

題注曰：「賦韋、鮑二生事。」按，《樂府詩集·雜曲歌辭》有《愛妾换馬》，《妾换馬》當出於此，故予收録。又，此詩《全宋詩》失收，今據《全元詩》收録，仍置本卷。

吾聞養馬欲代步，逐電追風遠馳騖。千金不惜買蛾眉，紅粉嬋娟事歌舞。二生一見投所好，恩愛相忘不相顧。馬辭槽櫪妾辭房，啜泣驕嘶思舊主。顛迷聲色固可憐，射獵馳驅亦何故。楚王重馬不重人，樂天賣馬留樊素。乃知所好各有偏，要匪人心真好惡。何如五花换美酒，一醉樽前閑笑語。烟波萬頃一扁舟，漁童樵青自夫婦。馬得馬失俱非福，妾留妾去吾何與。君不見項籍百戰死東城，安用駿馬與美人。《全元詩》，册13，第312頁

## 枯魚過河泣

釋文珦

爲魚當深潛，深潛身可肥。勿以風濤便，踊躍圖奮飛。風濤或遽止，處陸胡能歸。汝骸既

已腊，泣河計還非。生榮與死辱，二者相因依。富貴而亢極，後患亦豈微。功成泛五湖，鴟夷獨知幾。《全宋詩》卷三三二七，册 63，第 39688 頁

## 同前

宋 无

按，《全元詩》册一九亦收宋无此詩，元代卷不復録。

北溟有鯤，歕薄崑崙，氣吞積石摧禹門。過河河水枯，踪迹困泥途。垂涎向海若，能濟涓滴無。中流有魴鯉，不貸斗升水。巨口走噞喁，逆游莫若鮪。鯤兮鯤兮，爾泣何由。龍伯知，決雨津，倒天池。浲水横行，隨鯤所之。揚鰭爲謝魴與鯉，還有桃花春漲時。《全宋詩》卷三七二三，册 71，第 44743 頁

## 冉冉孤生竹

晁補之

按，原有總題作「擬古六首上鮮于大夫子駿。」「冉冉孤生竹」爲其四。宋鄭樵《通志二

十略·樂略一》「草木二十一曲」曰：「取古詩第一句作題。按何偃作此詩，所言者婚姻之事。」①宋葉庭珪《海録碎事》曰：「冉冉。『冉冉孤生竹，結根泰山阿。』冉冉，漸生進貌，阿，曲也。」②

## 同前

洪适

冉冉孤生竹，托根中谷卑。結髮事君子，江蘺近華池。江蘺榮有時，迨此春冰期。玉盤有嘉餐，思君以忘饑。棗下何纂纂，朱實亦離離。秋風一披拂，菀其爲枯枝。願垂太陽惠，照妾葵藿微。《全宋詩》卷一一二二，册19，第12763頁

按，原有總題《擬古十三首》，此爲其八。

---

①《通志二十略》，第923頁。

②《海録碎事》卷二二，景印文淵閣四庫全書，册921，第954頁。

冉冉孤生竹，成陰幽谷中。聿來君子室，葛藟施喬松。喬松千百尋，攀附猶可窮。思君江水深，褰裳難往從。同心而偏棲，愧彼摩霄鴻。灼灼芙蓉花，凌波媚芳風。非不努力愛，秋至無歸鴻。昔盟儻不寒，誰嘆久西東。《全宋詩》卷二〇七五，册37，第23413頁

## 薄暮動弦歌

曹勛

涼風生晚渚，碧草羅夕陰。置酒高樓上，延月開靈襟。穠妝映桃李，楚舞流清音。金石間絲竹，逸響飛華林。賓朋盡俊彦，然諾輕千金。遊俠事遐覽，倜儻卑陸沉。常恐芳菲歇，行樂乖寸心。良時難再得，有酒須頻斟。《全宋詩》卷一八七八，册33，第21047頁

## 羽觴飛上苑

董嗣杲

按，《全元詩》册十亦收董嗣杲此詩，元代卷不復録。

日色蕩曉香塵起，上苑春融錦屏裏。蕙枝小葉攢石臺，桃英亂糁浮池水。鱗波皺雲展翠

綃，羽幰逐風颯珠履。騮飛步裹蹀躞高，杯行聲度提壺美。提壺朝暮啼芳陰，啼盡東君脈脈心。螭毬流影晚陽淺，獸匜噴香淑景深。靈鼉鼓曲肯停調，緑蟻漾艷争歡斟。醉情得向芳辰暢，香車回碾銀蟾沈。《全宋詩》卷三五七〇，册68，第42679頁

## 武溪深

文同

宋李昉《太平御覽》引《善歌録》曰：「武溪水源出武山東南，流注于沅，故爲歌曰：『武溪深復深，飛鳥不能渡。遊獸不能臨。』又曰：下潦上霧。看飛鳥墮水中，即此也。」①宋鄭樵《通志二十略・樂略一》之「神仙二十曲」曰：「《武陵深行》，一曰《武溪深行》。」②明彭大翼《山堂肆考》曰：「《武溪深》，樂府笛曲也，馬援征南作。援門客爰寄生善吹笛，令吹以和之。」③

①《太平御覽》卷六七，第321頁。
②《通志二十略》，第921頁。
③《山堂肆考》卷一六〇，景印文淵閣四庫全書，册977，第249頁。

嶠南之武溪，其深不能測。潭潭滀瘴癘，水色重如墨。昏然潦霧作，上下毒氣塞。仰視高飛鳶，跕跕墮兩翼。交州惡女子，制馭費銜勒。伊余繆兵寄，得總浪泊役。常甘馬革死，持此期報國。卧念少游言，從之何可得。《全宋詩》卷四三二，册8，第5304頁

## 同前

劉敞

武溪之水兮，日夜而東流。淺不可厲兮，深不可游。武溪之山兮，高下而相乘。卑不可越兮，危不可憑。毋水于憾兮，毋山于仇。庚庚武溪兮，曷云其尤。《全宋詩》卷四六三，册9，第5618頁

## 同前

周紫芝

五谿妖蠻盤瓠種，穴狐跳梁恃餘勇。漢庭老驥聞朔風，兩耳如錐四蹄踴。南方毒霧墮跕鳶，五谿谿深軍不前。健兒六月半病死，欲渡五谿無渡船。將軍誓死心獨苦，本爲官家誅黠虜。誰知君側有讒徒，剛道將軍似賈胡。人生富貴一衰歇，會令薏苡成明珠。祁連高結衛青冢，文

淵槁葬無人送。至今行客武溪傍，誰爲將軍一悲慟。《全宋詩》卷一四九六，册 26，第 17083 頁

## 武溪深呈廣帥蔣修撰

郭祥正

滔滔武溪一何深，源源不斷來從郴。流到瀧頭聲百變，誰將玉笛傳餘音。潺潺泠泠兮可以冰人心，胡爲其氣兮能毒淫。漢兵卷甲未得渡，飛鳶跕跕墮且沉。天乎此水力可任，釁血安足腥吾鐔。功名難成壯士恥，馬革裹尸亦徒爾。伏波一去已千年，古像蕭蕭篁竹裏。風來尚作笛韻悲，宛轉悠揚逐船尾。如今天子治文明，柔遠懷來不用兵。武溪無淫亦無毒，清與滄浪堪濯纓。臨瀧更憶昌黎氏，始末緣何不相類。能言佛骨本無靈，可惜咨嗟問瀧吏。湘妃之碑尤近怪，頗學女巫專自媚。固當褒馬聊黜韓，補葺須令賢者備。元戎喜遇蓬瀛仙，武溪探古傳新篇。東君吁嘻龍蜃走，北斗挹酌河漢懸。勸君莫倚隴笛之悲音些，勸君清歌兮援玉琴些。琴聲寫出堯舜心，堯舜愛民無遠邇。君不見薰風兮來自南些。《全宋詩》卷七四九，册 13，第 8734 頁

# 續武溪深

蔣之奇

滔滔武溪一何深，鳥飛不渡，獸不能臨。嗟哉武溪何毒淫。自注：以上馬援辭，以下余所續。飛湍瀑流瀉雲岑，砰激百兩雷車音。吾聞神漢之初始開斸，史君姓周其名煜。至今廟在樂昌西，苔蘚殘碑僅堪讀。武水之源自何出，郴州武縣鸕鷀石。南入桂陽三百里，峻瀨洪濤互淙射。其誰寫此入新聲，一曲馬援門人笛。南方耆舊傳此水，樂昌之瀧兹乃是。退之昔日泛潮陽，曾到瀧頭問瀧吏。我今以選來番禺，事與昌黎殊不類。未嘗神色輒慞慌，何至形容遽憔悴。但憐歲晚毛鬢侵，故園一别至於今。溪光罨畫清且淺，朱藤覆水成春陰。何爲在此嬰朝簪，翩然走馬馳騄駸。南逾瘴嶺窮崎嶔，梅花初開雪成林。韶石仿佛聞舜琴，曹源一滴清人心。遠民安堵年穀稔，百蠻航海來獻琛。嗟余才薄力不任，報君夙夜輸誠忱。布宣條教勤官箴，有佳山水亦出尋。樂平吾樂何有極，不信弦歌武溪深。《全宋詩》卷六八七，册12，第8024頁

## 武溪歌

無名氏

按，此詩雖名《古樂府》，然以「武溪深復深」開篇，與《樂府詩集・雜曲歌辭》所收馬援、劉孝勝《武溪深行》首句「滔滔武溪一何深」「武溪深不測」類同，故置《武溪深》題下。

武溪深復深，飛鳥不能渡，獸遊不能臨。《全宋詩》卷三七四一，册72，第45124頁

## 廬山高贈同年劉中允渙歸南康皇祐三年

歐陽修

宋袁文《甕牖閒評》曰：「唐李端有《巫山高》一篇，歐陽文忠公作《廬山高》以擬之。而《韶州圖經》載馬援南征，其門人轅寄生善吹笛，援爲作歌和之，名曰《武溪深》，則《廬山高》亦《武溪深》之意也。」①按，《樂府詩集》無《廬山高》，然據袁文《甕牖閑評》所載，歐陽修《廬

① ［宋］袁文撰，李偉國點校《甕牖閒評》卷五，中華書局，2007年版，第78頁。

山高》亦《武溪深》之意，故予收録，置於《武溪深》後。

廬山高哉幾千仞兮，根盤幾百里，巀然屹立乎長江。長江西來走其下，是爲揚瀾左里兮，洪濤巨浪日夕相舂撞。雲消風止水鏡净，泊舟登岸而遠望兮，上摩青蒼以晻靄，下壓后土之鴻厖。試往造乎其間兮，攀緣石磴窺空谾。千巖萬壑響松檜，懸崖巨石飛流淙。水聲聒聒亂人耳，六月飛雪灑石矼。仙翁釋子亦往往而逢兮，吾嘗惡其學幻而言哤。但見丹霞翠壁遠近映樓閣，晨鍾暮鼓杳靄羅幡幢。幽花野草不知其名兮，風吹露濕香澗谷，時有白鶴飛來雙。幽尋遠去不可極，便欲絶世遺紛痝。羨君買田築室老其下，插秧盈疇兮釀酒盈缸。欲令浮嵐暖翠千萬狀，坐卧常對乎軒窗。君懷磊砢有至寶，世俗不辨珉與玒。策名爲吏二十載，青衫白首困一邦。寵榮聲利不可以苟屈兮，自非青雲白石有深趣，其氣兀硉何由降。丈夫壯節似君少，嗟我欲説安得巨筆如長杠。《全宋詩》卷二八六，册6，第3628頁

## 和廬山高韻

王　柏

北山之北幾千古兮，峭嵐層嶂數百疊，巋然横枕乎浙江。歷潛岳石磴綿延而上，是爲山橋

之絶景兮，驚霆噴雪終歲聲擊撞。風柔日暖花氣發，綦屨杖策而一遊兮，躋攀分寸獵犖确，如躡太虛之渾龐。峭壁立之萬仞兮，著亭對峙窺谽谾。雲中泉石更磊磊，玉虹步步鳴淙淙。清風滿峽振衣袂，清湍修竹飛斜矼。目極千里倚層檻，烟光晻曖兮，樓臺城疊隱隱呈紛哤。上有陽精陰魄走飛轂，下有蜷松偃柏驂旌幢。安期棋局在何處，時有平空特起雲車雙。洞陽有館足高卧，神融氣一澄世痝。參横斗轉萬籟寂，夜夜山鬼窺燈缸。羡君胸中隘宇宙，通明疏暢開八窗。手闢書堂攬奇秀，芳聲聞帝所錫奎畫昭回五色瑀貞玒。涵蓄平生霖雨志，不應懷寶迷其邦。羞芝餱菊我輩事，春猿秋鶴心空降。誠欲遂公赤松黄石約，更書旂常功業垂朱杠。《全宋詩》卷三一六八，册 60，第 38036 頁

# 卷一〇六　宋雜曲歌辭一二

## 古意

薛季宣

按,《樂府詩集·雜曲歌辭》有《淫思古意》,又有沈佺期《獨不見》(一曰《古意呈補闕喬知之》),鄭樵《通志二十略·樂略一》「古調二十四曲」於《淫思古意》前又有《古意》。盧照鄰《長安古意》,《文苑英華》亦收入「樂府」。薛季宣《浪語集》置此詩於「樂府」類,故予收録。又,《全宋詩》卷一〇二七有《古意》云:「太華峰頭玉井蓮,開花十丈藕如船。冷比雪霜甘比蜜,一片入口沉痾痊。我欲求之不憚遠,青壁無路難夤緣。安得長梯上摘食,下種七澤根株連。」①《全宋詩》據明萬歷《御製重刻古文真寶》前集卷四作黄庭堅詩,然宋陳景沂《全芳備祖·前集》卷一一,清陳元龍《格致鏡原》卷七二,《全唐詩》卷三三八均作韓愈詩,當爲《全宋詩》誤收,故本卷不録。

---

① 《全宋詩》卷一〇二七,册17,第11740頁。

荷芰藕生蓮，每憶心中苦。擬掇斷根苗，絲結千千縷。《全宋詩》卷二四七五，册46，第28695頁

## 同前

釋智圓

登山伐樵柯忽折，臨井汲泉綆仍絶。音信不來無處説，朔風飄飄滿天雪。《全宋詩》卷一三六，册3，第1533頁

## 同前

夏竦

重上青樓拂蛛網，却匀愁黛對菱波。也知新舊争多少，敢話機頭織素多。《全宋詩》卷一六一，册3，第1816頁

## 同前六首

宋祁

薄宦若秋蒂，飄然去林枝。盲風不我愛，吹墮清淮湄。淮南苦憀慄，九月繁霜飛。晚蕙相

爲嘆，崇蘭偕此衰。凋落雖云苦，芬香終不移。但願陽春動，要當三秀期。《全宋詩》卷二〇五，册 4，第 2345 頁

博妖齊許取侯封，褒貶都歸竹帛中。三虎有無空逞辯，一狐埋伏妄貪功。輪囷自許先枯木，首鼠何曾忌禿翁。堪笑雲羅彌藪澤，不知天外有冥鴻。《全宋詩》卷二一三，册 4，第 2455 頁

肆威矜逐逐，索黨恣狺狺。盜跖真知道，餘財欲汙人。

青松獨受命，停雪待陽春。一遇樵人斧，同成樸樕薪。

虎嘯雲巖下，風生林嶺隅。須防威可假，慎勿逐城狐。

持鷸蚌謀壯，貪蟬鵲意深。漁人一拱手，彈者笑依林。《全宋詩》卷二二一，册 4，第 2550 頁

## 同前三首　梅堯臣

故人留雅曲，今與新人彈。新人聽不足，復使後人歡。《全宋詩》卷二三四，册 5，第 2736 頁

月缺不改光，劍折不改剛。月缺魄易滿，劍折鑄復良。勢利壓山岳，難屈志士腸。男兒自有守，可殺不可苟。《全宋詩》卷二三八，册 5，第 2764 頁

林中即鹿人，常爲虎所即。虎豈援鹿者，亦各求其食。趨利不顧害，禍患安可息。古來遁

世士，輕彼用智力。《全宋詩》卷二六一，册5，第3334頁

## 同前五首

釋契嵩

風吹一點雲，散漫爲春雨。洒余松柏林，青葱枝可取。持此歲寒操，手中空楚楚。幽谷無人來，日暮意誰與。

君莫笑支許，寂寞非愚懵。君莫輕嵇阮，山林有清興。人生徒百歲，樂少憂還剩。萬事漫短長，無如使道勝。爾非傲世士，高蹈釣名稱。但謝區中緣，甘心棲石磴。澄空白日飛，世事終無應。不如省爾誠，自言還自贈。

雲中見雙鳥，高飛揭日月。毛羽賁文章，翱翔異鷹鶻。倏然邈千里，竟不顧林樾。春風漫飄颺，勁翮更超忽。陌上遊俠子，窺爾徒倉卒。雖有金彈丸，睥睨不敢發。因知奇異資，自保長超越。回視黄雀群，胡爲戀塵埒。

堪笑浮雲高，凌虚翳日星。寧作蘭蕙幽，草中自芳馨。自足乃天分，未需爾虚靈。掩翳之所惡，胡爲久亭亭。古來曠達士，浪迹多晦暝。山林惜長往，藏用亦藏形。愚谷不可及，窅然還自寧。嗟余亦羨此，岑寂養頹齡。

窮品偶真叟，授我一卷書。深林值幽人，遺我斧與鋤。斧鋤亦奚爲，教養材與蔬。荒穢必須剪，使之藹自如。授書欲胡爲，教爾心與軀。學必先正己，自治乃及餘。此意有嘉訓，佩之未始除。如何悠悠人，自謬欲是渠。相習成薄俗，尠德懷籧篨。吾裁此俚語，憑君爲傳諸。《全宋詩》卷二八〇，册 6，第 3562—3563 頁

## 同前

張方平

灝灝元氣淳，茫茫太古迹。文巧不勝煩，發機自三畫。盟詛復誥誓，民心日澆弊。蕩然返太初，祖龍亦深意。傾奪損生理，世人多夭死。誠哉繫系言，乾坤有時毁。《全宋詩》卷三〇八，册 6，第 3881 頁

## 同前三首

劉敞

相逢偶相識，相識竟相離。會知别情苦，寧作未相知。相見如夢中，夢中還相見。薄帷鑒明月，恍惚仍對面。

主父昔未仕，頗爲鄉人輕。上書雖晚達，稱説何縱横。不忍脱粟飯，甘爲五鼎烹。豈不愛厥身，徒爲喪其生。吾聞南山翁，軒冕不得榮。

柳下不違俗，獨耻伐國言。三黜何嘗憂，一問遂慘然。世衰狙詐用，賢者防其源。孟軻不言利，顧有仁義存。何乃百世後，功名爲時敦。《全宋詩》卷四七〇，册 9，第 5692—5693 頁

## 同前

王安石

采芝天門山，寒露浄毛骨。帝青九萬里，空洞無一物。傾河略西南，晶射河鼓没。蓬萊眼中見，人世嘆超忽。當時棄桃核，聞已撑月窟。且當呼阿環，乘興弄溟渤。《全宋詩》卷五四〇，册 10，第 6494 頁

## 同前

劉攽

牛刀割雛鷄，未足爲深耻。奈何狐父戈，資以斸牛矢。魯人稱家丘，會計當而已。郢匠不揮斤，其質久已死。

秉心若松柏，潔志如雪霜。松柏摧爲薪，雪霜晞春陽。乃知丈夫勇，萬物無以方。賜兮不受命，棖也安得剛。《全宋詩》卷六〇〇，册11，第7080頁

## 同前

黄希旦

大道長閒，人心自草草。天地固無私，賢愚同一老。誰信丹丘人，顔色常美好。我亦斯人徒，相從須及早。君看東流波，日夜長浩浩。《全宋詩》卷七二二，册12，第8355頁

## 同前四首

張耒

《全宋詩》題注曰：「原題作《古意》，連作一首，據吕本改。」

園中楊柳樹，飛舞似含羞。如何風静處，盡放眼中愁。

金鋪銀屈膝，動處有人挨。棋盤作十字，中心爲子來。

橘犀如半月，何日是圓時。如何一種味，却有兩人知。《全宋詩》卷一一六〇，册20，第13083頁

樓上珠簾拂疏綱，却匀愁黛對凌波。也知新舊争多少，敢話機頭織素多。《全宋詩》卷一一七四，册20，第13260頁

## 同前

王實

少年紅顔女，敷芬對芳樹。盈盈淡艷妝，清歌雜妙舞。凝睇倚高樓，桐絲試一譜。世間知音稀，誰識姱節素。清貞守幽閨，不作凡子婦。容華委西山，良人來何暮。空床思悠悠，明月正當户。《全宋詩》卷一一九〇，册20，第13446頁

## 同前

李新

虎頭自食肉，何在識一丁。五言纖巧詩，便嘆當長城。讀書髮早白，不讀鬢晚青。窮邊物蕭條，鳥雀下空庭。雖亡好事者，勿廢草《玄》經。

無分清濁流，殺爾投河伯。無結死生交，一死生便隔。模棱不失事，禍起分黑白。百年過逆旅，今是長安客。

嗟來吐食死，漂母愛王孫。等是乞憐人，一飽何足論。東方老先生，笑傲忘至尊。朔饑侏儒飽，且用長短分。

野人孤鶴姿，與雲相伉儷。百禽相和鳴，了不關鶴意。彼美靚閨女，窺户欣客貴。復有琴心挑，中夜駕車至。詞章燦星漢，市門甘滌器。竟使誰病痟，野人却歔欷。《全宋詩》卷一二五三，册21，第14158頁

## 同前

周行己

南山有玄豹，七日不下食。欲澤雨露潔，成彼文章飾。皮成爲身菑，不如生羽翼。只愁羽翼成，復遭羅且弋。《全宋詩》卷一二七三，册22，第14379頁

## 同前四首

李　綱

鸞鳳招不來，鴟鳶麾不去。君看酒肉敗，坐使醯鷄聚。小人爲身謀，無復及遠慮。國擞身亦危，何殊木中蠹。

薰蕕不同器，梟鸞不接翼。君看冰炭姿，燥濕更相息。消長本天行，否泰非人力。須知坦蕩蕩，自勝長戚戚。

嘉木難封植，惡木費剪除。君看種榆柳，横直皆扶疏。梟梟不自畏，更欲陵天衢。不知歲寒後，松柏誰彫枯。

松柏寒更青，蕙蘭幽自芳。君看繞指柔，何似百煉剛。逐物成俯仰，隨時變炎涼。悲哉小人態，所得真毫鋩。《全宋詩》卷一五六五，册27，第17766頁

## 同前

呂本中

茂陵消渴遠山眉，那得閒情到緑絲。一曲白頭吟未了，回文字字起新詩。《全宋詩》卷一六二八，册28，第18262頁

## 同前三首

鄧　肅

妾身如暮雲，陰霾愁漸濃。郎來如曉色，日高雲自空。曉色未應夜，愁雲不可重。會持一

杯酒，舉室生春風。

妾心如寒梅，隨郎遍江東。妾當作郎身如飛雪，知落何亭中。雪花故清絕，何人能擊節。梅花歲歲春，千秋香不滅。

妾如傍籬菊，不肯嫁春風。郎如出谷鶯，飛鳴醉亂紅。亂紅有何好，風雨一夕空。菊英雖枯淡，不愁霜露濃。《全宋詩》卷一七七六，册 31，第 19721 頁

## 同前三首

王銍

茅檐秘秀色，從古嘆不遭。遊子去未返，徒使寸心勞。朝嘆江海深，夜視星斗高。歸期約春風，今已木葉凋。一日兩回來，看取門前潮。《全宋詩》卷一九〇五，册 34，第 21291 頁

有恨匆匆別，無期緩緩歸。天涯作孤客，樓上對斜暉。目斷路不斷，魂飛花更飛。無多清滴泪，恐損別時衣。《全宋詩》卷一九〇七，册 34，第 21305 頁

歌聲怨極珠難續，琴韻愁深水易分。公子何須賦巫峽，夢中真復有朝雲。《全宋詩》卷一九〇九，册 34，第 21320 頁

## 同前

李　吕

鵄鴞嘲鳳凰，飛鳴競啾啾。鳳兮問彼鴞，見憎何因由。我居在丹穴，下瑞暫來遊。梧桐與竹實，食息無外求。爾本挾妖怪，隱身向陰幽。所至興禍事，觜爪藏戈矛。晝伏作鼠態，白日照可羞。臭腐適其願，惡類自與儔。志尚素不同，何殊風馬牛。嗟予月旦評，豈論汝劣優。汝道自取薄，安得妄怨尤。自古盜憎主，何異鵄輩流。有如夫子聖，武叔非宿仇。臧倉沮孟氏，豈爲魯君謀。但當礪風節，汝自曲如鉤。《全宋詩》卷二一一〇，册38，第23816頁

## 同前

姜特立

共綰同心結，那知有别離。對人争忍説，不敢畫蛾眉。《全宋詩》卷二一一〇，册38，第24154頁

## 同前三首

陸　游

紲足飼飢鷹，鷹飽意未平。伏櫪豈不安，老驥終悲鳴。士生固欲達，又懼徒富貴。素願有未伸，五鼎淡無味。茅屋秋雨漏，稻陂春水深。長歌傾濁酒，舉世不知心。《全宋詩》卷二一五八，册39，第24357頁

千金募戰士，萬里築長城。何時青冢月，却照漢家營。

夜泊武昌城，江流千丈清。寧爲雁奴死，不作鶴謀生。《全宋詩》卷二二三二，册41，第25642頁

## 同前

朱　熹

兔絲附樸樕，佳木生高岡。弱蔓失所依，佳木徒蒼蒼。兩美不同根，高下永相望。相望無窮期，相思諒徒爲。同車在夢想，忽覺泪沾衣。不恨歲月遒，但惜芳華姿。嚴霜萎百草，坐恐及兹時。盛年無再至，已矣不復疑。《全宋詩》卷二三八三，册44，第27466頁

## 同前

林亦之

深夜步秋檐，明月照石階。所憶不可見，乃愛徒興懷。我欲挂天帆，長江風浪摧。我欲跨緑耳，蒼林烟雨回。只有坐長想，佳人安在哉。何時覿來袂，雙目冏冏開。《全宋詩》卷二五〇八，册47，第28991頁

## 同前

楊冠卿

渥窪天馬倈，虎脊而龍膺。追電籋浮雲，滅没如流星。絡以黄金鞿，閑之白玉京。王良驂帝御，望舒引前旌。朝踏交河冰，暮清瀚海塵。歸憩華山陽，談笑静甲兵。胡爲芻豆拘，下與駑駘并。羊腸困九折，鹽車縶長纓。懸金方市駿，引脰聊一鳴。伯樂肯回顧，價其十倍增。《全宋詩》卷二五五四，册47，第29625頁

## 同前二首

趙　蕃

齊王昔好竽，有客工鼓瑟。持之立王門，三年不得入。不知所好異，卒致遭怒叱。我今幸早計，歸去無自逸。

曾聞蜀道難，難於上青天。蜀道難何以，嵯峨劍門關。未抵鄱陽湖，無風浪掀船。脱身其早歸，無汙蛟鱷涎。《全宋詩》卷二六一八，册49，第30411頁

## 同前二首

王　阮

西風策策翻葉鳴，錦機停梭人暗驚。歸心欲附潮頭去，潮頭不肯到湓城。

洞庭九月湖水乾，倒影夜瞰星斗攢。水官籥浪蹴寒玉，船過兩耳聲珊珊。《全宋詩》卷二六五六，册50，第31108頁

## 卷一〇七　宋雜曲歌辭一三

### 古意

洪咨夔

條風從東來，習習振枯槁。美人倚窗闈，别思忽已早。自注：兩句夢中得。昔爲連理枝，今爲斷腸草。鷄號天五更，髮白不待老。《全宋詩》卷二八九四，册55，第34563頁

### 同前

劉克莊

吾夫子喜稱遺逸，太史公亦傳滑稽。堯帝杯曾遜巢許，自注：邵云：唐堯揖遜三杯酒。武王粟不飽夷齊。拾來穗即萬鍾禄，采下薇堪百甕虀。不是狂言大無當，聞之齧缺與王倪。《全宋詩》卷三〇七八，册58，第36718—36719頁

## 同前

吴陵

莫結蕩子心，恩情信難保。楊花縱可變，奈是浮萍草。《全宋詩》卷三〇八五，册59，第36798頁

## 同前

趙崇嶓

阿母帶兒出，兒行自回皇。兒不倦行路，遣兒心内傷。問兒何所傷，兒語不敢詳。將兒雇織作，不忍織鴛鴦。《全宋詩》卷三一七一，册60，第38083頁

## 同前三首

葉茵

悠悠澗邊人，濺濺澗中水。水流無返時，人生流水耳。《全宋詩》卷三一八四，册61，第38196頁

逝波不可回，白鳥不可馴。古人成感慨，今人猶古人。

境空納風月，心遠辭埃塵。終日窮目力，得景亡天真。《全宋詩》卷三一八五，册61，第38210頁

## 同前

俞桂

無言情脈脈，美人久相隔。道阻修且長，春草幾番碧。鳳釵冷鬢雲，鸞鏡輕雲冪。昔爲比翼鳥，今作孤飛翮。愁絶寄郎衣，腰瘦裁宜窄。《全宋詩》卷三二七七，册62，第39050頁

## 同前

釋文珦

難與時流道，憂心常悄悄。古道貴平易，今人尚機巧。好古而居今，每飯不能飽。來往無嫌猜，唯知愛沙鳥。

逝水尚東流，白日易西没。悠悠天地間，二物何飄忽。促迫於生人，緑鬢成華髮。昧者不自知，終朝常汨汨。利欲沈厥身，其本已先蹶。孰若繕真性，以自固靈骨。

老梅何偃蹇，雪時方始花。自守歲寒性，不肯隨春華。隱人適然見，移植溪水涯。瘦影無陽艷，清香絶淫邪。閒静如隱人，隱人心所嘉。樵牧無見侵，以貽隱人嗟。

自昔真仙道，恬淡而無爲。以之固靈根，遠寄或可期。秦皇與漢武，縱欲不知疲。既已長

中國，復欲威四夷。其性忍而愎，舉非仙者資。天監常昭晰，詎容肆謾欺。不自省其衷，妄冀苟得之。所願竟無成，徒爲後人嗤。《全宋詩》卷三三一六，冊63，第39520頁

## 同前

胡仲弓

流水滔滔去不回，好花能得幾時開。丁寧莫剪門前竹，留雨三竿待鳳來。《全宋詩》卷三三三五，冊63，第39810頁

## 同前二首

王義山

按，其一《全宋詩》卷一一九〇又作王實詩題辭皆同，兹不復録。

少年紅顏女，敷芬對芳樹。盈盈淡艷妝，清歌雜妙舞。凝睇倚高樓，桐絲試一譜。世間知音稀，誰識姱節素。清貞守幽閨，不作凡子婦。容華委西山，良人兮何暮。空床思悠悠，明月正當户。

東籬采秋菊，秋菊清且香。采之欲寄誰，聊以寓感傷。感傷何所思，故人天一方。故人日以遠，思君豈能忘。瞻望兮弗及，西山傾夕陽。黄昏人倚樓，一聲笛何長。《全宋詩》卷三三五二，册64，第40077頁

## 同前

徐集孫

彼美山中桐，千古生清風。斲削羅徽弦，不費膠漆工。伊石臺有梅，月冷雲空濛。一彈彈春江，遲日春融融。再彈彈招隱，霜木吟樵楓。三彈彈離騷，感慨古道隆。大羹玄酒味，旨趣回顓蒙。世無子期耳，知音未易逢。袖手長太息，所聽何不同。所聽非不同，舉世鄭衛聾。《全宋詩》卷三三九〇，册64，第40326頁

## 同前

舒岳祥

按，《全宋詩》册三亦收舒岳祥此詩，元代卷不復録。

客從南方來，遺我薰風琴。薰風未易致，且奏易水吟。高浪忽起立，四顧變愁陰。征馬立踟躇，旁人泪沾襟。壯士不畏死，怒髮豎森森。長揖辭四坐，秦關無阻深。燕客視秦王，已若罝中禽。一朝事不成，易水有悲音。請君且勿彈，此曲傷人心。《全宋詩》卷三四三五，册 65，第 40898 頁

## 同前十一首

方一夔

按，《全元詩》册一四亦收，作方夔詩，元代卷不復録。

龍文雙寶劍，誰鑄吴山英。秋水光的皪，俯視千金輕。猶餘報仇血，白帝金天精。百用不缺折，潛鋒埋故城。芒角不可掩，氣衝牛斗星。卓哉兩達士，一旦出幽冥。顯晦各有數，飛沈兩無情。孤雄顧其雌，玉匣時悲鳴。吴楚隔千里，滄波會神靈。一體互分合，變化不暫停。悠悠劍津水，早暮風雲生。

陽聲鼓群動，更變無停機。至人奪造化，假合出範圍。渭川起老龍，一龍不得隨。化爲百尺竹，玉立青差差。仙人去市門，三年願相依。金丹遲不就，失路將安歸。臨分投之杖，平地去如飛。還家尚肉眼，棄擲不復持。回首失踪迹，飛騰息天池。惟餘萬叢玉，年年長新枝。猶疑

風雨夜，回龍嘯空陂。

秦皇滅諸儒，若人媚幽獨。偶來得名山，依山結茅屋。希聲陶淳風，無意蔪絶俗。兒孫日以遠，幾見碧桃熟。漁郎從何來，延緣寒溪緑。兹游窺天秘，平生未經目。頗見有此容，父老邀我宿。清談略晉魏，世路嗟翻覆。淹留信可樂，離念苦羈束。幡然理回棹，瑟瑟風吹足。往來記行迹，溪路三四曲。機心不自閟，何事驚麋鹿。回首不逢人，白雲渺空谷。

遼海有黄鶴，修然出塵姿。結巢青松頂，百丈無柯枝。磐石護其卵，清露哺其兒。一朝羽翼成，丹霄恣遨嬉。夕倦宿月窟，朝飢飲瑶池。升高忽反顧，昔是今已非。歸來三嘆息，塵俗無由知。焉能與衆鳥，碎啄隨雄雌。欲語不可了，復作摩天飛。仰望邈不及，千載留餘悲。《全宋詩》卷三五二九，册67，第42215—42216頁

子房英特人，易老窮根柢。縱横出妙用，萬變不離體。當其報秦時，家難不顧弟。揮椎搗祖龍，結客自燕薊。天地爲震動，此身一稊米。秦亡志雖酬，韓破顔仍泚。來謁龍準公，投機類天啓。中原紛戰争，兩强力難觝。雍容談笑間，國耻竟刷洗。舊君有反服，臣子獵盡禮。雄心就斂退，勛業猶唾涕。仙人在何許，高步凌北濟。鑿舊抄本作餐松作糗糧，煮石當酒醴。千載邈高風，仰望首重稽。《全宋詩》卷三五二九，册67，第42219頁

老樵腰短斧，竭來此山中。林深絶人迹，邂逅兩老翁。石上安棋局，零落歸飛鴻。置斧偶

坐睨，終竟誰雌雄。低頭欲借問，冉冉巢雲松。索寞下山去，樹杪餘殘紅。不知歲月遠，但見邑屋空。神仙在何處，只與人世同。眼浄偶自見，心到遥相通。片時處仙境，百年坐春風。區區笑劉吕，妄覓蓬萊宫。

誰斧若木枝，銅榦蒼玉葉。年年來滄波，疑與溟渤接。戲携赤玉舄，跨此寒岌嶪。飄然造殊庭，不用維與楫。浩浩吹天風，凉氣入衣裓。拍浮天漢濱，匏瓜芒爗爗。黄牛不服箱，放繩掉長鬣。素娥不織裳，抛梭理香頰。千年蒼蘚痕，機杼空妥帖。疑是媧皇土，藏去壓歸篋。歸來不知處，滿目迷空堞。惟有賣卜人，知向天根躡。

翩翩南昌尉，來自九江西。天關列虎豹，欲進無階梯。臣有治安策，不忍死窮棲。浮浮山林氣，披褐朝金閨。上言訐貴戚，下言憫群黎。肉食久喑默，狂叫發草藜。臣言可采擇，寸刀舊抄本作刃刳鯨鯢。一再不合意，反旆風凄凄。君綱墜不振，况復子與妻。自諧塵外約，東遊隱會稽。

武夷千餘仞，山上巢群仙。曾遊析木津，醉墮白玉船。其下誰換骨，潤州小嬋娟。炯炯玉蓮鎖，棲之此山顛。丹砂一點染，靈化誰控摶。塵根洗不盡，展轉來凡間。從言一念失，巫山渺雲烟。徒然八十返，空度三千年。

牧牛長得嬉，牧馬長得騎。惟有牧羊苦，奔走脚脱皮。道人不我惜，令作牧羊兒。我羊數萬頭，豈不爲渴飢。食草百步間，寒碧青萋萋。少許自爲足，不慕飽與肥。羊眠即化石，羊行不跳籬。竟日卧松下，誰知藉金閨。紫烟横石室，兄來莫相疑。

博浪不成功，偶此脱民籍。客從何方來，年紀約五百。相逢昧平生，視我猶厮役。知是羲皇人，來去了無迹。神機不忍閟，袖有青囊册。讀之盡緑字，歷歷幕中畫。十年風塵中，談笑等兒劇。清濁同一源，凡聖本無隔。願言邈清風，歸來抱山石。《全宋詩》卷三五二九，册67，第42223—42224頁

## 同前十三首

俞德鄰

迢迢長安道。古堠雙復隻。遊子辭家去，去去何所適。素商昔轉玄，朱羲今由白。悠悠世路艱，江湖虎豹宅。楊朱泣途窮，魯叟悲麟獲。願言弛負擔，歸與慰岑寂。

亹亹天上雲，滔滔海中波。時哉不我與，况復未息戈。浮氛冒曾嶺，君去將如何。君吟《行路難》，妾思《扊扅歌》。積憂儻心痗，采蕨南山阿。

悠悠君何之，煢煢妾影隻。蕭蕭兩鬢絲，寒衣不堪織。縱使堪織衣，練能成幾尺。西窗暗雨鳴，孤燈耿復滅。君心如妾心，妾心匪木石。

皎皎天上月，輝光燭蓬門。蓬門亦何有，古鏡堂上懸。妾心如古鏡，磨盡明不昏。君心鏡上塵，磨去不復存。猗嗟賤妾心，與君難具論。

憶妾初嫁時，感君塗蔇茨。嫁君未三載，君行河北陲。長庚耿天際，飯粟羹伏雌。君云去不遠，五月當來歸。聞君往從軍，裘馬事輕肥。蓬蒿没深巷，風露凄妾衣。夫君豈不念，將由道路逶。道路或孔邇，妾憂寧不知。《全宋詩》卷三五四四，册67，第42387—42388頁

丹穴九苞鳳，荆州一角麟。聖明久不作，舉世誰見珍。紛紛賀厦雀，乃復爲嘉賓。嘉賓蓄爾輩，麟鳳何由馴。

真玉名以石，貞士誣以詐。古今率皆然，何事獨悲吒。嗟哉爾卞和，智乃在葵下。曷不韞匵藏，待此連城賈。

麾戈指白日，駕鴻凌紫烟。終然竟無補，空羨龜鶴年。古來有介士，采薇首陽巔。雖非鍊五石，名與日月懸。

孔明感三顧，幡然扶漢家。一朝赤星隕，竟使蜀婦髽。雄圖雖未竟，萬世常咨嗟。老瞞志意滿，一笑蠻觸蝸。

宋人得燕石，寶爲希世珍。周客掩口笑，乃復遭怒嗔。闒茸竟尊顯，賢聖多隱淪。人物顧所遇，何事徒悲辛。

突決華楝焚，燕雀自娱樂。風横喬木巔，藤蘿尚棲托。鳳鳥固識時，朝菌不知朔。仳仳何人斯，胸次爾齷齪。神龍失靈淵，翳形在勺水。勺水不可容，又復制螻蟻。一朝駕大霆，膚寸雲萬里。始知勺水龍，沛雨有如此。鼓鐘樂爰居，藻梲居大蔡。雲壑駘背人，一生饜粗糲。長鑱耕黄獨，短蓑釣清瀨。富貴等浮雲，達生誰芥蒂。《全宋詩》卷三五四六，册 67，第 42412 頁

## 同前四首

周密

至人斥八極，獨與造物遊。大道無端倪，詎可以力求。鵬搏翅垂天，不作醯鷄謀。清嘯發林麓，月落千山幽。老馬伏櫪鳴，終有萬里志。枯桐爨下焦，中抱千古意。凡物有所遭，時亦有泰否。古木根柢深，春風有時至。正色無嫵媚，大道無狹斜。所以松柏姿，不作桃李華。朱弦已久寂，蛙黽徒相夸。懷哉古之人，此意尤可嗟。

南山采薇心，東海乘查意。種竹成繁陰，鳳兮久不至。棲遲坐空谷，落日生愁思。所思不可期，迢迢隔烟翠。《全宋詩》卷三五五六，册 67，第 42497—42498 頁

## 同前

董嗣杲

按，《全元詩》册十亦收董嗣杲詩，元代卷不復録。

山中有流泉，洗耳今無人。樹陰互蒙密，鳥語交昏晨。誰能觀大運，達此秋與春。生意自爾蕃，葉葉分光新。藤蔓附女蘿，蘭茝披荒榛。興言混棲托，隨迹安可伸。悲哉倦遊子，感寓徒酸辛。榮枯了不計，老大將迫身。潸然眼中泪，墮此衣上塵。所耽軒裳故，殊失烟霞親。《全宋詩》卷三五七〇，册 68，第 42675 頁

## 同前

蒲壽宬

按，《全元詩》册九亦收蒲壽宬此詩，元代卷不復録。

梳鬟照寒沚，寒沚知貞胸。整鬟摘秋芳，秋芳無冶容。平生幾偃蹇，今逐梁君鴻。既甘布裙績，寧厭短褐舂。剔目信已篤，刲耳何所從。獨撫箜篌謡，河流自瀠瀠。《全宋詩》卷三五七六，册68，第42755—42756頁

## 同前

黄　庚

按，《全元詩》册一九亦收黄庚此詩，元代卷不復録。

庭前有高樹，風撓無停枝。寒鴉噤不鳴，夜半環樹飛。托身未得所，三匝情依依。高飛犯霜露，低飛觸茅茨。乾坤豈不容，振羽將安之。徘徊戀明月，顧影徒傷悲。《全宋詩》卷三六三五，册69，第43551頁

## 同前

陸　正

結褵事君子，誓作形與影。人事多乖戾，彼此睽燕郢。尺書沉素鱗，啼鵑催逝景。妾命詎

終薄，君心那得冷。開簾花撲面，泪落紛如綆。《全宋詩》卷三六六二，册70，第43978頁

## 同前六首

艾性夫

按，《全宋詩》卷三七六八於此六首後又增八首，題作《古意十四首》，作章雲心詩，本卷亦録。又，《全元詩》册一九亦收艾性夫此詩，元代卷不復録。

折柳繫離船，船行柳條短。賴有枝上花，飄泊隨君遠。

采蓮莫采花，采花損空房。留房結青子，種作明年香。

匆匆采桑女，花雨濕襜袖。春風十二弦，生世未觸手。

浣衣輕浣布，布縷不如絲。絲堅猶易穿，布弱從可知。

佳人買明鏡，意重輕千金。結以雙羅帶，欲照蕩子心。蕩子渺不歸，鏡影春雲深。

賤妾燕子身，銜泥巢君堂。遊子黄鵠志，辭家猶南翔。采花爲誰容，襲蘭爲誰香。安得小心風，寄子雙明璫。《全宋詩》卷三六九九，册70，第44384頁

## 同前

釋惠璉

杏花枝頭蛺蝶飛，似郎遊冶忘歸時。杏花落盡蛺蝶去，郎不歸來向底嬉。《全宋詩》卷三七四七，冊71，第45191頁

## 同前

魚潛

青青陵上柏，落落勁不摧。人生百年内，朝夕變所懷。斗酒命同好，萬里不顧回。聞有昌國君，談笑黄金臺。柔言更長跪，信是富貴媒。但恐氣習移，古今不同才。寄言去國者，歲晚有餘哀。

權衡豈公平，天駟但伏櫪。東井不救渴，倉庫何時實。元工肯假借，名器甚可惜。如何萬古，不行督責術。《全宋詩》卷三七五八，冊72，第45323頁

## 同前六首

章雲心

按，章雲心此詩原題《古意十四首》，其二至其六與前録艾性夫《古意六首》同，其七、其十四與前録釋文珦《古意》四首其一、其三同，故此處止録餘六首，題亦改作《古意六首》。

龍馬圖猶在，麒麟使亦傳。羲皇心不死，孔子夢難圓。

百川畢東注，兩丸盡西頹。二物常汲汲，未嘗少徘徊。短生亦如斯，逝者良可哀。自昔青雲士，皆爲黄土堆。何如大覺仙，無去亦無來。

吉凶本由人，往事皆可覆。禍人還自禍，福人還自福。于公果傳世，李斯竟夷族。豺狼不知痞，紛紛方擇肉。達者識幾微，爲之先痛哭。

福禍遞隱伏，榮辱相因依。賢達素知此，不肯如脂韋。青門工種瓜，首陽甘采薇。清風彌萬世，斯人諒堪晞。

谷風扇春和，卉木皆敷芬。貞松但如故，高標在烟雲。君子守常性，時榮非所欣。亦有孤鳳皇，不與衆鳥群。

逝川常東流，白日易西没。悠悠天地間，一物何飄忽。促迫於生人，緑鬢成華髮。昧者不自知，終朝常汩汩。利欲沈厥身，其本已先蹶。孰若繕真性，以自固靈骨。《全宋詩》卷三七六八，册72，第45438—45439頁

# 卷一〇八　宋雜曲歌辭一四

## 古意贈鄭彦能八音歌

黄庭堅

《全宋詩》題注曰：「原注：山谷此詩真迹跋云：吾友鄭彦能，今可爲縣令師也。以予寒鄉士，不能重之於朝，故作此詩贈行，以識吾愧。元祐元年丙寅，黄庭堅題。」

金欲百煉剛，不欲繞指柔。石羊卧荒草，一世如蜉蝣。絲成蠶自縛，智成龜自囚。竹箭天與美，豈願作嚆矢。匏枯中笙竽，不用繫墻隅。土偶與木偶，未用相賢愚。革鞹要合道，覆車還不好。木訥赤子心，百巧令人老。《全宋詩》卷一〇一三，册17，第11570頁

## 和錢德循古意二首

賀鑄

題注曰：「辛未五月京師賦。」

駕犁豈知耕，布穀不入田。大農坐官府，百吏飽窮年。維漢南有箕，垂象列三辰。長司簸揚職，糠秕居前塵。《全宋詩》卷一一〇九，册19，第12583頁

## 古意效東野二首　張耒

與君雖異坊，秋凉各平分。已遺月入牖，更教風掃門。照君幌中寢，拂君堂上塵。綢繆似衣帶，終日繞君身。

扇不風自凉，身不蘭自香。深居不出門，幽獨更清揚。爲鵲棲君樹，爲燕巢君堂。不食亦可飽，况乃餐輝光。《全宋詩》卷一一六〇，册20，第13086頁

## 古意贈答段公度　周行己

野人比芹子，昔獻已負慚。安得長者語，借譬苦爲甘。自愧敝帚姿，欲駕騊驪驂。寸進復尺退，虎穴詎得探。《全宋詩》卷一二七一，册22，第14357頁

## 和杜撫勾古意六首

釋德洪

一尾掣電去，萬蹄讓雄長。邇來隨磨驢，驅逐付厮養。頓塵忽驕嘶，逸韻發奇想。公眼如支遁，神駿蒙擊賞。

歲月走舟壑，不能老喬松。何如取塵劫，安置彈指中。我老世不要，閉關師道踪。自欣方得計，人笑伎之窮。

長松援丈蘿，無事登青冥。因緣偶然爾，初非出經營。我受氣類似，掄材置勿聽。翟公亦癡絶，書門議交情。

午夢清斷續，殷鬢飛蚊鳴。微風亦見戲，故掩讀殘經。相見洞天曉，霧重花冥冥。秀句吐奇麗，乃爾未忘情。

秋晚凋紅翠，幽懷到眉峰。玉纖弄彩筆，落紙翩驚鴻。道山歸計好，高情付疏慵。何獨謝夫人，特有林下風。

暮年一杯春，愁邊賴開拓。醉鄉歸路穩，城郭見隱約。萬事付頹然，破幘風墮落。胸次竟何有，八窗洞空廓。《全宋詩》卷一三三四，册 23，第 15171 頁

## 次韻季共古意三首

周紫芝

艷女塗修眉，貞女重婦德。紛紛桃李花，豈復無顏色。争妍固可憐，落知不足惜。我欲采江蘺，悵望秋水隔。

人生結綢繆，捐情誓蒼旻。恩愛那得長，故交不如新。蹭蹬迫歲晚，坎壈悲斯人。舉世亦何有，知心繫夫君。

客從遠方來，獨立江水湄。江水何悠悠，白髮空離離。病足修長途，弱羽思歸飛。歌君傷秋曲，泪濕遊子衣。《全宋詩》卷一五二六，册26，第17345頁

## 次韻仲弟古意

李綱

棣蕚相榮華，鴒原同急難。富貴何足羨，名節在所完。吾家諸弟昆，擢秀森琅玕。雖無金朱樂，顧有道義歡。故人豈不多，誰念范叔寒。卜築九峰下，庇此拙且頑。山光入户牖，溪水清不湍。我屋雖無華，容膝審易安。田疇半莨莠，念兹歲方艱。虚室味圖史，小圃蓺茝蘭。蕭然

寂寞濱，庶保餘齡閑。哲弟富才業，壯志思昭奸。勉哉振此道，吾方閑處看。《全宋詩》卷一五五四，冊27，第17643頁

## 道中古意二絶

范成大

桃李寂無言，垂楊照溪緑。不見苧蘿人，空吟若邪曲。

浣紗寂不好，辛苦觸戰箭。東施無麗質，安穩嫁鄉縣。《全宋詩》卷二二六二，冊41，第25951頁

## 次韻湯朝美古意二首

周必大

題注曰：「丁亥閏七月。」

來賓有雙雁，峨峨漸江皋。豈嘗謀稻粱，逝將辨卑高。乃知可爲儀，初不在羽毛。鄙哉負塗豕，蹢躅争一槽。

雲間兩鳴鶴，清聲聞自注：去聲。蘭皋。洗我蛙黽耳，興逐秋天高。頗欲從之游，安得六翮

毛。歸來三嘆息，誰家鬧檀槽。《全宋詩》卷二三二二，册 43，第 26709 頁

## 王弱翁與余相遇漢口賦古意贈別

張孝祥

我船行荆江，厭此江水渾。北風知人意，引着清漢濱。漢濱有佳人，心與漢水白。涉江弄秋葉，喚客踏明月。明月永相望，佳人不可忘。期君以千年，佩我明珠璫。《全宋詩》卷二四〇〇，册 45，第 27747 頁

## 周愚卿用荀卿氏之語以遇名齋從余求詩爲賦古意一首

趙蕃

世俗争知競冶容，紛紛墻穴交相從。誰知亦有秉正色，奉養辛勤供織舂。過期不嫁心不悔，偃蹇數夫終德配。君不見蘭生林下久含章，得時可以充君佩。《全宋詩》卷二六二三，册 49，第 30517 頁

## 古意席上爲徐子宜侍郎賦

劉過

桃李多芳妍，開落如春風。托身終自天，花不百日紅。殘月望朝日，各自相西東。爲君整儀容，照水不照鏡。爲君進甘旨，君視肉有堇。悲歌欲感君，聲若君不聞。金玉徒結君，君看若浮雲。父母長嘆息，謂兒好容德。脂澤固不妍，珠翠亦無色。娉婷艷陽春，自醜不自惜。君心河漢流，爲雨不復收。妾心東流水，赴海終不止。《全宋詩》卷二七〇一，册51，第31818—31819頁

## 入郭回度黄沙嶺息木陰下口占古意

陳文蔚

孰驅我去，孰驅我歸。息蔭喬木，清風吹衣。火日炎空，聊此徘徊。夷險自若，怨尤誰哉。世間萬事，付酒一杯。《全宋詩》卷二七一五，册51，第31934頁

## 古意謝崔楊州辟七首

洪咨夔

突兀誰家樓，風雨歲薄之。大梁危欲壓，小柱亦半攲。匠斧睨其旁，搏手難獨支。南山有奇材，細鉅不可遺。

拒霜着秋紅，夸詡顏色好。五更青女勁，顛頹一何早。深林蘭自芳，寒節耿獨抱。識此知見香，鼻觀不草草。

山深闃無人，夜半迷黑月。魑魅乘其昏，光怪互出没。獨行欲何之，十步八九兀。隔林炬火明，命向虎口脱。

汾陰有古鼎，金景歆浮雲。斡棄不知愛，瓦豆薦苾芬。提携向中庭，拂拭蒼蘚紋。雖非大籀篆，仿佛猶八分。

孅孅兒女手，申旦軋機杼。織成遍地錦，翠鳳濕花露。三年卷篋中，背立泣不遇。持歸付刀尺，晝線金針度。

江頭客子舡，盡日卧沙尾。維楫非不具，潮弱未能跬。秋風雪浪高，長年絶叫起。舡行莫倚柁，難得此汛水。

梧桐生高岡，上有朝陽枝。鳳從南方來，覽煇而下之。一鳴寒暑平，再鳴風雨時。啾啾百鳥群，振翼長追隨。《全宋詩》卷二八九〇，册55，第34471—34472頁

## 次韻蕭同年古意

方岳

春皋有耕夫，扣角卧林麓。朝饑不能忍，肯受世熏沐。脱身從牛衣，入耳皆狗曲。何如一蓑寒，風雨立於獨。人言骨相屯，自信亦良篤。空山多白雲，萬此寧有足。幽然閨中秀，不如倚市門。彼美林下風，不如刺綉文。冰懷獨耿耿，寧入俗眼觀。歲月不我留，老蒼眉宇間。舉世無與娱，逝言從綺園。一歌一嘆息，置此忽復論。

猗猗者芳蘭，翳翳彼幽麓。不煩漢陰人，抱甕相灌沐。春風自桃李，急管亂繁曲。紛紛衆醉間，美此一醒獨。造化本何心，亦因材以篤。所以古之人，身外無不足。客有古琴瑟，得之自龍門。於今幾何代，庚庚裂奇紋。携持過齊王，自意當駭觀。何如適獻笑，棄置笙竽間。時世我不遭，歸其老丘園。鍾期今安之，誰與俗士論。《全宋詩》卷三二一七，册61，第38438頁

## 和單君範古意六首

陳　著

歲事有豐歉，官税無減除。誰知山中田，沙土多蒿蔞。秋來倘有成，猶恐纔半租。或其水旱至，不足償耰鋤。嘆息家百畝，無復三代初。妻兒忽相問，明朝飲何如。

右農

學圃盍如何，先説畦菜法。栽種及天陰，灌溉須雨歇。更欲樹花果，古方難泯滅。不見郭槖駝，纖悉傳以列。于以供釜烹，于以佐杯勺。頗疑魯夫子，却鄙樊遲拙。

右圃

枯者既就拾，濕者亦既束。空此一谷薪，載之可折軸。下山售市價，得糧不能宿。誰知此時心，氣塞口自嘿。安得如買臣，賣薪有時足。

右樵

一笛橫秋風，渺渺心話長。勿效漢卜式，得即不爲亨。當如老甯戚，飯歌不爲狂。驊騮正驕騰，萬里水草場。誰知北海上，嚙雪對天狼。

右牧

莊叟非觀魚，遊戲何有鄉。靈均豈漁者，聊以歌滄浪。超然網罟外，千載名字香。今人志多取，曲鉤有餘殃。魚死心亦死，胡爲不自傷。勿謂得忘筌，未得筌以忘。

右觳

虎投止三跳，氣暴志匪深。人皆望而畏，所宅在崎嶔。時乎出山谷，爪利牙齒森。豈無勉有力，激烈盡殺心。我開亦一快，細思又沈吟。就然射石者，未必能生擒。

右獵　《全宋詩》卷三三七九，册 64，第 40268—40269 頁

## 次如心侄古意韻

陳著

妻孥恩愛深，生死同一窗。胡然成别離，使汝悲涕雙。人世能幾何，明滅風鐙幢。有家尚堪活，奚豈滯他鄉。安得歸來舟，順風自南江。《全宋詩》卷三三八〇，册 64，第 40272 頁

## 上崔中丞古意二首

何夢桂

明月墮我檐，白雲生我屋。明發起振衣，出户聊躑躅。青冥下輶軒，皇華照幽谷。乾坤散

清氣，固不在惡木。

岩岩南山石，上有孤生竹。結根不擇地，天地聊自足。卷耳不盈筐，綠芻不盈掬。願言勿采采，留此媚幽獨。《全宋詩》卷三五二六，册67，第42136頁

## 古意答胡葦航

蒲壽宬

按，《全元詩》册九亦收蒲壽宬此詩，元代卷不復録。

偃蹇當風松，四望無寧枝。蔦蘿空自纏，鸞鳳非所羈。固乏棟梁具，聊聳岩壑姿。豈無深林柯，百尺懸旌旄。下有千歲苓，勿使行人知。《全宋詩》卷三五七六，册68，第42750頁

## 古意二首送朱鶴皋

陸文圭

雁蕩英英雲，孤鳳雲中吟。風吹五色羽，墮此半水林。桐花作秋枯，野桑空綠沉。苦甚不致醉，鴞食予何心。鳳兮歸去來，岐山有高岑。

蓬首寒機女，枉顧生光輝。一登君子堂，松蘿相因依。茂陵喜新聘，中路忽有違。願垂堂上鏡，照妾心中微。生死要有托，悠悠空是非。出門念遠道，歲晏將安歸。膏沐更誰容，爲君疊羅衣。《全宋詩》卷三七〇八，册71，第44538頁

## 古意四首寄張可與孫晉卿

陸文圭

按，《全元詩》册一六亦收，作陸文圭詩，元代卷不復録。

長安城頭紅日斜，王孫金彈打烏鴉。寄聲翠鳳穿雲去，霜寒莫戀梧桐花。

長松百尺蔭官街，街吏斧鋸充官柴。高寒自是飽風雪，歲晚只合居窮崖。

老翁持鏡向市賣，銅光的皪秋水清。醜婦鑑容驚墮地，想渠嫌殺太分明。

牧兒狹逕礙樵枝，樵兒格鬥暮不歸。於菟一聲嘯篁谷，兩兒驚散走如飛。《全宋詩》卷三七一三，册71，第44610頁

## 飲酒樂

黎廷瑞

按，《全元詩》册一五亦收黎廷瑞此詩，元代卷不復録。

羊祜折臂爲三公，英布之相黥而王。富貴真可愛，體膚不敢傷。劉安升天守都廁，長房學道須食糞。神仙誠可慕，臭穢那可近。駟馬高蓋未易求，水銀黄金況難信。我亦不願承明廬，我亦不願蓬萊山。但願觳觫耕田間，種秫釀作九霞丹。秋風兩鬢不須緑，日飲時可朱吾顔。山花山鳥自歌舞，醉聽松風牢掩關。用世之士笑我拙，出世之士憐我頑。冕裳不著雖共蓑笠老，露霓易過安得歲月還。那知我復笑爾還爾憐，千秋之後高臺曲池在何處。六鼇之側岱嶼員嶠俱深淵，兹論猶日茫昧然。華亭鶴唳欲聽不可得，單豹遇虎所養安得全。唯有飲酒之樂不可言，所以達士不與醒者傳。《全宋詩》卷三七〇七，册70，第44517頁

## 王孫游二首　曹勛

紅芳開綉户，碧草襯斜陽。樓上頻回首，思君道路長。
夭桃與芳草，艷色明朝陽。思君念華旦，賤妾惜容光。《全宋詩》卷一八八一，册33，第21069頁

## 陽翟賈人歌　劉攽

按，《樂府詩集・雜曲歌辭》有《陽翟新聲》，《陽翟賈人歌》或出於此，故予收録。

潁川陽翟趙邯鄲，大衢如砥車班班。重裝富貴名遊間，輕紈寶玉高若山。關西王孫龍虎軀，此中奇貨奇可居。千金入秦藉短策，立談須臾分王符。華陽松柏成高丘，壽陵蔓草令人愁。沈沈相府士如市，山東供事河南侯。《全宋詩》卷六〇四，册11，第7146頁

## 樂未央并序

曹勛

詩序曰：「古樂府有其名而亡其詞。」

孝武初封禪，蘿圖寶曆新。開邊擢衛霍，儒術用平津。禮樂追三統，欽承奉百神。嵩呼膺萬壽，歡樂詎容陳。《全宋詩》卷一八八一，冊33，第21071頁

## 結襪子

張玉娘

閨中女兒蘭蕙性，寒冰清澈秋霜瑩。感君恩重不勝情，容光自抱悲明鏡。《全宋詩》卷三七一五，冊71，第44623頁

## 沐浴子

曹勛

新沐莫彈冠，新浴莫振衣。聖人貴同塵，賢者汩其泥。夷齊立峻節，感激歌采薇。子真老谷口，歲晏無苦飢。屈原懷獨醒，沉湘誰與悲。漁父隨其波，所適安所宜。君看侯門客，飢于紈袴兒。《全宋詩》卷一八八一，册33，第21071頁

## 三臺春曲

許棐

宋鄭樵《通志二十略·樂略一》「歌舞二十一曲」釋《三臺辭》曰：「三臺辭，舞辭也，今猶存。」①則宋時此曲可配舞。宋陳暘《樂書》曰：「聖朝天寧誕節及春秋讌，群臣前期宿駕。翼日，皇帝御集英殿，升座，群臣班於庭中。宰臣升殿進爵，教坊諸工先奏觱篥，衆樂合奏。曲止，賜群臣爵，就席，宰臣舉爵，作《傾杯曲》，百官舉爵，作《三臺》。」②宋葉廷珪《海録碎事》曰：「三臺，三臺列峙而崢嶸。《魏都賦》注：『銅雀臺、冰井臺、金鳳臺。』」③同

① 《通志二十略》，第917頁。
② 《樂書》卷一九九，景印文淵閣四庫全書，册211，第933頁。
③ 《海録碎事》卷四下，第150頁。

書亦引《通典》曰：「三臺，漢尚書爲中臺，御史爲憲臺，謁者爲外臺。」①宋張表臣《珊瑚鈎詩話》曰：「樂部中有促拍催酒，謂之《三臺》。唐士云：蔡邕自持書御史累遷尚書，不數日間，遍歷三臺。樂工以邕洞曉音律，故製曲以悦之。又始作樂，必曰絲抹將來，蓋絲竹在上，鐘鼓在下，絲以起之，樂乃作。亦唐以來如是。」②宋趙令畤《侯鯖録》曰：「三臺者，陸翽《鄴中記》云：『魏武於鄴城西北立三臺，中名銅雀，南名金獸，北名冰井。』」③宋蘇籀《欒城遺言》曰：「公曰：『文貴有謂，予少年聞人唱《三臺》，今尚記得云云。其詞至鄙俚，而傳者有謂也。』」④趙彦衛《雲麓漫鈔》曰：「古之禮樂，于野人尚有可髣髴者。今之響鋏即編鐘，今之舞蠻牌即古武舞，舞《三臺》與《調笑》即古文舞，蓋古舞皆有行綴。自胡舞入中國，《大曲》《柘枝》之類是也，古舞亡矣，今反以三臺爲簡澹。古以鐘鼓爲樂，凡樂先擊鐘，繼之鼓。孟子曰：『百姓聞王鐘鼓之聲。』今但用鼓，是以杖鼓易編鐘矣。鐘聲和緩，鼓聲急逼，

---

①《海録碎事》卷一一，第 602 頁。

②［宋］張表臣《珊瑚鈎詩話》卷二，景印文淵閣四庫全書，册 1478，臺灣商務印書館，1986 年版，第 970 頁。

③《侯鯖録》卷六，第 160 頁。

④［宋］蘇籀撰《欒城遺言》，景印文淵閣四庫全書，册 864，臺灣商務印書館，1986 年版，第 175 頁。

磬則人皆不識，蓋釋氏擊銅鉢，號曰磬。嘗見碑本，宣尼十哲有持鉢者，是誤認爲磬也。」①明楊慎《升庵詩話》曰：「《三臺》，曲名，自漢有之，而調之長短，隨時變易。韋應物集有《上皇三臺》，元曲有《鬼三臺》，訛爲『三台』云。」②明彭大翼《山堂肆考》曰：「三臺，《漢天文志》：『魁下六星兩兩而比者曰三台，在人爲三公。』」③明胡震亨《唐音癸籤》曰：「《二臺》《急三臺》，古今解『三臺』者不一。馮鑑《續事始》曰：『漢蔡邕三日之間，周歷三臺，樂府以邕曉音律，爲製此曲。』劉禹錫《嘉話録》：『鄴中有曹公銅雀、金虎、冰井三臺。北齊高洋毀之，更築金風、聖應、崇光三臺。宫人拍手，呼上臺送酒，因名其曲爲《三臺》。』李氏《資暇録》曰：『《三臺》三十拍促曲名。昔鄴中有三臺，石季龍常爲宴遊之所，而造此曲以促飲。』今按諸説，李氏説似可據。《樂苑》云：『唐《三臺》，羽調曲。《調笑詞》《轉應詞》《宫中調笑詞》，三曲與《三臺》同一調，有此異名，白樂天云：『《調笑令》，乃拋打曲也。』有詩云：『打

---

① 《雲麓漫鈔》卷一二，第222頁。
② 《升庵詩話新箋證》卷一一，第672頁。
③ 《山堂肆考》卷三，景印文淵閣四庫全書，册974，第40頁。

嫌調笑易，飲訝卷波遲。』《宫中三臺》《江南三臺》《上皇三臺》《怨陵三臺》《突厥三臺》，大曲。」①清萬樹《詞律》曰：「韋應物《三臺詞》云：『冰泮寒塘水緑，雨餘百草皆生。朝來衡門無事，晚下高齋有情。』平仄不拘，所賦不論何事。詠宫闈者曰《宫中三臺》，亦名《翠華引》，亦名《開元樂》。詠江南者即曰《江南三臺》。又有《突厥三臺》，其長調則爲宋人所撰，而襲取其名。」②清周濟《詞辨》曰：「《三臺》舞曲，自漢有之，唐王建、劉禹錫、韋應物諸人，有宫中、上皇、江南、突厥之别。《教坊記》亦載五七言體，如『不寐倦長更，披衣出户行。月寒秋竹冷，風切夜窗聲』，傳是李後主《三臺詞》。『雁門關上雁初飛。馬邑闌中馬正肥。陌上朝來逢驛使，殷勤南北送征衣。』傳是盛小叢《三臺詞》。今詞不收五七言，而收六言四句。王建詞云：『魚藻池邊射鴨，芙蓉苑裹看花。日色赭黄相似，不著紅鸞扇遮。』故一名《翠華引》。」③按，《樂府詩集》有唐時《三臺》《上皇三臺》《突厥三臺》《宫中三臺》《江南三臺》，均爲齊言。宋有萬俟詠《三臺》（清明應制）、趙師俠《伊州三臺》（丹桂）、許棐《三臺春

① 《唐音癸籤》卷一三，第131頁。
② [清] 萬樹《詞律》卷一，景印文淵閣四庫全書，册1496，臺灣商務印書館，1986年版，第66頁。
③ [清] 周濟《詞辨》上卷，《詞話叢編》，第888—889頁。

曲》，前二者爲雜言，惟後者齊言，本卷止録後者。

昨夜微風細雨，今朝薄霽輕寒。檐外一聲啼鳥，報知花柳平安。

春是人間過客，花隨春不多時。人比花尤易老，那堪終日相思。《全宋詩》卷三〇九〇，册59，第36865—36866頁

## 開元樂詞

沈括

題注曰：「四首原注：汴京作（元豐三年）。」宋趙令畤《侯鯖録》曰：「沈存中括元豐中入翰林爲學士，有《開元樂詞》四首，裕陵賞愛之。」①《全唐詩》卷八九〇有韋應物《三臺》，題注曰：「或加『令』字，一名『翠華引』『開元樂』。」②則《三臺》一名「開元樂」，宋人《開元樂詞》或出於此，故予收録，置《三臺》諸曲後。又，《全宋詞》亦録，題作《開元樂》，辭與此同。

① 《侯鯖録》卷七，叢書集成初編，第63頁。
② 《全唐詩》卷八九〇，第10054頁。

鸛鵲樓頭日暖，蓬萊殿裏花香。草緑烟迷步輦，天高日近龍床。

樓上正臨宫外，人間不見仙家。寒食輕烟《竹莊詩話》作籠薄霧，滿城明月梨花。

按舞驪山影裏，回鑾渭水光中。玉笛一天明月，翠華滿陌東風。

殿後春旗簇仗，樓前御隊穿花。一片紅雲鬧處，外人遥認官家。《全宋詩》卷六八六，册12，第8011—8012頁

## 古築城曲四首

陸　游

築城聲酸嘶，漢月傍城低。白骨若不掩，高與長城齊。

長城高際天，三十萬人守。一日詔書來，扶蘇先授首。

百丈築城身，千步掘城壕。咸陽三月火，始悔此徒勞。

嶧山訪秦碑，斷裂無完筆。惟有築城詞，哀怨如當日。《全宋詩》卷二一八一，册39，第24836頁

## 築城曲

許　棐

按，宋人又有《築城詞》《築城行》《築城謡》，當出於《築城曲》，亦予收録。

日將西，杵聲急，一聲聲自死腸出。城高不特土累成，半是鋪填怨夫骨。儒坑戰地骨更多，十二金人隨鬼泣。《全宋詩》卷三〇九〇，册59，第36864頁

## 築城詞效張籍體

李之儀

齊眉去，朝天回。一聲號，千聲催。土匀纔布一搏許，試錐只恐錐鋒摧。萬仞連雲絶川路，胡騎回還不敢覷。但云本是漢家地，如此携家渡河去。渡河去，莫回頭。漢家人人要首級，渭州門外籤爾喉。《全宋詩》卷九六四，册17，第11231頁

## 築城行

劉克莊

萬夫喧喧不停杵，杵聲丁丁驚后土。遍村開田起窑竈，望青斫木作樓櫓。天寒日短工役急，白棒訶責如風雨。漢家丞相方憂邊，築城功高除美官。舊時廣野無城處，而今烽火列屯戍。君不見高城齾齾如魚鱗，城中蕭疏空無人。《全宋詩》卷三〇四〇，册58，第26256頁

## 築城謡

方回

按，《全元詩》册六亦收方回此詩，元代卷不復録。

從軍去築城，不如困長征。從車去掘塹，不如鏖血戰。古今征戰立奇功，貂蟬多出兜鍪中。徒教力盡鍤與杵，主將策勳士卒苦。君不見每調一軍役百室，一日十人戕六七。草間髑髏飼螻蟻，主將言逃不言死。《全宋詩》卷三五〇九，册66，第41900頁

## 湖陰曲

蘇轍

老虎穴中卧，獵夫不敢窺。驊騮服箱騤盜驪，巡城三匝漫不知。帳中晝夢日繞壁，驚起知是黄鬚兒。馬鞭七寶留道左，猛士徘徊不能過。遺矢如冰去已遥，明日神兵下赤霄。荒城至今人不住，狐兔驚走風蕭蕭。《全宋詩》卷八五八，册 15，第 9946 頁

## 次韻湖陰曲

李綱

詩序曰：「王敦舉兵，明帝微行視其營壘，由是樂府有《湖陰曲》，而亡其辭。温庭筠製詞以附之，東坡書以遺秦少游。客有出以示予者，因效其體，次韻和之。」

綉鞍玉勒黄金鞭，躍馬直入無玉錢。繞營三匝人不識，天風翻動旌旗鮮。賊臣晝寢蒼黄起，夢裏陽烏光照水。追風鐵騎去非遲，真主那從賊中死。寶鞭傳玩日凄凄，行遠不聞天馬嘶。千金安用試虎口，將帥何如思鼓鞞。西南大星寒有鋩，畫衣綉衮垂平章。九重宫殿鎖春色，豈

如萬里秦城長。《全宋詩》卷一五四八，册 27，第 17583 頁

## 續湖陰曲　徐寶之

巴滇之馬如游龍，寶鞭裊裊回如風。將軍夢斷忽心戰，五騎飛出尋無踪。道旁客姥頭欲白，驚見歸轙如電擊。當時天子重丁寧，典午安危争一刻。大寧王氣方中天，南陽青兗森戈鋋。金函詔下傳羽檄，狂奴喑死如寒蟬。老驥志欲千里伸，晉天不覆鬼蜮臣。草間悵望可人士，老却江潭種柳人。《全宋詩》卷三一六一，册 60，第 37913 頁

## 于湖曲有序　張耒

詩序曰：「蕪湖令寄示温庭筠《湖陰曲》，其序乃云：『晉王敦反，屯于湖陰。帝微行至其營，敦夢日繞之，覺而追不及。故樂府有《湖陰曲》。』按《晉·地志》有于湖而無湖陰。本紀云『敦屯於湖』，又曰『帝至于湖，陰察營壘而去』。頃予遊蕪湖，問父老『湖陰』所在，皆莫之知也。然則『帝至于湖』當斷爲句，乃作《于湖曲》以遺之，使正其是非云。」宋黄朝英《靖

康湘素雜記》曰：「唐温庭筠嘗補古樂府《湖陰詞》。其序云『王敦舉兵至湖陰，明帝微行，視其營伍，由是樂府有《湖陰曲》，而亡其詞，因附之』云云。按前史《王敦傳》云：『敦至蕪湖，上表。』又云：『帝將討敦，微服至蕪湖察其營壘。』又：『司徒導與王含書曰：「大將軍來屯于湖。」』《明帝紀》云：『敦下屯于湖。』又《周琦傳》云：『王敦軍敗於于湖。』又，『甘卓進爵于湖侯。』又，王允之『鎮于湖』。案《晉書·地理志》，丹陽郡統縣十二，有蕪湖縣。讀史者當以『帝微行至於湖』爲斷句，謂之微行，則陰察其營壘可知，不當云湖陰也。然則古樂府之命名，既失之矣，而庭筠當改曰《于湖曲》，乃爲允當。其《湖陰詞》云：『祖龍黄鬚珊瑚鞭，鐵驄金面青連錢。』謂明帝爲祖龍，又誤也。蓋《史記》載始皇爲祖龍者，祖，始也，龍者，人君之象也，以其自號始皇，故謂之祖龍耳，其他安可稱乎！」①明楊慎《升庵詩話》曰：「王敦屯于湖，帝至于湖，陰察營壘而去。此《晉紀》本文。于湖，今之歷陽也。『帝至于湖』爲一句，『陰察營壘』爲一句。温庭筠作《湖陰曲》，誤以『陰』字屬上句也。張耒作《于湖曲》以正之。」②

① [宋] 黄朝英《靖康緗素雜記》卷三，上海古籍出版社，1986年版，第21—22頁。

② 《升庵詩話新箋證》卷二，第83頁。

武昌雲旗蔽天赤，夜築于湖洗鋒鏑。巴滇騄駿風作蹄，去如滅没來不斷。日圍萬里纏孤壁，虜氣如霜已潛釋。蛇矛賤士識天顔，玉帳髯奴落妖魄。君不見銅駝陌上塵沙起，胡騎春來飲瀍水。浮江天馬是龍兒，蹙踏揚州開帝里。王氣高懸五百秋，弄兵老濞空白頭。石城戰骨卧秋草，更欲君王分上流。《全宋詩》卷一一五五，册 20，第 13028 頁

**晉大寧四年王敦自武昌下屯于湖明年六月敦將舉兵内向明帝微行至于湖陰察其營壘而去唐温庭筠作湖陰曲蓋爲此也後漢王霸之孫改封蕪湖縣吴時此地稱于湖或稱蕪湖察其營壘則姑熟之西初無湖陰又且于湖乃蕪湖也張文潛有于湖曲廣其意追和焉**

呂本中

琅琊初渡秦淮水，外托奸雄抗胡壘。白頭欻發問鼎新，十萬鋭師同日起。旌旗蔽江銜舳艫，卸帆鈎壍屯于湖。雲昏霧慘恣誅殺，電激風奔傳指呼。謀狂慮逆天奪魄，晝夢環營日五色。巴滇駿馬去如飛，始遣輕兵索行客。黄鬚英特神所憐，舍旁老嫗留寶鞭。寶鞭玩賊佇俄頃，野陌塵斷生青烟。石城戰士争憤泣，君王試敵曾深入。纍纍金印取封侯，忍瞰上流借餘力。際山暴骨真可哀，向來勝負安在哉。至今秋晚漁樵地，雨洗漬血空蒼苔。《全宋詩》卷一六二六，册 28，第 18240 頁

## 湖陰行并引

周紫芝

詩引曰：「余游于湖，過王敦故城，誦温庭筠所作《湖陰曲》，雖辭彩光耀，敻絶古今，而誅奸戮逆，固已無憾，然敦之包藏禍心蓋亦久矣。東晉君臣不戒履霜以翦豪釐，曾不若石崇厠婢，知其他日必善作賊。乃爲《湖陰後曲》以廣其意。」

石頭城南五馬渡，一馬成龍上天去。晉家天子再御朝，洛陽胡騎空無數。當時枉道馬與王，高官飽食豐豺狼。車前已賜蘭斑物，江上空餘劍戟場。日光射天驚賊壘，封豕長蛇夢中起。倉皇只欲玩遺鞭，誰信龍媒已千里。黄鬚有智人豈知，不料將軍未死時。着新脱故真是賊，白犬下齧天應遲。誰道晉朝公與相，不及金谷園中兒。《全宋詩》卷一四九六，册 26，第 17087 頁

## 續湖陰曲一首

王　阮

題注曰：「王敦稱兵内向，明帝微行湖陰，故樂府有《湖陰曲》，然亡其詞也。余泊舟堂

下，誦温庭筠補亡，惜意未盡，因爲續焉。」

上林鳴蛙私邪官，金陵指顧成長安。唾壺一曲玉如意，聲斷石城鋒鏑寒。從來龍化中興主，不似黄鬚阿奴武。當時斬鞅心下事，今日揚鞭目中虜。黄埃散漫重瞳微，雨師不灑疑人知。夢回日轉鶯已午，馬驕風疾那容追。一聲吉語禁門静，萬國笙歌丹仗整。山傾海動忽燃臍，地闢天開誰問鼎。長江千里真險哉，煌煌晉業流秦淮。江濤一洗妖氛息，湖陰千古琉璃碧。《全宋詩》卷二六五六，册50，第31109頁

## 起夜來

文同

曉窗明緑紗，蜀錦壓春卧。横腮虎魄冷，驚起新夢破。玲瓏轉絛脱，縹緲梳矮墮。高軸響銀床，時誤君車過。《全宋詩》卷四三二，册8，第5304頁

## 獨不見

曹勛

獨不見，誰相憶。花影上珠簾，明月穿窗隙。翡翠暗無光，蒼苔點行迹。鸞鑑挂珊瑚，寶匳銷金碧。彷佛聞簫韶，夢想見顔色。爲我報新人，好好承恩澤。君看後庭花，芳菲能幾日。《全宋詩》卷一八八一，册33，第21068頁

## 携手曲

梅堯臣

按，此詩爲梅堯臣《擬玉臺體七首》其二，七首分别爲《欲眠》《携手曲》《雨中歸》《别後》《夜夜曲》《落日窗中坐》《領邊綉》。此處止録《夜夜曲》。

携手出中閨，殷勤克密期。密期雖不遠，回顧步遲遲。《全宋詩》卷二三三，册5，第2731頁

## 同前

歐陽修

落日堤上行，獨歌携手曲。却憶携手人，處處春華緑。《全宋詩》卷二九六，册6，第3724頁

## 大垂手

文同

宋唐庚《唐子西文録》曰：「張文昌詩：『六宫才人《大垂手》，願君千年萬年壽，朝出射麋暮飲酒。』古樂府《大垂手》《小垂手》《獨摇手》，皆舞名也。」①宋孫奕《示兒編》曰：「《洪駒父詩話》云：晉公詩：『緑楊垂手舞，黄鳥緩聲歌。』樂府有《大垂手》《小垂手》《前緩聲》，故丁用之，其屬對律切如此。予謂美則美矣，其如緑楊無手何！終不若下句意渾成。」②宋陳暘《樂書》「軟舞」曰：「開成末有樂人崇胡子能軟舞，其腰支不異女郎也。然舞容有大垂手，有小垂手，或象驚鴻，或如飛燕，婆娑舞態也，蔓延舞綴也，然則軟舞，蓋出體之自然，非

① ［宋］唐庚《唐子西文録》，何文焕輯《歷代詩話》，中華書局，2004 年版，第 446 頁。
② 《示兒編》卷十，景印文淵閣四庫全書，册 864，第 484 頁。

此類歟？」①宋鄭樵《通志二十略・樂略一》「歌舞二十一曲」釋《大垂手》曰：「《大垂手》，舞而垂手也。《小垂手》《獨摇手》亦然。其辭云：『垂手忽迢迢，飛燕掌中嬌。羅衫恣風引，輕薄任情摇。詎似長沙地，促舞不回腰。』」②宋葛立方《韻語陽秋》曰：「柳比婦人尚矣，條以比腰，葉以比眉，大垂手、小垂手以比舞態，故自古命侍兒，多喜以柳爲名。」③宋阮閲《詩話總龜》曰：「大垂手，舞貌也。《楚辭》曰：『二八齊容起鄭舞，衽若交竿撫按下。』梁劉孝標《舞詩》曰：『轉袖隨歌發，頓履赴弦餘。度行過接手，回身乍斂裾。』」④明顧起元《説略》曰：「宋朝王韶開熙河之後，亦以舞迓鼓，使諸羌出觀，遂破鬼章，此兩得以爲策也。今元宵舞者，是其遺制。然舞之類亦頗多，有《大垂手》《小垂手》，字舞、花舞、馬舞，或象驚鴻，或如飛燕，婆娑舞態也，曼延舞綴也。」⑤明胡震亨《唐音癸籤》曰：「軟舞曲《垂手羅》，

---

①《樂書》卷一八二，景印文淵閣四庫全書，册 211，第 824 頁。
②《通志二十略》，第 917 頁。
③《韻語陽秋》卷一九，何文焕輯《歷代詩話》，第 642 頁。
④《詩話總龜》（前集）卷七，第 81 頁。
⑤［明］顧起元《説略》卷一一，景印文淵閣四庫全書，臺灣商務印書館，1986 年版，册 964，第 557 頁。

古舞曲有《大垂手》《小垂手》，此其遺也。」①清顧炎武《日知録》曰：「樂府中如《清商》、《清角》之類，以聲名其詩也。如《小垂手》《大垂手》之類，以舞名其詩也。以聲名者必合於聲，以舞名者必合於舞。至唐而舞亡矣，至宋而聲亡矣，於是乎文章之傳盛，而聲音之用微，然後徒詩興而樂廢矣。」②

## 小垂手

洪　适

題注曰：「九曲二石。」宋鄭樵《通志二十略·樂略一》「歌舞二十一曲」釋《小垂手》

華堂合樂轟春晝，鳳叫龍嘶畫鼉吼。瓊猊壓地開組綉，美人舞兮獻君壽。紅婆娑兮翠蚴蟉，雪翻花兮風入柳。曳輕裾兮揚彩綬，金鸞飛兮玉麟走。入急破，大垂手。香檀扎扎江雨驟，情凝力定方舉袖。烟收霧斂曲徹後，錦盈車兮珠滿斗。《全宋詩》卷四三二，册8，第5302—5303頁

---

①《唐音癸籤》卷一四，第156頁。

②［清］顧炎武著《日知録集釋》卷五，上海古籍出版社，2014年版，第112頁。

曰：「《小垂手》，其辭云：『舞女出西秦，躡節舞《陽春》。且復《小垂手》，廣袖拂紅塵。折腰膺兩笛，頓足轉雙巾。娥眉與慢臉，見此空愁人。』」①

醉袖起如舞，翩然三島仙。約君爲石友，伴我傲林泉。《全宋詩》卷二〇八二，册37，第23486頁

## 同前

許及之

題注曰：九曲二石。

醉裏忘形客，山中化石仙。翻同醒酒伴，作對媚平泉。《全宋詩》卷二四五五，册46，第28402頁

① 《通志二十略》，第917頁。

## 夜夜曲

梅堯臣

明俞弁《逸老堂詩話》曰：「梁樂府《夜夜曲》，或名《昔昔鹽》，昔即夜也。《列子》：『昔昔夢爲君。』『鹽』亦曲之别名。」①明蔣一葵《堯山堂外紀》曰：「鹽，曲之别名；昔，即夜也。梁樂府有《夜夜曲》。」②明彭大翼《山堂肆考》曰：「梁樂府有《夜夜曲》，傷獨處也，一名《昔昔鹽》，昔即夜也。」③清阮葵生《茶餘客話》曰：「漢樂府《夜夜曲》，後名《昔昔鹽》，昔即夜也。《列子》：『昔昔夢爲君。』鹽即曲之别名，昔與夕通，無庸深解。」④

**情來不自理，明月生南樓。坐感昔時樂，飜成此夜愁。**《全宋詩》卷二三三，册5，第2731頁

① [明]俞弁《逸老堂詩話》卷上，丁福保輯《歷代詩話續編》，中華書局，1983年版，第1302頁。
② 《堯山堂外紀》卷二一，續修四庫全書，册1194，第198頁。
③ 《山堂肆考》卷一六〇，景印文淵閣四庫全書，册977，第250頁。
④ [清]阮葵生《茶餘客話》卷二一，中華書局，1959年版，第306頁。

## 同前 歐陽修

按，此詩爲歐陽修《擬玉臺體七首》其五。

## 同前 文彦博

浮雲吐明月，流影玉階陰。千里雖共照，安知夜夜心。《全宋詩》卷二九六，册6，第3724頁

## 同前 文彦博

明月流清漢，娟娟照洞房。微風吹敗葉，颯颯下銀床。塵晦流黄素，爐銷辟惡香。年年機杼妾，獨怨夜何長。《全宋詩》卷二七三，册6，第3474頁

## 同前 曹勛

舞衣疊翡翠，海月挂珊瑚。香滿流蘇幄，相迎問醉無。《全宋詩》卷一八八〇，册33，第21060頁

## 同前

李丙

玉窗結怨歌幽獨，弦絶鸞膠幾時續。銅龍漏促春夜長，冷雨酸風亂心曲。閑熏翠被鬱金香，拂拭綉枕屏山緑。飛飛乳燕歸不歸，寂寞流蘇帳前燭。《全宋詩》卷二五三五，册47，第29316頁

## 秋夜長

曹勛

按，宋人又有《秋夜長曲》《月滿秋夜長》，當出於此題，亦予收録。

秋夜長，秋夜長，風高月落飛清霜。征鴻蕭蕭度湘水，草木露冷蒹葭黄。鐵衣老將尚横槊，胡兒甲馬争騰驤。閨中思婦燼銀燭，耿耿念遠傷肺腸。壯士悲歌扣商角，通夕無寐空凄凉。况是愁人怨遥夜，安得日出升扶桑。《全宋詩》卷一八八二，册33，第21075頁

### 同前　李韓

按，此爲集句詩。

丹鳳城南秋夜長，殘蟬急處日争忙。如何銷得凄凉思，水色簾前流玉霜。沈佺期、吴融、李九齡、徐凝《全宋詩》卷三一三三，册59，第37464頁

### 同前　張玉娘

秋風生夜凉，風凉秋夜長。貪看山月白，清露濕衣裳。《全宋詩》卷三七一五，册71，第44628頁

### 秋夜長曲　鄒登龍

碧簾挂雨秋容老，寂寞江城暝烟草。流蘇帳冷屏山低，蜜炬香銷睡常早。夢驚離緒牵愁

人，翠被寒侵泪花濕。思美人兮天一方，烏啼月落西風急。《全宋詩》卷二九三八，册 56，第 35016 頁

## 同前

劉仙倫

秋夜長，秋月明。愁人不成眠，搔首行中庭。天高氣肅萬籟息，銀床凍損寒露零。碧梧已蕭條，棲烏終夜驚。枯荷倒秋水，夜氣凍流螢。銅壺悲咽漏下澀，深閨何處鳴寒砧。亦有朱門人，環坐圍娉婷。玉觴催喚酒，銀甲紛彈箏。衣篝龍腦熏綉被，珊瑚枕煖愁鷄聲。秋夜長，秋月明，此時幾人知此情。《江湖小集》卷四九《劉仙倫招山小集》，景印文淵閣四庫全書，册 1357，第 373 頁

## 月滿秋夜長

劉辰翁

塵世如天海，團團共月光。一輪秋正滿，百刻夜偏長。端正惟三五，空明更十方。萃臺猶卓午，梧井欲飛霜。箭漏迷青海，闌干轉上陽。雪痕留得在，何用促扶桑。《全宋詩》卷三五五四，册 67，第 42482 頁

## 秋夜曲

李　復

題注曰：「客出古劍示座中。」按，宋人又有《秋夜詞》，或出於此，亦予收録。

玉刻麒麟烟縷直，生色屏風龜甲碧。青娥無聲滿空白，兔影西流轉斜隙。仙人蓮花殷葉開，當心吐光照愁魄。縵纓短後易水客，氣動燕山驕子泣。挽下天河倚渴傾，崑崙流斷無五色。銅匣新開北斗高，電光驚飛走空壁。鯨魚鬥死海水紅，欃槍西出屯雲黑。酒酣揮舞七星寒，金精圯下留素策。《全宋詩》卷一〇九六，册19，第12431頁

## 同前

李　龏

按，此爲集句詩。

秋夜長，殊未央。秋燈向壁掩洞房，天漢東西月色光。啼蛄吊月鈎欄下，寒衣未寄莫飛霜。

## 秋夜詞

謝翱

《全宋詩》卷三一三二，册59，第37458頁

按，《全元詩》册一四亦收謝翱此詩，元代卷不復録。

## 夜坐吟

曹勛

明彭大翼《山堂肆考》曰：「《夜坐吟》，樂府名，鮑昭作，言聽歌逐音，因音托意也。」①

愁生山外山，恨殺樹邊樹。隔斷秋月明，不使共一處。《全宋詩》卷三六九二，册70，第44333頁

空階夜滴秋宵雨，雨入芭蕉動窗户。佳人愁絶坐幽閨，良人萬里勤征戍。勤征戍，在何處，

① 《山堂肆考》卷一六〇，景印文淵閣四庫全書，册977，第250頁。

五載乘邊守當路。漢家新築受降城，戍卒還家免租賦。歸來直莫嘆白頭，濁酒狂歌醉朝暮。《全宋詩》卷一八七八，册33，第21042頁

## 同前

林一龍

山寒雨點半成雪，石冷泉流旋作冰。坐至夜分眠不得，熒然欲滅案頭燈。《全宋詩》卷三六二九，册69，第43456頁

## 寒夜吟

邵雍

天加一上寒，我添一重被。不出既往言，不爲已甚事。責己重以周，與人不求備。唯是大聖人，能立無過地。《全宋詩》卷三六九，册7，第4540頁

## 同前

陸游

仕宦孰不願美官，無如兩髆聳聳寒。可憐誤信紙上語，至死功名心未闌。骯髒得倚門，矍鑠猶據鞍。何如百年中，盡付一漁竿。布襦可以度雪夕，麥飯可以支朝餐。但知禪龕著身穩，莫和詩人《行路難》。《全宋詩》卷二二二六，册41，第25553頁

## 獨處愁

張耒

宋嚴羽《滄浪詩話》曰：「樂府俱備諸體，兼統衆名也。……以愁名者，《文選》有《四愁》，樂府有《獨處愁》。」①

高高花飛驚愁顔，珠簾晝鎖春風閑。少年金鞍照秦地，玉卮雙覆塵埃間。花間蝴蝶雙飛

① 《滄浪詩話校釋》，第72頁。

舞，感觸深心心更苦。昨夜陰雲數尺許，連宵變作西窗雨。《全宋詩》卷一一五五，册 20，第 13033 頁

## 合歡詩

楊方

爾根深且固，余根淺且洿。移植良無期，嘆息將何如。《永樂大典》卷二三四七《全宋詩》卷二四六六，册 46，第 28609 頁

## 春江行

曹勛

浦嶼連芳草，夭桃間柳堤。征鴻下天際，游女過前溪。魚没驚帆影，林疏見鳥啼。王孫聯綉騎，童子解香觿。吴姬笑留飲，同指畫橋西。《全宋詩》卷一八七九，册 33，第 21052 頁

## 春江曲

釋居簡

十里西江日日佳，回汀曲渚艷春華。秋來等得明如練，未必蒲花似柳花。《全宋詩》卷二七九一，

册53，第33076頁

## 同前

謝翱

按，《全元詩》册一四亦收謝翱此詩，元代卷不復録。

妾身生長臨江邊，幼嫁酒家學數錢。自從夫婿去爲賈，别妾初下武昌船。涔陽歸雁不寄影，巂州書到已三年。别時夢指水爲誓，惟有海鳧見妾泪。愁抛錦字下中流，却見海鳧泪如水。

《全宋詩》卷三六八九，70册，第44290頁

## 江皋曲

曹勛

漪漣帶修渚，遠水明朝暉。青山横倒景，畫鷁掩斜扉。游女逢交甫，陳思值洛妃。菱歌隨棹遠，鷗鳥背人飛。别有嘉遊處，芳樽照舞衣。《全宋詩》卷一八八〇，册33，第21059頁

# 卷一一一 宋雜曲歌辭一七

## 楊花曲

曹勛

宋人又有《楊花詞》、《楊花》，或出於此題，亦予收録。

千里萬里長安道，送君思君爲君老。願爲水底石菖蒲，不教零落同百草。《全宋詩》卷一八八〇，册33，第21059頁

## 楊花詞三首

李廌

特地飛來有意，等閑却去無情。若比遡來時態，衹應時態猶輕。

全似秋空白雲，不應日墮紅塵。樓上何人遠望，黯然無語銷魂。

苦恨紅梅結子，生憎榆莢悠悠。解送十分春色，能添萬斛新愁。《全宋詩》卷一二〇三，册20，第

13632頁

## 楊花

沈遼

島夷三月不知春，唯有楊花似故人。老大相逢何可語，滿頭白髮不勝嚬。《全宋詩》卷七一八，册12，第8281頁

## 同前

周行己

楊花初生時，出在楊樹枝。春風一飄蕩，忽與枝柯離。去去辭本根，日月逝無期。欲南而反北，焉得定東西。忽然驚飆起，吹我雲間飛。春風無定度，却送下污泥。寄謝枝與葉，邂逅復何時。我願爲樹葉，復恐秋風吹我令黄萎。我願爲樹枝，復恐斧斤斫我爲椽榱。只願爲樹根，生死長相依。《全宋詩》卷一二七一，册22，第14359頁

## 同前

曹勛

按，曹勛《松隱集》置此詩于「古樂府」類。

春光誰占得，楊花獨自知。未到傳消息，將歸送别離。隨風飛更急，入户舞還低。大有撩人處，妝臺惱畫眉。《全宋詩》卷一八八二，册33，第21081頁

## 同前

高翥

萬縷千絲拂水濱，盡催飛絮送殘春。風前輕薄佳人命，天外飄零宕子身。繞路鋪時成素毯，就泥沾處襯芳塵。江頭雨過遺踪盡，留得柔條折贈人。《全宋詩》卷二八五九，册55，第34135頁

## 同前

舒岳祥

斷茸冉冉青樓外，浮影悠悠紫陌間。晴日暖風真得所，遊絲野馬與俱閑。舞經林苑鶯銜去，飛去簾櫳燕掠還。莫把蘆花來比擬，秋深客子更愁顔。《全宋詩》卷三四四一，册65，第40989—40990頁

## 小桃花曲

項安世

題注曰：「雜曲歌辭有《桃花曲》。」按，唐有《桃花行》，武平一《景龍文館記》卷三「二月二十一日宴桃花園，作樂府《桃花行》」曰：「二十一日，張仁亶至自朔方，宴於桃花園，賦七言詩。明日，宴承慶殿，李嶠此當有奪文桃花園詞，因號《桃花行》。四年春，上宴於桃花園，群臣畢從，學士李嶠等各獻桃花詩。上令宫女歌之，辭既清婉，歌仍妙絶，獻詩者舞蹈稱萬歲。上敕太常簡二十篇入樂府，號曰《桃花行》。」①與此不同。

---

① ［唐］武平一撰，陶敏輯校《景龍文館記》卷三，中華書局，2015年版，第123頁。

花如郁李枝如柳，小桃起得梅花後。柔柔冉冉不禁風，密密排排渾是綉。長瓶緑水短窗前，病客相依伴晝眠。夢跨玉驄花畔去，黄金絡腦紫藤鞭。《全宋詩》卷二三七七，册44，第27377頁

## 芙蓉花二首

歐陽修

按，《全宋詩》卷二三九一亦收此詩其二，題作「木芙蓉」，爲朱熹《秋華四首》其一。宋人又有《芙蓉花歌》，當出於此，亦予收録。

溪邊野芙蓉，花水相媚好。半看池蓮盡，獨伴霜菊槁。

紅芳曉露濃，緑樹秋風冷。共喜巧回春，不妨閑弄影。《全宋詩》卷三〇三，册6，第3810—3811頁

## 同前

劉子寰

曉妝如玉暮如霞，濃淡分秋染此花。終日獨醒干底事，晚知爛醉是生涯。《全宋詩》卷三〇八六，册59，第36805頁

## 同前

方岳

緑裳丹臉水芙蓉，不謂佳名偶自同。一朵方酣初日色，千枝應發去年叢。莫驚墜露添新紫，更待微霜暈淺紅。却笑牡丹猶淺俗，但將濃艷醉春風。《全宋詩》卷三二二五，册61，第38487頁

## 同前

方一夔

按，《全元詩》册一四亦收，作方夔詩，元代卷不復録。

露冷霜清日已凄，淡妝素服滿前溪。涉江一段荒凉意，弱國孤臣寒士妻。《全宋詩》卷三五三八，册67，第42306頁

## 同前

董嗣杲

按，《全元詩》册十亦收董嗣杲此詩，題作《芙蓉》，有詩序曰：「此花又名拒霜。慶曆中，有見丁度按轡，侍女迎作芙蓉館主，俄聞丁卒。石曼卿去世後，有見之者，云『我今爲仙，主芙蓉城』。欲見者同往，不諾，騎一素驢而去。近詩：『十里秋紅照馬蹄』。少陵詩：『褥隱綉芙蓉。』」①

如館如城幾艷叢，拒霜不覺老西風。曼卿人見騎驢去，丁度仙遊按轡空。惆悵二公皆死識，淺深十里尚秋紅。且圖席地看花醉，肯羨豪家綉褥工。《全宋詩》卷三五七三，册68，第42719頁

---

① 《全元詩》，册10，第366頁。

### 同前

徐似道

按，此爲殘句。

### 同前

戴復古

一帶拒霜三十里，又催簫鼓作秋聲。《全宋詩》卷二五一九，册47，第29107頁

按，此爲殘句。

就中一種芙蓉别，只恐鵝黄學道妝。《全宋詩》卷二八二〇，册54，第23614頁

### 芙蓉花歌

釋文珦

東鄰檻外芙蓉花，初開粲粲如朝霞。今朝花謝枝空在，繞樹千回只嘆嗟。花謝明年還復

開，紅顔已去終難回。人生不及花枝耐，况有流光白髮催。遊子對花心盡醉，老翁見之如夢寐。解把浮生比夢中，肯計榮華與憔悴。《全宋詩》卷三三一九，册 63，第 39559 頁

## 錦石搗流黃并序

曹勛

詩序曰：「古詞皆亡，亦不知所起，獨煬帝有五言一章，以道征戍室家之思。今新而補之。」

秋風清，秋月明，征人思婦難爲情。難爲情，蟋蟀遠壁鳴寒聲，霜砧皓腕愁不勝。愁不勝，愁不可剪衣可成，夢君先到黄龍庭。《全宋詩》卷一八八一，册 33，第 21066 頁

## 春遊吟

吴沆

清厲鶚《宋詩紀事》曰：「《環溪詩話》：李待制云：『此所謂詩中有畫。』」①

---

①《宋詩紀事》卷四〇，第 1014 頁。

鳥語烟光裏，人行草色中。池邊忽分散，花下復相逢。《全宋詩》卷二〇六一，册 37，第 23245 頁

## 春遊曲

陳允平

長安二月東風裏，千紅陌上香塵起。都人歡呼去踏青，馬如游龍車如水。兩兩三三争買花，青樓酒旗三百家。長安酒貴人未醉，岸頭芳草日半斜。誰家女子嬌似玉，約莫青春十五六。郁金羅帶蘇合香，琵琶自度相思曲。相思曲，聲斷續，斷續回文不堪讀。回文斷續有續時，離腸寸斷無續期。《全宋詩》卷三五一六，册 67，第 41991 頁

## 樂府

宋祁

花外超超百尺樓，碧簾深下蒜條鈎。石城何似盧家好，曲裏分明兩莫愁。《全宋詩》卷二二三，册 4，第 2572 頁

## 同前二首

晁冲之

病來飲不敵群豪，笑岸紗巾卸錦袍。一座空煩春筍手，玉杯乳酪貯櫻桃。
自摘酴醾滿架空，擬將豪氣敵春風。欲知盞面玻璃闊，看照紅顔在酒中。《全宋詩》卷一二二三，冊 21，第 13881 頁

## 同前

許　棐

妾心如鏡面，一規秋水清。郎心如鏡背，磨殺不分明。
小窗寒燭夜，結紐綴郎襟。不結尋常紐，結郎長遠心。
郎身如紙鳶，斷線隨風去。願得上林枝，爲妾縈留住。《全宋詩》卷三〇九〇，冊 59，第 36859 頁

## 同前四首

吴龍翰

清厲鶚《宋詩紀事》曰：「方虚谷云：『式賢詩有驚人語，如《樂府》諸篇，尤予所深

喜者。』」①

妾心江岸石，千古無變更。郎心江上水，倏忽風波生。瑟瑟凉風來，妾身似秋扇。安得復炎熱，相携不相厭。製衣寄夫壻，妾有冰雪段。中有連理枝，不忍剪教斷。殘月小樓西，鵑啼思欲迷。妾夫在天南，何不那邊啼？《全宋詩》卷三五八九，册 68，第 42886—42887 頁

## 庚午歲伯氏生朝作樂府一章爲壽

王　洋

木公金母傳瑶爵，九虎開門動魚鑰。瑶池曼倩别烟霞，海上安期降喬嶽。東牟先生德彌大，静課虚無明寂寞。背連海嶠三雙鼇，手取西山一丸藥。推先當户培芳蘭，斗牛寶氣摇光寒。光華章綬表奇格，照耀廣陌馳花鞍。春風物色論長久，柳拂腰支梅勸酒。百篇聊復付西江，盛

① 《宋詩紀事》卷七七，第 1873 頁。

事會須傳不朽。天上老驥禾充腸，一秣萬里濆空蒼。年年歲歲身長健，歲歲年年春草長。《全宋詩》卷一六八七，册30，第18944頁

## 樂府雜擬

黄彦平

鷩風吹鴻鵠，一舉儀天衢。勁翮自肅肅，弱羽猶區區。時於蒿艾間，得粒鳴相呼。永愧燕雀情，我豈不足歟。鵬運與鷗没，遠近各有圖。方當絶四海，安敢懷此都。用意崎嶇外，人貴真相知。張耳望陳餘，汲黯是魏其。所謂刎頸交，首身果不隨。太行摧車險，蜀道登天危。坐席有畏塗，方笑劍頭炊。老翁牙齒脱，年少莫相疑。古來達士志，愛日懷兢慎。皇皇百年心，穆穆三才順。後生不作意，易名才慕藺。感慨能幾何，繁華終共盡。不須吟《梁父》，亦勿歌虞殯。當從簞瓢人，勇退以爲進。往者東門瓜，近接咸陽道。炎風沉玉甃，宿露薅瑶草。召平磊落人，此亦有何好。常時玩鈎帶，不復嘆枯槁。武陵桃易華，用里芝難老。戰争兹云始，賤貧儻長保。青青佳蔬色，春事幽人家。爲政一畦足，葱韭紛菁華。貧士食有經，願欲不得奢。鮭種二十七，籩豆無添加。寒翠濯露雨，甘芳供齒牙。菜花亦不惡，何獨愛桃花。

忘機對芳草，一目青浮浮。榮枯四時行，寂寞萬事休。樹諼見國風，采菊聞靈修。空殘飛蓬首，詎返王孫游。韓子木强人，臭味誰敢投。暮年還小黠，不肯辨薰蕕。

脩竹不受暑，飄然無定著。烔烔月明枝，蕭蕭風隕籜。佳人洞天曉，羞多頩怒薄。玉雪生林際，紺袖花零落。塵埃褦襶子，執熱何由濯。亦復起遐瞻，層冰架松壑。

石戴古車轍，人生來往勤。雙輪不生角，越絶會通秦。坐令丘壑姿，化作京洛塵。君看釣魚磯，鼻口羅江津。浮走例有役，俛仰俱已陳。吾亦永愧爾，東西南北人。

神物有顯晦，飛潛不同群。爲梭蓄雷電，爲劍動祥氛。魚服與蛇行，委蛇隱其文。嗜欲未可求，物象疇能分。一朝逝不留，萬里垂天雲。回首視山澤，凡鱗故紛紛。

遺堞感至今，平生行樂處。英雄除霸王，俯仰成今古。昔日城中居，此日城邊墓。魚龍與爵馬，共盡誰能數。悲風天末起，陌上行人去。凄凉王仲宣，獨詠《登樓賦》。《全宋詩》卷一七〇四，册30，第19190頁

## 古樂府

晁冲之

大星何歷歷，小星爛如石。掖垣崔嵬横紫微，十二羽林森北極。今夕何夕月欲没，虎抱空

闒龍厭直。峥嶸北斗著地垂，手去瓠瓜不盈尺。嚴陵醉卧光武傍，浮楂正值天孫織。王良挾策飛上天，傅説空騎箕尾立。君不見茂陵棄子欲登仙，自將壯士終南邊。忽然遭窘出璽綬，歸來下詔除民田。阿瞞急示乘輿物，鮮卑仍棄珊瑚鞭。又不見古來垂堂戒華屋，敵國挾輈戎接轂。白龍魚服誤網羅，孔雀金花被牛觸。《全宋詩》卷一二一六，册21，第13866頁

## 同前

龔 況

妖嬈破瓜女，争上秋千架。香飄石榴裙，影落薔薇下。墻外見鴛鴦，雙雙春水塘。歸來情脈脈，無緒理殘妝。《全宋詩》卷一三九四，册24，第16032頁

## 同前

丁世昌

郎如枝上禽，妾比庭前樹。翅健入雲飛，根深隨不去。《全宋詩》卷二五二〇，册47，第29109頁

## 同前

姜夔

裁衣贈所歡，曲領再三安。歡出無人試，閨中自着看。
甚欲逐郎行，畏人笑無媒。日日東風起，西家桃李開。
令我歌一曲，曲終郎見留。萬一不當意，翻作平生羞。《全宋詩》卷二七二四，册51，第32047頁

## 同前

程垣

長安花如錦，不堪製郎衣。拾得并州剪，剪花花忽飛。
清溪彩鴛鴦，野性不可馴。君心空愛渠，渠無愛君心。
莫嫌秋後扇，明年還六月。凄涼暫離別，恩情難斷絶。《全宋詩》卷三〇八七，册59，第36819頁

## 同前

釋斯植

携君石上琴，彈我窗前月。月缺又還圓，誰能免離别。

青山叫子規，行人泪如雨。子規不肯歸，行人不能去。
欲買采菱船，野水無人識。野水去不回，迢迢暮山碧。
早作西州行，暮作西州宿。楊柳忽風生，年年芳草緑。
蘭死根亦香，人死不知處。人死不堪悲，蘭香化爲霧。
山鷄啼一聲，深院日當午。世無同心人，入此薜蘿裏。
晚步入松陰，斂霽人影絶。唯聞太古音，聽之心膽裂。
一入經戰場，白馬不足數。白馬不敢嘶，春風在場圃。
青雲千里心，白鷺一點雪。誰將玉笛吹，吹下關山月。《全宋詩》卷三三〇〇，册 63，第 39324—39325 頁

## 同前

徐集孫

郎別二十春，未報淮頭捷。空房守節心，羞見雙蝴蝶。滴泪寫臙脂，欲寄南雁群。恐蕩郎客思，封了却還焚。妾甘奉姑老，妾甘育子穉。它日晝錦歸，願郎無棄置。《全宋詩》卷三三九〇，册 64，第 40343 頁

## 同前 壽人母

文天祥

珊瑚香點胭脂雪，芙蓉帳壓春雲熱。明朝早弄燈前月，瀲灩九霞碧藕折。璇杓高聳婺女明，金波漾曉輝郎星。赤瓊曲裏長眉青，頭上更有瑶池君。六九五十四東風，西蟠桃花花未紅。鳴鸞鼓玉聲玲瓏，緑毛蒙茸蓮水龜。媥爛五色人間稀，春多瑞葉不敢飛。冰壺光滿魚龍轉，笑中低舞玉釵燕。明年今日長秋殿，安輿入侍金桃宴。《全宋詩》卷三五九六，册68，第42984頁

## 同前

鄧允端

梧桐葉落秋容早，夜夜寒蛩泣衰草。鳳釵金冷鬢雲凋，可惜紅顔鏡中老。音塵望斷沈雙鯉，唤起相思何日已。瑣窗人静月輪孤，六曲屏山冷如水。《全宋詩》卷三七四七，册72，第45185頁

# 卷一一二　宋雜曲歌辭一八

## 效古樂府三首

呂本中

君住長江邊，妾上長江去。長江日夜流，相思不相顧。
長江日夜流，妾心終不改。誰謂江頭人，相思不相待。
東家石榴紅，西家石榴紫。俱是一種花，同生不同死。《全宋詩》卷一六〇七，册28，第18052頁

## 擬古樂府

呂本中

高堂陳八音，同聽不同樂。狂飆送鴻鵠，萬里翔寥廓。一去三十年，事事非前約。當時緑綺琴，塵埃無處著。時節非不久，此意但如昨。《全宋詩》卷一六二〇，册28，第18182頁

# 廬陵樂府十首

郭祥正

宋王象之《輿地紀勝》曰：「螺川，郭祥正《廬陵樂府》：『不作巫山雨，螺川久住家。』」①

妾擡纖纖手，一拂白玉琴。琴聲寫三疊，寄妾萬里心。朱弦斷可續，妾心常不足。纔驚楓葉丹，又見楊枝緑。望君君未到，妾貌寧長好。雲鬢懶重梳，從教似秋草。

鴻雁殊未來，思君一彈琴。泠泠别鶴語，折盡幽蘭心。蛛絲漫相續，難繫驊騮足。白日無時停，雲鬢寧長緑。年華要不老，不若丹青好。對之雖無言，猶勝種萱草。

與子初執手，效彼瑟與琴。子去既不返，誰復知我心。寶刀能切玉，願斷金烏足。留住枝上春，花紅葉長緑。懊惱復懊惱，憔悴變妍好。不見庭中蘭，埋没隨百草。

妾身厭塵埃，專心托君子。感君一面眄，涸轍逢秋水。雍容未經年，結誓同生死。胡爲忽

① [宋] 王象之《輿地紀勝》卷三一，四川大學出版社，2005年版，第1441頁。

言别，短書無一紙。愁思魂夢飛，鵲語不成喜。歲晚君不來，紅妝爲君洗。

嵯峨姑射山，綽約飛行子。絳唇啓皓玉，明眸漾寒水。方平與麻姑，相期永不死。手披《黄庭經》，金字寫青紙。胡爲謫人間，離合溢悲喜。妖桃凝露珠，東風任吹洗。

庭下幽花冪寒霧，金鴨冷烟無一縷。從君别妾駕紅鸞，望斷三山無覓處。平時曲調休重舉，長袖空垂不成舞。醒眼牽愁送春去，獨立殘陽與誰語。

英英玉山禾，乃是鳳凰食。鳳凰殊未來，禾生亦何益。幽香眷春盡，孤根含露寂。委棄同蒿萊，咄嗟人莫識。

自君之往矣，幽房守歲華。眉頭匀翠淡，裙帶縷金斜。魂魄空成夢，音書不到家。憑誰度庾嶺，和泪寄梅花。

粉黛元知假，丹青豈是真。桃花初過雨，溪水暗流春。眼眼隨雲斷，書書托雁頻。漁郎自迷路，狂殺武陵人。

不作巫山雨，螺川久住家。欲知冰未釋，須信玉無瑕。對局拈棋子，開窗摘杏花。誰能諳此意，紅日又西斜。《全宋詩》卷七六六，册13，第8893—8894頁

## 紹興樂府

宋　翔

題注曰：「七時韋太后歸慈寧宮。」

天意回，皇母歸。戢烽燧，敞宮闈，朝陽赫奕明鞠衣。惟皇之孝，惟母之慈。陳仙仗，薦壽卮。從之冢后與庶妃，奏之《九成》與《咸池》。沓珍瑞，駢福祺，山陬水裔咸熙熙。惟天之象，與帝之宜。千萬年，無窮期。《全宋詩》卷一八七六，册33，第21027頁

## 法壽樂歌

趙　文

按，《全元詩》册九亦收趙文此詩，元代卷不復録。

詩序曰：「古詩未始道佛事，梁武帝即位後，更造新聲，帝自爲之詞。帝既篤敬佛法，又製《善哉》《天樂》《天勸》《天道》《仙道》《神王》《龍王》《滅過惡》《除愛水》《斷苦輪》等十篇，名爲正樂，皆述佛法。又有《法樂童子伎》《童子倚歌梵唄》，今所謂《金利佛》《法壽樂

歌》，皆所自出也。」

西雲垂天飛流黄，寶鬘百萬隨風揚，帝居摩醯首羅鄉。采女如花侍帝旁，珠啼玉唾天花香，澹然神情無世妝。下視邢尹紛醒狂，梵唄琅琅出清吭，天庖供饌薦豆觴。帝飲食之壽以康，恒沙世界俱來王，天王神聖臣忠良。春風萬里酣耕桑，雨滴可數海可量，無有能知法壽長。梵天釋帝萬億歲，歲歲壽杯天下醉。《全宋詩》卷三六一一，册68，第43237頁

## 步虚詞五首

徐 鉉

宋曾慥《類説》曰：「《步虚詞》，道觀所唱，備言縹緲衆仙輕舉之美。」①宋人又有《朝真步虚詞》《長吟玉音金闕步虚》《白玉樓步虚詞》《九鎖步虚詞》《步虚歌》等，當出於此。宋趙鼎《王母觀》曰：「月下何人唱《步虚》，如聞仙子好樓居。」②劉子翬《汴京紀事二十首》其九

---

① 《類説》卷五一，景印文淵閣四庫全書，册873，第881頁。
② 《全宋詩》卷一六四五，册28，第18421頁。

曰：「神霄宫殿五雲間，羽服黄冠綴曉班。詔許群臣親受籙，《步虚》聲裏認龍顔。」①宋岳珂《宫詞一百首》其三四曰：「一曲《步虚》傳御製，緑章初奏玉清宫。」②則《步虚詞》彼時可入樂。宋時《步虚詞》亦爲詞牌，宋人程珌有《步虚詞》（壽張門司），見載于《全宋詞》，此處不録。宋人又有《步虚》《步虚歌》，當出於此，亦予收録。

瓊章開氣爲還元正，心由抱一靈。凝神歸罔象，飛步入青冥。整服乘三素，旋綱躡九星。

靈符終後學，稽首奉真經。天帝黄金闕，真人紫錦書。霓裳紛藹景，羽服迴臨虚。白鶴能爲使，班麟解駕車。

唯餘養願借，轉共世情疏。聖主過幽谷，虚皇在蕊宫。五千宗物母，七字秘神童。世人金壺遠，人間玉籥空。

不嫌園身法，修此與天通。何處求玄解，人間有洞天。勤行皆是道，謫下尚爲仙。藹景乘朱鳳，排虚駕紫烟。

① 《全宋詩》卷一九二〇，册34，第21427頁。
② 《全宋詩》卷二九七三，册56，35404頁。

吏傲，願在玉宸前。

三素霏霏遠，盟威凜凜寒。火鈴空滅没，星斗曉闌干。佩響流虚殿，爐烟在醮壇。蕭寥不可極，驂駕上雲端。《全宋詩》卷七，册 1，第 98 頁

## 同前

宋釋文瑩《續湘山野録》曰：「祖宗潛耀日，嘗與一道士游於關河。無定姓名，自曰混沌，或又曰真無。每有乏則探囊金，愈探愈出。三人者每劇飲爛醉。生善歌《步虚》爲戲，能引其喉於杳冥間作清徵之聲，時或一二句，隨天風飄下，惟祖宗聞之，曰『……』至醒詰之，則曰：『醉夢語，豈足憑耶？』至膺圖受禪之日，乃庚申正月初四也。」①

金猴虎頭四，真龍得其位。〔宋〕文瑩《續湘山野録》，中華書局，1984 年版，第 74 頁

① 〔宋〕文瑩撰，鄭世剛、楊立揚點校《續湘山野録》，中華書局，1984 年版，第 74 頁。

## 同前

宋太宗

清静建金壇，無爲大道理。歸依玉帝前，稽首求宗旨。發詠爇名香，一心專不已。願同四海知，萬億神仙子。悟即杳冥中，玄談皆彼此。真人受命時，覺者有終始。象外好優遊，愚情生謗毁。羽蓋駕青龍，行遍八方水。右一

天尊馭六龍，百萬神仙騎。雲起自逍遥，五音皆鼓吹。碧桃爛熟時，七寶林中賜。白鳳集千群，雪身排玉翅。華嚴如意珠，聖化不思議。師子善非常，華胥妙法智。凡愚有道心，慧眼衆生施。無限小丫童，蕊宫深殿戲。右二

玉籙受經師，科儀尊上帝。頌聲世界中，道業心相濟。靈寶度衆生，丹丘雲雨翳。虚無入太清，白鶴聲嘹唳。百谷盡朝宗，烟霞全美麗。囂塵自不迷，秘要門開閉。洞府最深嚴，神仙無繫綴。天高似掌平，一一皆精細。右三

上帝化無窮，仙居紫府位。信心杳若空，稽首拜天地。晴霽布星羅，真門持不二。十洲散雨花，五福真人秘。符瑞表其恭，戰兢驚寶器。善哉諸法師，祈福來凡意。功行滿三千，心緣勿退志。歸依大道君，一切靈官記。右四

仙集會玄都，法輪常轉處。持齋振寶鈴，冬夏無寒暑。絳節蕊珠宫，瀛洲臨遠渚。天尊侍立人，崇道絶私語。妙入大乘經，六情皆盡去。默然念在心，淡泊勿疑阻。月皎盛明時，清娥揺玉杵。叩鐘雅調音，煉質容相許。右五

天上與人間，黄衣受玉籙。經開道眼明，持念果成速。若遇邪魔臨，灰心似草木。丹田是命根，仰俯皆生福。鶴骨爲餐霞，修行如野鹿。三才鬱茂中，執卷但勤讀。太一及星官，康民無反復，還淳務實時，四序長盈縮。右六

慕道要歸真，知非求得一。先需修煉心，甚好變凡質。禮懺用精專，登壇明似日。六丁驅使易，去住如風疾。念咒與神符，邪魔無縱逸。青詞奏表章，善惡包凶吉。原始諸天尊，聖言分甲乙。香燈及醮茶，噀弄神刀筆。右七

七寶瑠璃宫，飛符排絳節。玉京鎮十方，衆真頌真訣。天地杳冥中，景雲符不絶。太仙夸鶴游，齋醮清嚴潔。詠贊亦非常，長生無隕滅。上帝伏魔王，執事皆賢哲。下察向黎民，靈官爲等列。香華從輦時，揚教動喉舌。右八

寶鐸振鑾鳴，諸仙相聚集。較量高下時，浮淺不能入。旋繞如意珠，破壞善修葺。玉皇朝謁前，真人傍侍立。步虚聽自然，仰望華胥邑。駕鶴與乘龍，祥光起熠熠。三千功行來，壺有大丹粒。玄都鎮八方，臨壇皆蓊鬱。清風發播揚，養命存嘘吸。右九

日月五福明，公平鑒善惡。三官五帝君。億萬周遊樂。法雨從行時，乘雲與駕鶴。如意一顧身，所化化城郭。馥郁杳冥中，真宗皆淡泊。九天利物多，寶林葉交錯。像教福人間，鮮花開紫蕚。剛柔轉智輪，大道心依托。右十　《全宋詩輯補》，册1，第44—46頁

## 同前

宋真宗

銅渾春律至，玉闕曉烟披。吉夢通天意，靈文表帝期。奉符成巨典，胥宇報純禧。克布烝民佑，應諧百福宜。右一

錫符瞻絳闕，揆日會彤庭。迎導森容衛，夤威罄典刑。氤氳流協氣，絡繹奏祥經。苾苾修嘉薦，隻隻達杳冥。右二

將議元封禮，期覿上帝心。清都雲杳杳，丹禁漏沉沉。先覺回飆馭，遵期錫玉音。喬封成紀號，虔聳倍欽欽。右三

上封初蕆事，吉夢復通真。玉檢功成近，龜書錫佑臻。靈丘揚典禮，恭館答威神。介祉從穹昊，流祥及下民。右四

岱丘琅函至，神州藻仗迎。流金炎氣散，觸石慶雲生。喜見傾都意，歡聞載路聲。華簪皆

仰望，仙羽表殊清。右五

神皋求爽塏，珍館法圜清。鴻應流無極，丕功見有成。發祥開茂緒，介祉佑群生。億兆觀宏壯，虔恭意倍傾。右六

夕夢通中禁，仙遊降上蒼。鴻源昭浚發，丕歷協無疆。報況虔心積，儲休瑞命昌。慶雲知不竭，億載保咸康。右七

福地求清界，良金範粹儀。中霄聞聖訓，邃古啓昌期。累洽彰敷佑，精衷報錫禧。乾乾瞻肖像，簡簡茂丕基。右八

蕊宫成壯麗，郢匠極精微。層閣形疑涌，虚檐勢若飛。寶龜生綠毳，晝棟見烏輝。欽奉求多福，常期惠九圍。右九

窔寮門扃啓，崢嶸殿宇開。雲低龍影度，風静鶴音來。金簡藏三洞，飄車奏九垓。何煩言閬苑，即此是龜臺。右十

《全宋詩輯補》，册1，第380—381頁

## 同前

張商英

按，《全宋詩》卷六七七又作楊傑詩，題爲「朝真步虚詞」，辭同，兹不復録。①

## 同前十首

宋徽宗

珠珮珊珊路絶塵，鳳凰山上夕朝真。甘棠美政行南國，列宿寒光拱北辰。篆冷金盤雲屋曉，書飛玉闕洞天春。一聲遼鶴歸傳報，壽益君王福在民。《全宋詩》卷九三四，册16，第11008頁

太極分高厚，輕清上屬天。人能修至道，身乃作真仙。行溢三千數，時丁四萬年。丹臺開寶笈，金口爲流傳。

大梵三天主，虚皇五老尊。尚難窺徼妙，豈復入名言。寶座臨金殿，霞冠照玉軒。萬真朝

① 《全宋詩》卷六七七，册12，第7891頁

帝所，飛舄躡雲根。

濛濛如細霧，冉冉曳銖衣。妙逐祥烟上，輕隨彩鳳飛。幾陪瑶室宴，忽指洞天歸。佇立扶桑岸，高奔日帝輝。

旋步雲綱上，天風颯爾吹。飄裾凌斗柄，秉笏揖參箕。獅子銜丹綬，騏驎導翠輜。飛行周八極，幾見發椿枝。

緑鬟頽雲髻，青霞絡羽衣。晨趨陽德館，夜造月華扉。摶弄周天火，韜潛起陸機。玉房留不住，却向九霄飛。

昔在延恩殿，中宵降九皇。六真分左右，黄霧繞軒廊。廣内尊神御，仙兵護道場。孝孫今繼志，咫尺對靈光。

寶籙修真範，丹誠奏上蒼。冰淵臨兆庶，宵旰致平康。萬物消疵癘，三辰效吉祥。步虚聲已徹，更詠洞玄章。

宛宛神洲地，巍巍衆妙壇。鶴袍來羽客，鳧舄下仙官。玉斝斟玄醴，琅函啓大丹。至誠何以祝，四海永澄瀾。

水噀魔宫懾，燈開夜府明。九天風静默，四極氣澄清。嘯詠朱陵曲，翺翔白玉京。至誠何以祝，國祚永安榮。

華夏吟哦遠，人聲自抑揚。沖虚歸道德，曲折合宫商。殿閣沉檀散，樓臺月露凉。至誠何以祝，多稼永豐穰。《全宋詩》卷一四九四，册26，第17065頁

## 同前二首

宋徽宗

題注曰：「後一首因講《御注道德經》，仙鶴翔集而作。」

一氣化之元，邈在兩儀先。寶埒馳金馬，真香噴玉蓮。飛空按龍轡，梵響導芝軿。綿永長春劫，翱翔無色天。初真難曉諭，以此戒中仙。

高真明道德，垂世五千言。解釋慚凉薄，殫誠測妙元。霓旌嚴教典，羽唱徹雲軿。瑞鶴儀空際，祥風拂署煩。穹窿兹響應，寶祚億斯年。《全宋詩》卷一四九四，册26，第17068頁

## 同前二首

朱熹

扉景廓天津，空同無員方。丹晨儛七氣，朵秀東渟房。餐吐碧琳華，仰噏飛霞漿。竦轡絶

冥外，眄目撫大荒。策我緑軒輧，上際於浪滄。神鈞亦寥朗，晻靄晨風翔。養翮塵波裏，縱神非有亡。一樂無終永，千春詎能當。

褰裳八度外，竦轡霄上游。軒觀隨雲起，偃駕東渟丘。丹蕖耀瓊岡，三素粲曾幽。躡景遺塵波，偶想即虛柔。盼目娛真際，不喜亦不憂。宴罷三椿期，顛徊翳滄流。千載何足道，太空自然疇。《全宋詩》卷二三八三，册 44，第 27481 頁

## 同前

翁　卷

玄根布靈葉，妙化無常人。結茲清陽氣，挺我空洞神。煉度得長生，列籍齊衆真。登賓玉皇家，執侍羅星嬪。欻往宴十洲，飛客成相親。茫茫塵中區，荒穢何足鄰。《全宋詩》卷二六七三，册 50，第 31405 頁

## 步虛詞四闋壽吳靜庵

武　衍

朝元天路慶雲多，桂樹吹香冷鬱羅。應爲仙翁今日壽，玲玲環佩下星河。

紫鳳銜書出九關，頻年光動虎林山。龍奎錫號恩雖異，自視浮榮祇等閒。
欲識吾庵以静名，内觀何有外無形。探天别得長生訣，獨抱清明合至靈。
金簡標名玉篆階，莫將松鶴擬年華。逍遥太極秋光裏，細挹天漿對菊花。《江湖後集》卷二二，景印文淵閣四庫全書，臺灣商務印書館，1986年版，册1357，第995頁

## 七言步虚辭二首

沈　遘

碧城絳闕半夜開，翠旗玉節相徘徊。景光散墮燈火蔽，步虚一聲天上來。迎神

赤烏原作烏，據四庫本改鼓舞揚朝暉，白榆零落收夕霏。侍臣再拜謝神貺，步虚一聲天上歸。送神《全宋詩》卷六二九，册11，第7511頁

## 作室爲焚修之所擬步虚辭

朱　熹

歸命仰璇極，寥陽太帝居。翛翛列羽幢，八景騰飛輿。願傾無極光，回駕俯塵區。受我焚香禮，同彼浮黎都。《全宋詩》卷二三八三，册44，第27473頁

# 卷一一三　宋雜曲歌辭一九

## 白玉樓步虚詞六首并序

范成大

詩序曰：「趙從善示余《玉樓圖》，其前玉階一道，横跨緑霄，中琪樹垂珠網，夾階兩傍。緑霄之外，周以玉闌，闌外方是碧落。階所接亦玉池，中間涌起玉樓三重，千門萬户，無非連璐重璧。屋覆金瓦，屋山綴紅牙，垂璫四檐。黄簾皆捲，樓中帝座依約可望。紅雲自東來，雲中虚皇乘玉輅，駕兩金龍。侍衛可見者：靈官法服騎而夾侍二人，力士黄麾前導二人，儀劍四人，金圍子四人，夾輅黄幡二人，五色戟帶二人，珠幢二人，金龍旗四人，負納陛而後從二人。雲頭下垂，將至玉階，樓前仙官冠帔出迎，方下階，雙舞鶴行前。雲駕之傍，又有紅雲二：其一仙官立幢節間，其二女樂并奏。玉樓之後又有小玉樓六，其制如前。寶光祥雲，前後蔽虧，或隱或現。小案黄本作樓之前，獨爲金地，亦有仙官自金地下迎。傍小樓最高處，有飛橋直瑶臺，仙人度橋登臺以望。名數可紀者，大略如此。若其景趣高妙，碧落浮黎、青冥風露之境，則覽者可以神會，不能述於筆端。此畫運思超絶，必夢遊帝所者仿佛得之，非世間俗史意匠可到。明窗浄几，盡卷展玩，恍然便覺身在九霄三景之上。奇事不可以不識。簡齋有《水府法駕導引歌詞》，乃倚其體作《步虚詞》六章，以遺從善。羽人有不俗者，使歌之於清風明月之下，雖未得仙，亦足以豪矣。」按，《全宋詞》亦收，題辭皆同。

珠霄境，却似化人宫。梵氣彌羅融萬象，玉樓十二倚清空，一片寶光中。

浮黎路，依約太微間。雪色寶階千萬丈，人間遥作白虹看，幢節度高寒。

罡風起，背負玉虚廷。九素烟中寒一色，扶闌四面是青冥，環拱萬珠星。

流鈴響，龍馭簫雲來。夾道騫華籠彩仗，紅雲扶輅輾天街，迎駕鶴毰毸。

鈞天奏，流韻滿空明。琪樹玲瓏珠網碎，仙風吹作步虚聲，相和八鸞鳴。

樓闌外，輦道插非烟。閑上鬱蕭臺上看，空歌來自始青天，揚袂揖飛仙。《全宋詩》卷二二七三，

冊41，第26048—26049頁

## 九鎖步虚詞并引

陳洵直

詩引曰：「大滌洞天爲江左形勢之最，九鎖乃天下所無。回旋百峰，隱真境者九，望

芝軿，瞻象緯，未易進越，如君門九重，不可徑也。迹今考古，嘗謂天門巍峨，嚴闉九關，虎豹守之，啄害下人，有天關鎖。雲無定攝，藏於巖谷，出有入無，神力以行，有藏雲鎖。度弱水，登瑶池，可羽駕者鸞也，德者致之，道者御之，有飛鸞鎖。騰青雲，凌太虛，飛舉之道也，蜕形换骨，始獲身輕，有凌雲鎖。澄鍊五欲，化氣爲神，此真彼真，洞然無礙，有通真鎖。天用惟龍，景雲從之，奮蟄則吟，惟神之攝，有龍吟鎖。道成德備，玄微洞徹，變化無方，真人下接，有洞微鎖。紫旄絳節，一唱萬和，樂音來下，以迓有功，有雲璈鎖。九關無禁，三清垂光，彤芝玉墀，親聆至道，有朝元鎖。若夫奇峰秀嶺，苟出類者，必標名以永傳。九鎖環環，人見山而已。戊午仲春，徜徉巖麓，恍然若登天次第之階，俯境冥會，因人一鎖，即記一名，并述《步虚詞》九章。離塵達清，未免覬霄房之見接也。」清厲鶚《宋詩紀事》曰：「按九鎖爲天關、藏雲、飛鸞、通真、龍吟、洞微、雲璈、朝元、凌虛，今存二首。」①

① 《宋詩紀事》卷八五，第 2057 頁。

第一天關鎖

仙人十二樓，缈缈垂重鐶。志士憫幽阻，鬱覯何谿攀。棲真歷几塵，洞户方孱顔。一鎖度靈鑰，九虎開天關。

第二藏雲鎖

圓象默交感，序氣翔氛氲。飆欻偃華蓋，貫絡百寶熏。八景非真遥，款扣虚皇君。二鎖度靈鑰，松風卷藏雲。

第三飛鸞鎖

琅軒列朱房，風露峨高寒。森羅九宫道，隱約八卦壇。春酣酌金漿，徹視揮外丹。三鎖度靈鑰，悠悠控飛鸞。

第四凌虚鎖

太虚本非有，團塊何迂疏。一句更五日，風乎駛軒如。神馭兩腋輕，絳霞理襟裾。四鎖度靈鑰，八表當凌虛。

**第五通真鎖**

神氣化虛晃，太上尊玉宸。鍊此沈下質，感彼元上春。靈液反流用，偃息崑閬津。五鎖度靈鑰，滯散潛通真。

**第六龍吟鎖**

崿嶂洞陰窅，嶕嶢鬱千尋。中有不測淵，蜿蜒伏蕭森。作霈待時舉，妙化通天心。六鎖度靈鑰，綜御歸龍吟。

**第七洞微鎖**

嘉遁仰靈范，世道何纆䌋。長生昔對面，皇皇昧玄機。沆瀣不足吞，正一知所歸。七鎖度靈鑰，進力行洞微。

### 第八雲璈鎖

犖確玉峰矗，真朋夐遨遊。洗耳發清響，躡蹻瑲鸞高。飛泉落松杪，節奏風蕭騷。八鎖度靈鑰，鏗鏗引雲璈。

### 第九朝元鎖

矯首太霞真，飛忱紫微垣。委蛻速霞舉，脱灑人命門。羽葆交芝雲，琳琅飆神旛。九鎖度靈鑰，五氣身朝元。《全宋詩》卷二八六三，册55，第34189—34191頁

## 敬和九鎖步虛詞并引

趙汝湜

詩引曰：「竊聞大秉陽德，而九爲老陽。故仙道宗陽，而取數皆九。内景合氣，以九爲節；金丹大還，九轉爲寶；其在於人，爰有九宫；上應列宿，是爲九曜。圜則九重，豈非陽數之極，而仙真所居者乎？天柱洞天，外環九鎖，神造靈設，仰模璇霄，此固玉帝真遊、列仙窟宅之地也。山秀水清鈞綿奇絶，飛舉之士疇昔接踵。而我曾外祖寢虚先生，原注：即陳留

良。實以童年傳道洞微，隱迹吴山修煉内丹，心樂此地，時與高人幽士徜徉往來。浴冷泉而白雲生，寢石床而丹氣炳，靈異之迹不可具述。故舅氏南渠居士猶踵清風，守一高蹈，暇日因即九鎖聲之《步虚》，用標靈境，以告來者。汝湜辛酉仲秋因獲陪侍杖屨，撫松拂石，即景長吟，輒爾和韻，用汙清唱之末，寄之名山，庶用識於他日也。」

**天關鎖**

雲墉高嵯峨，七蕤銜銅環。有象非有質，真儔得躋攀。九天著通籍，保我玉鍊顔。英英青旄節，悠悠款靈關。

**藏雲鎖**

靈根鬱三素，一氣同氤氲。冉冉霄上游，永離囂塵熏。空體含五華，霞貫泥丸君。鐶剛爾何神，攝身混祥雲。

**凌虚鎖**

太空本無形，天衢迥蕭疏。火煉身彌輕，意行神已如。飄飄跨倒景，棽麗舞雲裾。無礙故逍遥，灑然翔清墟。

通真鎖

五嶽皆積骨，千霜永難晨。胡爲甘短景，不悟丹臺春。至道豈在煩，録精練胎津。六六琴心文，一悟通玄真。

龍吟鎖

矯首東方宫，變化何由尋。神用妙難擬，飆電赫森森。雨施不爲功，雲從本無心。人間謾懷想，戛鉢希雷吟。

洞微鎖

大道不容言，有滞還有幾。返本含元造，竟達無上機。希夷絶視聽，得一衆甫歸。向來寢虚師，至訣殊精微。

## 雲璈鎖

悠悠劫爲朝，萬民恣遨遊。三山眇如塊，舉步身彌高。絳宮近咫尺，天風度騷騷。至音非笙歌，泠然八琅璈。

## 朝元鎖

煌煌玉京闕，瑞靄紛天垣。嚴扈森虎兵，金朱煥靈門。星弁集萬真，龍旂間華旛。齊心潔形神，稽首朝混元。

## 飛鸞鎖

漸入雲霄徑，清氣逼人寒。欲學長生訣，無過此重壇。無屋堪佇足，有地可藏丹。遥瞻深鎖處，時見繞飛鸞。《全宋詩》卷二九四四，册 56，第 35090—35092 頁

## 長吟玉音金闕步虛

宋徽宗

始青黎元蓋，金香結朱烟。飛晨總翹轡，稽首玉帝前。帝心浩以舒，錫吾太靈篇。是謂不滅道，萬天秉吾權。吾行空洞中，下仙昧其淵。《全宋詩》卷一四九四，册26，第17068頁

## 步虛四首

陸游

微風吹碧海，細細生龍鱗。半醉騎一鶴，去謁青華君。歸來天風急，吹我過緱山。鏘然哦詩聲，清曉落人間。人間仰視空浩浩，遠孫白髮塵中老。初見姬翁禮樂新，千九百年如電掃。

瀛海日月淵，蓬壺仙聖宅。駕鶴一時遊，海面日夜窄。人生浮蝣耳，一鬨瓦甕中。天地廣如許，誰能發其蒙。丹書千卷藏一塵，子能求之勿從人。晴窗趺坐春滿腹，崑崙待得丹芝熟。

曩者過洛陽，宮闕侵雲起。今者過洛陽，蕭然但荒壘。銅駝卧深棘，使我惻愴多。可憐陌上人，亦復笑且歌。世事茫茫幾成壞，萬人看花身獨在。北邙秋風吹野蒿，古冢漸平新冢高。

一瓢小如繭，芳醪溢其中。醉此一市人，吾瓢故無窮。不言術神奇，要是心廣大。觴豆有

德色，笑子乃爾隘。岳陽樓中横笛聲，分明爲子説長生。金丹養成不自服，度盡世人朝玉京。

《全宋詩》卷二一六六，册 39，第 24538 頁

## 同前五章

白玉蟾

昔在神霄府，飛雲步玉天。玉天三十六，六梵聚飛仙。太帝升烟殿，東皇駕鳳軿。真靈來億萬，聽演太靈篇。

玉清長生君，錫命青華房。上念神母言，下慰天八方。八方俱紅塵，塵埃何迷茫。誰復念玉府，飛神登蒼蒼。

帝在蕊珠殿，鶱林白鶴翔。方會琪花宴，遽聽青鸞歌。雲籠六六天，下界徒嗷嗷。爾不慕玉府，輪回復奈何。

清都五雲天，天中飛紫瓊。上皆青琳府，中有白玉京。風露凄且冷，蕊宫雲冥冥。玉童折珊瑚，下弄銀河星。《全宋詩》卷三一三六，册 60，第 37514 頁

玉殿朝回夜已深，三千世界静沉沉。微微花雨粘琪樹，浩浩天風動寶林。烟鎖崑崙山上頂，月明娑竭海中心。《步虚》聲斷一回首，十二樓臺何處尋。《全宋詩》卷三一四一，册 60，第 37680 頁

## 步虛歌

陳仁玉

仙之來兮駕五龍，霓旌絳節泠然風。誰歟擘脯金盤供，垂要緑髮顔如童。五百餘載一瞬中，蓬萊水淺來何從。蔡翁得鞭與道通，雲間遺臼墮半空。九井丹液藏甘潼，赤明浩劫傳無窮。坐閲成壞此故宫，宫前山色知仙蹤。月明笙鶴歸長松，修身潔行儻可逢。屑然爲我達帝聰，流杯□□祛盲聾。卿雲甘露常歲豐，神仙豈必私此躬，八荒壽域仙之功。《全宋詩》卷三三〇九，册63，第39415頁

## 玉清樂十首

宋徽宗

按，《樂府詩集》無此題，然其與《步虛詞》義屬同類，或爲樂府曲調，故予收録。

地居天上接空居，玉清樂。萬象森羅遍八區。玉清樂。功用不知誰主宰，玉清樂。絳霞丹霧閟清都。玉清樂，玉清樂。

碧落空歌黍米珠，玉清樂。十方勃勃入無餘。玉清樂。聞經慶喜難言説，玉清樂。九色龍騰八景輿。玉清樂，玉清樂。

羽童呼吸辟非烟，玉清樂。烟氣徘徊緑室前。玉清樂。造化不從身外得，玉清樂。自根自本即三天。玉清樂，玉清樂。

帝景相將會玉洲，玉清樂。明真層觀紫雲浮。玉清樂。掣開三八黄金鎖，玉清樂。無極虚皇在上頭。玉清樂，玉清樂。

白玉飛符下紫庭，玉清樂。華旛三舉召群靈。玉清樂。攀條咀嚼空青蕊，玉清樂。五體金光射日星。玉清樂，玉清樂。

遠昌臺下海揚波，玉清樂。得道高真始得過。玉清樂。下格小仙追莫及，玉清樂。邕邕遥聽八鸞和。玉清樂，玉濟樂。

五色雲營靉靆屯，玉清樂。三三洞户敞瓊門。玉清樂。何方道士通朱表，玉清樂。玉女飛函達上尊。玉清樂，玉清樂。

上景三元妙色精，玉清樂。絳宫久已列仙名。玉清樂。更從大混存雌一，玉清樂。縹緲雲車駕羽明。玉清樂，玉清樂。

真陽館裏氣徘徊，玉清樂。升降三宫密往來。玉清樂。生死不忏浮世事，玉清樂。相將五老上金臺。玉清樂，玉清樂。

三華太素自然生，玉清樂。穻裏芙蓉灼灼明。玉清樂。絳室金房虛寶座，玉清樂。大微童子下相迎。玉清樂，玉清樂。

《全宋詩》卷一四九四，册 26，第 17062—17063 頁

## 上清樂十首

宋徽宗

按，《樂府詩集》無此題，然其與《步虛詞》義屬同類，或爲樂府曲調，故予收録。宋人又有《上清辭》，當與之相似，亦予收録。

紫清天上育華林，上清樂。絳實朱柯竹葉深。上清樂。咀嚼繁英身不老，上清樂。下觀烏兔换光陰。上清樂，上清樂。

元君八氣號青靈，上清樂。錦帔飛裙住玉城。上清樂。把握帝符司道籍，上清樂。拔除塵累濟群生。上清樂，上清樂。

高上皇人宴紫霄，上清樂。擷芳常引八鶱條。上清樂。肌膚表裏瑠璃徹，上清樂。映照三途萬苦消。上清樂，上清樂。

九日宫中四老真，上清樂。廣霞山上宴仙賓。上清樂。鳴鐘鼓瑟行靈酭，上清樂。碧落融融別有春。上清樂，上清樂。

浮絶山連白玉京，上清樂。金華樓共日華明。上清樂。五真結就圓珠氣，上清樂。骨似丹瓊貌似嬰。上清樂，上清樂。

秀華峰下五靈都，上清樂。元景神君握化樞。上清樂。真火有功能造物，上清樂。銷鎔五毒出陰途。上清樂，上清樂。

赫赫曈曈日九輪，上清樂。六淵宫殿紫元君。上清樂。霞冠錦帔端居暇，上清樂。披拂祥烟著赤文。上清樂，上清樂。

佳氣青葱覆紫空，上清樂。青精羽駕命元童。上清樂。逆風浩蕩三千里，上清樂。七返香烟處處通。上清樂，上清樂。

流汩池中大寶蓮，上清樂。開花十丈映池泉。上清樂。嗅香飲水無饑渴，上清樂。綽約金華葉上仙。上清樂，上清樂。

萬仞霞山峙玉虚，上清樂。四司冠劍護靈都。上清樂。衆真稽首持天禁，上清樂。腰佩仙皇逸籙符。上清樂，上清樂。

《全宋詩》卷一四九四，册26，第17063—17064頁

## 上清辭五首

李九齡

入海浮生汗漫秋，紫皇高宴五雲樓。《霓裳》曲罷天風起，吹散仙香滿十洲。

樓鎖彤霞地絶塵，碧桃花發九天春。東皇近日慵遊宴，閒煞瑶池五色麟。

上清仙路有丹梯，影響行人到即迷。不會無端個漁父，阿誰教入武陵溪。

本來方朔是真仙，偶别丹臺未得還。何事玉皇消息晚，忍教憔悴向人間。

新拜天官上玉都，紫皇親授五靈符。群仙個個來相問，人世風光似此無。《全宋詩》卷一八，册1，第265頁

## 同前

蘇軾

題注曰：「以宫名名篇。」按，舊題王十朋《東坡詩集注》置此詩於「樂府」類。蘇軾《書上清詞後》曰：「嘉祐八年冬，軾佐鳳翔幕，以事□上清太平宫，屢謁真君，敬撰此詞。仍邀家弟轍同賦。其後廿四年，承事郎薛君紹彭爲監宫，請書此二篇，將刻之石。元祐二年二

月廿八日記。」①

南山之幽，雲冥冥兮。孰居此者，帝側之神君。君胡爲兮山之幽，顧宮殿兮久淹留。又曷爲一朝去此而不顧兮，悲此空山之人也。來不可得而知兮，去固不可得而訊也。君之來兮天門空，從千騎兮駕飛龍。隸辰星查注作星辰兮役太歲，儼晝降兮雷隆隆。朝發軫兮帝庭，夕弭節兮山宮。懭有妖兮虐下土，精爲星兮氣爲虹。爱流血之滂沛兮，又嗜瘧癘與螟蟲。嘯盲風而涕淫雨兮，時又吐旱火之爞融。銜帝命以下討兮，建千仞之修鋒。乘飛霆而追逸景兮，歙砉掃滅而無蹤。忽崩播其來會兮，走海岳之神公。龍車獸鬼不知其數兮，旗纛晻靄而冥蒙。漸俯傴以旅進兮，鏘劍佩之相礱。司殺生之必信兮，知上帝之不汝容。既約束以反職兮，退戰慄而愈恭。澤充塞于四海兮，獨澹然其無功。君之去兮天門開，款閶闔兮朝玉臺。群仙迎兮塞雲漢，儼前導兮紛後陪。歷玉階兮帝迎勞，君良苦兮馬虺頽。閔人世兮迫隘，陳下土兮帝所哀。返瓊宮之嵯峨兮，役萬靈之喧豗。默清净以無爲兮，時節狩於斗魁。詣通明而獻黜陟兮，軼蕩蕩其無回。忽表裏之焕霍兮，光下燭于九垓。時游目以下覽兮，五嶽爲豆，四溟爲杯。俯故宮之千柱兮，若

---

①《蘇軾文集》，册 6，第 2553 頁。

毫端之集埃。來非以爲樂兮，去非以爲悲。謂神君之既返兮，曾顔咫尺之不違。升秘殿以内悸兮，魂凛凛而上馳。忽寤寐以有得兮，敢沐浴而獻辭。是耶非耶，臣不可得而知也。《全宋詩》八三一，册 14，第 9625—9626 頁

## 太清樂十首

宋徽宗

按，《樂府詩集》無此題，然其與《步虚詞》義屬同類，或爲樂府曲調，故予收録。

太一元君掌列仙，太清樂。彤暉絳彩射芝田。太清樂。功圓會遇刊名籍，太清樂。可但洪崖笑拍肩。太清樂，太清樂。

五節清香半夜焚，太清樂。天人玉女盡遥聞。太清樂。味同氣合遥相應，太清樂。絳節霓旌下五雲。太清樂，太清樂。

太極元君翠翮車，太清樂。萬魔奔走聽神符。太清樂。九龍縱步齊驤首，太清樂。時見空中吐火珠。太清樂，太清樂。

蕊珠宫裏七言成，太清樂。十二神君一一名。太清樂。雲擁蒼虬歸火府，太清樂。風隨素虎出

滄瀛。太清樂，太清樂。

金闕明光後聖君，太清樂。流津煥彩結丹雲。太清樂。不因太上相傳授，太清樂。安得人間有玉文。太清樂，太清樂。

元景巖巒聳太空，太清樂。彭彭仙室在霞中。太清樂。九靈變化俄離合，太清樂。羽駕飄飖不可窮。太清樂，太清樂。

東井中涵皓月精，太清樂。群龍奮搦運金罡。太清樂。仙人灌沐知何代，太清樂。唯見玻瓈透骨明。太清樂，太清樂。

渺渺三津繞帝川，太清樂。川連紅霧霧連天。太清樂。玉靈仙母時遊息，太清樂。侍衛森羅日月軿。太清樂，太清樂。

九靈玉館接崑崙，太清樂。山隔流剛不可親。太清樂。囑付紫蘭令説與，太清樂。紅塵何苦弊精神。太清樂，太清樂。

左右靈飛運甲庚，太清樂。琳房八景煉華精。太清樂。常陽宴罷歸何處，太清樂。擲火流金事克成。太清樂，太清樂。

《全宋詩》卷一四九四，册 26，第 17064—17065 頁

# 卷一一四　宋近代曲辭一

近代者，去今未遠，時代稍隔之謂也。《戰國策》曰：「上比前世，未至絞纓射股；下比近代，未至擢筋而餓死也。」①則其較前世爲近也。《玉臺新詠》收鮑令暉《近代西曲歌五首》，始以「近代」名曲。茂倩《樂府》十有二類，或以其用名，或以其器名，或以其樂名，唯近代曲辭，得名頗異。其叙論曰：「近代曲者，亦雜曲也，以其出於隋、唐之世，故曰近代曲也。」②近之學者，以爲既曰雜曲，理合并入，奚爲單列？③是疑也，須更合雜曲、燕射、舞曲

① 何建章注釋《戰國策注釋》卷一七，中華書局，1990年版，第583頁。

② 《樂府詩集》卷七九，第832頁。

③ 梁啓超以爲不應有近代曲辭，其類分樂府，即無近代曲辭一類。見梁啓超《中國之美文及其歷史》，東方出版社，1996年版，第27—57頁。陸侃如則直言《樂府詩集》中琴曲歌辭、近代曲辭、雜歌謡辭、新樂府辭等類别皆應廢棄。見陸侃如《樂府古辭考》，《陸侃如古典文學論文集》，上海古籍出版社，1987年版，第706—709頁。其《中國詩史》亦曰：「應該删去與雜曲重複的近代曲……當把這兩類合并了。」見陸侃如、馮沅君《中國詩史》，山東大學出版社，1996年版，第141頁。蕭滌非亦曰：「惟『近代曲』，似可合于『雜曲』，『近代曲者，亦雜曲也』，是郭氏已自言之。」見蕭滌非《漢魏六朝樂府文學史》，人民文學出版社，1984年版，第13頁。

諸叙論而察之也。

茂倩稱近代亦「雜」者，非必「雜曲」之謂也。夫「雜曲」者，片言逸語，細碎不經之謂。或題存事亡，不知所起，或聲辭不全，後人補綴。或去古已遠，後人擬述，其叙言之頗固明矣。然《樂府》近代所輯諸曲，既已分部表演，則必有係屬，不惟大曲長製，體式完備，亦且題名、本事俱全，何可遽合于雜曲也。

《樂府》近代叙論曰：「隋自開皇初，文帝置七部樂：一曰西涼伎，二曰清商伎，三曰高麗伎，四曰天竺伎，五曰安國伎，六曰龜茲伎，七曰文康伎。至大業中，煬帝乃立清樂、西涼、龜茲、天竺、康國、疏勒、安國、高麗、禮畢，以爲九部，樂器工衣於是大備。唐武德初，因隋舊制，用九部樂。太宗增高昌樂，又造讌樂，而去禮畢曲。其著令者十部：一曰讌樂，二曰清商，三曰西涼，四曰天竺，五曰高麗，六曰龜茲，七曰安國，八曰疏勒，九曰高昌，十曰康國，而總謂之燕樂。聲辭繁雜，不可勝紀。凡燕樂諸曲，始于武德、貞觀，盛於開元、天寶。其著録者十四調二百二十二曲。又有梨園，別教院法歌樂十一曲，雲韶樂二十曲。肅、代以降，亦有因造。僖、昭之亂，典章亡缺，其所存者，概可見矣。」①又燕射叙論曰：「隋煬帝

①《樂府詩集》卷七九，第832頁。

初，詔秘書省學士定殿前樂工歌十四曲，終大業之世，每舉用焉。其後又因高祖七部樂，乃定以爲九部。唐武德初，讌享承隋舊制，用九部樂。貞觀中，張文收造讌樂，於是分爲十部。後更分讌樂爲立、坐二部。天寶已後，讌樂西凉、龜兹部著録者二百餘曲，而清樂天竺諸部不在焉。」①今合兩叙而觀之，皆言及十部伎、立部伎、坐部伎，且皆呼爲「燕樂」（讌樂），是則近代叙論所言「其著録者十四調二百二十二曲」者，與燕射叙論所言「著録者二百餘曲」，洵爲一物耳。然謂其「雜」者，蓋郭氏輯《樂府》，亦秉「以雅製樂」之旨，而唐之立、坐部諸曲，實乖於此。元稹新題樂府《立部伎》注曰：「李傳云：太常選坐部伎，無性識者退入立部伎，又選立部伎，無性識者退入雅樂部，則雅樂可知矣。」②是則立、坐部有别雅樂，唐人言之明矣。茂倩因襲此論，以其樂不古雅，辭不典正，固不合古樂。然有辭必録，亦難棄之，故别立此宗，尾屬雜曲。既相較見其異，亦明示而别雅俗，其用心固亦深矣。

近代曲辭，亦間收雜舞。茂倩叙論雜舞曰：「唐太宗貞觀中，始造讌樂。其後又分爲立、坐二部，堂下立奏，謂之立部伎。堂上坐奏，謂之坐部伎。立部伎八：……自《破陣樂》

① 《樂府詩集》卷一三，第164頁。
② 《全唐詩》卷四一九，第4617頁。

以下，皆用大鼓，雜以龜茲樂，其聲震厲。……《慶善樂》顓用西涼樂，聲頗閒雅。坐部伎六。……自《長壽樂》以下，用龜茲樂……唯《龍池樂》則否。武后、中宗之世，大增造立坐部伎諸舞，隨亦寖廢。……開元中，又有《涼州》《緑腰》……《甘州》《回波樂》《蘭陵王》《春鶯囀》……之屬，謂之軟舞。……《達磨支》之屬，謂之健舞。文宗時，教坊又進《霓裳羽衣舞》女三百人。……凡此，皆雜舞也。」①《慶善》《破陣》二舞，貞觀君臣頗傾其心，方之文、武二舞。然《新唐書・禮樂志》言其「不至於淫放」。② 茂倩似承《新志》之旨，以《破陣》《涼州》《緑腰》《甘州》《回波》《春鶯》《達磨》諸舞歌辭悉入近代，用心亦如唐之燕射耳。

近代之樂，雖不古雅，然垂響頗盛。《柳枝》《渭城》諸曲，至宋仍有傳唱。曲罷依依者，張子野聽唱《楊柳》。莫歌朝雨者，韓東浦情傷別後。《陽關》四疊，李易安泪濕羅衣；《渭城》一曲，陸放翁夢斷征塵。傳唱之間，亦多擬作。孫光憲、楊萬里、范成大、陸游、賀鑄、陳師道諸人，皆有所擬。擬作曲辭，大部七言，間有五言，非徒新填其辭，亦且依于舊曲。王灼《碧鷄漫志》，述曲調源流，頗爲詳備。其近代諸曲，若《涼州》《伊州》《甘州》《胡渭州》《水

① 《樂府詩集》卷五三，第 591—592 頁。
② 《新唐書》卷二二，第 474—475 頁。

調歌》者，流變可資參考。

茂倩在宋，固宜視隋唐爲近代。今編此卷，襲之則謬。且茂倩近代曲辭，多輯隋唐燕樂。然有宋燕樂，未襲隋唐，幾皆新製。今若步《樂府》成法，以宋之燕樂入於《續編》之近代，則有乖其實。且宋之燕樂，多取教坊，因時而奏，用不恒常，更類唐人之新樂府。故本卷所録，惟《樂府》近代諸題之擬作耳。曲辭所輯，多出《全宋詩》，亦及《全宋詞》《竹枝詞》。

## 涼州

胡宿

宋蘇軾《記與安節飲》曰：「元豐辛酉冬至，僕在黄州，侄安節不遠千里來省，飲酒樂甚。使作黄鍾《梁州》，仍令小童快舞一曲，醉後書此，以識一時之事。」①宋陳暘《樂書》曰：「苻氏之末，吕光、沮渠蒙遜等據有涼州之西，故謂之西涼部樂。其器有編鐘、編磬、琵琶、五弦、豎箜篌、卧箜篌、箏、筑、笙、簫、竽、大小觱篥、竪笛、横吹、腰鼓、齊鼓、檐鼓、銅鈸

① 《蘇軾文集》卷七一，册5，第2257頁。

貝，爲一部，工二十七人，其歌曲謂之《凉州》，又謂之《新凉州》，皆入婆陀調中，西凉府都督郭知運等所進也。唐坐、立二部，惟《慶善樂》獨用西凉，故明皇嘗命紅桃歌《凉州》，謂其詞貴妃所製。豈貴妃製之，知運進之邪？」①宋蔡居厚《蔡寬夫詩話》曰：「近時樂家多爲新聲，其音譜轉移，類以新奇相勝，故古曲多不存。頃見一教坊老工，言惟大曲不敢增損，往往猶是唐本。而弦索家守之尤嚴。故言《凉州》者謂之濩索，取其音節繁雄；言《六么》者謂之轉關，取其聲調閑婉。元微之詩云：『《凉州》大遍最豪嘈，《緑要》散序多籠撚。』濩索、轉關，豈所謂豪嘈、籠撚者耶？唐起樂皆以絲聲，竹聲次之，樂家所謂細抹將來者是也。故王建《宫詞》云：『琵琶先抹《緑腰》頭，小管丁寧側調愁。』近世以管色起樂，而猶存細抹之語，蓋沿襲弗悟爾。」②宋蔡絛《西清詩話》曰：「歐陽《歸田録》論王建《霓裳詞》：『弟子部中留一色，聽風聽水作《霓裳》。』以不曉聽風聽水爲恨。余嘗觀唐人《西域記》云：『龜兹國王與臣庶知樂者，於大山間聽風水之聲，均節成音，後翻入中國，如《伊州》《凉州》《甘州》，皆龜兹至也。』此説近之，但不及《霓裳》耳。鄭嵎《津陽門詩注》：『葉法善引明皇入月宫，

---

① 《樂書》卷一五八，景印文淵閣四庫全書，册 211，第 730 頁。

② 《蔡寬夫詩話》，《宋詩話輯佚》卷下，第 389 頁。

聞樂歸，留寫其半，會西涼府楊敬遠進《婆羅門曲》，聲調吻同，按之便韻，乃合二者製《霓裳羽衣曲》。』則知《霓裳》亦來自西域云。」①宋王灼《碧鷄漫志》曰：「《涼州曲》，唐史及《傳載》稱：天寶樂曲皆以邊地爲名，若《涼州》《伊州》《甘州》之類，曲遍聲繁，名入破。又詔道調法曲與胡部新聲合作。明年，安禄山反，涼、伊、甘皆陷。《土蕃史》及《開元傳信記》亦云：西涼州獻此曲，寧王憲曰：『音始于宫，散于商，成於角、徵、羽。斯曲也，宫離而不屬，商亂而加暴，君卑逼下，臣僭犯上，臣恐一日有播遷之禍。』及安史之亂，世頗思憲審音。而《楊妃外傳》乃謂上皇居南内，夜與妃侍者紅桃歌妃所製《涼州詞》，上因廣其曲，今流傳者益加。《明皇雜録》亦云：『上初自巴蜀回，夜來乘月登樓，命妃侍者紅桃歌《涼州》，即妃所製。上親御玉笛爲倚曲，曲罷無不感泣。因廣其曲，傳於人間。』予謂皆非也。《涼州》在天寶時已盛行，上皇巴蜀回，居南内，乃肅宗時，那得始廣此曲？或曰：因妃所製詞而廣其曲者亦詞也，則流傳者益加，豈亦詞乎？舊史及諸家小説謂妃善舞，邃曉音律，不稱善製詞。今妃《外傳》及《明皇雜録》所云，夸誕無實，獨帝御玉笛爲倚曲，因廣之，流傳人間，似可信，但非《涼州》耳。《唐史》又云：其聲本宫調。今《涼州》見於世者凡七宫曲：曰黄鍾宫、道

① ［宋］蔡絛《西清詩話》卷上，吴文治《宋詩話全編》，册3，江蘇古籍出版社，1998年版，第2488頁。

調宫、無射宫、中吕宫、南吕宫、仙吕宫、高宫，不知西涼所獻何宫也。然七曲中，知其三是唐曲，黄鍾、道調、高宫者是也。《脞説》云：『《西涼州》本在正宫，貞元初，康崑崙翻入琵琶玉宸宫調，初進在玉宸殿，故以命名，合衆樂即黄鐘也。』予謂黄鐘即俗呼正宫，崑崙豈能舍正宫外，别製黄鐘《涼州》乎？因玉宸殿奏琵琶，就易美名，此樂工夸大之常態。而《脞説》便謂翻入琵琶玉宸宫調。《新史》雖取其説，止云康崑崙寓其聲於琵琶，奏於玉宸殿，因號玉宸宫調，合諸樂則用黄鐘宫，得之矣。張祜詩云：『春風南内百花時。道調涼州急遍吹。揭手便拈金椀舞，上皇驚笑悖拏兒。』又《幽閒鼓吹》云：『元載子伯和勢傾中外，福州觀察使寄樂妓數十人，使者半歲不得通。窺伺門下，有琵琶康崑崙出入，乃厚遺求通，伯和一試，盡付崑崙。段和上者，自製道調《涼州》，崑崙求譜，不許，以樂之半爲贈，乃傳。』據張祜詩，上皇時已有此曲，而《幽閒鼓吹》謂段師自製，未知孰是。白樂天《秋夜聽高調涼州》詩云：『樓上金風聲漸緊，月中銀字韻初調。促張弦柱吹高管，一曲涼州入泬寥。』大吕宫，俗呼高宫，其商爲高大石，其羽爲高般涉，所謂高調，乃高宫也。《史》及《脞説》又云『涼州有大遍、小遍』，非也。凡大曲有散序、靸、排遍、攧、正攧、入破、虚催、實催、衮遍、歇拍、殺衮，始成一曲，此謂大遍。而《涼州》排遍，予曾見一本有二十四段。後世就大曲製詞者，類從簡省，而管弦家又不肯從首至尾吹彈，甚者學不能盡。元微之詩云：『逡巡大遍《梁州》

徹。』又云：『《梁州》大遍最豪嘈。』史及《脞説》謂有大遍、小遍，其誤識此乎？」①宋胡仔《苕溪漁隱叢話》曰：「《蔡寬夫詩話》云：樂天《聽歌詩》云：『長愛《夫憐》第二句，請君重唱夕陽開。』注謂：『王右丞辭「秦川一半夕陽開」，此句尤佳。』今《摩詰集》載此詩，所謂『漢主離宫接露臺』者是也。然題乃是《和太常韋主簿温陽寓目》，不知何以指爲《想夫憐》之辭。大抵唐人歌曲，本不隨聲爲長短句，多是五言或七言詩，歌者取其辭與和聲相疊成音耳。予家有《古凉州》《伊州》辭，與今遍數悉同，而皆絶句詩也，豈非當時人之辭爲一時所稱者，皆爲歌人竊取而播之曲調乎？」②宋洪邁《容齋隨筆》曰：「今樂府所傳大曲，皆出於唐，而以州名者五，伊、凉、熙、石、渭也。《凉州》今轉爲《梁州》，唐人已多誤用，其實從西凉府來也。凡此諸曲，唯伊、凉最著，唐詩詞稱之極多。聊紀十數聯，以資談助。如：『老去將何散旅愁，新教小玉唱《伊州》』，『求守管弦聲款逐，側商調裹唱《伊州》』，『鈿蟬金雁皆零落，一曲《伊州》泪萬行』，『公子邀歡月滿樓，雙成揭調唱《伊州》』，『賺殺唱歌樓上女，《伊州》誤作《石州》聲』，『胡部笙歌西部頭，梨園弟子和《凉州》』，『唱得《凉州》意外聲，舊人空

① 《碧鷄漫志校正》卷三，第 72—74 頁。
② 《苕溪漁隱叢話》卷二一，第 140 頁。

數米嘉榮」，「《霓裳》奏罷唱《梁州》，紅袖斜翻翠黛愁」，「行人夜上西城宿，聽唱《凉州》雙管逐」，「丞相新裁别離曲，聲聲飛出舊《梁州》」，「只愁拍盡《凉州》杖，畫出風雷是撥聲」，「一曲《凉州》今不清，邊風蕭颯動江城」，「滿眼由來是舊人，那堪更奏《梁州曲》」，「昨夜蕃軍報國讎，沙州都護破梁州」，「邊將皆承主恩澤，無人解道取《凉州》。」皆王建、張祜、劉禹錫、王昌齡、高駢、温庭筠、張籍諸人詩也。」①宋朱弁《曲洧舊聞》曰：「東坡云，今琵琶有獨彈，不合胡部諸調，曰某宫，多不可曉。《樂志》又云，《凉州》者，本西凉所獻也，其聲本宫調，有大遍小遍。貞元初，樂工康崑崙寓其聲於琵琶，奏於玉宸殿，因號《玉宸宫調》。予嘗聞琵琶中作轢弦薄媚者，乃云是《玉宸宫調》也。」②宋程大昌《演繁露》曰：「樂府所傳大曲，惟《凉州》最先出。《會要》曰：『自晉播遷，内地古樂遂分散不存。苻堅滅凉始得漢魏清商之樂，傳于前後二秦。及宋武定關中，收之，入於江南。隋平陳，獲之。隋文曰：「此華夏正聲也。」乃置清商署，總謂之清樂。至煬帝乃立清樂《西凉》等九部。武后朝猶有六十三曲，如

---

① 《容齋隨筆》卷一四，第186—187頁。

② [宋] 朱弁《曲洧舊聞》卷五，《宋元筆記小説大觀》，册3，第2992—2993頁。

《公莫》《巴渝》《明君》《子夜》等皆是也，後遂訛爲《梁州》。』」①宋高似孫《緯略》曰：「按唐人《西域志》云：『龜兹國，王與臣庶知樂者，於巖嶼間聽風水之聲，均節成音，後翻入中國，如伊州、甘州、凉州也。』」②明徐獻忠《樂府原》曰：「《凉州歌》，開元中西凉府都督郭知運進《凉州》宫調曲，中有大遍、小遍。至貞元初，康崑崙翻入琵琶，初進曲在玉宸殿，因名爲玉宸宫調。張同《幽閒鼓吹》曰：『段和尚善琵琶，自製《西凉州》，後傳康崑崙，即宫調《凉州》也。』今按曲中有排遍，即大遍、小遍也，其辭皆郭君集唐人詩强綴之，實無《凉州》一詞。」③明卓明卿《卓氏藻林》曰：「《凉州歌》：樂府琵琶曲也，言邊塞之事。」④明彭大翼《山堂肆考》曰：「《新凉州》：《凉州》，正宫調曲。開元中，西凉府都督郭知運所進，中有大遍、小遍，前後各七言二絶，中五言一絶，寧王憲聞其音，謂上曰：『音始于宫，散于商，成於角、徵、羽。斯曲也，君卑逼下，臣僭犯上，恐有播遷之禍。』及安史亂世，思憲審音先見云。貞

① 《演繁露》卷七，景印文淵閣四庫全書，册 852，第 126 頁。
② ［宋］高似孫《緯略》卷九，中華書局，1985 年版，第 148 頁。
③ 《樂府原》卷一五，四庫全書存目叢書，集部册 303，第 810 頁。
④ 《卓氏藻林》卷六，四庫全書存目叢書，子部册 214，第 434 頁。

元初，康崑崙翻入琵琶，以合諸樂，謂之《新涼州》。」①清李調元《雨村詞話》曰：「伊州、涼州，古舞曲地名也。」②清張德瀛《詞徵》曰：「《容齋隨筆》云：今樂府所傳大曲，皆出於唐，而以州名者五：伊、涼、熙、石、渭也。謹案：《欽定歷代詩餘》云：六州，伊、涼、甘、石、氐、渭也。唐樂府多以此名，詞調因之，與容齋所紀不合。詞調所謂《六州歌頭》者謂此。宋《樂志》所載《六州》，鼓吹曲也，郊祀明堂大樂多用之，與《六州歌頭》迥異。然《六州歌頭》亦多言古今興亡之事，非艷詞比。其它若《伊州序》《梁州即涼州序》《甘州子》《石州慢》《氐州第一》，皆托名於詞調，而《渭州》無之。」③按，宋人又有《涼州行》《涼州女》，當出於此，亦予收録。

一從天寶陷涼州，路絶陽關數百秋。誰念弓裘侵紫塞，空餘歌舞在紅樓。將兵古有龍韜略，仗節今無燕頷侯。五鼎元戎方肉食，腐儒何者預軍謀。《全宋詩》卷一八二，册4，第2095頁

① 《山堂肆考》卷一六一，景印文淵閣四庫全書，册977，第261頁。
② [清]李調元《雨村詞話》卷一，唐圭璋《詞話叢編》，中華書局，2005年版，第1402頁。
③ 《詞徵》卷一，《詞話叢編》，第4094頁。

## 梁州

王冲

太白山南黑水東，弄珠江北白雲中。《全宋詩輯補》，册2，第468頁

按，此爲殘句。

## 凉州行

陸游

凉州四面皆沙磧，風吹沙平馬無迹。東門供張接中使，萬里朱宣布襖敕。敕中墨色如未乾，君王心念兒郎寒。當街謝恩拜舞罷，萬歲聲上黄雲端。安西北庭皆郡縣，四夷朝貢無征戰。舊時胡虜陷關中，五丈原頭作邊面。《全宋詩》卷二一八二，册39，第24848頁

## 涼州女

晁説之

涼州女，紫塞春，輕黄濃黛君莫謳，漢宫曾此選才人。鹿角角，魚鱗鱗，有山有水無此珍，我强寬愁亦怒嗔。逢著澄江悔不詠，功曹豈自夸詩聖。《全宋詩》卷一二〇八，册 21，第 13697 頁

## 思歸樂

石延年

按，宋人王伸有《聞思歸樂》殘句，①曾丰有《戒永州道聞思歸樂三首》，②知該曲宋時仍可入樂。

匹馬驅馳事薄遊，異鄉觸目動牽愁。春禽勸我歸休去，争奈功名未放休。《全宋詩》卷一七六，册

① 《全宋詩》卷一七，册 1，第 254 頁。
② 《全宋詩》卷二六〇八，册 48，第 30319 頁。

3，第 2008 頁

## 同前

周紫芝

山花冥冥山欲雨，杜鵑聲酸客無語。客欲去山邊，賊營夜鳴鼓。誰言杜鵑歸去樂，歸來處處無城郭。春日暖，春雲薄。飛來日落還未落，春山相呼亦不惡。《全宋詩》卷一五〇四，册 26，第 17158 頁

## 墻頭花

趙孟堅

墻頭花，紅且白。一百五日過寒日，寒食過了好風日。風又吹，日又炙。枝頭好花盡狼藉，人生百年罕七十。愚者見花不知惜，我輩看花常唧唧。有酒莫停杯，當歌莫停拍。頭上絲絲霜雪來，老大見花方嘆息。《全宋詩》卷三二四一，册 61，第 38685 頁

## 破陣曲

劉克莊

按，《樂府詩集・近代曲辭》有《破陣樂》，宋人無同題之作。《破陣曲》當出於此，故本卷置於《破陣樂》處。

黄旗一片邊頭回，兩河百郡送款來。至尊御殿受捷奏，六軍張凱聲如雷。元戎劍履雲臺上，麾下偏裨皆將相。腐儒筆力尚跌宕，燕山之銘高十丈。《全宋詩》卷三〇四〇，册58，第36257—36258頁

## 清平樂

趙崇嶓

按，《樂府詩集・近代曲辭》有李白《清平調三首》，宋人無同題之作。《清平樂》宋時雖爲詞調，然此首爲齊言，與《全宋詞》收同題長短句異，且該詩《全宋詞》《全宋詩》均未著録。《江湖後集》卷八歸于趙崇嶓名下，所詠本事與李白《清平調三首》同，故本卷置於《清平

調》處。

樂府新聲替舊歌，沉香亭北醉顏酡。牡丹謝後生秋草，一曲霓裳已覺多。〔宋〕陳起《江湖後集》卷八，景印文淵閣四庫全書，册1357，臺灣商務印書館，1986年版，第815頁。

# 卷一一五　宋近代曲辭二

## 陌上花三首并引

蘇　軾

詩引曰：「游九仙山，聞裏中兒歌《陌上花》。父老云：吴越王妃每歲春必歸臨安，王以書遺妃曰：『陌上花開，可緩緩歸矣。』吴人用其語爲歌，含思宛轉，聽之凄然，而其詞鄙野，爲易之云。」明田汝成《西湖游覽志餘》曰：「吴越王妃每歲歸臨安，王以書遺妃云：『陌上花開，可緩緩歸矣。』吴人用其語爲歌，含思宛轉，聽之凄然。蘇子瞻爲之易其詞，蓋《清平調》也，詞云：『……』皇明夏與誠偕全息耘湖上，暮歸賦詩，亦以『緩緩歸』爲結，其詩云：『滚滚楊花兩岸飛，杖藜殊勝玉鞭揮。殘山剩水年年在，舞榭歌樓處處非。聲斷鷓鴣懷舊恨，情隨蝴蝶上春衣。前朝公子頭如雪，猶説常年緩緩歸。』息耘，蓋宋時全后之裔也。」①清王士禎《漁洋詩話》曰：「五代時，吴越文物，不及南唐、西蜀之盛，而武肅王寄妃

---

① ［明］田汝成《西湖游覽志餘》卷二四，上海古籍出版社，1958 年版，第 423 頁。

書云：『陌上花開，可緩緩歸矣。』二語艷稱千古。東坡又演爲《陌上花》云：『……』晁無咎亦和八首，有云：『娘子歌傳樂府悲，當年陌上看芳菲。曼聲更緩何妨緩，莫似東風火急歸。』『荆王夢罷已春歸，陌上花隨暮雨飛。却喚江船人不識，杜秋紅泪滿羅衣。』二公詩皆絶唱，入樂府，即《小秦王調》也。」①

陌上花開蝴蝶飛，江山猶是昔人非。遺民幾度垂垂老，遊女長歌緩緩歸。
陌上山花無數開，路人争看翠軿來。若爲留得堂堂去，且更從教緩緩回。
生前富貴草頭露，身後風流陌上花。已作遲遲君去魯，猶教緩緩妾還家。《全宋詩》卷七九三，册14，第9184頁

## 同前八首

晁補之

題注曰：「事見蘇先生詩。」

① 《漁洋詩話》卷中，《清詩話》，第190頁。

郊外金軿步帳隨，道邊游女看王妃。內官走馬傳書報，陌上花開緩緩歸。
朝雲暮雨山頭宅，暖月晴風陌上花。絳幕何妨行緩緩，送春歸盡妾還家。
娘子歌傳樂府悲，當年陌上看芳菲。曼聲更緩何妨緩，莫似東風火急歸。
荆王夢罷已春歸，陌上花隨暮雨飛。却喚江船人不識，杜秋紅泪滿羅衣。
吳歌白紵怨芳菲，腸斷懷王去不歸。陌上如今小花伴，山前山後白鷳飛。
臨安城郭半池臺，曾是香塵撲面來。不見當時翠軿女，今年陌上又花開。
雲母鑾箋作信來，佳人陌上看花回。妾行不似東風急，爲報花須緩緩開。
陌上偷來爲看花，鐃聲鸜鵒莫夭斜。犢車緩緩隨芳草，不去桃源阿母家。《全宋詩》卷一一三八，册19，第12866頁

## 陽關詞三首

蘇　軾

按，王維《送元二使安西》自盛唐已入樂歌唱，或稱《渭城曲》《陽關曲》。此曲至宋彌盛，終有宋一代，傳唱不衰。宋初魏野《送唐肅察院赴闕兼呈府尹孫大諫》云：「東郊祖帳

慘西風，愁聽《陽關》曲調終。」①北宋中梅堯臣《留別李君錫學士》云：「舊愛《陽關》亦休唱，西還從此故人多。」②劉攽《酬王定國五首》其一云：「柔姬一唱《陽關曲》，獨任剛腸亦泪流。」③北宋後期李之儀《試陳瞻墨十絶》其一曰：「《陽關》纔斷一聲歌，已覺離愁萬斛多。」④南渡前後周紫芝《即席二首》其一曰：「劉郎已是無腸斷，更唱《陽關》惱客魂。」⑤宋末何應龍《有别》云：「樓上佳人唱《渭城》，樓前楊柳識離情。」⑥盛况於兹可見矣。據此，則宋人所作《陽關詞》，當爲《陽關曲》歌辭。

①《全宋詩》卷八四，册2，第943頁。
②《全宋詩》卷二五七，册5，第3175頁。
③《全宋詩》卷六一一，册11，第7264頁。
④《全宋詩》卷九七二，册17，第11280頁。
⑤《全宋詩》卷一五一五，册26，第17247頁。
⑥《全宋詩》卷三五一八，册67，第42014頁。

## 贈張繼愿

受降城下紫髯郎，戲馬臺前古戰場。恨君不取契丹首，金甲牙旗歸故鄉。

## 答李公擇

濟南春好雪初晴，行到龍山馬足輕。使君莫忘霅溪女，時作《陽關》腸斷聲。

## 中秋月

暮雲收盡溢清寒，銀漢無聲轉玉盤。此生此夜不長好，明月明年何處看。《全宋詩》卷七九八，册14，第9240頁

## 同前

陳剛中

客舍休悲柳色新，東西南北一般春。若知四海皆兄弟，何處相逢非故人。《全宋詩》卷一九〇二，册33，第21247頁

## 竹枝歌并引

蘇　軾

按，《竹枝》本民間俚曲，詞人擷之入樂府。宋黄庭堅《王稚川既得官都下有所盼未歸予戲作林夫人欸乃歌二章與之欸乃湖南歌也》題注曰：「《竹枝歌》本出三巴，其流在湖湘耳。」①蘇軾詩引曰：「《竹枝歌》本楚聲，幽怨惻怛，若有所深悲者。豈亦往者之所見有足怨者與？夫傷二妃而哀屈原，思懷王而憐項羽，此亦楚人之意相傳而然者。且其山川風俗鄙野勤苦之態，固已見於前人之作與今子由之詩。故特緣楚人疇昔之意，爲一篇九章，以補其所未道者。」《竹枝》在宋傳唱極廣，自巴渝至荆楚，均有流傳。王周《再經秭歸》云：「獨有凄清難改處，月明聞唱《竹枝歌》。」②宋馬之純稱：「荆楚之人祀神者，有辭曰《竹

① 《黄庭堅詩集注》卷一，第53頁。
② 《全宋詩》卷一五四，册3，第1754頁。

枝》。」①宋陸游《三峽歌九首》其八云：「萬州溪西花柳多，四鄰相應《竹枝歌》。」②其《東樓集序》曰：「余少讀地志，至蜀、漢、巴、僰，輒悵然有遊歷山川、攬觀風俗之志。私竊自怪，以爲異時或至其地以償素心，未可知也。歲庚寅，始泝硤，至巴中，聞《竹枝》之歌。」③宋唐酉《雲安龍脊灘題名》(開禧元年正月)曰：「開禧改元乙丑人日，雲安長吏率僚佐游龍脊灘，攬石刻，决鷄卜，歌《竹枝》，皆故事也。」④明何宇度《益部談資》曰：「《竹枝歌》，唐劉禹錫、白居易皆嘗賦之，凄婉悲怨。蘇長公云有楚人哀屈吊賈之遺聲焉。《鶴林玉露》載宋時三峽長年猶能歌之，今則亡矣。」⑤

蒼梧山高湘水深，中原北望度千岑。帝子南遊飄不返，惟有蒼蒼楓桂林。

楓葉蕭蕭桂葉碧，萬里遠來超莫及。乘龍上天去無踪，草木無情空寄泣。

---

① [宋] 馬之純《祀馬將軍竹枝辭》序，《全宋詩》卷二六四五，册 49，第 30982 頁。

② 《劍南詩稿校注》，册 4，第 2071 頁。

③ 《渭南文集校注》卷一四，册 2，第 111 頁。

④ 《全宋文》卷六八六二，册 301，第 27—28 頁。

⑤ [明] 何宇度《益部談資》卷下，中華書局，1985 年版，第 24 頁。

水濱擊鼓何喧闐，相將扣水求屈原。屈原已死今千載，滿船哀唱似當年。
海濱長鯨徑千尺，食人爲糧安可入。招君不歸海水深，海魚豈解哀忠直。
吁嗟忠直死無人，可憐懷王西入秦。秦關已閉無歸日，章華不復見車輪。
君王去時簫鼓咽，父老送君車軸折。千里逃歸迷故鄉，南公哀痛彈長鋏。
三户亡秦信不虚，一朝兵起盡讙呼。當時項羽年最少，提劍本是耕田夫。
横行天下竟何事，棄馬烏江馬垂涕。項王已死無故人，首入漢庭身委地。
富貴榮華豈足多，至今惟有冢嵯峨。故國凄涼人事改，楚鄉千古爲悲歌。《全宋詩》卷七八四，册14，第9089頁

## 同前 忠州作

蘇　轍

舟行千里不至楚，忽聞竹枝皆楚語。楚言啁哳安可分，江中明月多風露。
扁舟日落駐平沙，茅屋竹籬三四家。連舂并汲各無語，齊唱《竹枝》如有嗟。
可憐楚人足悲訴，歲樂年豐爾何苦。釣魚長江江水深，耕田種麥畏狼虎。
俚人風俗非中原，處子不嫁如等閒。雙鬟垂頂髮已白，負水采薪長苦艱。

上山采薪多荆棘，負水入溪波浪黑。天寒斫木手如龜，水重還家足無力。
山深瘴暖霜露乾，夜長無衣猶苦寒。平生有似麋與鹿，一旦白髮已百年。
江上乘舟何處客，列肆喧嘩占平磧。遠來忽去不記州，罷市歸船不相識。
去家千里未能歸，忽聽長歌皆慘凄。空船獨宿無與語，月滿長江歸路迷。
路迷鄉思渺何極，長怨歌聲苦凄急。不知歌者樂與悲，遠客乍聞皆掩泣。《全宋詩》卷八四九，册15，第9817頁

## 同前七首有序

楊萬里

詩序曰：「晚發丹陽館下，五更至丹陽縣。舟人及牽夫終夕有聲，蓋謳吟嘯謔，以相其勞者。其辭亦略可辨，有云：『張哥哥，李哥哥，大家著力齊一拖。』又云：『一休休，二休休，月子彎彎照幾州。』其聲凄婉，一唱衆和。因檃括之爲《竹枝歌》云。」楊萬里《誠齋〈南海詩集〉》序曰：「予生好爲詩。初好之，既而厭之。至紹興壬午，予詩始變。予乃喜，既而又厭之。至乾道庚寅，予詩又變。至淳熙丁酉，予詩又變。是時，假守毗陵。後三年，予落南，初爲常平使者，復持憲節，自庚子至壬寅，有詩四百首。如《竹枝歌》等篇，每舉似友人

尤延之。延之必擊節，以爲有劉夢得之味，予未敢信也。」①

吴儂一隊好兒郎，只要船行不要忙。着力大家齊一拽，前頭管取到丹陽。

莫笑樓船不解行，識儂號令聽儂聲。一人唱了千人和，又得蹉前五里程。

船頭更鼓恰三槌，底事荒鷄早個啼。戲學當年度關客，且圖一笑過前溪。

積雪初融做晚晴，黄昏恬静到三更。小風不動還知麽，且只牽船免打冰。

岸旁燎火莫闌殘，須念兒郎手脚寒。更把緑荷包熱飯，前頭不怕上高灘。

月子彎彎照幾州，幾家驩樂幾家愁。愁殺人來關月事，得休休處且休休。

幸自通宵暖更晴，何勞細雨送殘更。知儂笠漏芒鞋破，須遣拖泥帶水行。《全宋詩》卷二三〇二，册 42，第 26447 頁

① ［宋］楊萬里撰，王琦珍整理《楊萬里詩文集》卷八〇，江西人民出版社，2006 年版，第 1264 頁。

## 同前

項安世

山女帶山花，狂夫未著家。蠻歌君莫笑，曾入漢琵琶。《全宋詩》卷二三八一，册44，第27438頁

## 同前

孫　嵩

按，《千首宋人絶句》收録此詩其一及其七。其七與《全宋詩》所録有異，「黄牛」、「黄魔」均作「黄陵」。① 又，《全元詩》册九亦收孫嵩此詩，元代卷不復録。

灔澦灘頭君莫行，瞿塘峽裏不論程。龍吟小雨蜀天黑，等有明朝春水生。

行盡三巴三曲頭，一灘自有一生愁。明朝已過巴同上書作夷陵岸，更宿江陵漁笛洲。

雲外猩猩何處聲，終朝出没只深箐。前有懸崖菁幾里，行人到此古今情。

---

① 吴戰壘校注《千首宋人絶句校注》卷七，浙江古籍出版社，1986年版，第485頁。

汹浪砰雷蛇飲溪，陰崖天暗虎丘泥。萬里中原那有此，憐君更過鬼門西。
峽路陰陰無四時，寒雲鳥道挂天危。荒亭敗驛此何處，望帝江山號子規。
巴子城荒非昔人，公孫何處問遺民。千年惟有武侯磧，留與踏歌行早春。
漢世明妃猶有村，荒祠歌舞與招魂。胡琴好入巴渝曲，萬里還鄉釃酒樽。
黄牛廟前鴉鸛棲，黄魔宫外梟鵬啼。估客酹神巫嫗醉，青林日轉風凄凄。
峽山削出青嵯峨，峽水匀成緑不波。頓平山林未能得，奈此猿聲朝夕何。《全宋詩》三六〇三，册68，第43155頁

## 同前

汪元量

按，《全元詩》册一二亦收汪元量此詩，元代卷不復録。

快風吹我入三巴，桂棹蘭橈倚暮花。一道月明天似水，湘靈鼓瑟下長沙。
賈誼祠前酹酒尊，汨羅江上吊騷魂。耒陽更有一抔土，行路人傳是假墳。
黄陵廟前楓葉丹，黄陵渡頭烟水寒。美人萬里不相見，月子彎彎只自看。

柘枝舞罷竹枝歌，風燭須臾奈爾何。馬玉池中鴻雁密，定王臺上駱駝多。
落木蕭蕭風怒號，平沙漠漠雁腥臊。湘江秋水澄如練，山鬼囂時山月高。
湘江日落亂帆飛，不向東歸便北歸。楊柳渡頭村店裏，青裙女子賣烏椑。
湘南湘北蕙花開，樹頭樹底猨亂哀。雲巢九疑虞帝廟，雨昏三峽楚王臺。
白頭漁父白頭妻，網得魚多夜不歸。生怕渡官搜著税，巴東轉柁向巴西。
弄玉吹簫過洞庭，烟波渺渺接巴陵。朗吟仙子來何處，飛上君山玩月明。
天上人間一夢過，春來秋去奈愁何。銅仙有泪如鉛水，不似湘妃竹上多。《全宋詩》卷三六六九，册70，第44056頁

## 考試局與孫元忠博士竹間對窗夜聞元忠誦書聲調悲壯戲作竹枝歌三章和之

黄庭堅

南窗讀書聲吾伊，北窗見月歌《竹枝》。我家白髮問烏鵲，他家紅妝占蛛絲。
屋山啼烏兒當歸，玉釵罥蛛郎馬嘶。去時燈火正月半，階前雪消萱草齊。
勃姑夫婦喜相唤，街頭雪泥即漸乾。已放游絲高百尺，不應桃李尚春寒。《全宋詩》卷九八七，册

17，第 11376 頁

## 竹枝歌上姚毅夫

周行己

詩序曰：「元祐辛未閏月既望，隴西太守燕客于郡之雅歌堂。客有某，好余詩歌，因作《竹枝詞》五章，章五句，以紀其事。而一章言其行樂之欲及時，二章言其及時而樂，三章言其樂極而悲，四章言其悲而自反，五章言其反正也。」

秋月亭亭揚明輝，浮雲一點天上飛，欻忽回陰雨四垂。人生萬事亦爾爲，今不行樂待何時。
翠幕留夜燈燭光，主人歡娛客滿堂，龍船盛酒蠡作觴。秦吹齊歌舞燕倡，夜如何其夜未央。
佳人玉顏冰雪肌，寶髻綉裳光葳蕤，齊聲緩歌楊柳枝。歌罷障面私自悲，坐客滿堂泪沾衣。
酒當毒藥色當斤，人生行樂如浮雲，一杯更盡客已醺。美人不用歌文君，客有相如心不春。
壺傾燭燼樂事衰，堂上歌聲有餘哀，主人謝客客已歸。風蕩重陰月還輝，皎皎千里光無虧。

《全宋詩》卷一二七一，册 22，第 14364 頁

## 李太白古風高奇或曰能促爲竹枝歌體何如戲促李歌爲數章

員興宗

黄河溟溟日落海，逝川流光不相待。春容去我秋髮衰，擬欲餐霞駐光彩。
天津三月桃與李，朝能斷腸暮流水。緑珠黄犬悲相續，何如湖海鴟夷子。
郢客遺音飛上天，誰歌此曲誰爲傳。但聞色聲紛唱和，使我默嘆心凄然。
鄭客入關行未已，逢人見謂祖龍死。秦人竟去無來踪，千載桃源隔流水。《全宋詩》卷二〇一二，册36，第22561—22562頁

## 夔州竹枝歌九首

范成大

五月五日嵐氣開，南門競船争看來。雲安酒濃麴米賤，家家扶得醉人回。
赤甲白鹽碧叢叢，半山人家草木風。榴花滿山紅似火，荔子天凉未肯紅。
新城果園連瀼西，枇杷壓枝杏子肥。半青半黄朝出賣，日午買鹽沽酒歸。
瘦婦趁墟城裏來，十十五五市南街。行人莫笑女粗醜，兒郎自與買銀釵。

白頭老媪簪紅花，黑頭女郎三髻丫。背上兒眠上山去，采桑已閑當采茶。
百衲畬山青間紅，粟莖成穗豆成叢。東屯平田秔米軟，不到貧人飯甑中。
白帝廟前無舊城，荒山野草古今情。只餘峽前一堆石，恰似人心未肯平。
灩澦如幞瞿唐深，魚復陣圖江水心。大昌鹽船出巫峽，十日溯流無信音。
當筵女兒歌《竹枝》，一聲三疊客忘歸。萬里橋邊有船到，綉羅衣服生光輝。《全宋詩》卷二二二五
七，册41，第25897頁

# 卷一一六　宋近代曲辭三

## 歸州竹枝歌二首

范成大

東鄰男兒得湘纍，西舍女兒生漢妃。城郭如村莫相笑，人家伐閱似渠稀。

東岸艬船拋石門，西山炊烟連白雲。竹籬茅舍作晚市，青蓋黃旗稱使君。《全宋詩》卷二二五七，冊41，第25893頁

## 過白沙竹枝歌六首

楊萬里

穹崖絶嶂入雲天，烏鵲纔飛半壁間。遠渚長汀草如積，牛羊須上最高山。

田畝渾無寸尺强，真成水國更山鄉。夾江黃去堤堤粟，一望青來谷谷桑。

絶憐山崦兩三家，不種香秔只種麻。耕遍沿堤鋤遍嶺，都來能得幾生涯。

東沿西泝浙江津，去去來來暮復晨。上岸牽檣推稚子，隔船招手認鄉人。

昨日下灘風打頭，羨他上水似輕鷗。朝來上水帆都卸，真個輕鷗也自愁。

絶壁臨江千尺餘，上頭一徑過肩輿。舟人仰看膽俱破，爲問行人知得無。《全宋詩》卷二三〇〇，册42，第26428頁

## 過烏石大小二浪灘俗呼浪爲郎因戲作竹枝歌二首

楊萬里

灘聲十里響千鼙，躍雪跳霜入眼奇。記得年時上灘苦，如今也有下灘時。

小郎灘下大郎灘，伯仲分司水府關。誰爲行媒教作贅，大姑山與小姑山。《全宋詩》卷二三〇〇，册42，第26428—26429頁

## 去年間在北高峰下邂逅示我竹枝歌

韓　淲

《全宋詩》原按：「此所云示《竹枝》者不知爲誰，題上當有脱誤，今無可考。」

方家谷裏劉家寺，書記忽云寧少耘。吴人莫唱楚人曲，腸斷《竹枝》誰忍聞。《全宋詩》卷二七

七〇，册52，第32759—32760頁

## 上元竹枝歌和曾大卿

冉居常

青春惱人思跰躚，女郎市酒趣數錢。不道翁家久留客，紅襠幔結賽鞦韆。
學簫學鼓少年群，準擬春來奉使君。自向琱籠作行隊，安排好曲寫殷勤。
珍珠絡結綉衣裳，家住江南山後鄉。聞道使君重行樂，争携腰鼓趁年光。《全宋詩》卷三七七一，册72，第45496—45497頁

## 男竹枝歌

陳　杰

按，《全元詩》册一二亦收陳杰此詩，元代卷不復録。

東園一株千葉茶，阿翁手栽紅錦花。今年團欒且同看，明年大哥天一涯。《全宋詩》卷三四五三，册65，第41155頁

## 女竹枝歌

陳杰

按，《全元詩》册一二亦收陳杰此詩，元代卷不復録。

南園一株雨前茶，阿婆手種黄玉芽。今年團欒且同摘，明年大姊阿誰家。《全宋詩》卷三四五三，册 65，第 41155 頁

## 竹枝詞二首

孫光憲

《趙悳詩話》曰：「《楊柳枝》曲，每句皆足以『楊柳』；《竹枝詞》，每句皆和以『竹枝』：初不于柳與竹取典也。」①清王士禎《師友詩傳續録》曰：「《竹枝》詠風土，瑣細詼諧皆可

① [宋] 趙悳《趙悳詩話》，《宋詩話全編》，册 10，第 10272 頁。

入。大抵以風趣爲主，與絶句迥别。」①

門前春水白蘋花，岸上無人小艇斜。商女經過江欲暮，散抛殘食飼神鴉。

亂繩千結絆人深，越蘿萬丈表長尋。楊柳在身垂意緒，藕花落盡見蓮心。《全宋詩》卷三，册1，第51頁

## 同前

蘇　軾

按，此首又見《豫章黄先生文集》，前二句與此不同，故本卷于黄庭堅名下亦録。《蘇軾詩集》列入互見詩。

自過鬼門關外天，命同人鮓甕頭船。北人墮泪南人笑，青嶂無梯聞杜鵑。王利器、王慎之、王子今輯《歷代竹枝詞》，陝西人民出版社，2003年版，第8頁

① 《師友詩傳續録》《清詩話》，第157頁。

# 同前二首并跋

黄庭堅

跋曰：「古樂府有『巴東三峽巫峽長，猿鳴三聲泪沾裳』，但以抑怨之音，和爲數疊。惜其聲今不傳。予自荆州上峽入黔中，備嘗山川險阻，因作二疊，與巴娘，令以《竹枝》歌之。前一疊可和云：『鬼門關外莫言遠，五十三驛是皇州。』後一疊可和云：『鬼門關外莫言遠，四海一家皆弟兄。』或各用四句，入《陽關》《小秦王》亦可歌也。紹聖二年四月甲申。」宋岳珂《桯史》曰：「紹聖二年四月甲申，山谷以史事謫黔南。道間，作《竹枝詞》二篇，題歌羅驛，曰：『……』又自書其後，曰：『……』是夜宿於驛，夢李白相見於山間，曰：『予往謫夜郎，于此聞杜鵑，作《竹枝詞》三疊，世傳之不？』予細憶集中無有，三誦而使之傳焉。其辭曰：『一聲望帝花片飛，萬里明妃雪打圍。馬上胡兒那解聽，琵琶應道不如歸。』『竹竿坡面蛇倒退，摩圍山腰胡孫愁。杜鵑無血可續泪，何日金鷄赦九州？』『命輕人鮓甕頭船，日瘦鬼門關外天。北人墮泪南人笑，青壁無梯聞杜鵑。』今《豫章集》所刊，蓋自謂夢中語也，音響節奏似矣，而不能揜其真，亦寓言之流歟？」①清翁方綱《跋山谷竹枝詞》曰：「山谷《竹

---

①［宋］岳珂《桯史》卷一一，《宋元筆記小説大觀》册4，第4423頁。

枝詞》『入箐攀天猿掉頭』，任天社注於『箐』字無音義。按《集韻》：蒼，竹名，或作箐，千羊切。其讀去聲者，倉甸切。張竹弓弩曰箐，非竹叢之義矣。今詩家皆作深林密箐用之。山谷此字既不知所從來，而今之爲詩者輒相承以去聲讀之，豈可遂爲典據乎？」①

撐崖拄谷蝮蛇愁，入箐攀天猿掉頭。鬼門關外莫言遠，五十三驛是皇州。

浮雲一百八盤縈，落日四十八渡明。鬼門關外莫言遠，四海一家皆弟兄。《全宋詩》卷九九〇，册 17，第 11394 頁

## 同前二首

黃庭堅

三峽猿聲泪欲流，夔州竹枝解人愁。渠儂自有回天力，不學垂楊繞指柔。

塞上柳枝且莫歌，夔州竹枝奈愁何。虚心相待莫相誤，歲寒望君一來過。《全宋詩》卷一〇二二，册 17，第 11687—11688 頁

---

① ［清］翁方綱《復初齋文集》卷一八，續修四庫全書，册 1455，上海古籍出版社，2002 年，第 528 頁。

## 同前

宋无

按，《全元詩》册一九亦收宋无此詩，元代卷不復録。

莫折閶門楊柳條，帶將離恨過楓橋。向道春愁不禁蕩，蘭舟長放櫓輕摇。《全宋詩》三七二三，册71，第44771頁

## 同前

趙文

按，《全元詩》册九亦收趙文此詩，元代卷不復録。

終日望君君不來，爲誰猶住鬱孤臺。幸自一年無夢到，誰教昨日有書回。
江南女兒善踏歌，桑落酒熟黄金波。洗壺日日望君至，君不來兮可奈何。《全宋詩》三六一二，册68，第43258頁

## 題哥羅驛竹枝詞

黄大臨

尺五攀天天慘顔，鹽烟溪瘴鎖諸蠻。平生夢亦未嘗處，聞有鴉飛不到山。

風黑馬嘶驢瘦嶺，日黄人度鬼門關。黔南此去無多遠，想在夕陽猿嘯間。《全宋詩》卷九七八，册17，第11327頁

## 夢李白誦竹枝詞三疊

黄庭堅

詩序曰：「余既作《竹枝詞》，夜宿歌羅驛，夢李白相見於山間，曰：『予往謫夜郎，于此聞杜鵑，作《竹枝詞》三疊，世傳之不？』予細憶集中無有，請三誦，乃得之。」按，此三首見《山谷内集詩注》卷一二，《豫章黄先生文集》卷五。《全宋詩》題注曰：「第三首又見《秦少游集》，《侯鯖録》謂是少游語。」第三首《歷代竹枝詞》又作蘇軾詩，前二句與此不同，故本卷于蘇軾名下亦録。《歷代竹枝詞》附記曰：「第三首又見《東坡先生詩集注》卷三二。第一、

三首又見《古今詞統》卷二，署爲李白所作。」①

一聲望帝花片飛，萬里明妃雪打圍。馬上胡兒那解聽，琵琶應道不如歸。

竹竿坡面蛇倒退，摩圍山腰胡孫愁。杜鵑無血可續泪，何日金鷄赦九州。

命輕人鮓甕頭船，日瘦鬼門關外天。北人墮泪南人笑，青壁無梯聞杜鵑。《全宋詩》卷九九〇，册17，第11394—11395頁

## 峽山寺竹枝詞五首

楊萬里

峽裏撑船更不行，棹郎相語改行程。却從西岸抛東岸，依舊船頭不可撑。

一水雙崖千萬縈，有天無地只心驚。無人打殺杜鵑子，雨外飛來頭上聲。

鼉魚到此總回頭，不但鼉魚蟹亦愁。底事詩人輕老命，犯灘衝石去韶州。

一灘過了一灘奔，一石横來一石蹲。若怨古來天設險，峽山不到也由君。

---

① 《歷代竹枝詞》，第11頁。

天齊浪自説浯溪，峽與天齊真個齊。未必峽山高爾許，看來只恐是天低。《全宋詩》卷二二九〇，册42，第26284—26285頁

## 過顯濟廟前石磯竹枝詞二首

楊萬里

石磯作意惱舟人，束起波濤遣怒奔。撑折萬篙渾不枉，石磯贏得萬餘痕。

大磯愁似小磯愁，篙稍寬時船即流。撑得篙頭都是血，一磯又復在前頭。《全宋詩》卷二二九〇，册42，第26285頁

## 歸州竹枝詞

無名氏

人鮓甕頭波放顛，兩岸青山青插天。篙師力盡客破膽，茅屋老翁方醉眠。《全宋詩》卷三七四七，册72，第45188頁

# 荆江漁父竹枝詞九首和夔帥□侍郎韻爲荆帥范侍郎壽二月十一日

項安世

第一歌頭緩緩催，且看漁父壽圖來。天明轉向牙旗外，六千里地綉屏開。
二歌漁父壽杯寬，荆江亭下到臨安。更將海水都斟却，淺得蓬萊始好看。
三曲漁人獻壽茶，新翻衢樣織茶花。白雨紛紛下江海，翠浪滚滚開龍蛇。
四曲漁人壽燭明，明在水雲連處生。倚天若木朝朝艷，照海金波夜夜清。
五曲漁村壽樂多，隨大隨小聲和和。蜻蜓蛺蝶淺深舞，燕子鶯兒長短歌。
六歌漁父壽詩聲，一聲聲帶《竹枝》情。大枝千歲不改色，小枝孫子滿林生。
七歌漁父壽香堆，花霧深深撥不開。水邊借得春風送，荷花吹上戟門來。
八歌漁父意難忘，願見壽域通八荒。只開雲夢一稊米，何似渾自注：音鶻。侖開太倉。
九歌漁父好思量，願得壽星朝帝鄉。壽十二廟寸關尺，演億萬年元蔀章。《全宋詩》卷二三七四，册44，第27335—27336頁

## 竹枝辭

李邦獻

江上漁舟葉葉輕，峽中雲雨晚凉生。長亭宴罷客歸去，桂樹夕陽啼鳥聲。《全宋詩》卷一四四四，冊25，第16667頁

## 祀馬將軍竹枝辭并序

周之純

詩序曰：「馬氏，吾宗老言自會稽來也。夫自會稽以來，豈昔之爲會稽太守名臻者之裔邪？時世已久，莫得詳也。至所謂馬將軍，非余祖邪？將軍之廟實在松山已久，松山之馬祖將軍不疑。吾縣中馬，蓋熙寧後始行差役法，吾高祖應役，自松山以出，其祖將軍亦可以不疑也。所不知者，松山初無馬氏，將軍會稽人，自會稽徙居耶？抑將軍之上世徙居松山已久，其上世會稽人也？將軍之名謂何，仕爲何官，中更變亂，失其傳矣。廟有扁榜，書節度都押衙、監門衛上將軍、御史大夫，不知何如也，流傳至今，當必有自。比有族人言曰，善治鄉黄彈阬之原有我同姓者細人家，將軍之誥命在焉，蓋名高。後一日不遠道里往問，

誠有是焉否也。余爲唐之季世，巢賊遍天下，所至野無青草。按諸史傳，其陷婺也，道從巖陵，一時松山之人其恟懼糜沸何如也，將軍乃能不愛死，力率衆以拒之，今指將軍巖爲當時戰地，當不止是巖也。今廟中有二筆，指痕隱然，當時戈矛五兵之屬宜無不用，不止二筆也。既擊敗之，戰多上聞，褒寵狎至，故老謂無恙時誥軸填委，既死，遂以廟食。將軍雖死，猶眷焉不忘此土，水旱癘疫，有禱輒應，是何偉岸慷慨，情若此其厚也。凡曰馬氏爲其子孫者，祭享以時，奉事惟謹，無後吾言也。凡爾松山之人，盍常自言我豈非向之不死於巢賊者之子孫，微向之所以不死者，伊誰之力歟？則亦祭享以時，奉事惟謹。其屋也，修之使勿壞。其象也，新之使勿舊。其四旁之木，勿剪拜之，使益茂，使得以自庇，以無忘吾將軍之德其可也。吾聞歲時來祀者，有牲酒而無歌舞之樂章，闕陋已甚。荆楚之人祀神者，有辭曰《竹枝》，余爲製《竹枝》八首，使歌以侑之，其辭曰……」

草頭無數入松山，一遇將軍都敗還。試問當初戰何所，將軍巖下水猶殷。
白羽青絲手自持，雙鞬錦領步兵隨。幾番欲到伊吾北，笑殺曹兒行路迷。
曹州孽火遍燒天，不見兵車只漢川。若得將軍把關要，鴉軍不用過山前。
麥隴桑疇溪路斜，溪南溪北自千家。當年戰守知誰力，好把寒泉薦菊花。

桑麻影裏千餘户，弦管聲中百許年。但見年華今日好，也須回首看巖前。
松山父老至今思，嘗問將軍歸不歸。巖頭草木成戈戟，雨後溪聲聽鼓鼙。
倒指於今四百年，竹間祠宇尚依然。藤蘿挂木長如旆，苔蘚侵階碧似錢。
幾年精爽尚依依，水旱只須來禱祠。勸汝鄉人宜善事，祀時同唱《竹枝》辭。《全宋詩》卷二六四五，册49，第30982—30983頁

## 巫山竹枝

李　皐

封崇嶺上細腰宫，遺老相傳祭嚮熊。一炬牧兒今底處，千年青草長春風。
陽臺門前六律山，女郎吹笛翠微間。日斜酒散同歸去，笑插花枝滿髩鬟。《歷代竹枝詞》，第21頁

## 聽兒童歌船作竹枝助之

趙　文

按，《全元詩》册九亦收趙文此詩，元代卷不復録。

田舍兒童走似麞，踏歌椎鼓鬥顛狂。元宵乞汝閑幾日，元宵過後種田忙。《全宋詩》三六一二，册68，第43258頁

## 竹枝曲

陳允平

峨眉山頭月如眉，畫眉夫婿歸不歸。十日學得眉似月，眉成又是月圓時。《全宋詩》卷三五一七，册67，第42011頁

## 變竹枝詞九首

賀鑄

題注曰：「戊寅上巳江夏席上戲爲之，以代酒令。」

莫把雕檀楫，江清如可涉。但聞歌《竹枝》，不見迎桃葉。

隔岸東西州，清川拍岸流。但聞《竹枝》曲，不見青翰舟。

露濕雲羅碧，月澄江練白。但聞《竹枝》歌，不見騎鯨客。

北渚芙蓉開，褰裳擬屬媒。但聞《竹枝》曲，不見莫愁來。
西戍長回首，高城當夏口。但聞《竹枝》歌，不見行吟叟。
南浦下魚筒，孤篷信晚風。但聞《竹枝》曲，不見滄浪翁。
勝概今猶昨，層樓棲燕雀。但聞歌《竹枝》，不見乘黃鶴。
危構壓江東，江山形勝雄。但聞《竹枝》曲，不見胡床公。
蒹葭被洲渚，梟鶩方容與。但聞歌《竹枝》，不見題鸚鵡。《全宋詩》卷一一〇九，册19，第12586—12587頁

## 效竹枝體有感四首

王　質

來時梅花繞路旁，祇今壓枝梅子黄。回思孤徑踏斜月，冉冉馬頭迎曉香。

石橋直下槳雙横，落葉漸低湖水生。歸心欲寄潮頭去，潮頭不肯過湓城。

斜風急雨暮瀟瀟，更與客懷增寂寥。樹頭梅子未全熟，莫來窗下打芭蕉。

江南烟雨梅子肥，稻針刺水青離離。江南風物亦如此，所恨情懷非昔時。《全宋詩》卷二四九六，册46，第28855頁

## 次韻李參政壁秋懷十絶

魏了翁

題注曰："「後五首竹枝體。」按，據題注，此詩後五首爲《竹枝》體，故此處止録後五首，而録前五首於解題，庶免讀者翻檢之勞，詩題一仍其舊。前五首曰：「怒濤撞擊吼籠銅，驚

倒江邊百歲翁。西望陰霾猶未定，火雲偏在五雲東。」「稚金老火戰重圍，京洛緇塵點客衣。輸却東園南閣老，水花闌檻夕陽稀。」「坱圠群靈付大鈞，人生於世本何營。浩然中夜存存氣，不藉西風夢亦清。」「書棚尚有送春詩，又見秋風滿範圍。夜雨床頭多釀酒，天邊一舸有人歸。」「月華如水恰中庭，烏鵲枝頭棲復驚。晚暑三亭隨雨過，秋聲一半在蟲鳴。」

怒雷噀雨吹塵沙，樛枝草樹紛籠加。可憐荷屋風不定，但有白紅三數花。
河神不恤吾民勤，濤頭射山危欲傾。似聞凌雲灘頭水，前日肉薄幾危城。
母心日日兒當歸，屋山看盡烏烏棲。安得使我如烏飛，母旁衮地爲兒啼。
止處流行息處生，春作夏長秋斂榮。其間毫髮皆帝力，民日用之無能名。
新詩妙處古人過，節制場中老伏波。枯腸亦知費搜攪，奈此風景觸撥何。《全宋詩》卷二九三一，册56，第34936頁

## 思家五首竹枝體

汪夢斗

六旬餘父身長健，九十重親髮不華。高堂無人供滫瀡，如何遊子不思家。

淮陰母家田未買，汾曲先廬屋已斜。人生墓宅頗關念，如何遊子不思家。
婦挼草汁浴蠶子，婢炙松明治枲麻。東阡西陌要耕麥，如何游子不思家。
兒多廢學自澆花，女近事人今抱牙。兒女長成憂失教，如何遊子不思家。
荷凈軒前水浮鴨，翠眉亭下柳藏鴉。亦要丁寧春照管，如何遊子不思家。《全宋詩》卷三五四二，册67，第42376頁

## 圩丁詞十解

楊萬里

詩序曰：「江東水鄉，堤河兩涯而田其中，謂之圩。農家云：圩者，圍也。内以圍田，外以圍水，蓋河高而田反在水下。沿堤通斗門，每門疏港以溉田，故有豐年而無水患。余自溧水縣南一舍所，登蒲塘河，小舟至孔鎮，水行十二里，備見水之曲折。上自池陽，下至當塗，圩河皆通大江，而蒲塘河之下十里所，有湖曰石臼，廣八十里。河入湖，湖入江。鄉有圩長，歲晏水落，則集圩丁，日具土石楗畚以修圩。余因作詞，以擬劉夢得《竹枝》《柳枝》之聲，以授圩丁之修圩者歌之，以相其勞云。」

圩田元是一平湖，憑仗兒郎築作圩。萬雉長城倩誰守，兩堤楊柳當防夫。
何代何人作此圩，石頑土膩鐵難如。年年二月桃花水，如律流歸石臼湖。
上通建德下當塗，千里江湖繚一圩。本是陽侯水精國，天公敕賜上農夫。
南望雙峰抹緑明，一峰起立一峰横。不知圩裏田多少，直到峰根不見塍。
兩岸沿堤有水門，萬波隨吐復隨吞。君看紅蓼花邊脚，補去修來無水痕。
年年圩長集圩丁，不要招呼自要行。萬杵一鳴千畚土，大呼高唱總齊聲。
兒郎辛苦莫呼天，一日修圩一歲眠。六七月頭無點雨，試登高處望圩田。
岸頭石板紫縱横，不是修圩是築城。傳語赫連莫蒸土，霸圖未必賽春耕。
河水還高港水低，千枝萬派曲穿畦。斗門一閉君休笑，要看水從人指揮。
圩上人牽水上航，從頭點檢萬農桑。即非使者秋行部，乃是圩翁曉按莊。《全宋詩》卷二三〇六，册42，第26505—26506頁

## 楊柳枝

徐　積

宋王灼《碧鷄漫志》曰：「《鑒戒録》云：『柳枝歌，亡隋之曲也。』前輩詩云：『萬里長江

一旦開，岸邊楊柳幾千栽。錦帆未落干戈起，惆悵龍舟更不回。』又云：『樂苑隋堤事已空。萬條猶舞舊春風。』皆指汴渠事。而張祜《折楊柳枝》兩絶句，其一云：『莫折宫前楊柳枝，玄宗曾向笛中吹。傷心日暮烟霞起，無限春愁生翠眉。』則知隋有此曲，傳至開元。《樂府雜録》云：白傅作《楊柳枝》。予考樂天晚年與劉夢得唱和此曲詞，白云：『古歌舊曲君休聽，聽取新翻楊柳枝。』又作《楊柳枝二十韻》云：『樂童翻怨調，才子與妍詞。』注云：『洛下新聲也。』劉夢得亦云：『請君莫奏前朝曲，聽唱新翻楊柳枝。』蓋後來始變新聲。而所謂樂天作《楊柳枝》者，稱其别創詞也。今黄鍾商有《楊柳枝》曲，仍是七字四句詩，與劉、白及五代諸子所製并同。但每句下各增三字一句，此乃唐時和聲，如《竹枝》《漁父》，今皆有和聲也。舊詞多側字起頭。平字起頭者，十之一二。今詞盡皆側字起頭，第三句亦復側字起，聲度差穩耳。」①明董逢元《詞名微》曰：「《楊柳枝》，亦曰《柳枝》，亦曰《柳枝詞》，亦曰《楊枝詞》，亦曰《折楊柳枝詞》，亦曰《添聲楊柳枝詞》，亦曰《楊柳枝壽杯詞》，亦曰《宫中折楊柳枝詞》，本白居易洛中所製也。居易有妓樊素善歌、小蠻善舞，嘗爲詩曰：『櫻桃樊素口，楊柳小蠻腰。』年既高邁，而小蠻方豐艷，乃作《楊柳枝》詞一章以托意曰：『永豐西角花園裏，

① 《碧鷄漫志校正》卷五，第131—132頁。

盡日無人屬阿誰。』及宣宗朝，國樂唱是詞，帝問誰詞，永豐在何處，左右具以對。時永豐坊西角園中有垂柳一株，柔條極茂，因東使命取兩枝，植於禁中。居易感上知名，且好尚風雅，又作詞一章云：『定知玄象今春後，柳宿光中添兩星。』河南盧尹時亦繼和。薛能曰：『《楊柳枝》者，古題，所謂《折楊枝》也。』按《折楊柳》本漢横吹曲，古詞曰：『上馬不捉鞭，反拗楊柳枝。蹀座吹長笛，愁殺行客兒。』本爲邊詞，在唐爲别曲，與此稍異。而元郭茂倩所收張祜、施肩吾、李商隱、薛能輩十五首，俱《折楊柳》，而并曰《楊柳枝》，則凡唐人《折楊柳》詞，今例當附入。本體一百一十四首，别體二首，宋人作《太平時》，又作《賀聖朝》。」①

楊柳楊柳復楊柳，舞罷青衫困垂手。相如病思最多情，沈約才清更酣酒。君看好鳥鳴枝閑，日與春風問安否。清明前後峭寒時，好把香綿閑抖擻。《全宋詩》卷六四四，册 11，第 7630 頁

① ［明］董逢元《詞名微》，四庫全書存目叢書，集部册 422，齊魯書社，1997 年版，第 605 頁。

## 同前

薛師石

門前楊柳君莫折，長於折處生兩枝。兩枝難作一枝合，一心分作兩心時。
唯有高枝高莫攀，不堪攀處只堪看。怪得樓頭畫眉婦，春朝長自憑闌干。
獨於高處接陽和，占得春風分外多。須信繁華易摧折，不如柔弱拂江河。
汴水堤邊薪可束，永豐巷口緑成堆。盛衰到底皆惆悵，何不移根種馬嵬。《全宋詩》卷二九二〇，册56，第34823頁

## 同前

方岳

緑陰深護碧闌干，拂拂春愁不忍看。燕子未歸花落盡，一簾香雪晚風寒。
拗盡青青恨未消，春風一夜長新條。多情也似相欺得，愛惹釵頭翡翠翹。
晴日遊絲亂入簾，夕陽更添酒家帘。粥香餳白清明近，門挽柔條插畫檐。
小橋風定緑烟垂，幾送行人此別離。蹀躞玉驄嘶草去，啼鶯寂寞雨千絲。

幾日春寒怯上樓，樓頭烟縷拂簾鈎。相看瘦盡渾無奈，一種風流各自愁。《全宋詩》卷三一九四，册61，第38285頁

## 同前

王惲

密葉陰陰漢將營，春風吹斷鼓鼙聲。少年不説封侯事，柘彈銅丸落曉鶯。《全宋詩》卷三七四八，册72，第45197頁

## 楊柳枝詞二首

賀鑄

詩序曰："癸亥五月，汲郡席上，歌人楊柔出二白團扇，求吾詩，爲賦。"明于慎行《穀山筆麈》曰："宋元詞曲有出於唐者，如《清平調》《水調歌》《柘枝》《菩薩蠻》《八聲甘州》《楊柳枝詞》是也。"①明費經虞《雅倫》曰："《楊柳枝詞》與《竹枝》頗近，其情柔，其體婉。"②按，宋

① [明]于慎行《穀山筆麈》卷八，續修四庫全書，上海古籍出版社，2002年版，册1128，第769頁。
② 《雅倫》卷一二，續修四庫全書，册1697，第211頁。

人又有《柳枝詞》《楊柳詞》，當出於此，亦予收録。

方過清明雨後天，回塘照影弄躚躚。深情擬屬風光主，愛惜長條待少年。
楊柳東風盡日吹，柔條應自不禁持。都門三月傷心地，强半青青贈别離。《全宋詩》卷一一一〇，冊19，第12591頁

## 同前三首

釋行海

□天纖□起新愁，青眼鵝黄憶舊遊。唯有長絲牽不斷，洛陽城裏映朱樓。
一陣楊花一陣愁，緑陰陰處暫停舟。莫嫌不折長條贈，有個黄鶯在上頭。
渭水橋邊送别時，馬前折贈笛中吹。若教繫得離情住，那管千絲又萬絲。《全宋詩》卷三四七五，冊66，第41372頁

## 柳枝辭十二首

徐鉉

後十首有題注曰：「座中應制。」清王士禎等《師友詩傳録》曰：「《竹枝》《柳枝》自與絶

句不同。而《竹枝》《柳枝》，亦有分别……《竹枝》泛詠風土，《柳枝》專詠楊柳，此其異也。南宋葉水心又創爲《橘枝詞》，而和者尚少。……若《柳枝詞》，始於白香山《楊柳枝》一曲，蓋本六朝之《折楊柳》歌辭也。其聲情之儇利輕儁，與《竹枝》大同小異，與七絶微分，亦歌謡之一體也。」①清王士禎《師友詩傳續録》曰：「《柳枝》專詠柳，《竹枝》泛詠風土。《竹枝詞》古人間有專詠竹者，乃引《柳枝》之例。然不過偶一見耳，非原旨也。」②清薛雪《一瓢詩話》曰：「郎梅溪問張蕭亭：『《竹枝》《柳枝》自與絶句不同，音節亦有分别否？』蕭亭曰：『語度無異，末語加『竹枝』、『柳枝』，即其語以名其詞，音節無分别也。』余謂亦有不加『竹枝』『柳枝』者，何以爲語度無異，音節不分？若果如此，則仍是絶句，何必别其名曰《竹枝》《柳枝》耶？要知全在語度音節間分别。」③清王又華《古今詞論》曰：「《竹枝》《柳枝》，不可徑律作詞。然亦須不似七言絶句，又不似《子夜歌》，又不可盡脱本意。『盤江門外是儂家』

① 《清詩話》，第134頁。
② 《清詩話》，第157頁。
③ [清] 薛雪《一瓢詩話》，《清詩話》，第694頁。

及『曾與美人橋上别』，俱不可及。」①

把酒憑君唱《柳枝》，也從絲管遞相隨。逢春只合朝朝醉，記取秋風落葉時。
南園日暮起春風，吹散楊花雪滿空。不惜楊花飛也得，愁君老盡臉邊紅。
陌上朱門柳映花，簾鈎半卷緑陰斜。憑郎暫駐青驄馬，此是錢塘小小家。
夾岸朱欄柳映樓，緑波平幔帶花流。歌聲不出長條密，忽地風回見彩舟。
老大逢春總恨春，緑楊陰裏最愁人。舊遊一别無因見，嫩葉如眉處處新。
濛濛堤畔柳含烟，疑是陽和二月天。醉裏不知時節改，漫隨兒女打鞦韆。
水閣春來乍減寒，曉妝初罷倚欄干。長條亂拂春波動，不許佳人照影看。
柳岸烟昏醉裏歸，不知深處有芳菲。重來已見花飄盡，唯有黄鶯囀樹飛。
此去仙源不是遥，垂楊深處有朱橋。共君同過朱橋去，密映垂楊聽洞簫。
暫别揚州十度春，不知光景屬何人。一帆歸客千條柳，腸斷東風揚子津。
仙樂春來案舞腰，清聲偏似傍嬌饒。應緣鶯舌多情賴，長向雙成説翠條。

① [清] 王又華《古今詞論》，《詞話叢編》，第599頁。

鳳笙臨檻不能吹，舞袖當筵亦自疑。　唯有美人多意緒，解衣芳態畫雙眉。《全宋詩》卷五，册1，第78頁

金馬詞臣賦小詩，梨園弟子唱新詞。君恩還似東風意，先入靈和蜀柳枝。
百草千花共待春，緑楊顔色最驚人。天邊雨露年年在，上苑芳華歲歲新。
長愛龍池二月時，毵毵金線弄春姿。假饒葉落枝空後，更有梨園笛裏吹。
緑水成文柳帶摇，東風初到不鳴條。龍舟欲過偏留戀，萬縷輕絲拂御橋。
百尺長條婉麴塵，詩題不盡畫難真。憑君折向人間種，還似君恩處處春。
風暖雲開晚照明，翠條深映鳳皇城。人間欲識靈和態，聽取新詞玉管聲。
醉折垂楊唱《柳枝》，金城三月走金羈。　年年爲愛新條好，不覺蒼華也似絲。
新春花柳競芳姿，偏愛垂楊拂地枝。天子遍教詞客賦，宫中要唱洞簫詞。
凝碧池頭蘸翠漣，鳳皇樓畔簇晴烟。新詞欲詠知難詠，説與雙成入管弦。
侍從甘泉與未央，移舟偏要近垂楊。　櫻桃未綻梅先老，折得柔條百尺長。《全宋詩》卷八，册1，第111頁

## 同前七首

張詠

玉門關外絮飛空，破虜營前晝影濃。可便消兵無好術，忍教攀折怨春風。

青連遠戍和烟重，静映疏櫳窣縷輕。遊子不歸春夢斷，南軒一樹有啼鶯。

遠映天街近繞池，長條無力自相依。上陽宫女愁方絶，又是東風有絮飛。

輕柔多稱地多宜，纔種纖桃又引枝。不及垂陰向黎庶，春風一路送亡隋。

海潮聲裏越溪頭，誰種千株夾亂流。安得辭榮同范蠡，緑絲和雨繫扁舟。

帳偃纓垂已有名，水邊花外更分明。前賢可得輕詞句，幾變新聲入鄭聲。

吴王愛重爲遊從，歲歲添栽後苑中。家國旋亡臺榭毀，數株臨水尚牽風。《全宋詩》卷五一，册1，第548頁

## 同前十三首

司馬光

烟滿上林春未歸，三三兩兩雪花飛。柳條别得東皇意，映堤拂水已依依。

依依高樹出宮墻，摇曳青絲百尺長。願與宣温萬年樹，年年歲歲奉君王。
君王游豫賞青春，折柳爲拳賜侍臣。莫怪長條低拂地，只緣供掃屬車塵。
屬車隱隱遠如雷，陳后愁眉久不開。楊花都不知人意，故入長門宮裏來。
長門宮曉未成妝，結雨縈風蔽瑣窗。莫令透入華梁燕，那堪負汝更雙雙。
雙雙春燕颺雲霄，楚國宮深樂事饒。會待急管繁弦際，試取纖條并舞腰。
舞腰繽紛長樂東，柳間帳飲送春風。請君試望邯鄲道，青門裊裊徹新豐。
新豐道上灞陵頭，又送夫君去遠遊。借問柳枝能寄否，古今共有幾多愁。
多愁尤是別離深，折條相贈各沾襟。留住不住居人意，欲去未去行人心。
行人白馬去遥遥，初上金堤欲過橋。望塵不見遮人眼，苦怨無情萬萬條。
五柳先生門乍開，宅邊植杖久徘徊。陌頭遥認顔光禄，詰旦先乘瘦馬來。
白雪雖然比絮花，艷陽不得共繁華。爲君故入烏衣巷，飛舞風流謝傳家。
宣陽門前三月初，家家楊柳緑藏烏。歡似白花飄蕩去，忍能棄擲博山爐。

《全宋詩》卷四九八，册9，第6011—6012頁

## 同前

汪莘

繰出烟絲輕裊裊，掃成雪帚重垂垂。風流舉世無過柳，總合殷勤把一枝。《全宋詩》卷二九一二，册55，第34718頁

## 同前

武衍

靈和殿裏最風流，三月飛花雪御樓。換得玉人眉樣巧，一春渾不下簾鈎。《全宋詩》卷三二六八，册62，第38967頁

## 同前

周密

鏡裏愁眉怨曉霜，多情猶解拂離觴。西風十里新堤路，半帶蟬聲半夕陽。《全宋詩》卷三五五六，册67，第42501—42502頁

## 和春卿學士柳枝詞五闋

韓　琦

樓前輕雪未全銷，偷得春光入嫩條。似向東風猶旅拒，可能渾忘舞時腰。
陌閑宮古緑烟迷，惹盡春愁困拂堤。却爲多情足離恨，故教溝水亦東西。
章街風曉起新眠，寒食輕陰未雨天。無限青絲拂遊騎，一生芳意負金鞭。
淡烟輕日簇誰家，微出青旗一帶斜。對景似嫌春意老，更摇疏影掃殘花。
畫橋南北水連天，纔聽鶯聲又晚蟬。長使離魂容易斷，春風秋月自依然。

《全宋詩》卷三二一，册6，第3989頁

## 再賦柳枝詞二闋

韓　琦

曲江風暖曉陰斜，翠色相宜拂鈿車。自有春眠慵未起，日高人困又飛花。
葉葉新長約黛蛾，絲絲輕軟任風梭。啼鶯便學歌喉囀，知是春來舞意多。

《全宋詩》卷三二一，册6，第3992頁

## 擬李義山柳枝詞五首

陳師道

江青沙日暖，雄鴨雌鴛鴦。相看不相識，花晚褪紅香。
梟梟東門柳，重重小苑花。爲誰須落子，著意莫藏鴉。
雨葉不自持，風花故入衣。飛花已無定，忍着惡風吹。
伏雌將阿鶩，水陸不相直。鴨鴨横波去，嗝嗝呼不得。
莫解丁香結，從教長苦辛。却因千種恨，別作一家春。《全宋詩》卷一一一四，册 19，第 12648 頁

## 楊柳詞四解

宋祁

垂楊無態不堪夸，猶有餘情解作花。三月紛紛飛似雪，白門啼殺叛兒鴉。
天幕風和畢雨餘，翠輕黄淺亞春衢。不知張緒當年日，似得長條濯濯無。

苑路黄黄隔翠霏，三眠初熟倚春暉。枝枝柔曼皆堪愛，不分羌人拗折歸。
玉樹森森拂曉空，子雲辛苦賦青葱。不知苒弱當君意，却就長楊便作宫。《全宋詩》卷二二四，册4，第2614頁

## 同前

王　鎡

二月垂絲拂翠樓，畫眉如妬逞風流。成花又惹分離恨，去作浮萍送客舟。《全宋詩》卷三六〇九，册68，第43222頁

## 題漢州妓項帕羅

張　俞

按，此詩曾作《柳枝詞》歌之。宋邵伯温《邵氏聞見録》曰：「文潞公慶曆中以樞密直學士知成都府，公年未四十。成都風俗喜行樂，公多燕集，有飛語至京師。御史何郯聖從，蜀人也，因謁告歸，上遣伺察之。聖從將至，潞公亦爲之動。張俞少愚者謂公曰：『聖從之來，無足念。』少愚自迎見於漢州。同郡會有營妓善舞，聖從喜之，問其姓，妓曰：『楊。』聖

從曰：『所謂楊臺柳者。』少愚即取妓之項上帕羅題詩曰：『蜀國佳人號細腰，東臺御史惜妖嬈。從今喚作楊臺柳，舞盡春風萬萬條。』命其妓作《柳枝詞》歌之，聖從爲之沾醉。後數日，聖從至成都，頗嚴重。一日，潞公大作樂以燕聖從，迎其妓雜府妓中，歌少愚之詩以酌聖從，聖從每爲之醉。聖從還朝，潞公之謗乃息。」①《全宋詩》卷一一九三亦録，作李回詩，題作《題妓帕》，辭同，茲不復録。

蜀國佳人號細腰，東臺御史惜妖嬈。從今喚作楊臺柳，舞盡春風萬萬條。《全宋詩》卷三八二，册7，第4714頁

## 抛球樂辭二首

徐　鉉

宋陳暘《樂書》曰：「《拋毬樂》之舞衣，四色綉，大衫，銀帶，捧綉毬。」②元脱脱《宋史·

---

① [宋] 邵伯温撰，李劍雄、劉德權點校《邵氏聞見録》卷一〇，中華書局，1983年版，第101頁。
② 《樂書》卷一八五，景印文淵閣四庫全書，册211，第832頁。

樂志》曰：「女弟子隊凡一百五十三人……三日抛毬樂隊，衣四色綉羅寬衫，繫銀帶，奉綉毬。」①按，宋人又有《抛球》《抛毬曲》，當出於此，亦予收録。

歌舞送飛毬，金觥碧玉籌。管弦桃李月，簾幕鳳凰樓。一笑千場醉，浮生任白頭。灼灼傳花枝，紛紛度畫旂。不知紅燭下，照見彩毬飛。借勢因期剋，巫山暮雨歸。《全宋詩》卷六，册 1，第 91 頁

## 抛毬

項安世

彩毬丹柱倚春風，寒食清明罷綉工。漢北將軍貪蹴鞠，豈知兵法在吴宫。《宋詩紀事》卷五四，第 1383 頁

① 《宋史》卷一四二，第 3350 頁。

# 拋毬曲三首

李慎言

宋沈括《夢溪筆談》曰：「海州士人李慎言，嘗夢至一處水殿中，觀宫女戲毬。山陽蔡繩爲之傳，叙其事甚詳。有《拋毬曲》十餘闋，詞皆清麗，今獨記兩闋：『侍燕黄昏晚未休，玉階夜色月如流，朝來自覺承恩醉，笑倩傍人認綉毬。』『堪恨隋家幾帝王，舞裀揉盡綉鴛鴦。如今重到拋毬處，不是金爐舊日香。』」①宋趙令畤《侯鯖録》曰：「余少從李慎言希古學，自言昔夢中至一宫殿，有儀衛，中數百妓拋毬，人唱一詩，覺而記得三首云……」②按，《宋詩紀事》卷九九作夢中宫女詩。《全宋詩》卷八九三作李慎言詩，今從《全宋詩》。

侍宴黄昏曉未休，玉階夜色月如流。朝來自覺承恩最，笑倩傍人認綉毬。

隋家宫殿鎖清秋，曾見嬋娟颺綉毬。金鑰玉簫俱寂寂，一天明月照高樓。

① 《夢溪筆談》卷五，第49—50頁。
② 《侯鯖録》卷二，第14頁。

堪恨隋家幾帝王，舞腰揉盡綉鴛鴦。如今重到抛毬處，不見金爐舊日香。《全宋詩》卷八九三，册 15，第 10446 頁

## 太平樂

關　注

宋張邦基《墨莊漫録》「關子東三夢」曰：「宣和二年，睦寇方臘起幫源，浙西震恐，士大夫相與奔竄。關注子東在錢塘，避地携家於無錫之梁溪。明年，臘就擒，離散之家，悉還桑梓。子東以貧甚，未能歸，乃僑寓於毗陵郡崇安寺古柏院中。一日，忽夢臨水有軒，主人延客，可年五十，儀觀甚偉，玄衣而美鬚髯。揖坐，使兩女子以銅杯酌酒，謂子東曰：『自來歌曲新聲，先奏天曹，然後散落人間。他日東南休兵，有樂府曰《太平樂》，汝先聽其聲。』遂使兩女子舞，主人抵掌而爲之節。已而恍然而覺，猶能記其五拍，子東因作詩記云……」①按，該曲名亦見於唐崔令欽《教坊記》，當爲樂府，故予收録。

---

① [宋] 張邦基撰，孔凡禮點校《墨莊漫録》卷四，中華書局，2002 年版，第 122 頁。

玄衣仙子從雙鬟，緩節長歌一解顏。滿引銅盆效鯨吸，低徊舞袖作弓彎。舞留月殿春風冷，樂奏鈞天曉夢還。行聽新聲太平樂，猶留五拍到人間。《全宋詞》，册2，第1296頁

## 拜新月二章

張玉娘

拜新月，拜月願月圓。新月有圓時，人别何時見。

拜新月，新月下庭除。欲祝心間事，未語先慘凄。《全宋詩》卷三七一五，册71，第44623—44624頁

## 憶江南

王安石

城南城北萬株花，池面冰消水見沙。回首江南春更好，夢爲蝴蝶亦還家。《全宋詩》卷五七六，册10，第6778頁

## 憶江南寄純如五首

蘇　軾

楚水别來十載，蜀山望斷千重。畢竟擬爲傖父，憑君説與吴儂。

湖目也堪供眼，木奴自足爲生。若話三吴勝事，不惟千里蓴羹。

人在畫屏中住，客依明月邊遊。未卜柴桑舊宅，須乘五湖扁舟。

生計曾無聚沫，孤踪謾有清風。治産猶嫌范蠡，携孥頗笑梁鴻。

弱累已償俗盡，老身將伴僧居。未許季鷹高潔，秋風直爲鱸魚。《全宋詩》卷八一九，册 14，第 9475 頁

## 望江南

洪　皓

按，《樂府詩集・近代曲辭》白居易《憶江南三首》解題曰：「一曰《望江南》。」①故本卷

---

①《樂府詩集》卷八二，第 875 頁。

置此詩於《憶江南》題下。劉克莊《用居厚弟强甫韻》曰：「素味清真與順庵，自注：吴成、伯可。偶然愛唱《望江南》。」①福州僧《題壁二首》其二云：「何似仁王高閣上，倚欄閑唱《望江南》。」②劉克莊《後村詩話》記後者本事曰：「福州仁王寺，有僧喜唱《望江南》詞。一日忽題壁……或誚之曰：『此僧欲出世矣！』言於當路，延主一刹。未久，若有不樂者，又題……」③知《望江南》宋時仍可入樂。

登高引領望江南，家在江南杳靄間。滿目烽烟歸路遠，萱親不見泪潸潸。《全宋詩》卷一七〇三，冊30，第19189頁

---

①《全宋詩》卷三〇七二，冊58，第36659頁。
②《全宋詩》卷三七四九，冊72，第45203頁。
③《後村詩話》後集卷一，第43頁。

## 同前

董乂

按，此爲殘句。

縹渺烟中漁父檕，坡陀山上使君衙。
六月凉窗凉衽袖，二蘇辭翰照青冥。《全宋詩》卷七八一，册13，第9043—9044頁

## 欸乃歌

項安世

按，《宋詩紀事》亦收此詩，題作《欸乃曲》①。宋王觀國《學林》曰：「元次山《欸乃曲》曰：『千里楓林烟雨深，無朝無暮有猿吟。停橈静聽曲中意，好是雲山韶濩音。』『零陵郡北湘水東，浯溪形勝滿湘中。溪口石顛堪自逸，誰人相伴作漁翁。』柳子厚《漁父》詩曰：『漁

① 《宋詩紀事》卷五四，第1382頁。

翁夜傍西巖宿，曉汲清湘然楚竹。烟銷日出不見人，欸乃一聲山水淥。』黄庭堅題曰：『元次山《欸乃曲》，欸音媪，乃音靄，湘中節歌聲。柳子厚《漁父詞》有『欸乃一聲山水淥』之句，誤書欸欠，少年多承誤妄用之，可笑。』觀國按：《廣韻》上聲欸，于改切，相然譍也。然則欸音靄，乃音媪耳。今世所傳《柳子厚文集·漁父詩》作「欸乃」，又箋音於其下曰：「欸音襖，乃音靄。」蓋世之誤用字、誤切音者，皆自《柳子厚文集》始，蓋編類文集者之過也。」①宋袁文《甕牖閑評》曰：「《唐韻》：『欸音靄，乃音媪。』黄太史書元次山《欸乃曲》注云：『欸音襖，乃音靄。』太史誤耳。《洪駒父詩話》亦云『欸音靄，乃音媪』，是已。苕溪漁隱不曾深究，乃謂駒父不曾看元次山詩及太史此注，妄爲之音。而不知已自不曾看《唐韻》，反以駒父爲誤也。」②宋姚寬《西溪叢語》曰：「柳子厚詩云：『漁翁夜傍西巖宿，曉汲清湘燃楚竹。烟消日出不見人，欸乃一聲山水緑。』欸，音襖；乃，音靄：相應之聲也。今人誤以二字合爲一。劉言史《瀟湘遊》云：『夷女采山蕉，緝紗浸江水。野花滿髻妝色新，閑歌曖迺深峽裏。

① [宋] 王觀國撰，田瑞娟點校《學林》卷八，中華書局，1988年版，第260—261頁。
② 《甕牖閑評》卷四，第70頁。

曖迺知從何處生，當時泣舜斷腸聲。』此聲同而字異也。『曖迺』即『欸乃』字。」①宋石汝礪《竹浦漁歸》曰：「長歌《欸乃》乘風去，鳴櫓咿啞趁月還。」②宋李彭《即事》其二曰：「藏舟枉渚者誰子，《欸乃》歌聲短復長。」③宋戴復古《鄭南夫雲林隱居》曰：「烟渚蒲洲外，時聞《欸乃歌》。」④知宋時《欸乃歌》仍可入樂。明郎瑛《七修類稿》「欸乃」條曰：「欸，嘆聲也，亦作欸。本哀音，收灰、隊二韻，亦讀作上聲。欸，按《説文》無襖音也。乃即俗之迺字，《春秋傳》以爲難辭，王安石謂繼事之辭也，而《説文》亦無靄音。今二字連綿讀之，是棹船相應之聲，柳子厚詩云『欸乃一聲山水緑』是也。後人因柳集中有注字云『一本作襖靄』，遂即音欸爲襖，音乃爲靄，不知彼注自謂别本作襖靄，非謂欸乃當音襖靄也。黄山谷不加深考，從而實之。欸乃是湖中節歌之聲，元結有《欸乃曲》，已一錯也，其甥洪駒父又辯曰：柳子『㱇靄一聲山水緑』，而世俗乃分欸、乃爲二字，誤矣。見《冷齋夜話》。尤爲可笑。不知此『㱇』

①《西溪叢語》卷上，第29—30頁。
②《全宋詩》卷八三九，册14，第9718頁。
③《全宋詩》卷一三九〇，册24，第15965頁。
④《全宋詩》卷二八一七，册54，第33545頁。

字爲何字也，雖《海篇》雜字中亦無也。又按劉蜕文集有《湖中靄迺歌》，劉言史瀟湘詩有「閑歌暧迺深峽裏」，元次山有《湖南欸乃歌》，則知二字有音無文者，特柳子用此二字，後人注之，毛晃增入韻中，故數子之意皆同而用字自異，是數字不妨并行，特用其音意耳，《韻會》已少辯之矣。」①

## 同前

薛季宣

靄迺出深樹，湘山日落時。若非堯女哭，即是楚臣啼。《全宋詩》卷二三八一，册44，第27438頁

詩序曰：「《欸乃曲》，名見《元次山集》，讀如『襖靄』，《柳子厚集》字作欸乃。又劉言史《瀟湘詩》曰『暧乃知從何處生，當時泣舜斷腸聲』，音復不同。今名從次山，詩從言史。」

欸乃兮江湘，繚兮繞兮衡之陽。龍衣兮黼裳，帝何之兮陟方，我不見兮攪我心腸。欸乃兮

---

①《七修類稿》卷二八，第302—303頁。

蒼梧，杳兮渺兮遠隔重湖。龍駕兮鸞車，帝何之兮升遐，我不見兮泣涕漣如。雲夢兮漪淪，欸兮乃兮岣嶁峋。青天兮白雲，帝何之兮上賓，我不見兮感此下民。《全宋詩》卷二四七五，册46，第28702頁

## 欸乃歌二章戲王稚川

黄庭堅

《全宋詩》引原注：「黄氏有山谷手寫舊本題云：『予復戲代稚川之妻林夫人寄稚川，時稚川在都下，有所顧盼，留連未歸也。』」

花上盈盈人不歸，棗下纂纂實已垂。臘雪在時聽馬嘶，長安城中花片飛。

從師學道魚千里，蓋世成功黍一炊。日日倚門人不見，看盡林烏反哺兒。《全宋詩》卷九七九，册17，第11331頁

## 欸乃辭

高似孫

題注曰：「客有遺王右丞《捕魚圖》者，愛其風景蕭遠，漁事安閒，無一毫較利競名之

意。切慕其趣，樂其高，爲之歌曰《欸乃辭》。」

帝子降兮北渚，目眇眇兮愁予。裊裊兮秋風，洞庭波兮木葉下。揭揭兮寒茭，滅滅兮輕罛。有鵜兮在梁，鴻何爲兮離網。白蘋深兮騁望，水之清兮濯纓。翁不語兮嗔偏醒，欸乃一聲兮天水渌。《全宋詩》卷二七二〇，册 51，第 31994 頁

## 後欸乃辭

高似孫

題注曰：「柳子厚《漁翁》詩，蕭蕭《湘君》《湘夫人》清風，不可以筆墨機緘索也。世人論次楚辭，乃以《天對》《晉對》推之，知者淺矣。因掇杜公句，伴《漁翁》詩爲《後欸乃辭》。嗟嘆之不足也。」

洞庭瀟湘白雪中，中有雲氣隨飛龍。漁父天寒網罟凍，山木盡亞洪濤風。又歌曰：漁翁暝踏孤舟立，滄浪水深青冥闊。不見湘妃鼓瑟時，至今斑竹臨江活。又歌曰：漁翁夜傍西巖宿，曉汲清湘燃楚竹。烟銷日出不見人，欸乃一聲山水渌。《全宋詩》卷二七二〇，册 51，第 31994 頁

## 欸乃詞 贈漁父劉四

蒲壽宬

白頭翁，白頭翁，江海爲田負作糧。相逢衹可喚劉四，不受人呼劉四郎。《全宋詩》卷三五八〇，册68，第42787頁

## 法曲獻仙音

丁　宥

宋歐陽修《六一居士詩話》曰：「王建《霓裳詞》云：『弟子部一作歌中留一色，聽風聽水作《霓裳》。一有羽衣二字。』曲今教坊尚能作其聲，其舞則廢而不傳矣。人間又有《望瀛府》《獻仙音》二曲，云此其遺聲也。」①宋沈括《夢溪筆談》曰：「今蒲中逍遥樓楣上有唐人横書，類梵字，相傳是《霓裳》譜，字訓不通，莫知是非。或謂今燕部有《獻仙音曲》，乃其遺聲。」②宋陳暘《樂書》曰：「法曲興自于唐，其聲始出清商部，比正律差四，鄭衛之間有鐃鈸鐘磬之音。太宗《破陣樂》、高宗《一戎大定樂》、武后《長生樂》、明皇《赤白桃李花》，皆法曲尤妙者。其餘如《霓裳羽衣》《望瀛》《獻仙音》《聽龍吟》《碧天雁》《獻天花》之類，不可勝紀。

① [宋] 歐陽修《六一居士詩話》，中華書局，1985年版，第8頁。
② 《夢溪筆談》卷五，第46頁。

白居易曰：『法曲雖已失雅音，蓋諸夏之聲也，故歷朝行焉。明皇雅好度曲，然未嘗使蕃漢雜奏。天寶中，始詔道調法曲與胡部新聲合作，君子非之，明年果有禄山之禍，豈不誠有以召之邪？』聖朝法曲樂器有琵琶、五弦、箏、箜篌、笙、笛、觱篥、方響、拍板。其曲所存，不過道調《望瀛》《小訖食》《獻仙音》而已，其餘皆不復見矣。」①宋王灼《碧鷄漫志》曰：「按明皇改《婆羅門》爲《霓裳羽衣》，屬黄鍾商云，時號越調，即今之越調是也。白樂天《嵩陽觀夜奏霓裳》詩云：『開元遺曲自凄凉，况近秋天調是商。』又知其爲黄鍾商無疑。歐陽永叔云：『人間有《瀛府》《獻仙音》二曲，此其遺聲。』《瀛府》屬黄鐘宫，《獻仙音》屬小石調，了不相干。永叔知《霓裳羽衣》爲法曲，而《瀛府》《獻仙音》爲法曲中遺聲，今合兩個宫調作《霓裳羽衣》一曲遺聲，亦太疏矣。《筆談》云：『蒲中逍遥樓楣上，有唐人横書，類梵字，相傳是《霓裳譜》，字訓不通，莫知是非。或謂今燕部有《獻仙音》曲，乃其遺聲。然《霓裳》本謂之道調法曲，《獻仙音》乃小石調爾。』」②《宋史・樂志》曰：「法曲部，其曲二，一曰道調宫《望

① 《樂書》卷一八八，景印文淵閣四庫全書，册 211，第 848 頁。
② 《碧鷄漫志校正》卷三，第 54—55 頁。

瀛》，二曰小石調《獻仙音》。樂用琵琶、箜篌、五弦、箏、笙、觱栗、方響、拍板。」①按，此爲殘句。

蟬碧勾花，雁紅攢月。《全宋詞》，册4，第2949頁

## 擬長吉十二月樂辭

周　密

### 正月

八埏夢醒驚勾芒，青旂翠節迎東皇。柔風玉破第一香，明霞院宇懸金璫。蘭唇笑紅草心喜，七十二番芳候始。流蘇夜暖催羯鼓，日日梨園按新舞。

### 二月

一緑浮千郊，新風新雨吹秧毛。倉庚玄乙聲交交，愁心亂結丁香梢。錦衣俠少千金豪，買

① 《宋史》卷一四二，第3349頁。

春不怕春價高，量珠戛玉聲嘈嘈。青春青春急行樂，莫待紅泥埋馬脚。

## 三月

大堤韋曲芳菲菲，麴塵粉絮迷東西。榆烟梨月烘夜白，春國染花成五色。錫簫社鼓歡拍拍，五侯七貴争芳夕。烏絲細織留春語，怨血千枝吟杜主。翠樓歌冷粉魂愁，一夜東風落鄰雨。

## 四月

半夜蒼龍移玉斗，朱絲乍變《南風》奏。女桑再緑竹箇紅，三十六陂烟雨中。香塵脂水隨宫溝，謝娘掩幌鶯鶯愁。翠濤千里崆峒秋。

## 五月

阿房守宫血，太液鴛鴦湯。新螢小扇輕，老艾生羅香。鑄月爲君壽，壓雪爲君醉。波府吟飢龍，菖華一千歲。

## 六月

三庚來，二陰伏，六十刻長日南陸。榑桑石裂海水飛，飆車雪碗方争奇，秋聲隱隱樫桐枝。

## 七月

商旗稍西指，赤幟方癡停。餘霞散蝦尾，净宇浮魚鱗。羽梁駕查渚，綺屋開蓉城。輕霏洗空緑，一葉敲凉聲。綀帷掩麈扇，壯士心空驚。

## 八月

銛飆剪庭緑，紺髪愁清商。吹銀海沫明，濯錦江花凉。冰規射白曉，琪樹蜚黄香。楚夢空悠悠，遠恨浮三湘。

## 九月

飛蓬病葉聲索索，暗壁孀娥夢中泣。蟲聲螢影伴寒雨。二十三絲夜彈苦。千花翻紅上凉葉，萬寶吹香落金雪。佩萸戲馬誰家郎，不管人間更漏長。

## 十月

枯桑委地成死灰，蘋洲客雁號朝飢。崦嵫急景寸輝薄，夜半霜痕着綃箔。金寒翠薄千尺臺，笑梅一笛臨風哀，佳人佳人來不來。

## 十一月

碧篇九寸吹寶瓶，老麋脱角占卿雲。酸風射寒入幽素，采采芳芸拂秋蠹。綉宫華漏融玉汁，雲母窗明烘暖白。

## 十二月

雙丸倦擲羲和手，餳鼓烘爐傳壽酒。莫驚錦瑟换華年，東風已入吴宫柳。

## 閏月

靈光舒，積氣餘，左扉虎豹天王居。杓停兩界槎訊迂，黄楊翠怨桐碧敷。赤黄道遥倦烏兔，寶月修圓十三度。《全宋詩》卷三五五七，册67，第42510—42512頁

## 正月詞

張耒

按，《張耒集》置此詩於「古樂府歌辭」類，僅存《正月詞》《二月詞》，或爲《十二月樂詞》中之二首，故置於《十二月樂辭》後。

紅梢一夜櫻桃雨，簾卷曉晴鵁鶄語。簾旌細浪滚東風，迎得春歸與爲主。玉手嬌慵添綉線，欄下菖蒲近相見。雲屏曉睡翠翹横，樓上寒時正五更。《全宋詩》卷一一五六，册20，第13043頁

## 二月詞

張耒

按，《張耒集》置此詩於「古樂府歌辭」類。

滚風晝幕長廊静，簾下人眠初日永。嚶嚶不動采花蜂，夜來露重薔薇冷。芳草長時寒食天，紅墻低處見鞦韆。人家無事鷄犬閑，日暮芳郊留醉眠。《全宋詩》卷一一五六，册20，第13043頁

## 擬樂府十二辰歌

晁補之

唐吴兢《樂府古題要解》曰：「十二辰所配，若子鼠、丑牛之類。」①按，此題既云《擬樂府十二辰歌》，則《十二辰歌》當爲樂府詩，故予收録宋人又有《十二辰》《十二辰體》，或出于此，亦予收録。

鼷鼠食牛牛不知，牛不願騂而願犁。虎噫來風皮見藉，兔狡宅月肩遭胹。欲兆幽烽二龍死，獨微晉澤一蛇悲。失馬吉凶方聚門，亡羊臧縠未宣分。沐猴冠帶去始慨，木鷄風雨漠何聞。不須皎皎吠蜀狗，阮子與猪同酒樽。《全宋詩》一一二八，册 19，第 12800 頁

① 《樂府古題要解》卷下，《歷代詩話續編》上，第 66 頁。

## 仲嘉被檄來吳按吏用非所長既足嘆息而或者妄相窺議益足笑云戲作十二辰歌一首

程俱

驅騶搏鼠難爲功，不如置之牛皂中。平生暴虎笑馮婦，豈向兔脚分雌雄。龍山從事盛德士，達觀已悟蛇憐風。馬曹五斗直如寄，羊仲三徑終當同。群猴憎猿坐殊趣，甕中醯鷄無遠度。從渠狗曲誚王生，欲辨龍猪復誰語。《全宋詩》卷一四一四，册25，第16290頁

## 和雲門行持長老十二辰歌呈同遊二三士

劉一止

虛堂怖鬼鼠窸窣，床下鬥牛由蟻窟。將軍見虎箭羽没，兔起鶻落不待咄。初心學道如龍頭，習疑玩久蛇尾收。雲門倒跨一木馬，追風相羊踏九州。諸賢巧思生棘猴，碧鷄談辨不肯休。煩師放出紫湖狗，騎猪南穿聲喧啾。《全宋詩》卷一四四六，册25，第16681頁

## 將如京師和方時敏機宜十二辰歌一首

劉一止

群兒鼠竊均有遇，老矣自知牛後誤。成功未解鬥兩虎，援翰徒勞禿千兔。佩書丱首何龍鍾，靈蛇光怪蟠心胸。馬頭三千悲遠道，羊角萬里無高風。秦歌嗚嗚楚猴舞，一笑何如共鷄黍。謀身狗苟君勿嗤，聊戲墨猪書韻語。自注：昔人論書云：「瘦爲形枯，肥爲墨猪。」《全宋詩》卷一四四七，册25，第16686頁

## 遠齋作十二辰歌見贈且帥同作

趙蕃

蟲臂鼠肝能幾許，何如徑駕牛車去。虎頭未必果癡絶，死穴舊來輸狡兔。先生端是人中龍，爲蛇畫足吾何功。士窮有愧食穀馬，况乃爛羊關内封。春風開花到猴李，白酒黄鷄思《下里》。賦因狗監笑相如，猪肝不食寧爲説。《全宋詩》卷二六一六，册49，第30392—30393頁

## 戲效劉苕溪十二辰歌

林希逸

華門鼠憂多唧唧，我貧不厭瓜牛窄。癡人虎視欲眈眈，我寧老守兔園冊。莫愁龍具苦酸寒，等爲蛇跗祇瞬息。試問藍關馬不前，何似金華羊可叱。嬌羞已笑沐猴冠，卑棲那更争鷄食。掉頭一任犬狺狺，掩耳莫聽猪嚄嚄。《全宋詩》卷三一一九，册 59，第 37253 頁

## 十二辰

許月卿

饑鼠檐行驕捷疾，蝸牛角立争奇崛。似聞猛虎今陸游，從以卧兔未飄忽。先生龍卧未風雲，春蚓秋蛇供醉筆。蕭蕭馬鳴旆悠悠，牧民如羊良率易。人言唐土愧一猴，漢使碧鷄真浪出。屠狗師還戒勿用，驅猪試問問王弼。《全宋詩》卷三四一三，册 65，第 40566 頁

## 和子野見寄十二辰體

仇遠

良工鼠鬚筆，戢戢囊穎露。抄詩節經史，汗牛車載路。信知文中虎，一代人不數。細聲笑蚯蠅，妙趣忘魚兔。東野龍無雲，胡爲乎泥中。蟠屈如睡蛇，虚此雲夢胸。且騎款段馬，野服隨田翁。相羊山澤間，真樂樵牧同。開林斬猴杙，種花續春意。他年處鷄窠，偃蹇增老氣。錦鯨卷不宜，貂狗續亦易。老硯磨猪肝，翰墨作遊戲。《全宋詩》卷三六七八，册70，第44159頁

## 舞馬詩并序

徐積

詩序曰：「唐明皇時，嘗令教舞馬四百蹄，爲左右部，因謂之某家驕。其曲謂之《傾杯樂》者凡數十曲，奮首鼓尾，縱横應節。樂工數十人，衣淡黄衫、文玉帶，立於馬左右前後。或施榻一層，或令壯士舉一榻，而馬舞於其上。又飾其鬃鬣，衣以文綉，絡以金鈴，雜以珠玉之類，其窮歡極侈如此。余讀《唐書》，感天寶之亂，於是作《舞馬詩》云。」按，《樂府詩集》無此題，然近代曲辭《火鳳辭》解題引《唐會要》曰：「貞觀中，有裴神符者，妙解琵琶。初唯

作《勝蠻奴》《火鳳》《傾杯樂》三曲，聲度清美，太宗深愛之。」①《火鳳》既與《傾杯樂》并舉，且《樂府詩集》置《火鳳辭》于近代曲辭，則《傾杯樂》亦當爲近代曲辭。又，徐積詩序引《明皇雜録》稱唐明皇時舞馬曲與《傾杯樂》諧者數十，唐庚《舞馬行》詩序徑言教坊舞馬曲謂之《傾杯樂》，則《舞馬》亦或屬近代曲辭。故宋人《舞馬詩》《舞馬行》，均予收録。

開元天子太平時，夜舞朝歌意轉迷。綉榻盡容騏驥足，錦衣渾蓋渥洼泥。纔敲畫鼓頭先奮，不假金鞭勢自齊。明日梨園翻舊曲，范陽戈甲滿東西。《全宋詩》卷六五四，册11，第7691頁

## 舞馬行并序

唐庚

詩序曰：「明皇時，教坊舞馬百匹，謂之某家嬌，其曲謂之《傾杯樂》。天寶之亂，此馬流落人間，魏博田承嗣得之，初不識也。已而承嗣大宴軍中，酒行樂作，馬聞樂聲起舞，承嗣以爲妖，命殺焉。予讀其説而悲之，作《舞馬行》。」

---

① 《樂府詩集》卷八〇，第856頁。

天寶舞馬四百蹄，彩床襯步不點泥。梨園一曲傾杯樂，驤首頓足音節齊。幾年流落人間世，挽鹽駕鼓不敢嘶。忽然技癢不自禁，俗眼驚顧身顛躋。後生何嘗識此舞，謂之不祥固其所。

《全宋詩》卷一三二三，册23，第15020頁

# 卷一二〇　宋雜歌謠辭一

《詩》云：「心之憂矣，我歌且謡。」①歌謡之源亦遠矣。茂倩《樂府》雜歌謡叙論撮引《初學記》，釋歌之意甚詳，且嚴歌、謡之辨，於其辭亦分録之。謡之異乎歌者，一曰和樂與否。《爾雅》曰：「徒歌謂之謡。」②《毛傳》曰：「曲合樂曰歌，徒歌曰謡。」③《初學記》引《爾雅》又曰：「聲比於琴瑟曰歌。」④是則歌有器樂相和，謡則無。二曰章曲有無。《韓詩章句》曰：「有章曲曰歌，無章曲曰謡。」⑤章者，《説文》曰：「樂竟爲一章。」段玉裁注曰：「歌

---

① 《毛詩正義》卷五，《十三經注疏》，第357頁。
② [晉] 郭璞注，[宋] 邢昺疏《爾雅注疏》卷五，《十三經注疏》，第2602頁。
③ 《毛詩正義》卷五，《十三經注疏》，第357頁。
④ 《初學記》卷一五，第376頁。
⑤ [清] 宋綿初《韓詩内傳徵》卷二，續修四庫全書，册75，上海古籍出版社，2002年版，第98頁。

所止曰章。」①可知樂有起止爲一章，此義今仍用之。曲者，《詩箋》曰：「又樂章爲曲，謂音宛曲而成章也。」②《玉篇・曲部》曰：「曲，章也。」③是則章曲者，即今之樂章之謂也。有章曲曰歌云者，蓋歌可分數章，則其篇制較長也。茂倩《樂府》引《樂記》曰：「歌之爲言也，長言之也。」④似可證之。謡無章曲，則短，數句而已。以是知歌謡皆發聲以詠，其實亦有涇渭，茂倩雜歌謡叙論深辨之，其《樂府》此部分録「歌辭」、「謡辭」。詳勘歌、謡之别，尤在章曲之有無。或謂「章曲」亦記譜之謂也，《宋書》曰：「今鼓吹鐃歌，雖有章曲，樂人傳習，口相師祖，所務者聲，不先訓以義。」⑤陳暘《樂書》曰：「故江左雖衰，而章曲可傳。」⑥元戴侗

---

① [漢] 許慎撰，[清] 段玉裁注《説文解字注》篇三上，上海古籍出版社，1981 年版，第 204 頁。
② 《説文解字注》篇一二下，第 1120 頁。
③ [梁] 顧野王撰，[唐] 孫强增補，[宋] 陳彭年等重修《重修玉篇》卷一六，景印文淵閣四庫全書，册 224，臺灣商務印書館，1986 年版，第 142 頁。
④ 《樂府詩集》卷八三，第 883 頁。
⑤ 《宋書》卷一一，第 204 頁。
⑥ 《樂書》卷一五七，景印文淵閣四庫全書，册 211，第 721 頁。

《六書故》曰：「歌必有度曲聲節，謡則但揺曳永誦之，童兒皆能爲之，故有童謡也。」①此章曲者，蓋記樂之譜也。如是則有譜式者爲歌，無譜式者爲謡，似亦可通。「雜歌」之名，漢魏已有。《漢書·藝文志》録《雜歌詩》九篇，《舊唐書·經籍志》《新唐書·藝文志》録荀勖《太樂雜歌詞》三卷。《魏書·樂志》曰：「九龍所録，或雅或鄭，至於謡俗、四夷雜歌，但記其聲折而已，不能知其本意。」②此所謂雜歌者，不能比類而編之也。而《樂府詩集·雜歌謡辭》之「雜歌謡」，即「歌謡」之謂，以「雜」冠之者，蓋以所録上溯堯舜，下訖當世，凡可見者特以例輯之，次小混匯，絶無體系耳。

歌謡得名，先者多以其地。茂倩引梁元帝《纂要》曰：「齊歌曰謳，吴歌曰歈，楚歌曰艷，浮歌曰哇。」③明楊慎《升庵詩話》「樂曲名解」亦曰：「齊歌曰歐，吴歌曰歈，楚歌曰些，巴歌曰嬥。」④兩説之名稍異，然皆本於其所出之地。其後或以其事，或以其辭，或以其調，

① [元] 戴侗《六書故》卷一一，景印文淵閣四庫全書，册 226，臺灣商務印書館，1986 年版，第 197 頁。
② 《魏書》卷一〇九，第 2843 頁。
③ 《樂府詩集》卷八三，第 883 頁。
④ 《升庵詩話新箋證》卷一，第 25 頁。

或以其情，或以其器，或以其用。茂倩又引《纂要》曰：「振旅而歌曰凱歌，堂上奏樂而歌曰登歌，亦曰升歌。」又言有長歌、短歌、雅歌、緩歌、浩歌、放歌、怨歌、勞歌等行。① 元陶宗儀《南村輟耕録》「唱曲題目」曰：「曲情、鐵騎、故事、采蓮、擊壤、叩角、結席、添壽、宮詞、禾詞、花詞、湯詞、酒詞、燈詞、江景、雪景、夏景、冬景、秋景、春景、凱歌、棹歌、漁歌、挽歌、楚歌、杵歌。」②明周子文《藝藪談宗》曰：「歌則有倚歌、雜歌、艷歌、踏歌、相和之歌。」③時異代遷，名亦常變，不足怪也。然此名者，皆以名其類也，一類之下，常有數歌。

古之善歌者，茂倩引《宋書・樂志》云先漢有秦青、韓娥、王豹、綿駒、虞公。《初學記》引梁元帝《纂要》曰：「古之善歌者有咸黑（帝嚳歌者，見《吕氏春秋》）、秦青、薛談（秦青弟子）、韓娥（齊人，三人見《列子》）、王豹（處於淇而河西善謳）、綿駒（處高唐而齊右善歌）、瓠梁（見《淮南子》）、魯人虞公（見劉向《别録》）、李延年（見《漢書》）。」④補咸黑、薛談、瓠梁、李延年四人。宋王灼《碧鷄漫志》廣

①《樂府詩集》卷八三，第 884 頁。
②［元］陶宗儀《南村輟耕録》卷二七，中華書局，1959 年版，第 337 頁。
③［明］周子文《藝藪談宗》卷三，四庫全書存目叢書，集部册 417，齊魯書社，1997 年版，第 476 頁。
④《初學記》卷一五，第 376 頁。

搜古今，得歌者之名甚衆，其「古人善歌得名不擇男女」云：「古人善歌得名，不擇男女。戰國時，男有秦青、薛談、王豹、綿駒、瓠梁。女有韓娥。漢高祖《大風歌》，教沛中兒歌之。武帝用事甘泉、圜丘，使童男女七十人歌。漢以來，男有虞公、李延年、朱顧仙、朱子尚、吴安泰、韓法秀，女有麗娟、莫愁、孫瑣、陳左、宋容華、王金珠。唐時男有陳不謙、謙子意奴、高玲瓏、長孫元忠、侯貴昌、韋青、李龜年、米嘉榮、李衮、何戡、田順郎、何滿、郝三寶、黎可及、柳恭，女有穆氏、方等、念奴、張紅紅、張好好、金谷里葉、永新娘、御史娘、柳青娘、謝阿蠻、胡二姉、寵妲、盛小叢、樊素、唐有態、李山奴、任智方四女、洞雲。」①多能逸響妙絶，稱譽當時。

宋於歌者，獨重女音。《碧鷄漫志》嘗載政和間事曰：「李方叔在陽翟，有攜善謳老翁過之者。方叔戲作《品令》云：『歌唱須是玉人，檀口皓齒冰膚，意傳心事，語嬌聲顫，字如貫珠。老翁雖是解歌，無奈雪鬢霜鬚。大家且道，是伊模樣，怎如念奴？』」②故宋以善歌名者多女子，李師師、徐婆惜、封宜奴、孫三四、崔念月、聶勝瓊、李當當、嚴蕊、小紅、小英、

---

①《碧鷄漫志校正》卷一，第 26 頁。
②《碧鷄漫志校正》卷一，第 27 頁。

秦若蘭、袁絢諸輩，當時逸聞佳話，宋人筆記不絶。

雜歌謠辭，體式不拘，一句至於四句，自古常見。嚴羽《滄浪詩話》曰：「有三句之歌，高祖《大風歌》是也。古《華山畿》二十五首，多三句之詞，其他古人詩多如此者。有兩句之歌，荆卿《易水歌》是也。又古詩《青驄白馬》《共戲樂》《女兒子》之類，皆兩句之詞也。有一句之歌。《漢書》『枹鼓不鳴董少年』，一句之歌也。又漢童謠『千乘萬騎上北邙』，梁童謠『青絲白馬壽陽來』皆一句也。」①宋人一句之歌，《紹定都城歌》《姑蘇小兒歌》是也。兩句之歌，樓楚材《漁父》《丁謂寇準歌》是也。三句之歌，《蠻歌》《王懿歌》是也。四句之歌，宋无《楚歌》、范致虛《散金歌》是也。

歌謠體雜，難一準繩。茂倩《樂府》，此部亦頗斑雜。今所輯録，不及先往，唯限有宋一代。遍搜文獻，唯懼珠遺。至於詩人所名「歌」、「謠」之制，非擬《樂府》，即不收録，以期稍減玄黄之累。

本卷所輯雜歌謠辭，多出《全宋詩》及宋人筆記，亦及《輯補》《訂補》和方志。

---

①《滄浪詩話校釋》，人民文學出版社，1961年版，第66—67頁。

## 擊壤歌

柴元彪

按，宋人又有《擊壤吟》，當出於此，亦予收録。

擊壤歌，擊壤歌，仰觀俯察如吾何。西海摩月鏡，東海弄日珠。一聲長嘯天地老，請君聽我歌何如。君不見丹溪牧羊兒，服苓餐松入金華。又不見武陵捕魚者，艤舟緑岸訪桃花。高人一去世運傾，或者附勢類饑鷹。况是東方天未白，非鷄之鳴蒼蠅聲。朝集金張暮許史，蠛蠓鏡裏寄死生。犀渠象弧諧時好，干將鏌鋣埋豐城。失固不足悲，得亦不足驚。秋花落後春花發，世間何物無枯榮。十年漂泊到如今，一窮殆盡猿投林。平生舒卷雲無心，儀舌縱存甘喑喑。噫吁嘻！豪猪靴，青兕裘，一談笑頃即封侯。後魚纔得泣前魚，予之非恩奪非讎。眼前富貴須年少，吾將老矣行且休。休休休，俯視八尺軀，滄海渺一粟。憶昔垂九齡，牽衣覓李栗。回頭華髮何蕭蕭，百年光陰如轉燭。乃歌曰：不編茅兮住白雲，不脱蓑兮卧黄犢。仰天拊缶兮呼烏烏，手持鵾夷兮薦醽醁。乃賡載歌曰：招夷齊兮采薇，拉園綺兮茹芝。折簡子陵兮羊裘披，移文靈均兮佩瓊枝。敢問諸君若處廟廊時，食前方丈、侍妾數百得志爲之而弗爲。《全宋詩》卷三六〇七，册68，第43196頁

## 擊壤吟二首

邵　雍

人言别有洞中仙，洞裏神仙恐妄傳。若俟靈丹須九轉，必求朱頂更千年。長年國裏花千樹，安樂窩中樂滿懸。有樂有花仍有酒，却疑身是洞中仙。《全宋詩》卷三六八，册7，第4531頁

擊壤三千首，行窩二十家。樂天爲事業，養志是生涯。出入將如意，過從用小車。人能知此樂，何必待紛華。《全宋詩》卷三七七，册7，第4638頁

## 商歌三首

羅與之

東風滿天地，貧家獨無春。負薪花下遇，燕語似譏人。

白屋釜生魚，青樓行細膾。静思天地間，寧有私覆載。

門前桑柘枝，中有千錦機。遊人不回顱，桃李獨成蹊。《全宋詩》卷三二九七，册62，第39287頁

## 漁父歌

李彭

詩序曰：「日涉園夫與杲上人同泛烟艇，溯修江而上，游炭婦港諸野寺。杲擊棹歌《漁父》，聲韻清越，令人意界蕭然，因語園夫曰：『子其爲我作頌尊宿漁父歌之。』自汾陽已下，戲成十首，付杲上人。談笑而就，故不復竄也。」按，宋人又有《漁父曲》《漁父》《漁父詞》《漁父樂》《漁父行》《漁父引》《漁父吟》《漁父醉》《漁父詩》，或出於此，亦予收録。

### 一 汾陽

南院嫡孫唯此個，西河獅子當門坐。絹扇清涼隨手簸。君知麼，無端吃棒休尋過。

### 二 慈明

掌握千差都照破，石霜這漢難關鎖。水出高源酬佛陀。哩棱邏，須彌作舞虚空和。

### 三雲峰

孤硬雲峰無計較，大愚灘上曾垂釣。佛法何曾愁爛了。桶箍爆，通身汗出呵呵笑。

### 四老南

萬古黃龍真夭矯，斬新勘破臺山媪。佛手驢蹄人不曉。無關竅，胡家一曲非凡調。

### 五晦堂

寶覺禪河波浩浩，五湖衲子來求寶。忽竪拳頭宜速道。茫然討，難逃背觸君須到。

### 六真净

貶剥諸方真净老，頂門眼正形枯槁。一點深藏人莫造。由來妙，光明烜赫機鋒峭。

### 七潛庵

積翠十年丹鳳穴，當時親得黃龍鉢。掣電之機難把撮。真奇絶，分明水底天邊月。

### 八死心

罵佛罵人新孟八，是非窟裏和身拶。不惜眉毛言便發。門庭滑，紅爐大鞴能生殺。

### 九靈源

絶唱靈源求和寡，失牛尋得西家馬。顧陸筆端難擬畫。千林謝，吟風擺雪真蕭灑。

### 十湛堂

選佛堂中川藞苴，衲僧鼻孔頭垂下。獨秀握來無一把。杖頭挂，從教四海禪徒訝。《全宋詩輯補》，册4，第1686—1688頁

## 瀟湘漁父歌

唐人鑑

按，《全宋詩》卷三七〇四又作瀟湘漁父詩，題作「歌一首」，辭同，茲不復録。

乾淳老人氣嶽嶽，破冠穿履行帶索。撑腸拄肚書萬卷，臨風欲言牙齒落。《全宋詩》卷二三五八，册43，第27072頁

## 三山磯答漁父歌

項安世

我行如轆轤，西上復東下。觸熱泝江船，迎霜歸越舍。齊山至禹穴，百六十長亭。江頭磯上叟，嗤我太營營。朝見上江來，暮見下江去。君爲何物官，拜罷乃爾遽。語叟且勿嗤，我本寒鄉士。三年饕漢粟，中秘仍太史。爲親乞左官，得貳江南州。人淳土物美，官暇餐錢優。心歡親意足，家喜朋戚賀。犯炎束去擔，凌漲理征柂。心力困奔走，性命脱痁痎。及郊始相慶，有命從天來。天恩一何厚，别駕升太守。州名太府尊，地望潜藩舊。父母愛則深，未諒赤子心。公榮私養迫，外美内愁侵。問戍當幾時，列宿兩經天。問去當幾程，更西行五千。荆南居其中，此去猶百舍。回艫指東越，半月可休駕。瓜時幸未忙，况有婚會急。女弟歸越人，季秋迨其吉。半月易爲費，婚會難可違。不辭一月内，兩過釣魚磯。憧憧雖可慚，盼盼實所安。再三謝漁父，從此事綸竿。《全宋詩》卷二三七六，册44，第27356頁

## 漁父曲

李 新

黄蓑老翁守釣車，賣魚得錢還酒家。醉中乘潮過别浦，睡起不知船在沙。籬根半落春江水，稚子蓬頭采洲芷。蓴絲芹甲滿筠籠，日暮溪橋得紅米。秋山遠，秋木黄，斜汀曲嶼苕花香。歸雲帶暝卷寒色，晚吹吹回雙雁行。鱸肥酒熟蓴絲美，獨釣孤舟老烟水。故人停槳問生涯，湘水光摇碧千里。《全宋詩》卷一二五四，册 21，第 14161 頁

## 漁父四時歌壬午

周必大

三湘七澤雲連水，短棹意行無遠邇。江花時傍緑蓑飛，水鳥忽從清唱起。醉後歡呼踏浪兒，鮪可鱠兮秔可炊。芳草從教天樣遠，都無閑恨可萋迷。碧桃幾片來何處，試訪秦人武陵路。

朝霞沉綺烏鵲興，釣車徐理根一鳴。夕蟾散金鷗鷺浴，乘流蕩槳清江曲。行人卓午汗如流，緑陰濃處杙扁舟。絲綸卷盡身無事，日長睡足風颼颼。覺來一觴仍起舞，未信人間有炎暑。

世人只詠江如練，此景何曾眼中見。露零月白人已眠，萬頃風光儂自占。蓴鱸況復生計

僂，酒醒還醉餘何求。有時閑看飛鴻字，斜倚篙竿不掉頭。曉來誰誤招招渡，一笑賓緣葦間去。白浪粘天雲覆地，津人斷渡征人喟。欲矜好手傲風波，故把扁舟恣遊戲。雪蓑不博狐白裘，尺寸之膚暖即休。賣魚得錢沽美酒，翁媪兒孫交勸酬。田家禾熟疲輸送，樂哉篷底華胥夢。

《全宋詩》卷二三二〇，册 43，第 26697 頁

## 漁父四時曲

趙汝鐩

### 春

霽江浮春新水肥，粼粼鴨緑東風微。波心上下舴艋滑，釣車香餌卷落暉。纖鱗噞喁錦穿柳，半留賣錢半换酒。爛醉茅檐紅杏家，折花簪髮把兩手。沙岸尋芳青驄嘶，彈絲吹竹挾蛾眉。笑指漁父何寂寞，漁父掉頭我自樂。

### 夏

烟溪流碧浸炎空，滌濯袢蒸蒹葭風。大港小港凉世界，隔堤荷蕩香到篷。儂家生長舟一葉，豈識人間半點熟。青笠緑蓑山雨來，雨過波平夜撑月。水亭避暑冰玉肌，枕設珊瑚簟琉璃。

笑指漁父何辛苦，漁父掉頭渾不顧。

## 秋

新雁銜秋訪水涯，分屯洲渚傍蘆花。停橈相約結溪社，來往無嫌同一家。酒酣把笛吹村曲，聲曳蘭風入山腹。釣竿到手萬事輕，孰是孰非孰榮辱。江樓邀月粉黛濃，簧璬嘈雜徹桂宫。笑指漁父何冷落，漁父掉頭吾豈錯。

## 冬

六花坼凍雲模糊，釣鈎空擲寒無魚。繫舟枯柳歸茅舍，撥火煨薪擁地爐。賒鄰一榼醅醱玉，老稚分沾春回谷。重來解維放夜筒，横風打向别港宿。溪館對雪歌妓圍，釜出駝峰酒羔兒。笑指漁父何憔悴，漁父掉頭但稱醉。《全宋詩》卷二八六四，册55，第34206—34207頁

# 卷一二二　宋雜歌謡辭二

## 漁父

釋智圓

按，宋鄭樵《通志二十略・樂略一》之「神仙二十二曲」有《漁父》。①

鶴髪閑梳小棹輕，蘆花深處最怡情。自憐身外唯烟月，肯信人間有利名。閑脱緑蓑春雨霽，醉眠深浦夕陽明。陶陶終歲無人識，應笑三閭話獨清。《全宋詩》卷一四一，册3，第1569頁

## 同前

釋重顯

春光冉冉岸烟輕，水面無風釣艇横。千尺絲綸在方寸，不知何處得鯤鯨。《全宋詩》卷一四八，册

① 《通志二十略》，第921頁。

3，第 1663 頁

**同前** 范仲淹

月色滿滄波，吾生樂事多。何人獨醒者，試聽濯纓歌。《全宋詩》卷一六六，册 3，第 1883 頁

**同前** 王　珪

急景易如流水去，浮名終與白雲空。何如幾曲秋溪上，醉泛一舟烟雨中。《全宋詩》卷四九七，册 9，第 6004 頁

**同前** 司馬光

楚岸橘花香，扁舟泛渺茫。短蓑衝密雨，素髮凈秋霜。烟外鳴桹遠，波間擲線長。無人識名姓，擊楫入滄浪。《全宋詩》卷五〇三，册 9，第 6105 頁

## 同前

釋義青

一泛孤舟無寸土，那愁王役差門户。山映碧波浸古曲，清雲霧，誰能更問佛兼祖？曉來風静烟波定，徐摇短艇資閑興。滿目秋江澄似鏡，明月迥，更添兩岸蘆華映。《全宋詩輯補》，第三册，第968頁

## 同前四首

蘇　軾

漁父飲，誰家去，魚蟹一時分付。酒無多少醉爲期，彼此不論錢數。
漁父醉，蓑衣舞，醉裏却尋歸路。輕舟短棹任横斜，醒後不知何處。
漁父醒，看江午，夢斷落花飛絮。酒醒還醉醉還醒，一笑人間今古。
漁父笑，輕鷗舉，漠漠一江風雨。江邊騎馬是官人，借我孤舟南渡。《全宋詩》卷八〇八，册14，第9359頁

## 同前

張舜民

家住耒江邊，門前碧水連。小舟勝養馬，大罟當耕田。保甲元無籍，青苗不著錢。桃源在何處，此地有神仙。《全宋詩》卷八三八，册14，第9707頁

## 同前

方惟深

一葉生涯逐浪流，悠悠生事共萍浮。蓑披殘雪湘江晚，鈎拂紅塵渭水秋。買酒解衣楊柳岸，得魚吹火荻蘆洲。興闌却返扁舟去，半掩柴門古渡頭。《全宋詩》卷八七五，册15，第10187—10188頁

## 同前二首

黄庭堅

秋風淅淅蒼葭老，波浪悠悠白鬢翁。范子幾年思狡兔，吕公何處兆非熊。天寒兩岸識漁火，日落幾家收釣筒。不困田租與王役，一船妻子樂無窮。

草草生涯事不多，短船身外豈知他。蒹葭浩蕩雙蓬鬢，風雨飄零一釣蓑。春鮪出潛留客鱠，秋蕖遮岸和兒歌。莫言野父無分別，解笑沈江捐汨羅。《全宋詩》卷一〇二〇，册17，第11647頁

## 同前

許彦國

榮辱從來總不知，幾間茅屋對漁磯。江鷗散處夜無伴，荷葉老時秋有衣。《全宋詩》卷一〇九三，册18，第12400頁

## 同前

釋守卓

白髮慵梳百不憂，與他鷗鳥日悠悠。清朝榮辱幾番事，滿眼烟波一葉舟。雨過洞庭歌棹月，霜飛雲夢醉眼秋。蓑綸晚啜蘆花岸，閑扣金針作釣鈎。《全宋詩》卷一二八四，册22，第14530頁

## 同前

方豐之

已携巨鯉换新秔，尚有鰷鯈得自烹。聞道烹鮮易煩碎，呼兒勿用苦爲羹。《全宋詩》卷一六二九，册28，第18274頁

## 同前

陳　淵

一聲横笛起蘆花，驚斷天邊雁字斜。白首飽諳鱸鱖美，未能連夜網游蝦。《全宋詩》卷一六三八，册28，第18356頁

按，此詩爲《和子静三絶》其三，原題作「漁父一首」。

## 同前四首

陸　游

楚江茫茫新雨霽，殘雲蹙作魚鱗細。老翁短楫去若飛，我欲從之已天際。從之不可況共語，醉眼知渠輕一世。直鈎去餌五十年，此意寧爲得魚計？《全宋詩》卷二一九九，册40，第25125頁

千錢買一舟，百錢買兩槳。朝看潮水落，暮看潮水長。持魚換鹽酪，縣郭時下上。亦或得濁醪，不復計瓶盎。浩歌忘遠近，醉夢墮莽蒼。玄真不可逢，悠然寄遐想。《全宋詩》卷二二〇〇，册40，第25137—25138頁

食簞雖薄尚羹藜，且喜今朝酒價低。一棹每隨潮上下，數家相望埭東西。團團箬笠偏宜雨，策策芒鞋不怕泥。應笑漆園多事在，本來無物更誰齊。

數十年來一短蓑，死期未到且婆娑。敲門賒酒常酣醉，舉網無魚亦浩歌。片月又生紅蓼岸，孤舟常占白鷗波。人間各自生涯別，文叔君房愧汝多。《全宋詩》卷二二一六，册40，第25389頁

## 同前

劉　翰

輕舟一葉一輕篷，上有蕭蕭鶴髪翁。昨夜不知何處宿，月明都在笛聲中。《全宋詩》卷二四一二，册45，第27842頁

## 同前

翁元廣

篷箬鳴春雨，帆蒲挂暮烟。賣魚尋近市，覓火就臨船。《全宋詩輯補》，册7，第3285頁

## 同前二首

薛季宣

踪迹五湖浪，生涯千尺綸。是非寧入耳，榮辱不關身。獵獵菰蒲暮，凄凄浦溆春。何時共蓑笠，和雨釣青蘋。

紅蓼白蘋岸，清風江月明。萬波千尺動，四海一漚輕。濁酒醉獨酌，鮮魚飢旋烹。興來歌

欸乃，烟雨過前汀。《全宋詩》卷二四六八，册46，第28626頁

## 同前二首

呂　炎

萬頃江天一葉舟，桃花春水蓼花秋。倏然白鳥蒼烟外，只有漁翁得自由。《全宋詩》卷二六五九，册50，第31176頁

小市長陵熟往來，忘機鷗鳥不相猜。携魚換酒共一醉，隔岸人家桃杏開。《唐宋千家聯珠詩格校證》卷一五，第696頁

按，《全宋詩》卷二八〇二又作路德章詩，題爲「游寒岩釣磯」，辭同。

## 同前

游次公

竹裏茅茨傍小溪，粼粼白石護漁磯。想應日日來垂釣，石上蓑衣不帶歸。《全宋詩》卷二六四四，册49，第30956頁

## 同前

曾極

題注曰：「後主召一隱者問，近曾作何詩？云有《漁父》詩：『風雨揭却屋，全家醉不知。』」

智士旁觀當局迷，滄浪釣叟出陳詩。江頭風怒掀漁屋，底事全家醉不知。《全宋詩》卷二六八〇，册 50，第 31513 頁

## 同前

釋居簡

謀生與俗違，一葉浪中蜚。水易分團月，雲難隱少微。雁沙眠晚照，鷗渚棹晴霏。見説蓬萊淺，尋津問釣磯。《全宋詩》卷二七九四，册 53，第 33138 頁

## 同前

趙汝績

換米活妻子，餘錢付酒家。身前舟似葉，世上事如麻。獨鼈過深浦，伴鷗眠淺沙。旁人問醒醉，鼓枻入蘆花。《全宋詩》卷二八二一，册54，第33618頁

## 同前

蘇泂

漁翁年幾雪垂肩，釣罷歸來月一船。明日酒醒尋伴侣，賣魚依舊禹祠前。《全宋詩》卷二八四九，册54，第33963頁

## 同前

劉植

生不事農耕，悠然一舸輕。沅湘依舊緑，秦漢幾回更。晚膾雜香莒，夜醺歌濯纓。豈同馳騖者，祇欲釣虛名。《全宋詩》卷二八五一，册54，第33993頁

## 同前

華岳

題注曰：「廖叔陽《漁父》詩，押『花』字，求何明父和。明父先送翠微，翠微次韻徑還叔陽。明父不及見也。它日明父閲軸云：『老秋當退矣。』明父名于詩社，嘆服如此。」

江村水落富魚蝦，半屬橋邊賣酒家。莫訝鬢邊新有雪，夜來沉醉宿蘆花。《全宋詩》卷二八八七，册55，第34427頁

## 同前二首

薛師石

偶來浦口芰荷香，緑葉叢中睡一場。須信至人無妄想，不曾有夢見文王。

利薄每言隨分過，避名不入愚溪路。春深雨足釣絲長，夜來又宿蓑衣步。《全宋詩》卷二九二〇，册56，第34826頁

## 同前

釋普濟

岸草青青水上舟，夜深高卧荻花秋。夢回一曲《漁家傲》，月淡江空見白鷗。朱剛、陳鈺《宋代禪僧詩輯考》，復旦大學出版社，2012年版，第507頁

## 同前

趙汝回

衡嶽早來雨，湘江增緑波。小舟浮似屋，香草結爲蓑。水定見魚影，夜清聞棹歌。悠悠百年夢，醒少醉時多。《全宋詩》卷三〇一二，册57，第35868頁

按，《全宋詩》卷三七六四又作趙東閣詩，題作「漁家」首句中「早來」作「夜來」，餘皆同。

## 同前

趙汝回

東風西日楚江深，一片苔磯萬柳陰。別有風流難畫處，緑萍身世白鷗心。《唐宋千家聯珠詩格校證》卷十，第413頁

## 同前

釋智愚

菰蒲葉冷暮天低，斷岸舟横水四圍。只有一竿湘楚竹，未嘗容易下漁磯。《全宋詩》卷三〇一八，册57，第35942頁

## 同前

釋元肇

身外即江山，流行坎止間。烟波垂釣直，天地一舟閑，到岸賣魚去，無錢得酒還。不知塵世换，幾度月彎彎。《全宋詩》卷三〇九一，册59，第36894頁

## 同前二首

李　龏

歲儉何曾敢吃漿，早於世路似忘羊。桃花飯有秦人味，不染膏粱脂膩香。《全宋詩》卷三一三〇，册 59，第 37438 頁

罷釣歸來不繫船，坐看秋水落紅蓮。江鮮野菜桃花飯，高唱夕陽孤島邊。司空曙、施肩吾、李群玉、沈彬《全宋詩》卷三一三三，册 59，第 37470 頁

## 同前

王志道

岸芷汀蘭曲曲春，緑蓑青箬老江濆。倚船三弄東風惡，吹斷巫山片片雲。《全宋詩》卷三二五四，册 62，第 38821 頁

## 同前

朱繼芳

不踏長安十二門，鸕鷀飛處數家村。停橈試向灘頭問，莫是嚴光末世孫。

一曲清漪濯晚霞，釣竿斜插白鷗沙。傍人借問居何處，四海五湖都是家。

秋風淅淅獵菰蒲，如此江山其可孤。天與玻璃三萬頃，更添一半夕陽鋪。

長作絲綸短短牽，一池漢水盡南天。誰知有客量江面，不是漁郎兩板船。

推起篷窗抱月眠，三三兩兩柳邊船。不須聽說文王事，孤負漁竿八十年。

傳呼扶柁晚風前，一陣驚鴻没遠烟。不是吾儂棲泊處，却回別港避官船。

五湖烟裏我知魚，屬玉舂鋤一處居。欲到垂虹風作惡，幾株官柳向人疏。

秋聲只在樹中間，極浦斜陽更有山。卷却絲綸呼酒盞，鷗邊聊得此身閑。

舟繫蓬萊淺水傍，鰲頭縮盡海生桑。百川日夜滔滔去，借問人間有底忙。

璧月滄波上下天，秋風摇落四無邊。玉龍盡唤眠鷗起，兩岸蘆花不見船。《全宋詩》卷三二七八，

册 62，第 39063—39064 頁

## 同前　潘牥

小舟真個白鷗輕，一一鳴榔作陣行。打得鮮鱗歸去早，蓼花深處賣魚羹。生來一舸鎮隨身，柳月蘆風處處春。翁自醉眠魚自樂，無心重理舊絲綸。《全宋詩》卷三二八九，册62，第39212頁

## 同前　釋文珦

在處變名姓，往來長嘯歌。一身無賦役，幾口共烟波。江月垂綸下，汀雲宿棹和。却應嫌渭叟，老去脱寒蓑。《全宋詩》卷三三二〇，册63，第39571頁

## 同前　薛嵎

一笠一蓑衣，空江雨雪霏。得魚雖假餌，於世本無機。晚唱教兒和，閑身盡醉歸。滄浪猶

未足，長羨白鷗飛。《全宋詩》卷三三三九，册 63，第 39866 頁

## 同前

吴錫疇

笭箵儘自了生涯，岸尾沙頭即是家。入夜醉歸横短笛，滿江明月浸蘆花。《全宋詩》卷三三九五，册 64，第 40401 頁

## 同前四首

蒲壽宬

按，《全元詩》册九亦收蒲壽宬此詩，元代卷不復録。

昨日賣魚到城郭，暑氣千門正炮烙。買酒歸來風露凉，始信人間漁父樂。

釣得魚來日又斜，潮回無路可歸家。炙魚當飯且一飽，閑看白鷗飛浪花。

海光瀲灩月團圓，一顆明珠落玉盤。鷗鷺不知何處宿，白頭閑坐把魚竿。

青山淡淡水悠悠，有客江邊孟浪遊。漁父相逢欲借問，掉頭吟詠不相酬。《全宋詩》卷三五八〇，

冊 68，第 42785 頁

## 同前

史衛卿

白頭長是醉，湖海不知年。活業惟耕網，全家秖住船。荷花同鷺宿，楊柳得魚穿。一笛吹明月，朱門謾管弦。《全宋詩》卷三六一三，冊 69，第 43273 頁

## 同前

翁元廣

吴江楓落荻花秋，漁子飄然一葉舟。柔櫓數聲沉晚浦，寒燈幾點泊蒼洲。瀟瀟細雨篷初閉，漠漠輕烟網乍收。何日功名如范蠡，五湖風雨伴沙鷗。《全宋詩訂補》，第 828 頁

## 同前

宋无

按，《全元詩》冊一九亦收宋无此詩，元代卷不復録。

紉草成春服，汲湘供晚炊。人間風浪險，醉裏幾曾知。《全宋詩》卷三七二三，册71，第44758頁

## 同前

周菊岩

按，此詩又見《明詩綜》卷九五、《御選明詩》卷一一六，作朴文昌詩，題作《題郭山雲興館畫屏》。

萬頃滄波欲暮天，穿魚換酒柳橋邊。客來問我興亡事，笑指蘆花月一船。《唐宋千家聯珠詩格校證》卷一七，第758頁

## 同前

鄭夢周

披却蓑衣翁自漁，青荷包飯柳穿魚。時歸坐在短篷底，白占一溪雲水居。《全宋詩》卷三七四九，册72，第45216頁

## 同前 樓楚材

按，此爲殘句。

天晴常網濕，船窄自心寬。《全宋詩》卷三五二五，册67，第42128頁

## 漁父用兒甥韻

朱　松

緑蓑青篛一身輕，卧看行雲舟自横。米賤魚肥美無度，不知東海正掀鯨。《全宋詩》卷一八五八，册33，第20758頁

## 次韻仲歸漁父

許及之

風静波恬没是非，雨蓑烟笠當冠衣。移將蘭棹垂綸去，釣得金鱗帶月歸。到處茅柴賒可準，有時蓴菜滑仍肥。旁人道是忘機叟，到底從來不識機。《全宋詩》卷二四五三，册46，第28382頁

## 七月十五日競傳有鐵騎八百來屠寧海人懼罹仙居禍僦船入海從鴟夷子游余在龍舒精舍事定而後聞之幸免奔竄深有羨於漁家之樂也作漁父一首

舒岳祥

按，《全元詩》册三亦收舒岳祥此詩，元代卷不復録。

年來避世羨漁郎，全載妻兒雲水鄉。隔葦鳴榔分細火，帶苔收網曬斜陽。一絲寒雨鱸腮紫，半箔歸潮蟹斗黄。欲逐鴟夷江海去，西風無奈稻花香。《全宋詩》卷三四四〇，册65，第40978頁

## 秋江漁父

許棐

小舟輕似一鷗飛，戀月隨風慣不歸。困卧蘆花深雪裏，夜寒添蓋舊蓑衣。《全宋詩》卷三〇八九，册59，第36844頁

## 春江漁父

無名氏

一縷絲綸一釣竿，扁舟風暖水漫漫。歸來滿鬢楊花雪，莫作寒江獨釣看。《唐宋千家聯珠詩格校證》卷七，第313頁

## 古漁父

黄庭堅

宋吴曾《能改齋漫録》曰：「豫章《古漁父》詩云：『魚收亥日妻到市，醉卧水痕船信風。』嘗以未知亥日事，讀張籍《江南曲》云：『江村亥日長爲市，落帆度橋來浦裏。』乃知籍亦用此，然尚未知出處。後得館中本李淳風《易鏡·占漁獵勝負篇》云：『取魚卦宜二水。』又云：『取魚宜見水忌土。』蓋亥子屬水，乃知魚收亥日所自。」①

① 《能改齋漫録》卷七，第168頁。

窮秋漫漫蒹葭雨，裋褐休休白髮翁。范子歸來思狡兔，吕公何意兆非熊。漁收亥日妻到市，醉卧水痕船信風。四海租庸人草草，太平長在碧波中。《全宋詩》卷一〇二〇，册17，第11647頁

## 古漁父歌

宋張君房《雲笈七籤》曰：「服日月之精華者，欲得常食竹筍者，日華之胎也，一名大明。又欲常食鴻脯者，月胎之羽鳥也，一名月鷺。欲服日月，當食此物氣感通之。太虛真人曰：『鴻者，羽族之總名也。其鵠雁鶩鷗，皆曰鴻鷺也。』古歌曰……此古之漁父歌也。」①

鴻鷺千年鳥，爲肴致天真。五帝銜月華，列坐空中賓。張君房《雲笈七籤》卷二三，第544頁

---

①［宋］張君房編，李永晨點校《雲笈七籤》卷二三，中華書局，2003年版，第543頁。

## 漁父詞

徐　俯

七澤三湘碧草連，洞庭江漢水如天。朝廷若覓元真子，不在雲邊即酒邊。明月棹，夕陽船，游魚一似鏡中懸。絲綸釣餌都收却，八字山前聽雨眠。《全宋詩輯補》，册 4，第 1684 頁

## 同前

王庭珪

冥冥江雨濕蓑衣，夜上高巖宿翠微。夢斷一聲烟草緑，遥聞欸乃扣舷歸。《全宋詩》卷一四七三，册 25，第 16849 頁

## 同前十五首

宋高宗

詩序曰：「紹興元年七月十日，予至會稽，因覽黄庭堅所書張志和《漁父詞》十五首，戲同其韻，賜辛永宗。」

一湖春水夜來生，幾疊春山遠更橫。烟艇小，釣絲輕，贏得閑中萬古名。

薄晚烟林淡翠微，江邊秋月已明暉。縱遠抱，適天機，水底閑雲片段飛。

雪灑清江江上船，一錢何得買江天。催短棹，去長川，魚蟹來傾酒舍烟。

青草開時已過船，錦鱗躍處浪痕圓。竹葉酒，柳花氈，有意沙鷗伴我眠。

扁舟小纜荻花風，四合青山暮靄中。明細火，倚孤松，但願樽中酒不空。

儂家活計豈能名，萬頃波心月影清。傾緑酒，糝藜羹，保任衣中一物靈。

駭浪吞舟脱巨鱗，結繩爲網也難任。綸乍放，餌初沉，淺釣纖鱗味更深。

魚信還催花信開，花風得得爲誰來。舒柳眼，落梅腮，浪暖桃花夜轉雷。

莫莫朝朝冬復春，高車駟馬趁朝身。金拄屋，粟盈囷，那知江漢獨醒人。

遠水無涯山有鄰，相看歲晚更情親。笛裏月，酒中身，舉頭無我一般人。

誰云漁父是愚翁，一葉浮家萬慮空。輕破浪，細迎風，睡起蓬窗日正中。

水涵微雨湛虚明，小笠輕簑未要晴。明鑒裏，縠紋生，白鷺飛來空外聲。

無數菰蒲閑藕花，棹歌輕舉酌流霞。隨家好，轉山斜，也有孤村三兩家。

春入渭陽花氣多，春歸時節自清和。衝曉霧，弄滄波，載與俱歸又若何。

清灣幽島任盤紆，一舸橫斜得自如。唯有此，更無居，從教紅袖泣前魚。

《全宋詩》卷一九八二，

册35，第22214頁

## 同前二首

鄧深

西風淅淅颭菰蒲，獨棹扁舟釣五湖。買斷水鄉真樂處，月明雲冷笛聲孤。

活計平生一釣船，將魚換酒不論錢。夜來醉倒蓬籠底，却在蘆花宿雁邊。《全宋詩》卷二〇七一，册37，第23362頁

## 同前

張鎡

西塞山前得杖藜，波晴不見鷺群飛。何曾千載同心處，只在斜風細雨時。

勝概居常畫裏求，鱖魚清夢落滄洲。今朝親見桃花樹，重振家聲是此秋。《全宋詩》卷二六八九，册50，第31666頁

## 同前四首

戴復古

《全宋詩》引原注曰：「袁蒙齋元取前二首，黄魯庵俾并録之，以見其全，其三、其四二首闕。」按，戴復古《石屏續集》題作「漁父詞二首」。

漁父飲，不須錢。柳枝斜貫錦鱗鮮，换酒却歸船。

漁父醉，釣竿閑。柳下呼兒牢繫船，高眠風月天。《全宋詩》卷二八一三，册54，第33474頁

## 同前

薛師石

十載江湖不上船，捲篷高卧月明天。今夜泊，杏花村，只有笭箵當酒錢。

鄰家船上小姑兒，相問如何是别離。雙墮髻，一彎眉，愛看紅鱗比目魚。

平明霧靄雨初晴，兒子敲針作釣成。香餌小，藕絲輕，釣得魚兒不識名。

繫船蘭沚鱠長鱸，白袷方袍忽訪吾。神甚爽，貌全枯，莫是當年楚大夫。

春融水暖百花開，獨棹扁舟過釣臺。鷗與鷺，莫相猜，不是逃名不肯來。
夜來采石渡頭眠，月下相逢李謫仙。歌一曲，别無言，白鶴飛來雪滿船。
莫論輕重釣竿頭，伴得船歸即便休。酒味薄，勝空甌，事事何須著意求。《全宋詩》二九二〇，册56，第34815頁

## 同前

方岳

晚晴鋪網占鷗沙，各自分魚就酒家。洞口醉眠船正暖，碧桃流出兩三花。
陰陰深樹晚生烟，雨急歸來失繫船。白鷺不驚沙水淺，依然共在緑楊邊。
烟波渺渺一輕篷，浦溆生寒蘆荻風。昨夜新霜魚自少，滿江明月笛聲中。
沽酒歸來雪滿船，一蓑撑傍斷磯邊。誰家庭院無梅看，不似江村欲暮天。《全宋詩》卷三一九四，册61，第38286頁

## 同前

舒岳祥

按，《全元詩》册三亦收舒岳祥此詩，元代卷不復録。

占斷江鷗萬里天，不貪城市賣魚錢。前村酒熟不歸舍，楓葉蘆花相伴眠。《全宋詩》卷三四四三，册65，第41022頁

## 同前十五首

蒲壽宬

末二首原有題注曰：「書玄真祠壁。」

萬里長江一釣絲，蕭蕭蓬鬢任風吹。微雨過，片帆攲。青山濃淡更多奇。

江渚春風澹蕩時，斜陽芳草鷓鴣飛。蓴菜滑，白魚肥。浮家泛宅不曾歸。

烟浦回環幾百灣，無人知此橛頭船。風露冷，月娟娟。雲間一過看飛仙。

野纜閑移石筍江，旁人争看老眉庬。鋪月席，展風窗。飛來何處白鷗雙。
葭荻横披衆木東，浪花如雪晚來風。雲母幌，水精宫。蓮花一葉白頭翁。
飄忽狂風一霎間，長魚吹浪勢如山。牢繫纜，蓼花灣。白鷗沙上伴人閑。
清曉朦朧古渡頭，烟中人語艣聲柔。雲五色，蜃成樓。鷄鳴日出似羅浮。
搔首推篷曉色新，雪花飄瞥大江濱。漁父醉，不收緡。白髭紅頰玉爲人。
明月愁人夜未央，篷窗如畫水浪浪。何處笛，起凄凉。梅花噴作一天霜。
白首漁郎不解愁，長歌箕踞亦風流。江上事，寄蜉蝣。靈均那更恨悠悠。
琉璃爲地水精天，一葉漁舟浪滿顛。風肅肅，露娟娟。家在蘆花何處邊。
江上浪花飛灑天，拍階鞺鞳屋如船。月不夜，水無邊。何處笛聲人未眠。
遠入茫茫無盡邊，漁舟來往似行天。欹枕看，不成眠。誰識人間太乙仙。《全宋詩》卷三五八〇，册68，第42786—42787頁

白水塘邊白鷺飛，龍湫山下鯽魚肥。欹雨笠，着雲衣。玄真不見又空歸。
巖下無心雲自飛，塘邊足雨水初肥。龜曳尾，緑毛衣。荷盤無數爾安歸。《全宋詩》卷三五八〇，册68，第42787頁

## 同前

黄今是

蓑衣箬笠更無華，蓼岸蘋洲亦有家。風雨滿天愁不動，隔江猶唱《後庭花》。《全宋詩》卷三六〇一，册68，第43125頁

## 同前

盛　烈

曉岸披風駕短篷，平蕪烟浪幾重重。鳴榔莫近荷花浦，鷗鷺早涼眠正濃。《全宋詩》卷三七四五，册72，第45172頁

## 漁父辭

毛直方

按，《全元詩》册一二亦收毛直方此詩，元代卷不復録。

萬里清江兩槳船，一竿一縷水雲邊。平生不識書與劍，也得醉飽供閑眠。呼兒買米得新粳，漁村且喜見秋成。今朝嘗新莫草草，好釣鱸魚來煮羹。得魚穿柳持上溪，溪村杳杳屋稀稀。莫怪漁翁頭易白，去年買魚人又非。黄旗綱運牛馬走，皂衣追呼鷄狗喧。深傍蘆花摇櫓去，遥望漁人是水仙。本無租賦本無田，不知曆日不知年。誰信漁家小船上，猶是無懷并葛天。黄昏船泊有鄰居，明朝船散又還無。君笑我如浮萍草，我看君似水中凫。溪橋竹邊有酒沽，携魚换酒滿葫蘆。篷頭月上不覺醉，自卷蘆葉吹嗚嗚。《全宋詩》卷三六三九，册69，第43622頁

## 同前

陳普

神農作耒耜，伏羲爲網罟。耒耜之利以教耕，網罟是乃取魚具。天啓生涯資生靈，八政以食首爲民。采山釣水利其利，國家租税自此征。悠悠江海老漁父，孤舟没齒居水滸，翠篷黄帽寄烟波。青篛緑蓑觸風雨，風雨舟中歷寒暑。月明夜宿荻花洲，潮落暮歸蘆葉渡。蘆葉渡頭有酒沽，賣魚買酒浮江湖。醉中身似孤舟樣，鞭脱不管桑大夫。江茫茫，月皓皓，江月江人容易

老。月光長照江長流，中有白鷗閑似我。《全宋詩》卷三六四五，册69，第43722頁

## 同前

釋　圓

按，此詩其一首二句《全宋詩》卷七二一又作釋净端詩，題作「偈六首」，爲六首其一。

本是瀟湘一釣客，自東自西自南北。只把孤舟爲屋宅。無寬窄，幕天席地人難測。頃聞四海停戈革，金門懶去投書策。時向灘頭歌月白。真高格，浮名浮利誰拘得。《全宋詩》卷三七三八，册71，第45067頁

## 同前

僧日損

宋舒岳祥《跋僧日損詩》（德祐二年閏三月）曰：「曩有向予舉人《漁父詞》二絶者，甚愛其『手中一片攔江網，只待風平浪静時』，『蓑衣亦有安危慮，水面無波是太平』兩聯，特不知誰氏作耳。今春避地雁蒼，有日損師者，歸自白巖，袖編詩相訪，二絶在也。嗟乎！人患無

可知者耳，會須有見時也。視其編首，余友匊田方元善序文也。匊田負一世詩名，横絶湖海，往時峻峙特甚，不輕以一字許人。邇來此道響沈，元善危唐人之脈遂爾不續，殷勤收拾，以爲己任，序人之詩者接踵數家，予皆能知其人而見其作矣。所未識者，曰損耳，曰損蓋能當其序者也。歐陽子序秘演、惟儼之作，乃爲石曼卿發也。予是以於損也，不能已於言焉。師氣貌傑然，談論激昂，疑有用才也。顧隱泯汨没於浮屠氏之學，是編乃露其晶熒茫末者耶？嗚呼！崎嶇亂離，相與悲慨欷歔如此，相逢豈易事哉！使見損續編之成，則幸矣。丙子閏三月初二日書。」①

手中一片攔江網，只待風平浪静時。
蓑衣亦有安危慮，水面無波是太平。《全宋文》卷八一六二，册353，第15—16頁

① 《全宋文》卷八一六二，册353，第15—16頁。

## 和净因老師漁父詞

釋子淳

四海無家何拘礙，垂絲坐對烟雲靄。水急風和舟行快，嚴霜屆蓮裳，籜笠和烟戴。洪鱗每自藏深派，今朝釣得真奇怪。鼓棹驚波桑田改，三災壞，恁時方稱生涯在。潦倒漁翁一無解，蒼蒼雪鬢知何載。短棹輕舟泛滄海，抛鈎在，碧波深處全無閡。錦鱗吞餌浮絲擺，樵父兩岸皆憐愛。直透龍門頭角改，誰能怪，爲霖方顯靈通大。《全宋詩》卷一二一四，册21，第13842—13843頁

## 述古德遺事作漁父詞八首

釋德洪

### 萬回

玉帶雲袍童頂露，一生笑傲知何故，萬里歸來方旦暮。休疑慮，大千捏在毫端聚。不解犁田分畝步，却能對客鳴花鼓，忽共老安相耳語。還推去，莫來攔我毬門路。

### 丹霞

不怕石頭行路滑，歸來那愛駒兒踏，言下百骸俱撥撒。無剩法，靈然晝夜光通達。古寺天寒還惡發，夜將木佛齊燒殺，炙背横眠真快活。憨抹撻，從教院主無鬚髮。

### 寶公

來往獨龍岡畔路，杖頭落索閑家具，後事前觀如目睹。非識語，須知一念無今古。長笑老蕭多病苦，笑中與藥皆狼虎，蠟炬一枝非囑付。聊戲汝，熱來脱却娘生袴。

## 香嚴

畫餅充饑人笑汝，一庵歸掃南陽塢，擊竹作聲方省悟。徐回顧，本來面目無藏處。却望溈山敷坐具，老師頭角渾呈露，珍重此恩逾父母。須薦取，堂堂密密聲前句。

## 藥山

野鶴精神雲格調，逼人氣韻霜天曉，松下殘經看未了。當斜照，蒼烟風撼流泉繞。閨閣珍奇徒照耀，光無滲漏方靈妙，活計現成誰管紹。孤峰表，一聲月下聞清嘯。

## 亮公

講處天花隨玉麈，波心月在那能取，旁舍老師偷指注。回頭覷，虚空特地能言語。歸對學徒重自訴，從前見解都欺汝，隔岸有山横暮雨。翻然去，千巖萬壑無尋處。

## 靈雲

急雨顛風花信早，枝枝葉葉春俱到，何待小桃方悟道。休迷倒，出門無限青青草。根不覆藏塵亦掃，見精明樹唯心造，試借疑情看白皂。回頭討，靈雲笑殺玄沙老。

## 船子

萬疊空青春杳杳，一蓑烟雨吴江曉，醉眼忽醒驚白鳥。拍手笑，清波不犯魚吞釣。津渡有僧求法要，一橈爲汝除玄妙，已去回頭知不峭。猶迷照，漁舟性懆都翻了。《全宋詩》卷一三四三，册23，第15339—15340頁

# 羅叔共五色線中得玄真子漁父詞擬其體僕亦擬作六首叔共名竦

周紫芝

好個神仙張志和，平生只是一漁蓑。和月醉，棹船歌，樂在江湖可奈何。

禁中圖畫訪玄真，晚得歌詞獻紫宸。天一笑，物皆春，依舊扁舟釣白蘋。

解印歸來暫結廬，有時同釣水西魚。閑著屐，醉騎驢，分明人在輞川圖。明抄校、金本作墟。

趁梅尋得水邊枝，獨棹漁舟却過谿。人似玉，醉如泥，閑歌五色線中詩。
人間何物是窮通，終向烟波作釣翁。江不動，月横空，漫郎船過小回中。
花姑溪上鷺鷥灘，辜負漁竿二十年。無可載，不抛官，携取全家去不難。《全宋詩》卷一五一六，冊26，第17256—17257頁

## 夜聞蜑户叩船作長江磂欣然樂之殊覺有起予之興因念涪上所作招漁父詞非是更作此詩反之示舍弟端孺

唐　庚

當年無奈氣狂何，醉檄涪翁棄短蓑。晚落炎州磨歲月，欲從諸蜑丐烟波。與君共作長江磂，况我能爲南海歌。身世即今良可見，不應老子尚婆娑。《全宋詩》卷一三二一，冊23，第15004頁

## 漁父詞和玄真子

孫　鋭

平湖千頃浪花飛，春後銀魚霜更肥。菱葉飯，蘆花衣，酒酣載月忙呼歸。《全宋詩》卷三二二六，冊61，第38496頁

# 嘉熙戊戌季春一日畫溪吟客王子信爲亞愚詩禪上人作漁父詞七首

王　諶

按，此詩《全宋詩》卷三三三九又作薛嵎詩，題作「漁父詞七首」，辭同茲不復録。《宋百家詩存》本《雲泉詩集》止存後二首，作釋永頤詩，題作《漁父詞》。

蘭芷流來水亦香，滿汀鷗鷺動斜陽。聲欸乃，間鳴榔，儂家只住岸西旁。

翁嫗齊眉婦亦賢，小姑顔貌正笄年。頭髮亂，髻鬟偏，愛把花枝立柂前。

湘妃泪染竹根斑，風雨連朝下釣難。春浪急，石磯寒，買得茅柴味亦酸。

滿湖飛雪攪長空，急起呼兒上短篷。蓑笠具，畫圖同，鐵笛聲長曲未終。

《離騷》讀罷怨聲聲，曾向江邊問屈平。醒還醉，醉還醒，笑指滄浪可濯纓。

白髮鬔鬆不記年，扁舟泊在荻花邊。天上月，水中天，夜夜烟波得意眠。

只在青山可卜鄰，妻兒語笑意全真。休識字，莫嫌貧，方是安閒第一人。《全宋詩》卷三二五三，册62，第38816—38817頁

## 月夜聽琴效漁父辭

胡仲参

風入古松成節奏，泉奔幽磴響琮琤。琴中彈意不彈聲，猛拂朱弦燈焰落。細敲玉版夢魂清，啼烏枝上月三更。《全宋詩》卷三三三七，册63，第39845頁

## 古漁父詞十二首

王銍

漁父家風我所知，家風要與道相宜。不懷貪餌呑鈎意，常似絲綸未下時。
雨中漁艇一聲歌，夾岸青林照碧波。躍馬更誰思往事，紅塵千丈奈人何。
萬里號風雪滿山，黄蘆晻靄水汪灣。九衢朝馬愁泥滑，不識漁翁興未閑。
風波穩處釣舟閑，雲去諸山暝不還。江面一峰何所似，青銅鏡裏緑雲鬟。
千古高人張志和，浮家泛宅老烟波。不應別有神仙界，祇此滄江一釣蓑。
虞舜遺風遠可尋，烟波一棹古猶今。九疑蒼莽三湘闊，盡是雲山韶濩音。
曾見三閭屈大夫，强將清濁較賢愚。如今更覺前言拙，醒醉由來本不殊。

風裊溪頭釣線多，戲魚無奈巧依荷。直須飄浄浮萍草，盡放青天照碧波。禹門三級浪千重，變化飛騰豈有踪。寄語魚蝦休上釣，要看頭角是真龍。得即歡欣失即憂，死生輪轉暗相讎。那知垂釣非真釣，只在絲綸不在鈎。船子禪師意未平，萬波要喻境中情。魚寒不食清池釣，何處歸舟有月明。波清百尺見修鱗，水色天容自古新。昨夜西江浴明月，冰輪玉兔絶纖塵。《全宋詩》卷一九〇九，册34，第21323—21324頁

## 同前二首

舒岳祥

按，《全元詩》册三亦收舒岳祥此詩，元代卷不復録。

烟雨一葉小，江湖大厦寛。全家足風月，高枕恣波瀾。白雪披蓑立，青山揭笠看。莫將文叔事，溷我釣魚竿。

是店皆賒酒，無家只有船。燒魚巖下火，吹笛水中天。楓葉霜鋪地，蘆花月滿川。風波何處静，收釣即安眠。《全宋詩》卷三四三九，册65，第40969頁

## 漁父樂

徐積

水曲山隈四五家，夕陽烟火隔蘆花。漁唱歇，醉眠斜，綸竿蓑笠是生涯。

### 無一事

見説紅塵罩九衢，貪名逐利各區區。論得失，問榮枯，争似儂家占五湖。

### 堪畫看

討得漁竿買得船，歸休何必待高年。深浪裏，亂雲邊，只有逍遥是水仙。

### 誰學得

飽則高歌醉即眠，只知頭白不知年。江邊屋，水隨船，買得風光不著錢。

## 君看取

管得江湖占得山，白雲同散學雲閑。清旦出，夕陽還，不知身在畫屏間。

## 君不悟

一酌村醪一曲歌，回看塵世足風波。憂患大，是非多，縱得榮華有幾何。《全宋詩》卷六四六，册11，第7644—7645頁

## 舟人强以二鍰多取漁人之魚余增百錢與之作漁父行

袁説友

老父家住逢家洲，無田可種漁爲舟。春和夏炎網頭坐，茫茫不覺秋冬過。賣魚日不滿百錢，妻兒三口窮相煎。朝餐已了夕不飽，空手歸去蘆灣眠。今朝何人買鮮鯽，直得千錢酬二百。抛錢帆去了不應，却謝君子爲增益。嗟嗟莫怨行路人，滿江風月儂最親。但看漁翁更强健，銀刀赤尾長鱗鱗。《全宋詩》卷二五七五，册48，第29904頁

## 漁父引

李　龏

漁伴歸來語笑喧，盡携筒罩醉雲根。自從城裏魚增税，船在江村不入門。《全宋詩》卷三一三〇，册59，第37432—37433頁

## 漁父吟

宋伯仁

小舟如雁許，穩穩下波心。蓑笠幾風雨，江山無古今。清歌鳴短棹，紅葉滿疏林。一醉不知世，前村月未沈。《全宋詩》卷三一八一，册61，第38184頁

## 同前

王　鎡

竹絲籃裏白魚肥，日落江頭换酒歸。只恐明朝江雪凍，老妻連夜補簑衣。《全宋詩》卷三六〇八，册68，第43208頁

## 漁父醉三首

黄今是

青烟何處淡孤洲，有客經年業一鉤。芳草渡頭新貰酒，碧雲天際已歸舟。

丹楓萬點照人緋，鱸鱠千絲帶水肥。花影芙蓉江上酒，佳人誰唤醉翁歸。

天淡瀟湘南北家，花隨流水水流花。一竿明月何人會，又逐虛船過白沙。《全宋詩》卷三六〇一，册68，第43125頁

## 漁父詩四首

趙　蕃

掉船晨出暮知歸，舉網驚呼魚定肥。傾倒得錢何用許，江頭取醉暮相違。

泛宅浮家一葉間，長年緑水又青山。若爲不使兼能賦，始信天公到此慳。

風色披披手欲龜，日光颭颭鬢成絲。只今網罟無窮利，樂在竿綸顧未知。

早悟君王物色求，子陵應已棄羊裘。絶知至德終難掩，女子亦稱韓伯休。《全宋詩》卷二六三五，册49，第30789頁

## 楚歌

宋无

按，《全元詩》册一九亦收宋无此詩，元代卷不復録。《全元詩》曰：「項氏至垓下，對虞姬而歌。高祖令戚夫人楚舞，自爲楚歌。二闋皆楚聲，爲美人而歌，英雄之氣則索然矣。」元陶宗儀《南村輟耕録》「燕南芝庵先生唱論」所列「唱曲題目」中即有《楚歌》①，此題或元時仍可歌也。

羽爲虞姬泣帳中，季因戚氏怨深宮。二歌要且皆名楚，不那風情挫兩雄。陳新等《全宋詩訂補》，册71，第655頁

---

①《南村輟耕録》卷二七，第6482頁。

## 登西臺作楚歌招文丞相魂

謝翱

魂朝往兮何極，莫歸來兮關塞黑，化爲朱鳥兮有咮焉食。《全宋詩》卷三六九二，册 70，第 44336 頁

## 楚歌五首勸潭士歸鄉

吴澄

潦徑兮篁叢，露沾衣兮翳夫蒿蓬。塊獨立兮山中，蹇何人兮忽予從？袖在兮懷蓀，闕其馨兮臚不得聞。剪紙兮招離魂，坐三沐兮三熏。鬖髿兮尾瑣，影隨形兮我我。中渴飢兮焦火，夢西江以供吸兮，沙飯顆顆。湘水兮沄沄，莽千里兮九嶷之雲。朝朝暮暮兮晴復雨，十年不見兮我心苦。湘竹兮修修，淚痕雖干兮滑欲流。天寒歲暮兮之子無裯，君胡爲兮此淹留？《全宋詩輯補》，册 7，第 3601 頁

## 散金歌

范致虚

宋徐夢莘《三朝北盟會編》曰：「致虚素不曉邊方兵革事，往往取獻陳者利便，按法施設，軍民與州縣不勝其擾。又撰《散金歌》，效子房《散楚歌》，使人刊板於金人寨榜及張挂州縣。」①

北人半是南朝民，食禄南朝終爲君。失意暫時辭漢主，彷徨不忍痛思親。《全宋詩》卷一三〇一，册 22，第 14775 頁

## 秋風辭

李　綱

按，《樂府詩集・雜歌謡辭》有漢武《秋風辭》。其旨或云樂極哀來，驚心老至；或云感

---

① ［宋］徐夢莘《三朝北盟會編》卷七七，上海古籍出版社，1987 年版，第 579—580 頁。

秋摇落，繫念求仙。宋人《秋風》諸題，凡作《秋風辭（詞）》者，本卷悉數收録，餘者止録題旨、體式等與漢武《秋風辭》近者。

秋風起兮黄葉飛，遠客異土兮未能歸。白露降兮悴衆芳，懷美人兮悵難忘。變星霜兮阻山河，風巽響兮水增波。遡明月兮發浩歌，群陰積兮浮雲多。歲聿云暮兮奈愁何。《全宋詩》卷一五七五，册27，第17832頁

## 同前

許棐

颯颯秋風來，一葉兩葉墜。燕子動歸心，薄情知也未。颯颯秋風來，衣衾愁未整。莫作閨中寒，且作天涯冷。《全宋詩》卷三〇九〇，册59，第36865頁

## 同前

甘泳

昨夜西風來，人間雨如海。山摇摇，秋灑灑。早起□□輪，老紅竟何在，惟有殘雲漠漠弄涼

態。千林萬葉,淅瀝作聲。豈無緑色,奈何凋零。四時更變化,宋玉胡爲愁,直須痛飲千斛酒。亦不知有春,亦不知有秋,鴻濛適我汗漫遊。絶憐九辨大蕭索,争與蟲聲起籬落。東溪子,今夕呼月當中天,看我大醉西風前。便令秋滿八千歲,我醉依然月下眠。《全宋詩》卷三五四三,册 67,第 42384 頁

## 江頭秋風辭

晁補之

雒陽客,後車結駟傳燭食,人生富貴不易得。江頭秋風旦夕起,胡爲翩翩雒陽陌。雒陽陌,吹塵埃。江頭樹,安在哉?秋風起,菱花開。鱸魚肥,歸去來。《全宋詩》卷一一二一,册 19,第 11759—11760 頁

## 秋風三疊寄秦少游

邢居實

秋風夕起兮白露爲霜,草木憔悴兮竊獨悲此衆芳。明月皎皎兮照空房,晝日苦短兮夜未央。有美一人兮天一方,欲往從之兮路渺茫。登山無車兮涉水無航,願言思子兮使我心傷。

秋風淅淅兮雲冥冥，鴟梟晝號兮蟋蟀夜鳴。歲月徂邁兮忽如流星，少壯幾時兮老冉冉其相仍。展轉反側兮從夜達明，悵獨處此兮誰適爲情。長歌激烈兮涕泣交零，願言思子兮使我心怦。

秋風浩蕩兮天宇高，群山逶迤兮溪谷寂寥。登高望遠兮不自聊，駕言適野兮誰與遊遨。空原無人兮四顧蕭條，猨狖與伍兮麋鹿爲曹。浮雲千里兮歸路遥，願言思子兮使我心勞。《全宋詩》卷一三〇二，册 22，第 14810 頁

## 秋風變

白玉蟾

一從佳人去，念念思杳魂。頃刻不離懷，夢寐常温温。幽人非好色，脂粉何萬群。良馬只一鞍，好花只一春。流水去不返，青霄徒白雲。香魂在九泉，夫豈不酸辛。人間尚寂寂，陰府復何言。造物略不悲，蒼天不我憐。南風復西風，景物易變遷。獨有一寸心，朝暮佳人邊。幽冥不可詰，寧忍度歲年。此身當如何，何當委荒烟。若夫世間人，豈知道義堅。孤然不自惜，悵望瑶臺仙。置之勿復道，時時泪漣漣。不堪酒醒時，月下與風前。有夢夢不成，所思長縣縣。萬里亦可到，一死今杳然。相憶而自嘆，蒼天復蒼天。《全宋詩》卷三一三六，册 60，第 37510 頁

# 卷一二四　宋雜歌謡辭五

## 細君并序

曹　勛

按，《樂府詩集》無此題，然曹勛《松隱集》置此詩于「古樂府」類。詩序曰：「漢武帝元封中，以江都王女細君爲公主，嫁與烏孫昆彌。至國而自治宫室，歲時一再會，言語不通，公主悲愁，自爲哀怨之歌。其後元帝亦以王穰女昭君嫁匈奴單于。昭君至胡，作歌自傷。後人多爲歌詩，流爲樂府，遂有《明妃怨》《昭君怨》。獨細君最遠，而悲思尤甚，又世人無有哀感之作。余亦迹而新之，抑亦攄昔人之幽憤，爲來者之深戒云。」所述本事與《樂府詩集·雜歌謡辭》中《烏孫公主歌》同，故予收録。

族類皆有偶，所偶各有方。我本漢家女，遠嫁烏孫王。言語既不通，嗜欲寧相當。生肉以爲食，膻酪以爲漿。毛卉襲衣服，蒜薤爲馨香。嗚嗚當歌舞，跳躍紛低昂。風沙障白日，四野皆蒼黄。逐獵射禽獸，藉草氈爲墻。喜怒不可測，貪戾過豺狼。自爲治宫室，僅能庇風霜。歲時一相見，但見眉目光。東南望漢日，獨覺霜天長。飛鳥戀故林，遊子思故鄉。而我被遐棄，失身投窮荒。明明漢天子，一女奚足傷。武威與文德，豈不在周行。吾王居下國，奉上固所當。結親徒自辱，掩泣羞漢皇。《全宋詩》卷一八八二，册33，第21080頁

## 太液黄鵠歌有引

陸　游

詩引曰：「漢始元元年春二月，黄鵠下建章宫太液池中。公卿上壽，賜諸侯王、列侯、宗室金錢。予夜讀《漢書》，追作歌一首。」

建章宫裏春風寒，太液水生池面寬。中人馳奏黄鵠下，龍旗豹尾臨池看。芹香藻暖鵠得意，左右從官呼萬歲。須臾傳詔宴公卿，歡聲如雷動天地。時平宫省遊樂多，黄鵠刷羽涵恩波。小臣珥筆龍墀下，願繼前朝《天馬歌》。《全宋詩》卷二一五九，册39，第24380頁

## 襄陽歌

劉　過

按，《樂府詩集・雜歌謡辭》有《襄陽歌》《襄陽曲》，宋人又有《襄陽行》，當出於此，亦予收録。

十年著脚走四方，胡不歸來兮襄陽。襄陽真是用武國，上下吴蜀天中央。銅鞮坊裏弓作市，八邑田熟麥當糧。一條路入秦隴去，落日仿佛見太行。土風沉渾士奇傑，嗚嗚酒後歌聲發。歌曰人定兮勝天，半壁久無胡日月。買劍傾家貲，市馬托生死。科舉非不好，行都兮萬里。人言邊人盡粗材，卧龍高卧不肯來。杜甫詩成米芾寫，二三子亦英雄哉。《全宋詩》卷二六九九，册51，第31807頁

## 襄陽曲

張　耒

西津折葦鳴策策，蟾蜍光入芙蓉白。山頭不雨賈船稀，日日門前江水窄。將欲烜赫招行

人，旋起丹樓照長陌。銀屏深蔽玉笙閑，自擘新橙飲北客。倏離暫合心未果，泪瑩雙眸爲誰墮。

《全宋詩》卷一一五五，册20，第13028頁

## 襄陽行

鮑　輗

今日何日春氣柔，東城騎馬花綢繆。爲君停馬一呼酒，花前倒披紫綺裘。玉脂汜濫魚鳥飫，歌舞倦矣蛾眉愁。千金萬壽好賓主，今我不樂歲如流。豈比世上狂馳子，一語不合行掉頭。嗚呼天倫古所定，非有大故寧相尤。《全宋詩》卷三七〇三五，册70，第44448頁

## 賦得河中之水曲

董嗣杲

按，《全元詩》册十亦收此詩，元代卷不復録。

清莫清兮河中水，白莫白兮頭上絲。河清頭白自千古，有身清白知爲誰。提籃采桑西城婦，容髮蓬勃霜色欺。傳是長安估客女，二八嫁與東鄰兒。東鄰兒郎負梟獍，别家出戍征羌夷。

沙場杳邈絶信息，應門無子難撑支。花榮草枯知幾度，日升月落常雙馳。力勤織紝活旦暮，堂前姑老心驚疑。攢心萬苦失頭緒，年如逝水何能追。不恨兒郎祇恨妾，有生無分安齊眉。西鄰女兒年將笄，雙髻壓頸簪花枝。金鈿貼額腮凝脂，笑妾采葉愁蠶饑。妾身薄命何暇恤，所嗟母子各天涯。空閨誓此守清白，不願封侯願早歸。《全宋詩》卷三五七〇，册 68，第 42678—42679 頁

## 勞歌

張耒

暑天三月元無雨，雲頭不合惟飛土。深堂無人午睡餘，欲動身先汗如雨。忽憐長街負重民，筋骸長彀十石弩。半衲遮背是生涯，以力受金飽兒女。人家牛馬繫高木，惟恐牛軀犯炎酷。天工作民良久艱，誰知不如牛馬福。《全宋詩》卷一一五五，册 20，第 13029 頁

## 續巴東三峽歌并序

曹勛

詩序曰：「梁簡文帝有《巴東三峽歌》，止存兩句，因續而廣之。」

巴東三峽巫峽長，猿鳴三聲泪沾裳。月明夜寒寒雨霜，相望各在天一方。安得身有羽翼如鴛鴦，千里同相將。《全宋詩》卷一八七八，册 33，第 21043 頁

## 三峽歌九首并序

陸游

詩序曰：「乾道庚寅，予始入蜀，上下三峽屢矣。後二十五年，歸耕山陰，偶讀梁簡文《巴東三峽歌》，感之，擬作九首，實紹熙甲寅十月二日也。」

神女廟前秋月明，黄牛峽裏暮猿聲。危途性命不容恤，百丈牽船侵夜行。

不怕灘如竹節稠，新灘已過可無憂。古妝峨峨一尺髻，木盎銀杯邀客舟。

十二巫山見九峰，船頭彩翠滿秋空。朝雲暮雨渾虚語，一夜猿啼明月中。

錦綉樓前看賣花，麝香山下摘新茶。長安卿相多憂畏，老向夔州不用嗟。

險詐沾沾不愧天，交情回首薄如烟。東游萬里雖堪樂，灩澦瞿唐要放船。

蠻江水碧瘴花紅，白舫黄旗無便風。涪萬四時常避水，棚居高出亂雲中。

亂插山花簀子紅，蠻歌相和瀼西東。忽然四散不知處，踏月捫蘿歸峒中。

萬州溪西花柳多，四鄰相應竹枝歌。問君今夕不痛飲，奈此滿川明月何。

我游南賓春暮時，蜀船曾繫挂猿枝。雲迷江岸屈原塔，花落空山夏禹祠。《全宋詩》卷二一八三，册40，第24879頁

## 得寶子

周紫芝

唐段安節《樂府雜録》曰：「《得寶歌》一曰《得寶子》，又曰《得鞛子》。明皇初納太真妃，喜謂後宫曰：『予得楊家女，如得至寶也。』遂製曲，名『得寶子』。」①按，周紫芝《太倉稊米集》置此詩於「樂府」類。

蓬萊宫中春草緑，君王無事歡不足。宜春北院小蛾眉，日日霓裳按新曲。侍女傾心復盡計，歌舞君前不如意。今年新得太真妃，從此龍顔不勝喜。望春樓下紇那歌，枉説揚州古銅器。梨園樂府兩部齊，盡歌樂府新歌詞。君門誰道九重遠，歲久歡聲聞遠夷。漁陽萬騎倉黄入，帳

① 《樂府雜録校注》，第141頁。

中妃子吞聲泣。當時掌上不忍看，玉骨埋時烟雨濕。屬車塵遠空郵亭，郵亭牧豎嗟娉婷。凌波襪在香未絶，萬人争看俱傷情。一朝持入咸陽市，空得千金賈客驚。《全宋詩》卷一四九六，册26，第17085頁

## 賈知微遇曾城夫人及二妃歌

宋祝穆《方輿勝覽》曰：「《小説》：『開寶中有賈知微遇曾城夫人及二妃於洞庭。歌曰「……」歌畢，贈之羅巾而去。』」①

黄陵廟前春草生，黄陵女兒茜羅裙。輕舟短棹唱歌去，水遠天長愁殺人。《方輿勝覽》卷二九，第513頁

---

①［宋］祝穆撰，［宋］祝洙增訂，施和金點校《方輿勝覽》卷二九，中華書局，2003年版，第513頁。

## 民間爲寇準丁謂歌

宋田況《儒林公議》曰：「寇準在相位，以純亮得天下之心。丁謂作相，專邪黷貨，爲天下所憤。民間歌之曰……及相繼貶斥，民間多圖二人形貌，對張于壁，屠酤之肆往往有焉。雖輕訬頑冥，少年無賴者，亦皆口陳手指，頌寇而詬丁，若己之恩讎者，况耆舊有識者哉？」①

欲時之好呼寇老，欲世之寧當去丁。《儒林公議》卷上，景印文淵閣四庫全書，册1036，第294頁

## 五來子

元脱脱《宋史·五行志》曰：「建隆中，京師士庶及樂工、少年競唱歌曰《五來子》。自

---

① [宋]田況《儒林公議》卷上，景印文淵閣四庫全書，册1036，臺灣商務印書館，1986年版，第294—295頁。

建隆、開寶，凡平荆、湖、川、廣、江南，五國皆來朝。」①按，此歌辭已不存。

## 袁州民爲王懿歌

明李賢《明一統志》曰：「宋王懿至道間知袁州，時州多火災，懿疏唐李渠以備之，民歌之曰：……」②

李渠塞，王君開，四民惠利絶火災。《全宋詩輯補》，册12，第6108頁

## 長安人爲楊譚林特歌

宋司馬光《涑水記聞》曰：「至道中，國家征夏虜，調發陝西芻粟隨軍至靈武，陝西騷

---

① 《宋史》卷四六，第1446頁。

② ［明］李賢《明一統志》卷五七，景印文淵閣四庫全書，册473，臺灣商務印書館，1986年版，第176頁。

動，民皆逃匿，賦役不肯供給。有詔：『督運者皆得便宜從事，不牽常法。』吏治率皆峻急，而京兆府通判水部員外郎楊譚、大理寺丞林特尤甚。長安人歌之曰：『……』。長安多大豪及有蔭户，尤不可號令。有見任知某州妻清河縣君者，不肯運糧，譚録而杖之，於是民莫敢不趨令。譚、特令民每驢負若干，每人擔若干，仍齎糧若干，官爲封之，須出塞乃聽食，怨嗟之聲滿道。既而京兆最爲先辦，民無逃棄者；諸州皆稽留不能辦，比事畢，人畜死者什八九。由是人始復稱之。二人以是得顯官：譚終諫議大夫，特至尚書、三司使。」

楊譚見手先教鏁，林特逢頭便索枷。《涑水記聞》卷二，第23—24頁

## 陳堯咨夢獨脚鬼歌

宋洪邁《夷堅志》「陳堯咨夢」曰：「建寧城東梨岳廟所事神，唐刺史李頻也，靈異昭格。每當科舉歲，士人禱祈，赴之如織。至留宿於廟中以求夢，無不驗者。浦城縣去府三百里，邑士陳堯咨，苦貧憚費，不能應詔，乃言曰：『惟至誠可以動天地，感鬼神，此中自有護學祠，吾今但齋香紙謁之，當獲丕應。』是夕，宿於齋，夢一獨脚鬼，跳躍數四，且行且歌曰：

『……』。堯咨既覺，遍告朋友，決意入城。其事喧播於鄉里，或傳以爲戲笑。秋闈揭榜，果預選，一舉登科。」

有官便有妻，有妻便有錢，有錢便有田。《夷堅志》夷堅支丁卷第八，第 1030 頁

## 餘干縣民爲吴在木歌

明李賢《明一統志》曰：「吴在木咸平間知餘干縣，興利除害，縣中稱治，有白雀青鹿之瑞，民歌曰……」①

吴在木，政嚴肅。惡者憂羈囚，善者樂化育。鳥有白翎雀，獸有青毛鹿。不見大聲急走人，昔之屢空今皆足。《全宋詩輯補》，册 12，第 6107 頁

① 《明一統志》卷五〇，景印文淵閣四庫全書，册 473，第 43 頁。

# 廣人爲邵曄陳世卿歌

宋王稱《東都事略·邵曄傳》曰：「邵曄字日華，其先京兆人也。家于桂陽，舉進士，爲邵陽簿、連州録事參軍。州將楊全誣部民十三人爲劫盜，欲寘之死，曄察其枉，不肯書牘，白全願劾其實再繫獄。按驗得實，民由是獲免，全坐廢。曄代還，引對，太宗謂曰：『爾能活吾平民，深可嘉也。』賜錢五萬，命使廣南采訪刑獄。累遷工部員外郎，爲淮南轉運使。又使交趾，曄上邕州至交州水陸爲四圖以進。坐所舉非其人免官。大中祥符初，起知兖州，又爲江浙荊湖發運使，改右諫議大夫、知廣州。城瀕海，每蕃船及岸，常苦颶風，曄鑿内壕通舟，颶不爲害。及卒，廣人懷其惠，多灑泣者。方曄之病也，朝廷以陳世卿代之。世卿，南劍州人，亦良吏也。廣南計口買鹽，人以爲害，世卿奏免之。於是廣人歌曰……」①

① [宋] 王稱撰，孫言誠、崔國光點校《東都事略》卷一一二，齊魯書社，2000年版，第970—971頁。

邵父陳母，除我二苦。《東都事略》卷一一二，第970—971頁

## 天聖中人爲謝泌王臻章頻鄭載歌

宋王象之《輿地紀勝》曰：「福州官吏。謝泌，《長樂志》云：『景德初守謝泌以石易澳溪橋，名曰去思，蓋公于民不張權，不恃威。兄弟而争者訓之，頑狠者責之，訟幾乎息矣。又王臻天禧中。又章頻天聖中。又鄭載天聖中。歌曰……』見《牧守序》。」①

前有謝王，後有鄭章。《輿地紀勝》卷一二八，第4038頁

## 蓬州父老歌

明凌迪知《萬姓統譜》曰：「吴幾復，汝州人，登進士，皇祐中爲太學直講，知蓬州，秩滿

① [宋]王象之《輿地紀勝》卷一二八，册7，四川大學出版社，2005年版，第4038頁。

去，父老拜送歌曰云云。」①

使君來兮，父母鞠我。禮化行兮，民無寒餓。使君去兮，不可復留，人意悵悵兮，泪雙墮。

《萬姓統譜》卷十，景印文淵閣四庫全書，册 956，第 222 頁

## 東城泉野老歌

宋秦觀《湯泉賦》曰：「大江之濱，東城之野，有泉出焉……野老告余曰：『泓泓涓涓，莫虞歲年。不火而燠，其名湯泉。』……曳杖而去，行歌于塗曰……」②

渾沸滂沱。奮此泉兮，被彼山阿。吾唯灌沐兮，不知其他。《淮海集箋注》卷一，第 13—14 頁。

---

① [明] 凌迪知《萬姓統譜》卷十，景印文淵閣四庫全書，册 956，臺灣商務印書館，1986 年版，第 222 頁。

② [宋] 秦觀《淮海集箋注》卷一，上海古籍出版社，2000 年版，第 13—14 頁。

## 蘇轍夢聞仙人歌

宋洪邁《夷堅志》「蘇文定夢游仙」曰：「熙寧十年，蘇文定公在南京幕府。四月一日，以卧病方愈，忽忽不樂，因起，獨步於庭。天清日高，乃命僕暴書。閒取《山海經》，隱几而讀，不覺假寐。夢薄游一所，樓觀巍然，金朱晶熒，叢以奇花香草，雜以丹霞紫烟。入其門，登其堂，門之牓曰『神府』，堂之牓曰『朝真』。自堂趨殿，殿名篆體難識。旋臨一閣，閣名甚高，不可辨。左碧池，右雕欄，中有一亭，几案酒殽悉備。九人聚坐其間，所披鶴氅或紫或白，其冠或鐵，或鹿皮，或熊經鳥伸，或彈琴對弈。歡笑談話，視蘇公自若。蘇頗嫌其簡傲，而出。俄聞招呼之聲，回顧之，一青鬟也。謂曰：『君何人而到此？奉靈君之命有請。』引詣庭中，一人云：『邀至與坐。』蘇辭不獲，輒廁其傍。其一蒼髯白髮者問曰：『子塵中人耶？』曰：『然。』曰：『何以至此？』曰：『信步而來。』其人笑曰：『非信步也。豈非心有所祈，意有所感而然歟？』蘇曰：『此爲何所？』曰：『金泉洞天也。』蘇曰：『孔孟之道，心有所祈；顔冉之學，意有所感。若夫神仙之事，了未嘗攖慮。而至於此者，真信步耳！』其人與之劇論儒老之同異，遂及長生。曰：『金丹之術百數，其要在神水華池；玉女之術百數，其要在還精采氣。馴致之久，則自能脱百骸，遺六腑，如蜩甲焉，蟬蜕焉。形貌有移，而神炁無改。若夫迷於煉石化金，惑於金籙玉檢，以求長生者，非吾所謂道也。』蘇曰：「世傳白日飛升者，何邪？」曰：「其變靡常，其化無方，此又非所以語子也。』言畢，命酒同酌。有抵掌而歌者曰……酒酣，蘇求退。其人曰：『盍不少留，以竟揮麈之樂乎？』蘇曰：『有生則不能無形；有形則不能無累。故物色之際，相仍而不停。憂患之來，有進而無已。』其人曰：『子知有形而不知所以有形，知有累而不知所以有累，如影之隨形，響之應聲者，皆有以招之故也。』蘇謝曰：『謹受教。』良久，爲家人所驚，遂寤。乃作《夢仙記》。或謂蘇公借夢以成文章，未必有實。予竊愛其語而書之。」①

紅塵紛處兮人間世，白雲深處兮神仙地。仙家春色兮億萬年，蟠桃香煖兮雙鸞睡。北看瀛洲兮咫尺間，西顧方壺兮三百里。逍遥無爲兮古洞天，洞天不老兮無人至。《夷堅志》夷堅支癸卷第

---

① 《夷堅志》夷堅支癸卷七，第1270—1271頁。

七，第 1270—1271 頁

## 蘇軾遊桓魋墓歌

宋蘇軾《遊桓山記》曰：「元豐二年正月己亥晦，春服既成，從二三子游於泗之上。登桓山，入石室，使道士戴日祥鼓雷氏之琴，操《履霜》之遺音，曰：『噫嘻悲夫，此宋司馬桓魋之墓也。』或曰：『鼓琴於墓，禮歟？』曰：『禮也。季武子之喪，曾點倚其門而歌。仲尼，日月也，而魋以爲可得而害也。且死爲石椁，三年不成，古之愚人也。余將吊其藏，而其骨毛爪齒，既已化爲飛塵，蕩爲冷風矣，而况於椁乎，况於從死之臣妾、飯含之貝玉乎？使魋而無知也，余雖鼓琴而歌可也。使魋而有知也，聞余鼓琴而歌，知哀樂之不可常、物化之無日也，其愚豈不少瘳乎？』二三子喟然而嘆，乃歌曰……歌闋而去。從遊者八人：畢仲孫、舒焕、寇昌朝、王適、王遹、王肆、軾之子邁、焕之子彦舉。」①

---

①《蘇軾文集》卷一一，第 370 頁。

桓山之上，維石嵯峨兮。司馬之惡，與石不磨兮。桓山之下，維水瀰瀰兮。司馬之藏，與水皆逝兮。《蘇軾文集》卷一一，第370頁

## 蘇軾遊赤壁歌

宋蘇軾《赤壁賦》曰：「壬戌之秋，七月既望，蘇子與客泛舟，游於赤壁之下。清風徐來，水波不興。舉酒屬客，誦明月之詩，歌窈窕之章。少焉，月出於東山之上，徘徊于斗牛之間，白露横江，水光接天……於是飲酒樂甚，扣舷而歌之，歌曰……」①

桂棹兮蘭槳，擊空明兮泝流光，渺渺兮予懷，望美人兮天一方。《蘇軾文集》卷一，第6頁

---

①《蘇軾文集》卷一，第5—6頁。

## 周邦彦述汴都童子歌

宋周邦彦《汴都賦》曰：「上方咀嚼乎道味，斟酌乎聖澤，而意猶未快。又欲浮槎而上，窮日月之盈昃，尋天潢之流派，操執北斗之柄，按行二十八星之次，奪雷公之枹，收風伯之鞴，一瞬之間，而甘澤雱霈。囚孛彗於幽獄，斂景雲而黯靄，統攝陰機，與帝唯諾而無閡。如此淫樂者十有七年，疲而不止，諫而不改。吾不知天王之用心，但聞夫童子之歌曰……」①

**孰爲我尸，孰釐我載，茫茫九有，莫知其界。**《周邦彦集》，第137頁

## 欽宗朱后歌

《宣和遺事》曰：「（靖康二年）四月十四日，至信安縣，帝及太上、太后、皇后自離京未

① ［宋］周邦彦《周邦彦集》，江西人民出版社，1983年版，第137頁。

嘗滌面，至是見野水澄清，四人方掬水洗面灌滌，相視哽咽不勝。傍有人獻牛酒於澤利者，澤利拔刀切肉啖食，飲酒連五七杯。以其餘酒殘食餉帝曰：『食之！前途無與喫也！』復視朱后曰：『這一塊好肉，你自喫之。』方喫酒，有人言知縣來相見，乃見一番官，衣褐紵絲袍，皂靴，裹小巾，執鞭揖澤利。又辦酒食羊肉同坐飲食。移時乘醉命朱后勸酒唱歌，朱后以不能對。澤利怒曰：『四人性命在我掌握中，安得如是不敬我！』后不得已，不勝泣涕，乃持杯，遂作歌曰……歌畢，上澤利酒。澤利笑曰：『詞最好！可更唱一歌勸知縣酒。』后再歌曰……遂舉杯勸知縣酒。澤利起拽后衣曰：『坐此同飲。』后怒，欲手格之，力不及，爲澤利所擊，賴知縣勸止之。復舉杯付后手中曰：『勸將軍酒！』后曰：『妾不能矣，願將軍殺我，死且不恨。』欲自投庭井，左右救止之。知縣曰：『將軍不可如此迫他，北國皇帝要四人活的朝見，公事不小。』酒罷，各散去。」①明李清《南渡録》亦載。

幼富貴兮厭綺羅裳。長入宮兮奉尊觴。今委頓兮流落異鄉。嗟造物兮速死爲强！

昔居天上兮珠宮玉闕。今日草莽兮事何可説。屈身辱志兮恨何可雪。誓速歸泉下兮此愁

---

①［宋］佚名《宣和遺事》後集，叢書集成初編，册3889，中華書局，1985年版，第73—74頁。

可絶！《宣和遺事》後集，叢書集成初編，册3889，第73頁

## 元祐中閬州里人歌

宋王象之《輿地紀勝》曰：「閬州風俗形勝……謂陳堯叟、陳堯咨、馬涓也。元祐中里人歌云。」①

錦屏名山，三人狀元。《輿地紀勝》卷一八五，第5385頁

## 酒肆歌

宋范公偁《過庭録》曰：「崧山道中小市曰金店，范弇學究居焉。先子自許省墳河南，往來數見之，貌古性直，君子人也。鄰有酒肆，詩云……雖遇歲時，歌樂喧集，鄉人競觀，范

① 《輿地紀勝》卷一八五，第5385頁。

公閉户讀書自若也。」①《宋詩紀事》據《過庭録》亦録，題作《酒肆歌》，②本卷從之。

吃酒二升，糴麥一斗。磨麵五斤，可飽十口。《過庭録》，第328頁

## 時爲李宗伯歌

宋張知甫《可書》曰：「李伯宗爲司農卿，居第之側，有豐濟、廣盈二倉，每出按則止此二處，即起近也。又詞狀、申陳之類，必判司呈。時爲之歌曰……後坐此罷。」③

大卿做事輕，文字送司呈。每日去巡倉，豐濟與廣盈。《可書》，第414頁

---

① [宋] 范公偁撰，孔凡禮點校《過庭録》，中華書局，2002年版，第328頁。
② 《宋詩紀事》卷一〇〇，第2358頁。
③ [宋] 張知甫撰，孔凡禮點校《可書》，中華書局，2002年版，第414頁。

## 淮甸人爲李大有歌

宋王象之《輿地紀勝》曰："贛州官吏。李大有字仲謙，居新喻之鍾口，登紹聖第，守虔州。宣和末，金敵入寇，大有召募，不旬日得五千人，鼓行而前。淮甸歌……"①

天下奸臣皆守室，虔州太守獨勤王。《輿地紀勝》卷三二，第1502頁

## 李若水死義時歌

元脱脱《宋史·李若水傳》曰："李若水，字清卿，洺州曲周人……靖康元年，爲太學博士。開府儀同三司高俅死。故事，天子當挂服舉哀，若水言：『俅以幸臣躐躋顯位，敗壞軍政，金人長驅，其罪當與童貫等。得全首領以没，尚當追削官秩，示與衆棄；而有司循常習

① 《輿地紀勝》卷三二，第1502頁。

故，欲加緟禮，非所以靖公議也。』章再上，乃止。欽宗將遣使至金國，議以賦入贖三鎮，詔舉可使者，若水在選中。……二年，金人再邀帝出郊，帝殊有難色，若水以爲無他慮，扈從以行。金人計中變，逼帝易服，若水抱持而哭，詆金人爲狗輩。金人曳出，擊之敗面，氣結仆地，衆皆散，留鐵騎數十守視。粘罕令曰：『必使李侍郎無恙。』若水絶不食，或勉之曰：『事無可爲者，公昨雖言，國相無怒心，今日順從，明日富貴矣。』若水嘆曰：『天無二日，若水寧有二主哉！』其僕亦來慰解曰：『公父母春秋高，若少屈，冀得一歸覲。』若水叱之曰：『吾不復顧家矣！忠臣事君，有死無二。然吾親老，汝歸勿遽言，令兄弟徐言之可也。』後旬日，粘罕召計事，且問不肯立異姓狀。……（其僕謝）寧得歸，具言其狀。高宗即位，下詔曰：『若水忠義之節，無與比倫，達于朕聞，爲之涕泣。』特贈觀文殿學士，謚曰忠愍。死後有自北方逃歸者云：『金人相與言：「遼國之亡，死義者十數，南朝惟李侍郎一人。」』臨死無怖色，爲歌詩卒，曰……聞者悲之。」①

矯首問天兮，天卒無言。忠臣效死兮，死亦何愆？《宋史》卷四四六，第13162頁

①《宋史》卷四四六，第13160—13162頁。

## 陳宗翰歌

（永樂）《祁閶志》曰：「陳宗翰，字季立。廉明公正，興崇學校，不畏强圉，上司需索，理則應之，否則拒之。民歌曰……邑民懷之，立祠於崇法院。寺已廢，祠不存。」①按，陳宗翰生平不詳，（永樂）《祁閶志》卷七宋代「宰邑政績」記其事，則其宋時曾爲祁閶令。（永樂）《祁閶志》置其事於紹興間爲令之劉邦翰事前，則其爲令祁閶當在紹興間或此前。詩題爲筆者所加。

天下無雙潁川公，其正優遊化日濃。（永樂）《祁閶志》卷七，第62頁

① ［明］黄汝濟等主纂（永樂）《祁閶志》卷七，祁門縣地方志編纂委員會辦公室出版，2009年版，第62頁。

## 夔州人爲呂錫山王大辯歌

宋王象之《輿地紀勝》曰：「蓬州官吏。呂錫山，王大辯。紹興二年。呂錫山、王大辯相繼爲守。人歌之曰……」①

我有父母，前呂後王。撫愛我民，千里安康。《輿地紀勝》卷一八一，第5532頁

## 秦昌齡歌

宋洪邁《夷堅志》曰：「秦昌齡寫真挂於書室，魚肉和尚見之，題曰：『動著萬丈懸崖，不動當處沉埋。彌勒八萬樓閣，擊著處處門開。會得紫羅帳裏事，不妨行處作徘徊。』時紹興二十三年也。至九月，昌齡調宣州簽判，歸。中塗感疾，至溧水，疾亟，寓於王季羔宗丞

① 《輿地紀勝》卷一八八，第5532頁。

空宅中。忽覺寒甚，欲得夾帳。縣令薛某買紫羅製以遺之，遂死於其間。又是年春，在茅山觀前遇一人，目如鬼，著白布袍，擔草屨一雙，籠餅兩枚，歌而過曰：……蓋昌齡正四十三歲也。」①

四十三，四十三，一輪明月落清潭。《夷堅志》丙志卷一六，第588頁

## 畫上麗人答翟望歌

宋曹勛《記翟望話》曰：「（翟望）喜讀騷經楚些，亦寓詞蘅杜間，規衍其才意，紉蘭握蕙，遇合非常，每水邊沙外，屬思幽放。人莫測其意，嘗寄言曰：『洞簫吹兮春烟緑，風光粲兮人如玉，搴木蘭兮溯流波，懷彼美兮憂心若何。』一夕夢麗人，莊容獨秀，翳修竹而立，隔溪語望曰：……歌畢，致一笑而逝。望寤，亟書於紙，心惝怳者累日。後思天清寺之菊坡，謁僧琴，會僧出，因憩北軒，有一姬先在焉，容色鮮麗，疑若素識，因質名氏，不自知體之前也。

① 《夷堅志》丙志卷一六，第502頁。

姬笑曰：『妾有外姒，約我會此，偶故渝爽，然室有酒肴，能少駐否？』望欣然從之，至則一奇醜婦傳餐酒數行，移坐相近。稍既情昵，望被酒，諷『苕之榮』以自喜。姬曰：『溪風之隔，殆不然矣。』望領其語而不訝，復叩以他辭，宛不蒙答。日暮，姬曰：『而後月半，約當預聞，願寘君子之念。』姬先出門，莫知所適。望徘徊，欲歸，見軒壁挂所喜玉女觀泉圖，心以爲畫之靈遇，後售圖以歸，亦擬夢詢作《靈遇賦》。」①

苕之榮兮，春日陂遲。濕汀蘋以建址兮，冒卿雲以爲帷。吹浩香以渡漢兮，示秀色與華姿。居誰與復兮，挽明月以揚輝。悵溪風兮，聊詠言於兹。《松隱集》卷三七，景印文淵閣四庫全書，册 1129，第 557—558 頁。

## 績溪邑人爲葉楠歌

《（乾隆）池州府志》：「葉楠，字元質，貴池人，父蒼有孝行，楠登乾道中進士第。……

① ［宋］曹勛《松隱集》卷三七，景印文淵閣四庫全書，册 1129，臺灣商務印書館，1986 年版，第 557—558 頁。

爲績溪令，多惠政，邑人歌曰：『……』蘇黄門者，蘇轍也，當時清望略相等云。」①

前有蘇黄門，後有葉令君。《(乾隆)池州府志》卷四四，第585頁

## 蠻歌

宋陸游《老學庵筆記》曰：「辰、沅、靖州蠻有犵狑，有犵獠，有犵欖，有犵獉，有山猺，俗亦土著，外愚内黠，皆焚山而耕，所種粟豆而已。食不足則獵野獸，至燒龜蛇啖之。其負物則少者輕，老者重，率皆束於背，婦人負者尤多。男未娶者，以金鷄羽插髻，女未嫁者，以海螺爲數珠挂頸上。嫁娶先密約，乃伺女于路，劫縛以歸。亦忿争叫號求救，其實皆僞也。生子乃持牛酒拜女父母。初亦陽怒却之，鄰里共勸，乃受。飲酒以鼻，一飲至數升，名鈎藤酒，不知何物。醉則男女聚而踏歌。農隙時至一二百人爲曹，手相握而歌，數人吹笙在前

① 《(乾隆)池州府志》卷四四，《中國地方志集成・安徽府縣志輯》，册59，江蘇古籍出版社，1998年版，第585頁。

導之。貯缸酒於樹陰，飢不復食，惟就缸取酒恣飲，已而復歌。夜疲則野宿。至三日未厭，則五日，或七日方散歸。上元則入城市觀燈。呼郡縣官曰『大官』，欲人謂己爲『足下』，否則怒。其歌有曰……蓋《竹枝》之類也。諸蠻惟犵狑頗强習戰鬥，他時或能爲邊患。」①

小娘子，葉底花，無事出來吃盞茶。《老學庵筆記》卷四，第45頁

## 林劉舉夢中聞人唱

宋洪邁《夷堅志》曰：「福州長溪人林劉舉在國學，淳熙四年，將赴解省，禱於錢塘門外九西五聖行祠。夢成大殿，見五人正坐，著王者服，贊科如禮。聞殿上唱云……覺而不能曉。是秋獲薦，來春于姚穎榜登科黄甲，注德興尉。既交印，奠謁五顯廟，知爲祖祠，始驗夢中之語。」②

五飛雲翔，坐吸湖光。子今變化，因遡吾鄉。《夷堅志》夷堅三志己卷第十，第1379頁

---

① [宋] 陸游撰，李劍雄、劉德權點校《老學庵筆記》卷四，中華書局，1979年版，第44—45頁。

② 《夷堅志》夷堅三志己卷第十，第1379頁。

## 張拱辰歌

《(永樂)祁閶志》曰：「張拱辰，字南暉，淳熙間爲令性尚純謹，不事華靡。遇歲旱，躬踐深山，履阡陌，視其所傷之處，必蠲租除賦，以恤民隱。邑人歌之曰……」①按，詩題爲筆者所加。

桑底不聞兒捕雉，道傍祇見馬留錢。《(永樂)祁閶志》卷七，第62頁。

① 《(永樂)祁閶志》卷七，第62頁。

# 淳熙中淮西歌

元脱脱《宋史・五行志》曰:「淳熙中,淮西競歌汪秀才曲曰……又爲猍舞以和之。後舒城狂生汪格謀不軌,州兵入其家,縛之。其子拒殺,聚惡少數千爲亂,聲言渡江。事平,格亦伏誅。」①宋岳珂《桯史》載此事及歌辭更詳,曰:「淳熙辛丑,舒之宿松民汪革,以鐵冶之衆叛,比郡大震,詔發江、池大軍討之,既潰,又詔以三百萬名捕。其年,革遁入行都,厢吏執之以聞,遂下大理。獄具,梟於市。支黨流廣南。余嘗聞之番易周國器元鼎,曰:『革字信之,本嚴遂安人,其兄孚師中嘗登鄉書,以財豪鄉里,爲官榷坊酤,以捕私醞入民家,格鬥殺人,且因以掠敚,黥隸吉陽軍。壬午、癸未間,張魏公都督江、淮,孚逃歸,上書自詭,募亡命爲前鋒,雖弗效,猶以此脱黥籍,歸益治貲産,復致千金。革偶鬩墻不得志,獨荷一傘出,聞淮有耕冶可業,渡江至麻地,家焉。麻地去宿松三十里,有山可薪,革得之,稍招合流徙者,治炭其中,起鐵冶其居旁。又一在荆橋,使里人錢某秉德主焉。故吴越支裔也,貧不

① 《宋史》卷六六,第1448頁。

能家，妻美而艷，革私之。邑有酤坊在倉步白雲，革訟而擅其利，歲致官錢不什一。別邑望江有湖，地饒魚蒲，復佃爲永業。凡廣袤七十里，民之以漁至者數百户，咸得役使。革在淮仍以武斷稱，如居嚴時，出佩刀劍，盛騎從。環數郡邑官吏，有不愜志者，輒文致而訟其罪，或莫夜嘯烏合，毆擊瀕死，乃置。於是争敬畏之，願交歡奉頤旨。革亦能時低昂，折節與遊，得其死力，聲焰赫然，自儕夷以下不論也。初江之統帥曰皇甫倜，以寬得衆，別聚忠義爲一軍，多致驍勇。繼之者劉光祖，頗矯前所爲，奏散遣其衆。太湖邑中有洪恭訓練，居邑南門倉巷口，舊爲軍校，先數年已去尺籍，家其間。軍士程某，二人素識之，往歸焉。恭無以容，又不欲逆其意，革之長子某，好騎射，輕財結客，遂以書薦之往，果喜，留之。一年而盡其技，革貲用適窘，謝以鐵錢五十緡，二人不滿。問其所往，曰將如太湖，革因寄書以遺恭。革與恭好，有私幹，期以秋，以其便之，弗端，亶書紙尾曰：『乃事俟秋涼即得踐約。』二人既出，飲它肆，酣，相與咨怨，竊發緘窺之而未言。至太湖見恭，恭門有茗坊，延之坐，自入於室，取四縑將遺之。恭有妾曰小姐，躬蠶織勞，以恭之好施也，恪不予縑。屏後有詈言，二人聞之，怒。恭堅持縑出，不肯受，亦不投以書，徑歸九江。揚言於市，謂革有異謀，從我學弓馬兵陣，已約恭以秋叛，將連軍中爲應，我因逃歸。故使邏者聞之，意欲以籍手冀復收。光祖廉得之，恐，捕二人送後司，既無以脱，遂出其書爲證。光祖徼上之朝，有詔捕革。郡命宿松尉何姓，忘其名，素畏其豪，彎卒又咸辭不敢前，妄謂拒捕，幸其事之它屬以自解。時邑無令，有王某者以簿攝邑事，郡檄簿往説諭。革已聞之，頗爲備，飲簿以酒，烹鵝不熟而薦，意緒倉皇，簿覺有異，不敢言而出。行數里，解後，郡遣客將郭擇者至。擇與汪革交稔，故郡使繼簿將命，從以吏卒十餘人，簿下馬道革語，勸勿往，擇不可，曰：『太守以此事屬擇，今徒還，且得罪。』遂入，革復飲之。時天六月方暑，虐以酒，自巳至申，不得去。擇初謂革無他，既見，乃露刃列兩廂門下，憧憧往來，袒裼呼嘯，頗懼，亶孫辭匄去。革畢飲，字謂擇曰：『希顔，吾故人，今事藉藉，革且不知所從始，雀鼠貪生，未敢出，有楮券四百，匄希顔爲我展限。』擇陽諾，方取楮，捕吏有王立者，亦以革之餉飲也，醉，聞其得錢，扣窗呼曰：『三省樞密院同奉聖旨，取謀反人，教練乃受錢展限耶？』革長子聞之，躍出縛擇，曰：『吾父與爾善，爾乃匿聖旨文書，紿吾父死地。』户闔，甲者興，王立先中二刀，仆，僞死。盡殲捕吏，鈎曳出置墻下。將殺擇，探懷中，得所藏郡移，擇搏頰祈哀曰：『此非他人，乃何尉所爲，苟得尉辨正，死不恨。』革許之，分命二子往起炭山及二冶之衆。炭山皆鄉農，不肯從，争迸逸；惟冶下多逋逃群盗，寔從之。夜起兵，部分行伍，使其腹心龔四八、董三、董四、錢四二及二子分將之，有衆五百餘。六日辛亥，遲明，蓐食趨邑。數人者故軍士，若將家子弟，亦有能文者，俠且武，平居以官人稱，革皆親下之。革有三馬，號惺惺騮、小驄騍、曰番婆子，駿甚，馭曰劉青，驍捷過人。革是日被白錦袍，屬櫜鞬，腰劍，總鵝梨旋風髻，道荆橋，秉德之妻闖于垣，匿，弗之見，乃過之。未至縣五里，錢四二有異心，因謂革曰：『今捕何尉，顧不足多煩兵，君以親騎入，大隊姑屯此可也。』革然其言，以三十騎先入郭門，問尉所在，則前一日以定民訟，舍村寺未歸。乃耀武郭中，復南出，劉青方鞚，忽顧革曰：『今雖不得尉，能質其家，尉且立來。』革曰：『良是。』反騎趨縣，尉廨在縣治，革將至，有長人衣白立門間，高與樓齊，其徒俱見之，人馬辟易，亟奔還。則錢四二者已與其衆潰逃略盡，惟龔、董守郭擇不去者，尚五六十人，計無所出，乃殺擇而還麻地。其居屋數百間，藏書甚富，穀粟山積，盡火之。幼孫千一甫十一歲，使乘惺惺騮，如無爲漕司，分析非敢反，特爲尉迫脅狀。遂殺二馬，挈其孥至望江，以五舟分載入天荒湖，泊葦間，與龔、董灑涕別去，曰：『各逃而生，毋以爲君累也。』其次子有婦張，實太湖河西花香鹽賈張四郎之女，有智數，嘗勸革就逮，弗從，至是與其子相泣，自湛于湖，時人哀之。王立既不死，負傷而逃，歸郡。郡聞革起聚民兵，會巡尉來捕，且驛書上言，詔發兩統帥偏裨撲滅，勿使熾。居十日，而兵大合，徒知其在湖，不敢近。視舟有烟火，且聞伐鼓聲，稍久不出，使闖之，則無人焉。烟乃熘麻屑，爲詰曲如印盤，縛羊鼓上，使以蹄擊，革蓋東矣。革之至江口，劫二客舟，浮家至雁汊、采石，僞官歸峽者，謁征官而去，人莫之疑。舒軍既失革，朝廷益慮其北走胡，大設賞購。革乃匿其家於近郊故死友家，夜使宿弊窑，曰：『吾事明，家可歸師中兄。』遂入北闕，遇城北厢官白某者于塗，白嘗爲同安監官，識革，方駭避，革曰：『聞官捕我急，請以爲君得。』束手詣闕，下天獄，獄吏訊其家所在，備楚毒，卒不言。從獄中上書，言臣非反者，蹭蹬至此，蓋嘗投匭請得以兩淮兵，恢復中原，不假援助，臣志可見矣。不知訟臣反而捕者爲誰，請得以辨。乃詔九江軍送二人，捕洪恭等雜驗，皆無反狀，書所言秋期乃它事，革亶坐手殺平人，論極典，從者末減。二人亦以首事妄言，杖脊竄千里。方其孫訴漕司時，遞押繫太湖，荷小校過棠梨市，國器嘗見之，惺惺騶棄野間，爲人取去。宿松人復攘之，以瘠死。革之壻曰毛翥，字時舉，第百一，居倉步，亦業儒，以不預謀，至今存。後其家果得免，依孚而居。後一年，事益弛，乃如宿松，識故業，董四從。有總首詹怨之，捕送郡，郭擇家人逆諸門，搏擊之，至郡庭，首不髮矣。其捕董時，亦賞緡十，郡不復肯畀，薄其罪，僅編管撫州。革未敗，天下謡曰……又曰……首尾皆同，凡十餘曲，舞者率侑以鼓吹，莫曉所謂。至是始驗。革第十二，以四合八，其應也。二人初言，蓋謂革將自廬起兵如江云。國器又言，革存時，每酒酣，多好自舞，亦不知兆止其身。宿松長人，或謂其邑之神，曰福應侯，威靈極著，革時亦欲縱火殺掠，使無所睹，邑幾殆。時守安慶者李，歲久，亦不知其爲何人也。』」①按，

---

①［宋］岳珂撰，吴企明點校《桯史》卷六，中華書局，1981 年版，第 64—68 頁。

《宋史》止騎驢渡江二句。

騎驢度江，過江不得。《宋史》卷六六，第1448頁
有個秀才姓汪，騎個驢兒過江。江又過不得，做盡萬千趨鏘。
往在祁門下鄉，行第排來四八。《桯史》卷六，第64—68頁

## 鐵彈子白塔湖曲

元脱脱《宋史·五行志》曰：「嘉泰四年，越人盛歌《鐵彈子白塔湖曲》。俄有盗金十一者自號『鐵彈子』，謬傳其鬥死于白塔湖中，後獲于諸暨縣。」①按，此曲辭已不存。

①《宋史》卷六六，第1448頁。

## 淳熙末莎衣道人歌詞

元馬端臨《文獻通考》曰：「淳熙末，上以恢復之占訪莎衣道人何者，何授以歌詞，末……後金酋葛王死，其孫璟立不以序，諸酋争立内亂，志士以撫機爲惜。」①

胡孫死，鬧啾啾，也須還我一百州。《文獻通考》卷三九〇，第8374頁

## 開禧牧童歌

清厲鶚《宋詩紀事》引《昨非庵日纂》曰：「侂胄過南園山莊，趙師𢍰偕行。至東郊别墅，宛然鄉井，見林薄中一牧童歌……趙呵曰：『平章在此。誰敢唐突！』迹牧童至草廬，

① 《文獻通考》卷三九〇，第8374頁。

屏上有詩云：『玉津園内行天討，怨血枯啼杜宇紅。』後韓爲史誅於玉津園。」①《宋人軼事彙編》據《堅瓠集》載之更詳：「（韓侂胄）一日過南園山莊，趙師𢍰偕行。至東村別墅，桑麻掩映，鷄犬相聞……一牧童騎犢且行且歌曰……師𢍰呵曰：『平章在此，誰敢唐突。』牧童笑曰：『吾但識山中宰相，安知朝内平章？』胄曰：『宰相何人？奈未識荆。』童曰：『公如欲見，枉駕草廬。』欣然而行，至則竹籬茅舍，石磴藤床，書畫琴棋，亦甚整潔，屏間有二律詩，其一曰：『病國妨賢主勢孤，生民無計樂樵蘇。僞名枉玷朱元晦，謀逆空汙趙汝愚。羊質虎皮千載耻，民膏血脈一時枯。若知不可同安樂，早買扁舟客五湖。』其二曰：『定策微勞總是空，一時狐假虎處威風。不知積下滔天罪，尚欲謀成蓋世功。披露奸心愚幼主，彰聞惡德辱先公。玉津園内行天討，怨血空流杜宇紅。』胄閲畢，勃然變色。方欲促駕，童報曰：『主人至矣。』乃見一叟龐眉鶴髮，深衣幅巾，扶笻而來，年可七八旬，態度閒雅，自稱袁處士，揖胄進曰：『貴人光賁，有失祇迎，乞恕不恭之罪。』揖遜而坐。胄徐曰：『屏間之詩，何人所作？』處士答曰：『老朽寫懷，不意見讓于貴人也。』胄曰：『軍國重事，誰敢私議？』處士笑曰：『太師挾振主之威，操不賞之權。群小盈朝，國事日非，土崩瓦解，可立而待。

---

① 《宋詩紀事》卷九六，第2292頁。

雖欲建恢復之功，誠恐北方未可圖，而南方已騷動矣。愚意勢倒冰山，危如朝露，誠孔子所謂不在顓臾，而在蕭墻之内也。太師其審圖之！』胄面色如土，左右欲兵之。胄嘆曰：『真諒士也！』扶而去之。」①

朝出耕田暮飯牛，林泉風月兩悠悠。九重雖竊阿衡貴，争得功名到白頭。《宋人軼事彙編》卷三五，第2472頁

## 吴中舟師歌

宋趙彦衛《雲麓漫鈔》曰：「彭祭酒，學校馳聲，善破經義，每有難題，人多請破之，無不曲當。後在兩省，同寮嘗戲之，請破『月子彎彎照幾州，幾家歡樂幾家愁』。彭停思久之，云：『運於上者無遠近之殊，形於下者有悲歡之異。』人益嘆伏。此兩句，乃吴中舟師之歌，

---

① 周勛初主編，葛渭君、周子來、王華寶編《宋人軼事彙編》卷三五，上海古籍出版社，2015年版，第2472—2473頁。

每於更闌月夜，操舟蕩槳，抑遏其詞而歌之，聲甚凄怨。唐人有詩云：『從倚仙居憑翠樓，分明宫漏静兼秋。長安一夜家家月，幾處笙歌幾處愁。』盛行于時，具載《輦下歲時記》，云是章孝標製，與此意同。」①

月子彎彎照幾州，幾家歡樂幾家愁。《雲麓漫鈔》卷九，第156頁

## 紹定都城歌

元脱脱《宋史·五行志》曰：「嘉定三年，都城市井作歌詞，末句皆曰……朝廷惡而禁之。未幾，太子詢薨。」②明田汝成《委巷叢談》亦載。③《宋詩紀事》據《宋史·五行志》録此

①《雲麓漫鈔》卷九，第156頁。
②《宋史》卷六六，第1448頁。
③［明］田汝成《西湖遊覽志餘》卷二三，上海古籍出版社，1958年版，第421頁。

歌，題作《紹定都城歌》，①本卷從之。

東君去後花無主。《宋史》卷六六，中華書局，1977 年版，第 1448 頁

## 秦順臨刑唱歌

宋趙與容《辛巳泣蘄録》曰：「(嘉定十有四年，歲在辛巳，二月三十日，)又捕獲番人秦順，據供係潞州人，油麵行爲活，酆王起我軍，爲日支麥二升，有妻一人、子一人在家，各請官中麥二升，隨逐左監軍人馬前來打擄，自黄州分正軍三萬人來打蘄州，本意只來打巴州便回，即巴河也，實有蘄州歸附人盧立，與張奇、張三、韓四説，來打蘄州，不妨，彼處無大軍守城，只有民兵四五百人，所以遣我前來。……次日將秦順斬于市曹，押出之際，口説大金酆王無道，連年用兵，使我兄弟五人皆死於軍，歌唱自如，曰……」②

① 《宋詩紀事》卷四〇，第 2374 頁。

② ［宋］趙與容《辛巳泣蘄録》，四庫全書存目叢書，史部册 45，齊魯書社，1996 年版，第 72—73 頁。

生爲潞州人，死爲蘄春鬼。《辛巳泣蘄録》，四庫全書存目叢書，史部册45，第73頁

## 濟王未廢時市井俚歌

宋周密《癸辛雜識》曰：「濟王夫人吴氏，恭聖太后之侄孫也，性極妬忌。王有寵姬數人，殊不能容，每入禁中，必察之楊后，具言王之短，無所不至。一日内宴後，以水精雙蓮花一枝，命王親爲夫人簪之，且戒其夫婦和睦。未幾，王與吴復有小競，王乘怒誤碎其花。及吴再入禁中，遂譖言碎花之事，於是后意甚怒，已有廢儲之意。會王在邸新飾素屏，書『南恩新』三大字，或扣其説，則曰：『「花兒王」王壻之父，號花兒王。與史丞相通同爲奸，待異日當竄之上二州也。』既而語達，王與史密謀之楊后，遂成廢立之禍焉。蓋當時盛傳『花兒王』者穢亂宫闈，市井俚歌所唱『花兒王開』者，蓋指此也。」①

花兒王開。《癸辛雜識》後集，第87頁

---

① [宋] 周密撰，吴企明點校《癸辛雜識》後集，中華書局，1988年版，第86—87頁。

## 襄陽人歌

元脱脱《宋史・葉康直傳》曰：「葉康直，字景温，建州人。擢進士第，知光化縣。縣多竹，民皆編爲屋，康直教用陶瓦，以寧火患。凡政皆務以利民。時豐稷爲穀城令，亦以治績顯，人歌之曰……」①清厲鶚《宋詩紀事》據《乾道四明圖經》亦載：「豐稷相之爲襄陽穀城令，葉康直方爲光化令，皆有能名，襄陽人歌之。」②題作《襄陽人歌》，本卷從之。

葉光化，豐穀城，清如水，平如衡。《宋史》卷四二六，第12706頁

---

①《宋史》卷四二六，第12706頁。

②《宋詩紀事》卷一〇〇，第2355頁。

# 卷一二七　宋雜曲歌謡辭八

## 蘇州民爲王覿歌

元脱脱《宋史・王覿傳》曰："王覿坐論尚書右丞胡宗愈，出知潤州，加直龍圖閣、知蘇州。州有狡吏，善刺守將意以撓權，前守用是得譏議。覿窮其奸狀，置於法，一郡肅然。民歌詠其政，有……之語。"①

吏行水上，人在鏡心。《宋史》卷三四四，第10943頁

① 《宋史》卷三四四，第10943—10944頁。

## 穀城民爲王豐歌

元陶宗儀《説郛》卷三一引《賈氏説林》：「王豐爲穀城令，治民有法，民多暴富，歌之……」①

天厚穀城生王公，爲宰三月恩澤通，室如懸磬今擊鐘。《全宋詩輯補》，册 12，第 6095 頁

## 大觀中姑蘇小兒歌

宋龔明之《中吴紀聞》曰：「(姑蘇)蓋自長慶以來，更七代三百年，吴人老死不見兵革……大觀中，樞密章公之子綖，爲蔡京誣以盗鑄，詔開封尹李孝壽，即吴中置獄，連逮千餘人。遣甲士五百圍其家……又遣三御史蕭服、沈畸、姚重案。其至也，人皆自門隙中窺

① [元] 陶宗儀《説郛》卷三一，上海古籍出版社，1988 年版，第 1465 頁。

之，不敢正視。識者已知非太平氣象，故其後有建炎之禍。方章氏事未覺時，城中小兒所在群聚，皆唱『沈逍遥』，莫知其由，已而三御史果至。」①

沈逍遥。《中吴紀聞》卷六，第143頁

## 廣東民爲李倫歌

宋王象之《輿地紀勝》曰：「南恩州官吏。李綸李邴之子也。寓居泉南，所至有清操。提舉廣東常平日，適伯氏維出守恩平，酌别江濱，兄弟相勵以『清白傳家』之語。綸慷慨臨江矢言曰：『儻負君民，有如此水！』遂投杯于江，時江流汹汹，杯停不没久之，觀者無不驚嘆。民歌之曰……」②

---

① [宋] 龔明之《中吴紀聞》卷六，上海古籍出版社，1986年版，第143—144頁。

② 《輿地紀勝》卷九八，第3349頁。

石門之水清且清，晉吏一畝千古榮。争如李公投杯盟，江流洶洶杯停停。《輿地紀勝》卷九八，第3349頁

## 鎮江府民歌

元脱脱《宋史·蔡洸傳》曰：「蔡洸，字子平，其先興化仙遊人，端明殿學士襄之後，徙霅川。父伸，左中大夫。洸以廕補將仕郎，中法科，除大理評事，遷寺丞，出知吉州。召爲刑部郎，徙度支，以户部郎總領淮東軍馬錢糧、知鎮江府。會西溪卒移屯建康，舳艫相銜。時久旱，郡民築陂瀦水灌溉，漕司檄郡决之，父老泣訴。洸曰：『吾不忍獲罪百姓也。』却之。已而大雨，漕運通，歲亦大熟。民歌之曰……」①按，《宋詩紀事》亦據《宋史·蔡洸傳》録此歌，題作《鎮江府民歌》，②本卷從之。

① 《宋史》卷三九〇，第11955頁。
② 《宋詩紀事》卷一〇〇，第2369頁。

我瀦我水，以灌以溉。俾我不奪，蔡公是賴。《宋史》卷三九〇，第11955頁

## 舒州石塘民爲周必正歌

宋陸游《監丞周公墓志銘》曰：「公諱必正，字子中。……知舒州。……東南有烏石陂，分其流，旁則爲石塘陂。烏石之民，欲專其利，乃壅水使不得行。石塘之田，歲以旱告。公命懷寧令丞視之，得實，圖上於州，公按圖自以意定水門高下。甫去壅水未尺餘，得古舊迹，與所高下不少差，陂利始均。石塘民喜至感泣，乃歌曰：……」①

烏石陂，石塘陂，流水濺濺有盡時，思公無盡時。《全宋文》卷四九五一，册223，第248—250頁

① 《全宋文》卷四九五一，册223，第248—250頁。

# 張義實楊泰之歌

元脱脱《宋史·楊泰之傳》曰：「楊泰之，字叔正，眉州青神人。少刻志於學，臥不設榻几十歲。慶元元年類試，調瀘川尉，易什邡，再調綿州學教授、羅江丞，制置司檄置幕府。吴獵諭蜀，泰之貽書曰：『使吴曦爲亂，而士大夫不從，必有不敢爲；既亂，而士大夫能抗，曦猶有所憚。夫亂，曦之爲也；亂所以成，士大夫之爲也。』改知嚴道縣，攝通判嘉定。白厓砦將王壥引蠻寇利店，刑獄使者置壥于法，又胥絓餘人當坐死。泰之訪知夷都實邇利店，夷都蠻稱亂，不需引導，固請釋之，不聽。乃去官。宣撫使安丙薦之曰：『蜀中名儒楊虞仲之子，當逆臣之變，勉有位者毋動。言不用，拂衣而去。使得尺寸之柄，必能見危致命。』召泰之赴都堂審察，以親老辭。差知廣安軍，未上，丁父憂。免喪，知富順監。去官，以禄稟數千緡予鄰里，以千緡爲義莊。知普州，以安居、安岳二縣受禍尤慘，泰之力白丙盡蠲其賦。丙復薦於朝，召赴行在，固辭。知果州。踦零錢病民，泰之以一年經費儲其贏爲諸邑對減，上尚書省，按爲定式。民歌之曰……張謂張義，實自發其端，而泰之踵行之。」①

前張後楊，惠我無疆。《宋史》卷四三四，第12900頁

## 杭州歌

元脱脱《宋史·賈似道傳》曰：「福王與芮素恨似道，募有能殺似道者，使送之貶所，有縣尉鄭虎臣欣然請行。似道行時，侍妾尚數十人，虎臣悉屏去，奪其寶玉，徹轎蓋，暴行秋日中，令舁轎夫唱《杭州歌》謔之，每名斥似道，辱之備至。」②按，此歌辭已不存，僅存題名及本事。

① 《宋史》卷四三四，第12900頁。
② 《宋史》卷四七四，第13787頁。

# 東海人爲劉家歌

宋謝采伯《密齋筆記》曰：「《劉氏家傳》云：『劉爲東海望族，鄉人歌曰……有名之華者，兩請文解。紹興辛巳，魏公領兵收海州。之華與父儼謀罄家財輸軍，借補將仕郎，兩上書陳六事，皆恢復大計。孝宗韙之，特賜進士出身，再倅吴門而殁，葬蔡嶺庵，有詩刻石。』」①

海州東望富劉家，朐山一族更奢華。牽牛厮兒著錦襖，牽車婢子帶金花。《密齋筆記》卷四，景印文淵閣四庫全書，册864，第677頁

① [宋] 謝采伯《密齋筆記》卷四，景印文淵閣四庫全書，册864，臺灣商務印書館，1986年版，第677頁。

## 山陰民爲紹興知府王信歌

《全宋詩輯補》按語曰："《永樂大典》卷二二七〇引《處州府志》。"①

湖水溢，大田失。湖可耕，民以生。《全宋詩輯補》，册12，第6105頁

## 汀州民迎陳模莅任歌

《全宋詩輯補》按語曰："按，陳模，嘉定十二年知汀州。"②

忻迎鄞水新賢守，知是梅陽舊使君。《全宋詩輯補》，册12，第6105頁

① 《全宋詩輯補》，册12，第6105頁。
② 《全宋詩輯補》，册12，第6105頁。

## 寶慶民爲慈幼局歌

《全宋詩輯補》按語曰：「《永樂大典》卷一九七八一引《寶慶府志・盧康時〈慈幼局記〉》。」①

漢黄潁川，唐陽道州。惠久利博，孰如兩侯？我民自今，載生載育。無有夭閼，左餐右粥。

《全宋詩輯補》，册 12，第 6105 頁

## 董鴻與戇史歌

元俞德鄰《佩韋齋輯聞》曰：「寶祐丁巳，淮東總領獻羨余三百萬。旨轉一官，依舊職。時董鴻儀父以司户參軍爲幕僚，作《奴戒》譏之。其辭曰：董子官于南徐，俸錢二百有三十

---

①《全宋詩輯補》，册 12，第 6105 頁。

券，貯以篋，百費取需焉，率兼旬而盡，復閔閔焉，數日以待繼。有奴狡笑於旁曰：『使狡得職是篋，當不至乏絶，且有贏羨。』余甘其言也，使職之。已而，默計其瓶罄罍恥也，呼狡來前問有餘。狡曰『有』。余曰：『子非以吾之券貸於人而取其倍稱之息歟？不然，則子獲草中之蚨歟？』狡曰：『亡是也。狡能使郎有餘足矣，奚以問爲？』余喜而歌曰……一夕月明，步於庭。有歌于墻陰者……審而聽之，吾史饑也。余曰：『饑，爾何歌之悲也？』曰『自郎之任是狡也，饑不得以受子之傭矣。饑不足計也，以物售子者，不得以受子之直矣。子之所識窮乏者，不得以時蒙子之惠矣。』余矍然曰：『兹狡之所謂有餘者哉！』詰朝，亟斥篋中券償之，其羞澀也如初。」①

昔嗇兮今豐，昔窘步兮今從容。月之羨以百計，歲之羨以千計。吾其免乎屢空，信乎狡之爲吾謀也忠。

露零零兮沾衣，鶴翩翩兮夕饑。鶴饑兮何憾，傷子産之智兮，而受狡人之欺。《佩韋齋輯聞》卷二，景印文淵閣四庫全書，册 865，第 590 頁

---

① ［元］俞德鄰《佩韋齋輯聞》卷二，景印文淵閣四庫全書，册 865，臺灣商務印書館，1986 年版，第 590 頁。

## 林自然歌

元吾衍《閒居録》曰：「林回陽名自然，臨江人，善導引之術。咸淳間有朝士楊文仲股上患贅，大可半斗，衆醫莫能治。有言其人，因召之。但相與對坐，教其導引運氣，不數日而愈，因厚禮之。常游宜興張公洞，見諸仙人，與之飲酒，素不識字，忽作歌曰……常自歌之，或如曲調，或時如讀書誦經，皆此詞也。宋之末年，忽别去，不知所往。後數年，有道士見諸蜀山，呼之不應，追之不及。」①

訪果老洞天，撞見神仙。飲三杯，復三杯，又三杯。不覺醺醺醉，回頭看人間，身在青烟外。

《閒居録》，景印文淵閣四庫全書，册866，第636頁

---

① ［元］吾衍《閒居録》，景印文淵閣四庫全書，册866，臺灣商務印書館，1986年版，第636頁。

# 五祖唱綿州巴歌

宋普濟《五燈會元》曰：「漢州無爲宗泰禪師，涪城人。自出關，遍游叢社。至五祖告香日，祖舉趙州洗鉢盂話俾參。洎入室，舉此話問師：『你道趙州向伊道甚麽，這僧便悟去？』師曰：『洗鉢盂去，聻！』祖曰：『你祇知路上事，不知路上滋味。』師曰：『既知路上事，路上有甚滋味？』祖曰：『你不知邪？』又問：『你曾遊浙否？』師曰：『未也。』祖曰：『你未悟在。』師自此凡五年，不能對。祖一日陞堂，顧衆曰：『八十翁翁輥綉毬。』便下座。師欣然出衆曰：『和尚試輥一輥看。』祖以手作打仗鼓勢，操蜀音唱綿州巴歌曰……師聞大悟，掩祖口曰：『祇消唱到這裏。』祖大笑而歸。師後還蜀，四衆請開法無爲，遷正法。上堂：『此一大事因緣，自從世尊拈華，迦葉微笑，世尊曰：吾有正法眼藏，分付摩訶大迦葉。以後燈燈相續，祖祖相傳，迄至於今，綿綿不墜。直得遍地生華，故號涅槃妙心，亦曰本心，亦曰本性，亦曰本來面目，亦曰第一義諦，亦曰爍迦羅眼，亦曰摩訶大般若。在男曰男，在女曰女。汝等諸人，但自悟去，這般盡是閑言語。』遂拈起拂子曰：『會了唤作禪，未悟果然難。難難，目前隔個須彌山。悟了易。易易，信口道來無不是。』僧問：『如何是佛？』師曰：『阿誰教你恁麼問？』僧擬議，師曰：『了。』①

豆子山，打瓦鼓。楊平山，撒白雨。白雨下，取龍女。織得絹，二丈五。一半屬羅江，一半屬玄武。《五燈會元》卷一九，第1267—1268頁

①［宋］普濟撰，蘇淵雷點校《五燈會元》卷一九，中華書局，1984年版，第1267—1268頁。

# 卷一二八　宋雜歌謡辭九

## 謡辭

### 白雲謡送明教嵩禪師歸山

釋懷璉

按，宋人又有《白雲曲》，或出於此，亦予收録。

白雲人間來，不染飛埃色。遥爍太陽輝，萬態情何極。嗟嗟輕肥子，見擬垂天翼。圖南誠有機，去當六月息。寧知絪緼采，無心任吾適。天宇一何遼，舒卷非留迹。《全宋詩》卷三〇四，册6，第3820頁

## 白雲曲

釋義青

翠鎖深雲，風生緑樹。碧烟流水古碧高，月照青山松韻起。金烏升，玉兔睡，滿目千峰瑞龍翠。一曲白雲今古清，萬里和風海輪出。《宋代禪僧詩輯考》，第 30 頁

## 獨酌謡二首

曹勛

我有一樽酒，來自故人家。故人久相别，十載隔天涯。相思不相見，對月開流霞。一酌延清風。清風爲我開靈襟。再酌勸明月，明光徘徊冷光發。三酌望故人，明月清風見顔色。高歌起舞賡長謡，聲裂金石貫曾碧。伯倫已死淵明殂，蜾蠃螟蛉漫充塞。須臾歌罷玉壺空，醉覺長天不盈尺。

春風著意憐芳草，芳草榮時春自老。人生歡少别離多，有酒當歌自傾倒。莫教憔悴損容光，白髮蒼顔爲誰好。《全宋詩》卷一八七九，册 33，第 21054 頁

## 笭篌謡二首寄季長少卿

陸　游

庭樹非不榮，霜實萬葉枯。朋友豈我棄，漸遠勢自疏。中夜起太息，發篋覓舊書。塵昏蠹蝕損，行缺字欲無。一讀色已變，再讀涕泪濡。卷書置篋中，寧使飽蠹魚。

少壯離别時，回顧日月長。會合終有期，何恨天一方。我齒如敗屐，君髮如新霜。餘日復幾何，萬里遥相望。欲泣老無泪，欲夢不可常。寄書何時到，江漢春茫茫。《全宋詩》卷二一八三，册40，第24877頁

## 大麥行

張孝祥

大麥半枯自浮沉，小麥刺水鋪緑針。山邊老農望麥熟，出門見水放聲哭。去年泠泠九月雨，秋苗不收一粒穀。只今米價貴如玉，并日舉家餽食粥。小兒索飯門前啼，大兒雖瘦把鋤犁。晴時種麥耕荒隴，正好下秧無稻畦。《全宋詩》卷二四〇八，册45，第27804頁

## 鬬子謡

元脱脱《宋史・五行志》曰:「宋初,陳摶有紙錢使不行之説,時天下惟用銅錢,莫喻此旨。其後用交子、會子,其後會價愈低,故有……之謡。似道惡十九界之名,乃名鬬子,然終爲十九界矣,而鬬子價益低,是紙錢使不行也。」①《宋詩紀事》亦據《宋史・五行志》録此謡,題作《鬬子謡》,②本卷從之。

使到十八九,紙錢飛上天。《宋史》卷六六,第1450頁

---

①《宋史》卷六六,第1450頁。

②《宋詩紀事》卷一〇〇,第2376頁。

## 劉鋹末年童謡

元脱脱《宋史·五行志》曰："開寶初，廣南劉鋹令民家置貯水桶，號『防火大桶』。又鋹末年，童謡……後王師以辛未年二月四日擒鋹。識者以爲國家以火德王，房爲宋分；羊，未神也；雨者，王師如時雨之義也；『防』與『房』、『桶』與『宋』同音。"①《宋史·南漢劉氏傳》亦載："又廣州童謡曰……識者以羊是未之神，是歲歲在辛未，以二月四日擒鋹。天雨者，王師如時雨之義。又前一年九月八日夕，衆星皆北流，有知星者言，劉氏歸朝之兆也。"②

羊頭二四，白天雨至。《宋史》卷六六，第1446頁

① 《宋史》卷六六，第1446頁。
② 《宋史》卷四八一，第13928頁。

# 益州人爲王曙謡

宋王稱《東都事略·王曙傳》：「王曙字晦叔，河南人也。隋文中子弟績之後，名同英宗御諱，故以字稱。舉進士，爲鞏縣簿，又舉賢良方正入等，授著作郎。知定海縣，通判陳州，與修《册府元龜》，以工部員外郎充龍圖閣待制，改右諫議大夫、河北轉運使。部吏受賕失舉，劾罷。知壽州，改淮南轉運使，知開封府加樞密直學士，知益州。爲政嚴平而不可犯，人以比張詠，爲之謡曰……召爲給事中、太子賓客。」①

蜀守之良，前張後王。惠我赤子，而無流亡。何以報之，俾壽而昌。《東都事略》卷五三，第419—420頁

---

①［宋］王稱撰，孫言誠、崔國光點校《東都事略》卷五三，齊魯書社，2000年版，第419—420頁。

# 真宗時童謡

宋王稱《東都事略·寇準傳》曰：「天禧元年，爲山南東道節度使。三年。復拜中書侍郎兼吏部尚書、同中書門下平章事、集賢殿大學士，進右僕射。初，劉后之立也。準及王旦、向敏中皆諫，以爲出於側微，不可，后銜之。及真宗不豫，后參與朝政，準請間曰：『太子睿德天縱，足以任天下之事，陛下胡不協天人之傒望，講社稷之丕謀，引登大明，敷照重宵。若丁謂恃才而挾奸，曹利用恃權而使氣，皆不可輔少主。願擇方正大臣，羽翼太子。』真宗然之。準乃屬翰林學士楊億草表請太子監國，且欲進億以代謂。億私語其妻弟張演曰：『數日之後，事當一新。』語稍泄。丁謂夜乘婦人車詣曹利用第，謀其事，遂密以聞。明日罷準爲太子太傅，封萊國公。踰月，楊崇勛等告内侍周懷政謀廢皇后，奉真宗爲太上皇而傳位太子，復用準爲相。懷政既事泄被誅，又降準太常卿，知相州，徙安州，貶道州司馬，再貶雷州司户參軍。」①同書《丁謂傳》曰：「謂性憸巧，而善談笑。在朱崖，嘗問客：『天下

① 《東都事略》卷四一，第 328 頁。

州郡孰爲大？』客曰：『京師也。』謂曰：『不然。朝廷宰相作崖州司户參軍，則崖州爲大也。』聞者絶倒。先是謂逐寇準，京師爲之語曰……。及謂得罪，人以爲報云。」①宋李燾《續資治通鑒長編》「天禧四年七月」條曰：「甲戌，昭宣使、英州團練使、入内副都知周懷政伏誅。大中祥符末，上始得疾。是歲仲春，所苦浸劇，自疑不起，嘗卧枕懷政股，與之謀，欲命太子監國。懷政實典左右春坊事，出告寇準。準遂請間建議，密令楊億草奏，已而事泄，準罷相。丁謂等因疏斥懷政，使不得親近，然以上及太子故，未即顯加黜責。懷政憂懼不自安，陰謀殺謂等，復相準，奉帝爲太上皇，傳位太子，而廢皇后。與其弟禮賓副使懷信潛召客省使楊崇勳、内殿承制楊懷吉、閤門祗候楊懷玉議其事，期以二十五日竊發。前是一夕，崇勳、懷吉夕詣謂第告變。謂中夜微服乘婦人車，過曹利用計之，及明，利用入奏於崇政殿，懷政時在殿東廡，即令衛士執之。……命載以車，赴城西普安佛寺斬之。……丁丑，太子太傅寇準降授太常卿、知相州。……朝士與準親厚者，丁謂必斥之。」②同書「乾興元

① 《東都事略》卷四九，第 392 頁。
② 《續資治通鑒長編》卷九六，第 2208—2210 頁。

年七月辛卯」條曰：「(丁)謂初逐準，京師爲之語曰……」①按，《海録碎事》卷九、《宋才子傳》均載。《宋詩紀事》卷一〇〇據《古今風謡》録此謡，題作《真宗時童謡》，本卷從之。

欲得天下寧，當拔眼中丁。欲得天下好，莫如召寇老。《續資治通鑒長編》卷九九，第2294頁

## 天聖中童謡

宋范鎮《東齋記事》曰：「天聖中，童謡……其後，今太皇太后爲皇后，太皇太后姓曹氏。英宗皇帝即位，而高太后爲皇后。高后，曹氏之所出。前史載謡言者，信哉不可忽也。」②

① 《續資治通鑒長編》卷九九，第2294頁。

② [宋] 范鎮撰，汝沛點校《東齋記事》卷一，中華書局，1980年版，第3頁。

曹門好，有好好。曹門高，有高高。《東齋記事》卷一，第3頁

## 京師謡

宋孔平仲《孔氏談苑》曰：「范仲淹字希文，知開封府事，决事如神，京師謡曰……每奏事，多陳治亂，歷詆大臣不法。言者以仲淹離間君臣，落職知饒州。寶元中，元昊叛，上知其才兼文武，起師延安，日夕訓練精兵。賊聞之，曰：『無以延州爲意，今小范老子腹中有數萬甲兵，不比大范老子可欺也。』戎人呼知州爲『老子』，『大范』，謂雍也。」①

朝廷無憂有范君，京師無事有希文。《孔氏談苑》卷四，第252頁

---

①［宋］孔平仲撰，楊倩描、徐立群點校《孔氏談苑》卷四，中華書局，2012年版，第252頁。

## 邊上謡

宋孔平仲《孔氏談苑》曰：「(范仲淹)後知慶州，時王師定川之敗，議點鄉軍，仲淹令刺其手，及兵罷，環慶路皆復得爲農。上以四路都招討委之。仲淹與韓琦謀，必欲收復靈、夏、横山之地，邊上謡曰云云。元昊聞大懼，遂稱臣。」①宋王稱《東都事略·范仲淹傳》載之更詳：「趙元昊反，仁宗知仲淹才兼文武，復天章閣待制，知永興軍。夏竦爲陝西招討使，進仲淹龍圖閣直學士以副之。是時延州諸砦失守，東西四百里無藩籬，人心危恐。乃以仲淹知延州。仲淹析州兵爲六將，將三千人，訓練齊整，使更禦賊。諸路皆用以爲法，賊聞之，第戒曰：『無以延州爲意，今小范老子腹中自有數萬兵甲，不比大范老子可欺也。』大范老子謂雍也。又築青澗城以阨寇衝，墾田二千頃。復承平、永平廢砦，屬羌歸業者數萬户。時議諸路進討，獨仲淹固守鄜延不從。及元昊遣人遺書以求和，仲淹以謂：『無事請和，難信。且書有僭號，不可以聞。』乃自爲書，令去僭號，告以逆順成敗之説甚辯。見西夏

①《孔氏談苑》卷四，第252頁。

事中。元昊復有書，不遜，仲淹焚其書不以聞，坐奪一官，知耀州。未踰月，徙慶州。分陝西爲四路，以仲淹爲環慶路經略安撫招討使。……仲淹待諸吏，必使畏法而愛己，所得賜賚皆以上意分賜諸將，使自爲謝。諸蕃質子縱其出入，無一人逃者。蕃酋來，召之卧内，屏人撤衛，與語不疑。仲淹與韓琦俱有威名，軍中爲之語曰……」①同書《韓琦傳》曰：「趙元昊叛，琦上疏曰：『臣聞元昊，狂謀僭命，不修常貢，必爲邊患。今獻謀者不過欲朝廷選擇將帥，訓習士卒，修利戎甲，營葺城隍，廣蓄資糧，以待黠羌之可勝，此外憂也。若乃綱紀不立，忠佞不分，功罪不明，號令不信，浮費靡節，横賜無常，宴衎之逸游，宫庭之奢靡，受中謁之干請，容近昵之僥幸，此内患也。且四夷内窺中國，必觀釁而後動，故外憂之起，必始内患。臣願陛下先治内患，以去外憂，内患既平，外憂自息。儻外憂已兆，内患更滋。臣恐國家之患，非止一元昊而已。』擢知制誥。益利歲饑，爲兩路安撫使，爲饘粥濟飢人一百九十餘萬。蜀人曰：『使者之來，更生我也。』元昊圍延州，琦適自蜀還，論西州形勢甚悉。乃以爲陝西安撫使，至則賊引去矣。初，大將劉平軍敗，爲賊所執，内侍黄德和懼罪，誣平降賊，朝廷信之。琦爲直其冤。遷樞密直學士、陝西經略招討使，與夏竦畫攻守二策。琦入對，

①《東都事略》卷五九，第467—469頁。

請用攻策。會元昊將寇渭州，遂趨鎮戎軍。時環慶副總管任福奉詔計事，琦盡出其兵，使福擊賊，授以方略，令自懷遠城趣德勝砦、羊牧隆城，出賊之後，如未可戰，即據險設伏以邀其歸。福既行，琦重戒之。福違琦節度，敗没于好水川，琦坐奪秩一等，降知秦州。居數月，復爲秦鳳經略使，换秦州觀察使。尋以舊職充陝西四路經略安撫招討使，屯涇州。琦與范仲淹在兵間最久，二人名重一時，人心歸之，朝廷倚以爲重，故天下稱爲『韓范』。初，京師所遣戍兵，脆懦不習勞苦，賊常輕之，目曰『東軍』。而土兵勁悍善戰，琦奏增土兵以抗賊，而稍减屯戍，内實京師。又以籠竿城據衝要，乞建爲順德軍，以蔽蕭關鳴沙之道。又建請于鄜、慶、渭三州，各以土兵三萬爲一軍，軍雖别屯，而耳目相通爲一。視虜所不備，互出搗之，破其和市，屠其落種，因以招横山之人，度横山隳則平。夏兵素弱，必不能支，我下視興靈，穴中兔耳。章既上，又與仲淹定謀益堅。而元昊知不可敵，斂兵不敢近塞。」①《宋宰輔編年録校補》卷五亦有載。

軍中有一韓，西賊聞之心骨寒。軍中有一范，西賊聞之驚破膽。《孔氏談苑》卷四，第252頁

① 《東都事略》卷六九，第570—571頁。

## 緱氏令謡

元脱脱《宋史・王祐傳附子旭傳》曰："(王)旭字仲明。嚴於治内，恕以接物，尤篤友義。以蔭補太祝，嘗知緱氏縣。時官鄰邑者多貪猥，民有『永寧三钁，緱氏一鎌』之謡。又知雍丘縣。"①

永寧三钁，緱氏一鎌。《宋史》卷二六九，第 9243 頁

## 閩人謡

元脱脱《宋史・章得象傳》曰："得象在翰林十二年，章獻太后臨朝，宦官方熾，太后每遣内侍至學士院，得象必正色待之，或不交一言。在中書凡八年，宗黨親戚，一切抑而不

① 《宋史》卷二六九，第 9243 頁。

進。仁宗銳意天下事，進用韓琦、范仲淹、富弼，使同得象經畫當世急務，得象無所建明，御史孫抗數言之，得象居位自若。既而章十上請罷，帝不得已，許之。初，閩人謡……至得象相時，沙涌可涉云。」①

南臺江合出宰相。《宋史》卷三一一，第10205頁

## 時人爲眉山蘇氏謡

宋謝維新《合璧事類》曰：「蘇洵生蘇軾、轍，以文章名，其後二子繼之。故時人謡曰……」②

眉山生三蘇，草木盡皆枯。《全宋詩輯補》，冊12，第6083頁

① 《宋史》卷三一一，第10205頁。
② ［宋］謝維新《合璧事類》後集卷十，《全宋詩輯補》，冊12，第6083頁。

# 十不如謡

元脱脱《宋史·外國傳》曰：「慶曆元年二月，攻渭州，逼懷遠城。韓琦徼巡邊至高平，盡發鎮戍兵及募勇士得萬人，命行營總管任福等并擊之，都監桑懌爲前鋒，鈐轄朱觀、都監武英繼之。福申令持重，其夕宿三川，夏人已過懷遠東南。翌日，諸軍躡其後。西路巡檢常鼎、劉肅與夏人對壘于張家堡，懌以騎兵趣之。福分兵，夕與懌爲一軍，屯好水川。川與能家川隔在隴山外，觀、英爲一軍，屯籠洛川，相離五里。期以明日會兵，不使夏人一騎遁，然已陷其伏中矣。元昊自將精兵十萬，營於川口，候者言夏人有砦，數不多，兵益進。詰旦，福與懌循好水川西去，未至羊牧隆城五里，與夏軍遇。懌爲先鋒，見道傍置數銀泥合，封襲謹密，中有動躍聲，疑莫敢發，福至發之，乃懸哨家鴿百餘，自合中起，盤飛軍上。於是夏兵四合，懌先犯，中軍繼之，自辰至午酣戰。陣中忽樹鮑老旗，長二丈餘，懌等莫測。既而鮑老揮右則右伏出，揮左則左伏出，翼而襲之，宋師大敗。懌、劉肅及福子懷亮皆戰没。小校劉進勸福自拔，福不聽，力戰死。初，渭州都監趙津將瓦亭塞騎兵三千餘爲諸將後繼。是日，朱觀、武英兵會能家川與夏人遇，陣合，王珪自羊牧隆城以屯兵四千五百人助觀略陣，陣堅不可動，英重傷，不能出軍戰。自午至申，夏軍益至，東陣步兵大潰，衆遂奔。珪、英、津及參軍耿傅、隊將李簡、都監李禹享、劉均皆死於陣。觀以千餘人保民垣，發矢四射，會暮，夏軍引去。將校士卒死者萬三百人，關右震動。軍須日廣，三司告不足，仁宗爲之旰食，宋庠請修潼關以備衝突。秋，夏人轉攻河東，及麟、府，不能下，乃引兵攻豐州，城孤無援，遂據之；又破寧遠砦，屯要害，絶麟、府餉道。楊偕始請棄河外，保合河津，帝不許。會張亢管勾麟府軍馬事，破之于柏子，又破之于兔毛川，亢築十餘栅，河外始固。元昊雖數勝，然死亡創痍者相半，人困於點集，財力不給，國中爲『十不如』之謡以怨之。」①按，此謡辭已不存，僅存題名及本事。

① 《宋史》卷四八五，第13996—13998頁。

# 卷一二九　宋雜歌謡辭一〇

## 皇祐中謡

元脱脱《宋史·五行志》曰：「皇祐五年正月戊午，狄青敗儂智高于歸仁鋪。初，謡言……至是，智高果爲青所破。」①《宋史·蠻夷傳》曰：「智高自起兵幾一年，暴踐一方，如行無人之境，吏民不勝其毒。朝廷爲下赦令，優除復，慰拊瘡痍，百姓始得更生云。先是，謡言……已而智高叛，爲青破，皆如其謡。」②宋李燾《續資治通鑑長編》曰：「（仁宗皇祐五年，狄）青始至邕州，會瘴霧昏塞，或謂賊毒水上流，士卒飲者多死，青甚憂之。一夕，有泉涌寨下，汲之甘，衆遂以濟。智高自起至平，幾一年，暴殘一方，如行無人之境，吏民不勝其

① 《宋史》卷六六，第 1447 頁。
② 《宋史》卷四九五，第 14217 頁。

毒。先是謡言……而智高爲青所破，皆如其謡。」①

農家種，糴家收。《宋史》卷六六，第1447頁

## 皇祐中汾河謡

漢似胡兒胡似漢，改頭换面總一般，衹在汾州川子畔。《全宋詩輯補》，册12，第6045頁

## 靖康中謡

明楊慎《古今風謡》曰：「喝道一聲下階，齊脱了紅綉鞋。後金人入汴，宫人皆驅逐北行。」②

① 《續資治通鑒長編》卷一七四，第4193頁。
② [明] 楊慎《古今風謡》，叢書集成初編，册2988，中華書局，1985年版，第56頁。

喝道一聲下階，齊脱了紅綉鞋。《古今風謡》，叢書集成初編，册2988，第56頁

## 天堆童謡

宋王象之《輿地紀勝》曰：「建昌軍景物上，天堆。在廣昌縣東南江流之中。紹興甲戌，一夕雷雨大作，有聞砂礫之聲，旦而視之，屹然高丈餘。童謡曰……暨分縣日四十五年，信有兆也。」①

天雷飛石頭，一夜成汀州，五十年内興公侯。《輿地紀勝》卷三五，第1582頁

## 元符末都城童謡

宋朱弁《曲洧舊聞》曰：「晁之道嘗言：『蔡侍郎準少年時，出入常有二人，見於馬首或

① 《輿地紀勝》卷三五，第1582頁。

肩輿之前，若先驅，或前或却。問之從者，皆無所睹。準甚懼，謂有冤魂，百方禳禬，皆不能遣。既久，亦不以爲事。慶曆四年生京，而一人不見；又二年生卞，乃遂俱滅。元符末，都城童謡有『家中兩個蘿蔔精』之語，語多不能悉記，而其末章云『撞著潭州海藏神』。至崇寧中，賣餕餡者又有『一包菜』之語。其事皆驗。而京于靖康初貶死于長沙，豈潭州海藏亦應於此耶？』然之道語予此事時，京身爲三公，子踐三少，領樞密院，又爲保和殿大學士者。而其孫判殿中監，班視二府。每出，傳呼甚寵，飛蓋相隨者五人，若子若婿并諸孫腰黄金者十有七人，當此際氣焰熏灼可炙手也。厥後流離嶺海，妻孥星散，不能相保，而門生故吏皆諱言出其門。然則準所見，果爲蔡氏福耶？否耶？追思之道所論，深有意味，惜乎早世，不及親見也。」①

家中兩個蘿蔔精，撞著潭州海藏神。

一包菜。《曲洧舊聞》卷八，第194頁

① ［宋］朱弁撰，孔凡禮點校《曲洧舊聞》卷八，中華書局，2002年版，第194頁。

## 里堠謡

宋陸游《家世舊聞》曰：「先君言：元符末，章相罷政，出東水門，至淮門道旁堠上，盡署大字，云……沿路無一遺者。先君自京師侍行赴亳社時，猶見之。」①

**我是里堠，奉白子厚。山陵歸後，專此奉候。**《家世舊聞》卷下，第204頁

## 二蔡二惇之謡

元脱脱《宋史·安惇傳》曰：「劉后之受册也，百官仗衛陳於大庭，是日天氣清晏，惇巍立班中，倡言曰：『今日之事，上當天心，下合人望。』朝士皆笑其奸佞。又鞫鄒浩事，檄廣東使者鍾正甫攝治之於新州，士大夫或千里會逮，踵蹇序辰初議，閱訴理書牘，被禍者七八

① ［宋］陸游撰，孔凡禮點校《家世舊聞》卷下，中華書局，1993年版，第204—205頁。

百人，天下怨疾，爲二蔡、二惇之謡。」①按，《宋史》未録謡辭。《東都事略》載有二惇謡，未見二蔡謡。此事亦見《宣和遺事》：「大赦天下。用丞相章惇言，舉蔡京爲翰林學士。滿朝上下，皆喜諛佞，阿附權勢，無人敢言其非。獨有御史中丞豐稷，同著殿中侍御史陳師錫共寫著表文一道，奏蔡京奸惡。表文云：『臣豐稷、陳師錫等，叨被聖恩，濫居言路，事有當言而不言，臣爲曠職。切見公朝近除蔡京充翰林學士勾當者。緣蔡京身爲禁從，外結后族，交締東朝。伏望獨斷，出之於外。若果用蔡京，則治亂自此分矣，祖宗基業自此壞矣！又資政殿學士知江寧府蔡卞，乃王安石之婿，與京兄弟同惡，迷國誤朝，爲害甚大，乞正典刑。臣日夜爲陛下憂，爲宗廟憂，爲天下賢人君子憂。若黜貶京等於外，則間言不入於慈闈，聖慮可忘於憂患，實宗廟社稷之福也！』」表上，徽宗謂豐稷道：『事礙東朝，卿當熟慮。』豐稷奏言：『自古母后臨朝，那曾見有如聖母手書還政的，可做萬世法則。但是目即：在外，則聞向宗良、宗回藉勢妄作；在内，則聞張琳、裴彦臣等凶焰熾然；又有蔡京交通其間。臣愚，欲乞戒飭后家，放逐張琳等，黜蔡京於外，庶絶朝廷之憂。』徽宗不從。那時殿中侍御史龔夬，亦上表奏言：『臣伏聞蔡卞落職太平州居住，天下之士，共仰聖斷。然臣切見京、卞

① 《宋史》卷四七一，第13718頁。

表裏相濟，天下知其惡。民謡有……又童謡……百姓受苦，出這般怨言。但朝廷不知之耳！蔡京、蔡卞爲人反復變詐，欺陷忠良。天下不安，皆由京、卞二人簸弄。』是時章惇罷相，差知越州，專事刑名慘刻，編類章疏，看詳訴理，受禍者千餘家。民間或訴事，稍有暗昧言語，加以刀棓釘手足、剥皮膚、斬頸拔舌之刑。有道號了翁，姓陳名瓘的，論奏惇罪，將章惇貶雷州居住。三月，命内侍童貫，往杭州監造作局製御用器。自是楊戩始用事。五月，奪司馬光等官。」①《東都事略》所載或即《宋史》所云之二蔡、二惇之謡。

二蔡一惇，必定沙門；籍没家財，禁錮子孫。

大惇小惇，入地無門；大蔡小蔡，還他命債。《宣和遺事》前集，叢書集成初編，册3889，第7—8頁

## 吴中下里曲

消梨應郎心上冷，甘蔗應郎心上甜。羅裙十二折，小妻也是妾。《宋詩紀事》卷一〇〇，第2367頁

---

① ［宋］佚名《宣和遺事》前集，叢書集成初編，册3889，第7—8頁。

## 王黼當國時京師謡言

《宣和遺事》曰：「王黼平時公然賣官，取贓無數，京師謡言……蓋言其賣官爵之價也。」①《曲洧舊聞》《宋詩紀事》引《中興姓氏奸邪録》均載其事，謡辭有異，兹録於右。《曲洧舊聞》曰：「王將明當國時，公然受賄賂，賣官鬻爵，至有定價。故當時爲之語，曰……」②《宋詩紀事》引《中興姓氏奸邪録》曰：「宣和初，王黼爲少宰，置應奉司於其家，四方珍貢多半隱盗，公然賣官取贓無厭，京師語……」③

三百貫，曰通判；五百索，直秘閣。《宣和遺事》後集，叢書集成初編，册3889，第62頁

三千索，直秘閣；五百貫，擢通判。《曲洧舊聞》卷十，第225頁

---

① 《宣和遺事》後集，叢書集成初編，册3889，第62頁。

② 《曲洧舊聞》卷十，第225頁。

③ 《宋詩紀事》卷一〇〇，第2360頁。

三百貫，且通判；五百索，直秘閣。《宋詩紀事》卷一〇〇，第2360頁

## 宣和民謡

宋周煇《清波别志》曰：「朋奸誤國，如此時有謡語……可見人心也。」①宋吴曾《能改齋漫録》亦載，《宋詩紀事》據後者録此謡，題作《宣和民謡》，本卷從之。

打破筒，潑了菜，便是人間好世界。《清波别志》卷上，景印文淵閣四庫全書，册1039，第98頁

## 小民爲蔡京謡

宋蔡京《太清樓侍宴記》附録曰：「莊綽曰：『京之敘致，覼縷如此，不特欲夸耀於世，又將以恐動言者。然不知皆不足恃而榮也，適足以爲國家之辱焉。……所謂天波溪者，由

---

① ［宋］周煇撰《清波别志》卷上，景印文淵閣四庫全書，册1039，臺灣商務印書館，1986年版，第98頁。

景寶籙宮循城西南，以至京第。其子絛上書其父，謂今日恩波，他年禍水。而小民謡言「……」是也。』」①

蔡相居中人不羡，萬乘官家渠底串。《説郛》卷一一四，第5237頁

## 靖康民謡

宋徐夢莘《三朝北盟會編》曰：「初，蕃賊至，朝廷日下求言詔。及兵退，則諱言，多責進諫者，言路遂塞，而士人知朝廷意，亦不復上書。時人爲之語曰……」②《宣和遺事》曰：「靖康元年正月，下求言詔，有監察御史余應求上書，詔賜章服。蓋自金人犯邊，求言之詔凡幾下，往往事緩則阻抑言者。當時民謡言……」③

① [宋] 蔡京《太清樓侍宴記》附録，《説郛》卷一一四，第5237頁。
② 《三朝北盟會編》卷九六，第706頁。
③ 《宣和遺事》後集，叢書集成初編，册3889，第62頁。

城門閉，言路開。城門開，言路閉。《三朝北盟會編》卷九六，第706頁

## 范致虚勤王謡

宋張知甫《可書》曰：「范致虚帥北京，值靖康之變，飛檄邊帥，出關勤王。時謡曰：……蓋爲『范』字也。」①

草青青，水緑緑，屈曲蛇兒破敵國。《可書》，第410頁

## 行在軍中謡

宋莊綽《鷄肋編》曰：「車駕渡江，韓、劉諸軍皆征戍在外，獨張俊一軍常從行在。擇卒之少壯長大者，自臀而下文刺至足，謂之『花腿』。京師舊日浮浪輩以此爲夸。今既效之，

① 《可書》，第410頁。

又不使之逃於他軍，用爲驗也。然既苦楚，又有費用，人皆怨之。加之營第宅房廊，作酒肆名太平樓，般運花石，皆役軍兵。衆卒謡曰……紹興四年夏，韓世忠自鎮江來朝，所領兵皆具裝，以銅爲面具。軍中戲曰『韓太尉銅顩，張太尉鐵顩』。世謂無廉耻不畏人者爲鐵顩也。」①

張家寨裏没來由，使他花腿擡石頭。二聖猶自救不得，行在蓋起太平樓。《鷄肋編》卷下，第92頁

## 紹興初行都童謡

宋張仲文《白獺髓》曰：「紹興初，行都童謡曰……忽民間遺火，自大瓦子至新街約數里，是時皆葦席屋。」②《宋詩紀事》據《白獺髓》引此謡，題作《行都童謡》，謡辭中「河爺娘」

① [宋]莊綽撰，蕭魯陽點校《鷄肋編》卷下，中華書局，1983年版，第92頁。
② [宋]張仲文《白獺髓》，《全宋筆記》第8編，册3，大象出版社，2017年版，第15頁。

作「阿爺娘」。①

洞洞張，河爺娘，一似六軍之教場。《白獺髓》，《全宋筆記》第8編，册3，第15頁

## 紹興中浙右謡

宋莊綽《鷄肋編》曰：「紹興三年八月，浙右地震，地生白毛，韌不可斷。時平江童謡曰……臺臣論其事，因下求言之詔。宰相吕頤浩由此以罪罷。按《晉志》成帝咸康初，孝武太元二年、十四年，地皆生毛，近白祥也。孫盛以爲人勞之異。其後征伐徵斂賦役無寧歲，天下勞擾，百姓疲怨焉。時軍卒多虜掠婦女，人有三四，每隨軍而行，謂之老小。方韓、劉自建康、鎮江更戍。既而，劉移屯池州，韓復分軍江寧，王瓊往湖南，岳飛自江外來行在，即至九江，郭仲荀赴明州，老小之行，已數十萬人也。」②《宋詩紀事》據《西湖志餘》引此謡，題

①《宋詩紀事》卷一〇〇，第2365頁。
②《鷄肋編》卷中，第69頁。

作《紹興中浙右謡》。① 本卷從之。

地上白毛生，老小一齊行。《鷄肋編》卷中，第 69 頁

## 三嵎古民謡

宋王象之《輿地紀勝》曰：「隆州風俗形勝……（古民謡）紹興中，郡守赤城何公鑿石於東山之下，作青榮臺以表之。」②《方輿勝覽》卷五三「成都府路」亦有載。

三嵎青，陵陽榮。三嵎翠，陵陽貴。《輿地紀勝》卷一五〇，第 4472 頁

---

①《宋詩紀事》卷一〇〇，第 2365 頁。
②《輿地紀勝》卷一五〇，第 4472 頁。

# 卷一三〇　宋雜歌謡辭一一

## 紹興間鼎澧謡

明楊慎《古今風謡》曰：「鼎澧間大盜夏誠、劉衡、楊么，據洞庭湖，有謡……後爲岳飛所擒。」①

若要除我，除是飛來。《古今風謡》叢書集成初編，册2988，第56頁

## 軍民爲張栻謡

明黄淮、楊士奇《歷代名臣奏議》曰：「劉克莊上奏曰：『臣聞之……自昔論議之臣，人

① 《古今風謡》，叢書集成初編，册2988，第56頁。

主無失德，則言掖庭，或言戚里，或言土木，或言聚斂，陛下毋怪其如此也，求之在上而已。仁祖恭儉之主，納一女官而王素諫，擢一妃族而王舉正等皆諫。章聖太平之世，築一玉清宫而張詠諫；阜陵英明之主，創一發運使以治財而張栻諫。不特此也，有選人而上《流民圖》者，有縣佐而論儲貳者，有諸生而諫花石者。國史書之，天下記之，非諸臣言之之難，而列聖容之之難，故曰求之在上而已。大臣無可議，則指除授，或指賓客，或指子弟，大臣毋怪其如此也。求之在我而已，權之所在，怨之所歸。光薦祖禹，同列以爲姻；鼎薦九成，言者以爲黨。修至於祖禹、九成，有所不免。公著爲相，頤爲客，求公著而不得者，惟頤之怨。修至於頤，有所不免。浚爲父，栻爲子，其視師淮蜀也，軍民有……之謡，臺臣有『軍國大事付癡騃小子』之語，修至於栻，有所不免。』」①

百萬生靈，由五十學士。《歷代名臣奏議》卷二〇七，景印文淵閣四庫全書，册438，第873頁

① ［明］黄淮、楊士奇編《歷代名臣奏議》卷二〇七，景印文淵閣四庫全書，册438，臺灣商務印書館，1986年版，第872—873頁。

## 淳熙間梁宋童謡

元馬端臨《文獻通考》曰：「孝宗淳熙中，河決入汴，梁、宋間爲之語曰：『黄河災，天水來。』天水，國姓也。遺黎以爲恢復之兆。」清厲鶚《宋詩紀事》引《古今風謡》曰：「時河決入汴，梁、宋間有此謡。天水者，宋姓也。時人以爲恢復之兆。」①按，《宋詩紀事》題作《淳熙間梁宋童謡》，②本卷從之。

黄河災，天水來。《文獻通考》卷三九〇，第 8375 頁

① 《宋詩紀事》卷一〇〇，第 2368 頁。
② 《宋詩紀事》卷一〇〇，第 2368 頁。

## 長沙狀元謡

宋洪邁《夷堅志》曰：「王南强容，潭州湘鄉人，元名午。淳熙壬寅歲，肄業于岳麓書院。嘗與同舍小有競，既而悔之，謀欲更名，以示佩韋之義。其兄弟皆連之字，乃改曰容之，且取『寬柔以教，不報無道』之説，仍字南强。癸卯春，在書院待秋試，其兄爲詣本縣投家保狀。及試前數日，將納卷，而視縣所解簿，則單爲王容。方以爲疑，而兄至，謂曰：『我今以適爲名，汝不必二名，徑已除去之字，兹即汝也。』遂用此入試，是舉預薦。甲辰省試畢，聞兄亡而歸。既到家，報榜人至，既奏名矣。舊師舒誼周仁來賀云：『二年前，術士來湘鄉，遊縣學，自言能相夫子像，而知士人登科之多寡。今聖像開口而笑，合主兩士登科。如此舉只一人，則後當有繼之者。』去歲初春，學長王仲淹汾叟親書桃符曰：『競説素王顔有喜，定先黄甲捷先通。』吾嘗思之：王者，君之姓；顔者，容也，實君之名；素王者，期喪之戚也；黄甲捷先通者，今歲阻廷對，後舉還試必居黄甲，乃先通吉耗也。』其説頗傳于士林。乙巳春，縣學補試，王仁伯者，易名顔，遂中首選。丙午之春，舒周仁入府語南强曰：『王汾叟又書桃符，更可怪，曰：『素王顔色津津喜，黄甲科名鼎鼎來。』汾叟寫罷，驚悟曰：

『前年爲王南强作先兆，今復爲王仁伯作先兆耶？』吾獨以爲不然，是亦南强先讖耳。鼎鼎者，三名前也。』是歲，王顔爲解魁，滿意巍級，已乃下第。南强果魁天下。所謂術者不復至，惜不記其鄉里姓名。長沙古語，嘗有……之謡。駝嘴者，山也，其形似之，在州北，正直水口，其下曰麻潭，皆巨石屹立。淳熙七年，辛幼安作守，創飛虎營，廣辟衢陌，許僧民得以石贖罪，皆鑿於潭中，所取不勝計。後帥林黄中又增益南街，取石愈多。迨丙午之夏，駝嘴中斷爲兩，不一歲而南强應之。桃符證應，已載於癸志。比得南强筆示本末，始知前説班班得其粗，要爲未盡，故再記於此。而癸志既刊于麻沙書坊，不可芟去矣。」①

駱駝嘴斷狀元出。《夷堅志》戊卷第八，第1113—1114頁

## 淳熙都城謡

元脱脱《宋史·五行志》曰：「（淳熙）十四年，都城市井歌曰……至紹熙二三年，其事

---

①《夷堅志》戊卷第八，第1113—1114頁。

始應于兩宫。」①明田汝成《西湖遊覽志餘》亦載：「淳熙十四年，都城市人謡曰……流傳遠近，莫詳其説，或以爲紹熙二三年兩宫隔絶之兆。」②《宋詩紀事》亦據《宋史·五行志》録此謡，題作《淳熙都城謡》，③本卷從之。

汝亦不來我家，我亦不來汝家。《宋史》卷六六，第1448頁

## 嘉泰初童謡

宋張仲文《白獺髓》曰：「後嘉泰初童謡曰……又曰……大小皆語及此。忽季春楊浩家遺火，由龍舌頭山延燒至艮山門外船場，自南至北僅五十餘里。」④

① 《宋史》卷六六，第1448頁。
② 《西湖遊覽志餘》卷二三，第421頁。
③ 《宋詩紀事》卷一〇〇，第2370頁。
④ 《白獺髓》，《全宋筆記》第8編，册3，第15頁。

掀也。

火裏。《白獺髓》,《全宋筆記》第 8 編,册 3,第 15 頁

## 開禧二年鄂州民謡

元馬端臨《文獻通考》曰:「開禧二年,鄂州民謡……時權臣開邊,鄂爲宣撫使置司,多辟親故幕賓,聚城南爲酣縱云。」①

塞上將軍少,城南從事多。宣威不可問,恢復竟如何。《文獻通考》卷三九〇,第 8375 頁

## 開禧中民謡

宋葉紹翁《四朝聞見録》曰:「開禧用兵,鄧友龍、程松爲宣撫、宣諭使,板授其屬,謂之

---

①《文獻通考》卷三九〇,第 8375 頁。

『宣幹』。時政府惟有陳自强居相位，民謡謂之『天上台星少，人間宣幹多』。或謂皇甫斌治于岳之城南，群優所萃也。其屬謡焉，又謂之『城南宣幹多』。又云『宣威群下問，恢復竟如何？』後有以節制金山討李全者，其屬猥衆，又有易前二句云『塞上將軍少，城南節幹多。』《却埽編》載，舊制諸路監司屬官曰『勾當公事』，建炎初，避高宗嫌名，易爲『幹辦』。時軍興，屬公數倍平時，有題於傳舍云：『北去將軍少，南來幹辦多。』蓋始此。曹武惠以平江南功歸，詣閤門，自稱曰『勾當江南公事回』。今世借授白帖，輒自稱『某幹管』云。」①

天上台星少，人間宣幹多。
城南宣幹多。
宣威群下問，恢復竟如何？
塞上將軍少，城南節幹多。《四朝聞見録》丙集，第126—127頁

① [宋] 葉紹翁撰，馮惠民、沈錫麟點校《四朝聞見録》丙集，中華書局，1989年版，第126—127頁。

## 仇家爲許某謡

宋葉紹翁《四朝聞見録》曰：「浙西有大臣許某者，以國恤親喪奏樂，又所居頗侵學宫，爲讎家飛謡於臺臣曰……竟以是登于劾章。雖得于風聞，而許爲大臣，亦未必有是，然人言可畏，爲君子者亦盍謹諸！」①

笙歌擁出畫堂來，國恤親喪總不知。府第更侵夫子廟，無君無父亦無師。《四朝聞見録》戊集，第198—199頁

## 都下謡

宋曾三異《因話録》曰：「韓侂胄封平原郡王，官至太師，一時獻佞，過稱師王，晚年伏

---

①《四朝聞見録》戊集，第198—199頁。

誅。錢伯通在政府，奉御筆施行，都下爲之語曰：……象祖，乃伯通名也。繆妄稱呼，至是遂作精對，可發後世一笑。」①《宋詩紀事》引《因話録》本事，歌謡題作《都下謡》，本卷從之。

釋迦佛，中間坐。胡漢神，立兩旁。文殊普賢自鬥，象祖打殺師王。《宋詩紀事》卷一〇〇，第2372頁

## 韓侂胄將敗時童謡

宋葉紹翁《四朝聞見録》曰：「韓用事歲久，人不能平，又所引用，率多非類，天下大計，不復白之上。有市井小人以片紙摹印烏賊出没於潮，一錢一本以售。兒童且誦言：……京尹廉而杖之。又有賣漿者，敲其盞以唤人曰：『冷底吃一盞，冷底吃一盞。』冷謂韓，盞謂斬也。亦遭杖。不三月，而韓爲鄭發所刺，及籍其家，得所收真聖語，末一句云『遭他羅網禍

① 《宋詩紀事》卷一〇〇，第2372頁。

非輕』，又一句云『遠竄遐荒始得平』。韓嘗怪其言。韓外有陳自強，内有周筠，啓韓有圖之者，韓猶以『一死報國』爲辭。周苦諫，韓遂與自强謀，用林行可爲諫議大夫，劉藻爲察官，一網盡謀韓之人。僅隔日，未發而錢、李、史三公亦有所聞，命夏震速下手。震歸，遂命鄭發刺韓。震復刊御批於傑閣以記之。史惡之，旋以疽發於背而死于殿司。①《古謠諺》據《四朝聞見録》録此謡，題作「韓侂胄將敗時童謡」，②本卷從之。

滿潮都是賊，滿潮都是賊。《四朝聞見録》戊集，第198—199頁

## 唐天寶宋嘉定兩朝謡

宋張端義《貴耳集》曰：「天寶間，楊貴妃寵盛。安禄山、史思明之作亂，遂有『楊安史』

---

① 《四朝聞見録》戊集，第189—190頁。
② 《古謡諺》卷六二，第728頁。

之謡。嘉定間，楊太后、史丞相、安樞密亦有……之謡。時異事異，姓偶同耳。」①

楊安史。《貴耳集》卷下，景印文淵閣四庫全書，册865，第455頁

## 民間爲薛極胡榘謡

宋葉紹翁《四朝聞見録》曰：「嘉定間禁止青蓋事，蓋起于鄭昭先無以塞月課，前録載其事。太學諸生與京兆辨，時相持之不下。薛會之極、胡仲方榘，皆史所任也。諸生伏闕言事，以民謡謂胡、薛爲『草頭古，天下苦』，象其姓也。謂『虐我生民，莫匪爾極』，象其名也。薛不安其位，力乞去。時相謂曰：『彌遠明日行，則尚書今日去。』薛不能不留。自侂胄得柄，事皆不隸之都司。初議于蘇師旦，後議之史邦卿，而都司失職。自時相用事，始專任都司。都司權居臺諫上，既未免以身任怨，故蒙天下之謗。時聶善之亦時相所任大抵以袁潔齋、真西山、樓暘叔、蕭禹平、危逢吉、陳師虙輩，皆秀才之空言。善之帥

① [宋] 張端義《貴耳集》卷下，景印文淵閣四庫全書，册865，第455頁。

蜀，道從金陵。逢吉之弟和爲江東帥屬，迎勞之于驛邸。聶因語之曰：『令兄也只是秀才議論。』應祥不樂，竟不餞之，銜之終身。善之，士人也。薛、胡以儒家子習于文法云。」①

草頭古，天下苦。

虐我生民，莫匪爾極。《四朝聞見録》丙集，第128—129頁

①《四朝聞見録》丙集，第128—129頁。

# 卷一三一　宋雜歌謠辭一二

## 寒五更頭謡

元脱脱《宋史·五行志》曰："宋以周顯德七年庚申得天下。圖讖謂『過唐不及漢，一汴、二杭、三閩、四廣』，又有『寒在五更頭』之謡，故宫漏有六更。按漢四百二十餘年，唐二百八十九年。開慶元年，宋祚過唐十一年，滿五庚申之數；至德祐二年正月降附，得三百一十七年，而見六庚申，如宫漏之數。"①

寒在五更頭。《宋史》卷六六，第1450頁

① 《宋史》卷六六，第1450頁。

## 草祭謡

元脱脱《宋史・孫鼛傳》曰：「四輔建，以顯謨閣待制知曹州。論經始規畫之勞，轉太中大夫，徙鄆州。邑人子爲『草祭』之謡，指切蔡京。鼛以聞，京怒，使言者誣以它謗，提舉鴻慶宫。起知單州，遂致仕。」①按，此謡辭已不存，僅存題名及本事。

## 襄陽謡

宋張邦基《墨莊漫録》曰：「田衍、魏泰居襄陽，郡人畏其吻，謡曰『襄陽二害，田衍魏泰』。未幾，李豸方叔亦來郡居，襄陽人憎之曰『近日多磨，又添一豸』。」②

---

① 《宋史》卷三四七，第10996頁。
② 《墨莊漫録》卷一，第43頁。

襄陽二害，田衍魏泰。近日多磨，又添一豸。《墨莊漫録》卷一，第43頁

## 京師爲童貫蔡京高俅何執中謡

宋曾敏行《獨醒雜志》曰：「何執中居相位時，京師童謡曰……説者謂指童貫、蔡京、高俅三人及執中也。」①

殺了穜蒿割了蔡，吃了羔兒荷葉在。《獨醒雜志》卷九，景印文淵閣四庫全書，册1039，第578頁

## 馬氏將亂時湘中童謡

元脱脱《宋史·湖南周氏世家》曰：「湖南周行逢，朗州武陵人。少無賴，不事産業。嘗犯法，配隸鎮兵，以驍勇累遷裨校。自唐乾寧二年，馬氏專有湖南二十州之地，雖稟朝廷

① [宋]曾敏行《獨醒雜志》卷九，景印文淵閣四庫全書，册1039，臺灣商務印書館，1986年版，第578頁。

正朔，其郡守官屬皆自署。至周廣順初，兄弟争國，求援于江南李景，景遣大將邊鎬率兵赴之，因下長沙，遷馬氏之族于建康，封希萼爲楚王，居洪州，希崇鎮舒，居揚州。宋興，希崇率兄弟十七人歸朝，皆爲美官。景以鎬爲潭帥。會朗州衆亂，推衙將劉言爲留後，言以行逢爲都指揮使。行逢以衆情表于景，請授言節鉞，景不從。召言入金陵，言懼，遣副使王進逵、行軍何景真與行逢帥舟師襲破潭州，鎬遁去，行逢等據其城。言遣使上言長沙兵亂，焚燒公府，請移治朗州。周祖即以言爲朗帥，王進逵爲潭帥，行逢爲潭州行軍司馬、領集州刺史。未幾，進逵寇朗州，害劉言，周祖即以進逵爲朗州節度，以行逢領鄂州節度、知潭州軍府事。初，朗州人謂劉言爲『劉咬牙』，馬氏將亂，湘中童謡……及邊鎬俘馬氏，鎬爲劉言所逐，而言亦被害。」①

馬去不用鞭，咬牙過今年。《宋史》卷四八三，第13947頁

① 《宋史》卷四八三，第13947頁。

## 廣右丁錢謡

宋羅大經《鶴林玉露》曰：「廣右深僻之郡，有所謂丁錢。蓋計丁輸錢於官，往往數歲之兒即有之。有至死而不與除豁者，甚爲民病。故南人之謡曰……讀之可爲流涕。范西堂爲廣西憲，嘗力請於朝，乞罷去，雖獲從請，然諸郡多藉此爲歲計，往往名除而實未除也。大概近來州郡賦税失陷，用度月增，其無名之征，未必皆官吏欲以自肥，往往多爲補苴支撑之計。朝廷若欲除無名之征以寬民，須是究是一郡盈虚，有以補助之，使歲計不乏，然後實惠乃可及民。不然，亦徒爲空言而已。」①

三歲孩兒便識丁，更從陰府役幽魂。《鶴林玉露》卷五，第326頁

① 《鶴林玉露》卷五，第326頁。

## 臨安爲韓左厢謡

元楊維楨《元故用軒先生墓志銘》曰：「余嘗觀《杭圖志》，見有宋韓左厢者，以進士起身，由臨安令，以嚴明陞臨安府左厢官。臨安剽民財者白㨶子，聞公至，皆屏迹，謡曰……」①

韓厢明，無白㨶。韓厢死，白㨶起。《全元文》卷一三一八，第85頁

## 蜈蚣之謡

淳祐士人

元脱脱《宋史・吴淵傳》曰：「淵有材略，迄濟事功，所至興學養士，然政尚嚴酷，好興

① 《全元文》卷一三一八，第85頁。

羅織之獄，籍入豪横，故時有『蜈蚣』之謡。」①《宋史》未載謡辭，《宋季三朝政要》亦載此事，并具謡辭曰：「七月，貶吴潛建昌軍，尋徙潮州。潛爲人豪雋，其弟兄亦無不附麗。有讒於上者曰：『外間童謡云云。』此語既聞，惑不可解，而用之不堅，亦以此也。」②《宋稗類鈔》卷四云賈似道使人爲此謡，後二句作「夤緣攀附百蟲叢，若使飛天能食龍」。③《宋詩紀事》據《古杭雜記詩集》録此謡，題作《二吴謡》，④《全宋詩》亦據《古杭雜記詩集》録此謡，題作《淳祐民謡·二吴謡》。本卷從《宋史》，題作《蜈蚣之謡》。

大蜈蚣，小蜈蚣，盡是人間業毒蟲。夤緣扳附有百足，若使飛天能食龍。《全宋詩》卷三四二〇，册65，第40671頁

①《宋史》卷四一六，第12468頁。
②［元］佚名撰，王瑞來箋證《宋季三朝政要箋證》卷三，中華書局，2010年版，第269頁。
③［清］李宗孔《宋稗類鈔》卷四，景印文淵閣四庫全書，册1034，臺灣商務印書館，1986年版，第278頁。
④《宋詩紀事》卷一〇〇，第2375頁。

## 里巷爲馬光祖許堪史嵩之謡

《宋季三朝政要》曰：「（理宗淳祐四年九月）史嵩之丁父彌忠憂，詔起復右丞相兼樞密使、永國公。令學士院降制……太學生黄愷伯、金九萬、孫翼鳳、何子舉等百四十四人上書曰：『臣等恭覩御筆，起復右丞相史嵩之，令學士院擇日降制。……且起復之説，聖經所無，而權宜變禮，衰世始有之……（嵩之）心術回邪，踪迹詭秘……在朝廷一日，則貽一日之禍，在朝廷一歲，則貽一歲之憂。萬口一辭，惟恐其去之不亟也……嵩之不天，聞訃不行，乃徘徊數日。牽引奸邪，布置要地，彌縫貴戚，買囑貂璫，轉移上心。衷私御筆，必得起復之禮，然後徐徐引去……又擺布私人，以爲去後之地，暨奸謀已遂，乃始從容就道。初不見其有憂戚之容也……且嵩之之爲計亦奸矣。自入相以來，固知二親耄矣，爲有不測，旦夕以思，無一事不爲起復張本。當其父未死之前，已預爲必死之地，近畿總餉，本不乏人，而起復未卒，哭之馬光祖。京口守臣，豈無勝任？而起復未終，喪之許堪。故里巷爲十七字之謡也，曰……夫以里巷之小民，猶知其奸，陛下獨不知之乎？』……上意頗悟。嵩之乃奏箚辭免。」①

光祖做總領，許堪爲節制，丞相要起復援例。《宋季三朝政要箋證》卷二，第151—154頁

## 賈似道當國時臨安謡

明田汝成《委巷叢談》曰：「賈似道當國時，臨安謡……其時京師女妝，競尚假玉，因以假爲賈，喻似道專權，而景炎丙子之亂，非復庚申之役也。似道遭貶，時人題壁云：『去年秋，今年秋，湖上人家樂復憂，西湖依舊流。吴循州，賈循州，十五年間一轉頭，人生放下休。』此語視雷州寇司户之句尤警，吴循州謂履齋之貶，乃賈擠之也。」②

滿頭青，都是假，這回來，不作耍。《西湖遊覽志餘》卷二三，第421頁

---

① 《宋季三朝政要箋證》卷二，第151—286頁。

② 《西湖遊覽志餘》卷二三，第421頁。

## 咸淳末民謡

元俞德鄰《佩韋齋輯聞》曰：「咸淳末，賈似道以太傅平章軍國，重禁天下婦人，不得以珠翠爲飾。時行在悉以瑠璃代之，婦人行步皆琅然有聲。民謡曰云云。假謂賈，瑠璃謂流離也。」①《宋史・五行志》《宋季三朝政要》亦載，謡辭有異，兹録于下。《宋史・五行志》曰：「咸淳五年，都人以碾玉爲首飾。有詩云：『京師禁珠翠，天下盡琉璃。』」②《宋季三朝政要》曰：「禁珠翠，都人以碾玉爲首飾。宫中簪琉璃花，都下人争效之。時有詩云：『京城禁珠翠，天下盡琉璃。』識者以爲流離之兆。」③

滿頭多帶假，無處不瑠璃。《佩韋齋輯聞》卷三，景印文淵閣四庫全書，册865，第596頁

① ［元］俞德鄰《佩韋齋輯聞》卷三，景印文淵閣四庫全書，册865，臺灣商務印書館，1986年版，第596頁。
② 《宋史》卷六五，第1430頁。
③ 《宋季三朝政要箋證》卷四，第339頁。

## 進賢縣古謡

宋王象之《輿地紀勝》：「隆興府景物下。日月湖。在進賢北十五里。又有石人灘。古讖云……」①

日月湖明良將出，石人灘合狀元生。《輿地紀勝》卷二六，第1212頁

## 宋季謡

元王惲《玉堂嘉話》曰：「宋未下時，江南謡……當時莫喻其意。及宋亡，蓋知指丞相百顔也。夫熒惑之精下散而爲童謡，不爾，何先事如此。」②《南村輟耕録》卷一亦載。《宋

① 《輿地紀勝》卷二六，第1212頁。

② [元] 王惲撰，楊曉春點校《玉堂嘉話》卷四，中華書局，2006年版，第103頁。

詩紀事》據《南村輟耕録》録此謡，題作《宋季謡》，①本卷從之。

江南若破，百雁來過。《玉堂嘉話》卷四，第103頁

① 《宋詩紀事》卷一〇〇，第2377頁。

# 卷一三二　宋新樂府辭一

新樂府辭者，亦《樂府》之一類也。郭氏立類，必有所本。或以世傳之歌録，《隋書·經籍志》録《樂府新歌》二部，唐世歌録，亦當有之，郭氏編詩，遂因以爲類焉。《樂府》所録新樂府辭，首篇即唐謝偃《新曲》，原題《樂府新歌應教》，似可證也。或以有唐一代，元白劉李諸人之新題樂府，其題無復倚傍，横空聳出，其旨補察時政，泄導人情，故郭氏襲其名焉。今人多出歧見，或曰新樂府辭實不入樂，謬襲樂府之名。或曰《樂府》録辭寬嚴失當，須爲增減。凡此皆未得郭氏之意也。茂倩敘論曰「新樂府者，皆唐世之新歌也。以其辭實樂府，而未常被于聲，故曰新樂府也。」①言之甚明，不意竟成聚訟之源。非深討而詳審，無以明其本。

夫「唐世之新歌」者，人多誤爲「唐世之新曲」，故陸侃如責之曰：既言爲歌，何言其不被樂？今按此間之「新歌」，或出《樂府新歌》，乃新辭之義，未必有樂。曹植《鞞舞哥有序》

---

① 《樂府詩集》卷九〇，第955頁。

曰：「依前曲改作新哥五篇。」①《樂府》收録，題作《魏陳思王鼙舞歌》。《舊唐書・音樂志》云石崇妓緑珠善舞，崇教以《明君》之曲，「而自製新歌曰：『我本漢家子，將適單于庭，昔爲匣中玉，今爲糞土英。』」②此兩例之新歌者，必皆新辭之謂，非云新曲也。

而「辭實樂府」者，以其辭内承樂府之本旨，外不出樂府之藩籬也。宋前所稱樂府者，必係于司樂之署，或已爲采擇，協樂而奏；或志在獻納，依調而爲。若有所制，既未見納，亦無此志，則不以樂府名之。郭氏云新樂府「辭實樂府」者，即此意耳。今人有主去此類者，正昧於此也。另者是否樂府，亦可繩以歌録。歌録收樂府詩，乃樂府一系之本。正史《經籍志》《藝文志》，多載歌録之名。今察同題之詩，有既入《樂府》，亦載詩人别集者，其辭句常異。則是詩之流傳，别集之外，樂府亦獨成一脈。與歌録稍同者，《樂志》《樂録》亦收歌辭，亦《樂府》輯詩之主源。要而言之，《歌録》《樂録》《樂志》，皆《樂府》所本。此數籍所載，若已爲樂府采録，被樂與否，皆是樂府歌辭。郭氏所云「辭實樂府」者，似據於此。

又「未常被於聲」者，人或以「常」「嘗」相假，即未曾被聲之意也。是解亦誤矣。夫「未

---

① [魏] 曹植撰，趙幼文校注《曹植集校注》卷二，人民文學出版社，1984 年版，第 323 頁。

② 《舊唐書》卷二九，第 1063 頁。

常」者，事不常行耳。《舊唐書·音樂志》曰：「(開元)二十五年，太常卿韋縚令博士韋逌、直太樂尚冲、樂正沈元福、郊社令陳虔申懷操等，銓叙前後所行用樂章爲五卷，以付太樂、鼓吹兩署，令工人習之。……今依前史舊例，録雅樂歌詞前後常行用者，附於此志。」①夫既有常行用者，應有不常行用者。常用者，雅樂之辭也；不常用者，娛樂之辭也。《唐語林》曰：「必于春時，内殿賜宴，及於宰輔百官。備太常諸樂，設魚龍之戲，綿連三日，抵暮方罷。宣宗妙於音律，每賜宴前，必製新曲，俾宫婢習之。至宴之日，出數百人，衣以珠翠緹綉，分行列隊，連袂而歌，其聲清怨，殆不類人間。」②每宴必制新曲，則新曲一奏而棄，必不常用也。新樂府不常行用，另有數證。據《舊唐書·音樂志》，隋平林邑國，獲扶南樂工及琴，然陋不可用，遂以天竺樂轉寫其聲，而不齒于樂部。③如是則王維《扶南》五曲，必不常奏。清編《全唐詩》云新樂府「非當時公私常奏之曲」，④洵爲郭氏解人。

① 《舊唐書》卷三〇，第 1089 頁。
② 周勛初《唐語林校證》卷七，中華書局，1987 年版，第 656 頁。
③ 《舊唐書》卷二九，第 1069 頁。
④ 《全唐詩》，第 7 頁。

新樂府聲辭協配之法，茂倩亦有論及。其新樂府辭叙論曰：「凡樂府歌辭，有因聲而作歌者，若魏之三調歌詩，因弦管金石，造歌以被之是也。有因歌而造聲者，若清商、吴聲諸曲，始皆徒歌，既而被之弦管是也。有有聲有辭者，若郊廟、相和、鐃歌、横吹等曲是也。有有辭無聲者，若後人之所述作，未必盡被于金石是也。」①是則樂府聲辭協配之法有四：或舊聲舊辭；或舊聲新辭；或新聲新辭；或無聲新辭。夫舊聲舊辭者，固與新樂府無涉，餘者皆爲新樂府聲辭之式。夫舊聲新辭者，王維《扶南曲》是也。此曲隋時入中土，在唐已爲舊聲，王維倚此寫新辭，是爲舊聲新辭。温飛卿「樂府倚曲」三十餘首，悉倚舊曲而作，亦此類也。又新聲新辭者，蓋以里巷徒歌，見采樂府，其曲粗具，尚未完備。比之舊聲則簡而質，比之無聲則稍有曲。其樂出而未久，故曰新聲，爲之制辭，即新聲新辭。白居易《小曲新辭二首》，便屬此類。又無聲新辭者，不依舊樂，不尚新調，不問協曲，惟制新辭，名皆新創。李紳《新題樂府》二十首，元稹《和李校書新題樂府》十二首，白居易《新樂府》五十首是也。

概而言之，新樂府者，非惟待樂之辭，亦且尚需雕琢、不常行奏之曲。今試核而論之，

① 《樂府詩集》卷九〇，第 955 頁。

宋之新樂府辭準的，似可繩以右列諸條：一曰《樂府詩集·新樂府辭》諸題之擬作者；一曰詩人自言仿元、白新樂府而作者；一曰詩人自名新樂府或新題樂府者；一曰言作古樂府然題名與《樂府詩集》所録不同者；一曰組詩總題爲古樂府然各首爲新題者；一曰新興曲調之齊言歌辭且爲朝廷演奏者；一曰趙宋燕樂之一部，出於教坊，行奏多不恒常者；一曰詩人自製，欲獻之樂府以補歌辭之闕或以備樂府采擇之新題者；一曰宋人別集、總集綴於「樂府」、「古樂府」、「古樂府歌辭」、「樂府雜詠」、「樂章」、「歌辭」、「琴操」類下，題名與《樂府詩集》所録不同者；一曰《教坊記》《通志二十略》等所載唐樂府諸曲之擬作者。

宋人新樂府之作。或已有其曲，爲制新辭。張耒《倚聲三首》是也。或唐時新制，宋人擬之。《公子行》《將軍行》《桃源行》《青樓曲》《朝元引》《哀王孫》《促促詞》《塞上曲》《塞下曲》諸篇是也。或旨承唐人，自爲新題。居簡《哀三城》直擬《悲陳陶》《悲青阪》，劉宰《病鶴吟》直擬《節婦吟》是也。或自命新題，且制新辭。此者或望樂府采納，梅堯臣《田家語》、王禹偁《畬田詞》、王庭珪《寅陂行》是也；或以辭觀風，范成大《村田》、李深溪《桃源》是也；或冀補樂府，竹坡《五溪道中見牛》、李復《秦熙汧隴間聞歌》、曹勛《補樂府十篇》是也。

宋人新樂府辭，或以刺世，或以勸世，或以抒情，或以娛人。刺世乃樂府本旨，郭氏曰：「自風雅之作，以至於今，莫非諷興當時之事。」①冬雪映窗，王炎之刺多羅；蝗飛滿田，鄭獬之傷農夫。勸世亦宋辭之旨，程公許之賦《蓴湖》，勸世人且安貧賤；强至之詠《冬雪》，言行樂莫失其時。居簡之《哀三城》，臨秋邊而歌詠其將，文珦之《思遠人》，代思婦而致意邊卒。其餘《征婦》《寄衣》，一題數首，皆能纏綿相思，哀婉動人。至於娱人之作，或朝廷陳奏，完具儀禮，宋翔之《紹興樂府》是也。或私筵行用，聊助雅興，周竹坡《宰相生日》是也。

本卷所輯，多出《全宋詩》，亦有出《全宋詞》者，若《樓上曲》《春曉曲》《太平樂》諸篇，雖名曰詞，然或擬唐人新樂府，或宋時新制，出於教坊，且爲齊言，故予收録。

## 公子行

孟賓于

錦衣紅奪彩霞明，侵曉春遊向野庭。不識農夫辛苦力，驕驄踏爛麥青青。《全宋詩》卷三，册1，第34頁

① 《樂府詩集》卷九〇，第955頁。

## 將軍行

司馬光

赤光滿面脣激朱，虬鬚虎顙三十餘。腰垂金印結紫綬，諸將不敢過庭除。羽林精卒二十萬，注聽鐘鼓觀麾旗。肥牛百頭酒萬石，爛漫一日供歡娱。自言不喜讀兵法，智略何必求孫吴。賀蘭山前烽火滿，誰令小虜驕慢延須臾。《全宋詩》卷四九八，册 9，第 6010 頁

## 同前

陸游

將軍入奏平燕策，持笏榻前親指畫。天山熱海在目中，下殿即日名烜赫。馳出都門雪初霽，直過黄河冰未坼。綉旗方掠桑乾渡，羽檄已入金臺陌。勇士如鷹健欲飛，孱王似兔何勞搦。戎服押俘獻廟社，正衙第賞頒詔册。端門賜酺天下慶，御觴尚恨滄溟窄。從來文吏喜相輕，聊遣濡毫書竹帛。《全宋詩》卷二一八一，册 39，第 24836 頁

## 老將篇

張方平

按,《樂府詩集・新樂府辭》有王維《老將行》,宋人無作此題者,然有《老將篇》《老將效唐人體》,當出於此,故予收録。

聖明天子仁且英,海寰内外歸神靈。辭客相夸鳳凰詔,功臣不貌麒麟形。綉旗塵卷霞紋闇,古劍秋澁銅花青。尚餘舊愛征西馬,待從日仗登云亭。《全宋詩》卷三〇八,册6,第3881頁

## 老將效唐人體

陸　游

寶劍夜長鳴,金痍老未平。指弓夸野戰,抵掌説番情。已矣黑山戍,悵然青史名。和親不用武,教子作儒生。《全宋詩》卷二一七一,册39,第24662頁

## 桃源行

王安石

宋曾季貍《艇齋詩話》曰：「東湖言：荆公《桃源行》前兩句倒了，『望夷宫中鹿爲馬，秦人半死長城下』，當言『秦人半死長城下，望夷宫中鹿爲馬』，方有倫序。」①宋魏慶之《詩人玉屑》引《高齋詩話》曰：「荆公《桃源行》云：『望夷宫中鹿爲馬，秦人半死長城下。』指鹿爲馬乃二世事，而長城之役，乃始皇也。又指鹿事不在望夷宫中。荆公此詩，追配古人，惜乎用事失照管，爲可恨耳。」②宋蔡正孫《詩林廣記》曰：「蘇東坡云：『世傳桃源事，多過其實。考淵明所記，止言先世避秦亂來此，則漁人所見，似是其子孫，非秦人不死者也。』胡苕溪云：『東坡此論，蓋辨證唐人以桃源爲神仙。如王摩詰、劉夢得、韓退之作《桃源行》是也。惟王介甫作《桃源行》與東坡之論吻合，今具載其詞云：……』」③宋劉辰翁評王安石《桃

① [宋] 曾季貍《艇齋詩話》，叢書集成初編，册 2558，中華書局，1985 年版，第 2 頁。
② [宋] 魏慶之《詩人玉屑》卷七，上海古籍出版社，1978 年版，第 158 頁。
③ [宋] 蔡正孫撰，常振國、絳雲點校《詩林廣記》前集卷一，中華書局，1982 年版，第 10 頁。

源行》曰：「《桃源行》『望夷宮中鹿爲馬』稱二世死處曰望夷，猶稱楚細腰、吴館娃，何必鹿馬之地……『秦人半死長城下』正在不分時代，莽莽形容世界之所以不可處者，兩語慨然……『避世不獨商山翁』題外題，事外事……『采花食實枝爲薪』七字盡自足之趣……『世上那知古有秦，山中豈料今爲晉』兩語互换，且喜且悲……『重華一去寧復得，天下紛紛經幾秦』此雖世外語，却屬議論，書生之極致也……」①宋王得臣《麈史》曰：「王安石作《桃源行》云：『望夷宮中鹿爲馬，秦人半死長城下，避世不獨商山翁，亦有桃源種桃者。』詞意清拔，高出古人。議者謂二世致齋望夷宮在鹿馬之後。又長城之役在始皇時，似未盡善。或曰概言秦亂而已，不以辭害意也。」②宋洪邁《容齋隨筆》「桃源行」條曰：「陶淵明作《桃源記》云云源中人自言：『先世避秦時亂，率妻子邑人，來此絶境，不復出焉，乃不知有漢，無論魏、晉。』繫之以詩曰：『嬴氏亂天紀，賢者避其世。黄綺之商山，伊人亦云逝。顧言躡輕風，高舉尋吾契。』自是之後，詩人多賦《桃源行》，不過稱讚仙家之樂。唯韓公云：『神仙有無何渺茫，桃源之説誠荒唐。世俗那知僞爲真，至今傳者武陵人。』亦不及淵明所以作記之意。按《宋書》本傳云：『潛自以曾祖晉世宰輔，恥復屈身

---

① [宋] 王安石撰，[宋] 李壁注《王荆文公詩李壁注》卷六，上海古籍出版社，1993 年版，第 433—435 頁。

② [宋] 王得臣《麈史》卷中，上海古籍出版社，1986 年版，第 45 頁。

後代。自宋高祖王業漸隆，不復肯仕。所著文章，皆題其年月。義熙以前，則書晉氏年號，自永初以來，唯云甲子而已。』故五臣注《文選》用其語。又繼之云：『意者耻事二姓，故以異之。』此説雖經前輩所記，然予切意桃源之事，以避秦爲言。至云『無論魏、晉』，乃寓意于劉裕，托之于秦，藉以爲喻耳。近時胡宏仁仲一詩，屈折有奇味。大略云：『靖節先生絶世人，奈何記僞不考真？先生高步窘末代，雅志不肯爲秦民。故作斯文寫幽意，要似寰海離風塵。』其説得之矣。」①明蔣冕《瓊臺詩話》曰：「世傳桃源事多過其實，如王摩詰、劉夢得、韓退之作《桃源行》皆惑于神仙之説，唯王介甫指爲避秦之人，爲得淵明《桃源記》意。」②清王士禛《池北偶談》「桃源詩」條曰：「唐、宋以來作《桃源行》，最傳者王摩詰、韓退之、王介甫三篇。觀退之、介甫二詩，筆力意思甚可喜。及讀摩詰詩，多少自在！二公便如努力挽强，不免面赤耳熱，此盛唐所以高不可及。」③按，宋人又有《桃源歌》《桃源》，當出與此，亦予收録。

---

① 《容齋隨筆》三筆卷十，第 301 頁。
② [明] 蔣冕《瓊台詩話》卷上，四庫存目叢書，集部册 416，齊魯書社，1997 年版，第 567 頁。
③ [清] 王士禛撰，勒斯仁點校《池北偶談》卷一四，中華書局，1982 年版，第 322 頁。

望夷宫中鹿爲馬，秦人半死長城下。避時不獨商山翁，亦有桃源種桃者。此來種桃經幾春，采花食實枝爲薪。兒孫生長與世隔，雖有父子無君臣。漁郎漾舟迷遠近，花間相見因相問。世上那知古有秦，山中豈料今爲晉。聞道長安吹戰塵，春風回首一沾巾。重華一去寧復得，天下紛紛經幾秦。《全宋詩》卷五四一，册10，第6503頁

## 同前

汪　藻

宋陳巖肖《庚溪詩話》曰：「武陵桃源，秦人避世於此。至東晉，始聞于人間，陶淵明作記，且爲之詩，詳矣。其後作者相繼，如王摩詰、韓退之、劉禹錫，本朝王介甫，皆有歌詩，爭出新意，各相雄長，而近時汪彦章藻一篇思深語妙，又得諸人所未道者。」①

祖龍門外神傳璧，方士猶言仙可得。東行欲與羨門親，咫尺蓬萊滄海隔。那知平地有青春，只屬尋常避世人。關中日月空萬古，花下山川長一身。中原別後無消息，聞説胡塵因感昔。

① [宋] 陳巖肖《庚溪詩話》卷下，叢書集成初編，册2552，中華書局，1985年版，第14頁。

誰教晉鼎判東西，却愧秦城限南北。人間萬事愈可憐，此地當時亦偶然。何事區區漢天子，種桃辛苦望長年。《全宋詩》卷一四三七，册25，第16561頁

## 同前并序

李綱

詩序曰：「桃源之事，世傳以爲神仙，非也。以淵明之記考之，特秦人避世者，子孫相傳，自成一區，遂與世絶耳。今閩中深山窮谷，人迹所不到，往往有民居、田園、水竹，鷄犬之音相聞，禮俗淳古，雖斑白未嘗識官府者，此與桃源何以異？感其事，作詩以見其意。」

武陵溪水流潺潺，漁舟鼓枻迷泝沿。溪窮路盡恍何處，桃花爛漫蒸川原。花間邑屋自連接，雲外鷄犬聲相喧。衣裳不同俎豆古，見客驚怪争來前。殺鷄爲黍持勸客，借問世上今何年。自從秦亂避徭役，子孫居此因蟬聯。不知漢祖以劍起，况復魏晉稱戈鋋。慇懃留客不肯住，落花流水空依然。淵明作記真好事，世人粉飾言神仙。我觀閩境多如此，峻溪絶嶺難攀緣。其間往往有居者，自富水竹饒田園。耄倪不復識官府，豈憚黠吏催租錢。養生送死良自得，終歲飽食仍安眠。何須更論神仙事，只此便是桃花源。《全宋詩》卷一五五〇，册27，第17601—17602頁

## 同前

胡宏

北歸已過沅湘渡，騎馬東風武陵路。山花無限不關心，惟愛桃花古來樹。聞説桃花更有源，居人共得仙家趣。之子漁舟安在哉，我欲乘之望源去。江頭相逢老漁父，烟水蒼蒼雲日暮。投竿拱手向我言，桃源之説非真然。當時漁子漁得錢，買酒醉卧桃花邊。桃花風吹入夢裏，自有人世相周旋。酒醒驚怪告儔侶，遠近接響俱相傳。靖節先生絶世人，奈何記僞不考真。先生高步窘末代，雅志不肯爲秦民。故作斯文寫幽意，要似寰海離風塵。不然川原遠近蒸霞開，宜有一片隨水從東來。嗚呼神明通八極，豈特秘爾桃源哉。我聞是言發深省，勒馬却辭漁父回。及晨遍覽三春色，莫便風雨空莓苔。《全宋詩》卷一九七二，册35，第22098—22099頁

## 同前

釋居簡

種桃種得春一原，逃死逃得秦外天。殺鷄爲黍替草具，不識晉語猶秦言。昨日相逢今日别，流水落花行路絶。鷄黍更從仙隱設，疑是齊東野人説。典午亂多仍治少，此事明明不分曉。

一秦才滅一秦生，避世避人還避秦。憶昔怒驅丞相去，猶思上蔡東門兔。縱有封君禄萬鍾，争如食邑桃千樹。空山惜日見日長，秦民怨日偕日亡。恨身不爲治時草，不恨祖龍長不老。《全宋詩》卷二七九一，册53，第33061頁

## 同前

趙汝淳

武陵溪上栽桃花，兒童笑語成生涯。當初避地不知遠，漁郎驚問疑仙家。年深忘却來時路，流水春風等閒度。龍翔鹿走自興亡，不到花開花落處。江邊雨暗蠻蓑濕，父老欲留留不得。隔林鷄犬漸蕭然，啼鳥一聲溪水碧。《全宋詩》卷二八八九，册55，第34449頁

## 同前

姚勉

武陵溪邊翁好漁，笭箵釣車日采魚。扁舟爲家葦爲屋，豈知世有神仙居。曉來不記舟行路，忽在桃花深絶處。紅雲杳靉望欲迷，絳雪繽紛落無數。水源盡處便逢山，一徑似通人往還。穿花竟出洞谷口，别有天地如人間。青山高下鱗鱗屋，秀野桑麻深潑緑。春深耕罷犢牛眠，晝

静人閑鷄犬熟。村中老幼皆相知，驚逢外人子爲誰。平生采魚不到此，借問此是蓬萊非。笑言此亦人間耳，聞有蓬萊何處是。秦初避亂偶此來。今日已傳秦幾世。漁家不識青史編，相傳去秦六百年。吁嗟已不聞漢魏，豈復知今晉太元。當時祇恐秦萬世，携家挈鄰相遠避。早知秦不五十年，安得種花來此地。采藥山人去不歸，啖松女子今何之。種桃着花尚未實，未必歲月多如斯。家家置酒延鷄黍，便好卜鄰花底住。中心自喜口不言，後日重來今且去。凄然辭别便登舟，依舊花間溪水流。插竹謾標來處路，鳴榔無復舊時遊。顧家一念仙凡隔，如夢驚回尋不得。當時不與俗吏知，或可重尋舊踪迹。五胡原作湖，據豫章本改雲擾豈减秦，晉人合作桃源人。漁郎出山自失計，秦人絶踪應未仁。漁郎漁郎休太息，漁家自有神仙國。鱠鱸沽酒醉蘆花，此樂桃源人未識。神仙有無何渺茫，退之此語誠非狂。淵明作記亦直寄，便如東皋志醉鄉。秦風鍥薄難與處，晉俗清虚何足數。願令天下盡桃源，不必武陵深處所。《全宋詩》卷三四〇五，册 64，第 40503—40504 頁

## 同前

方回

詩序曰：「予謂避秦之士，非秦人也，乃楚人痛其君國之亡，不忍以其身爲讐人役，力

未足以誅秦，故去而隱於山中爾。至晉而後，漁者見其子孫，或夸詑以爲神仙，固已非矣。王介甫『知有父子無君臣』之句，尤爲悖理。『楚雖三户，亡秦必楚』，不遽亡之，則亦避之，蓋深於知君臣之義者，介甫殆未知也。淵明豈輕於作此記？亦私痛晉之士大夫翻然事劉裕而無耻者爾。予遍讀桃源題詠數百首，無能發明此意，故大書道士壁而刊之，不知其僭。兼是時，韃酉寇蜀，降將或爲之用，因并以寓一時之感，而其實亦足以爲天下後世爲人臣者之勸云。」按，方回此詩《全宋詩》失收，今據《全元詩》收録，仍置本卷。

佩蘭騷人葬魚腹，章華臺傾走麋鹿。祖龍南游萬事非，腸斷沅江爲誰緑。王孫公子入函關，半作長城鬼不還。委質良難身死易，長歌深入桃花山。姬周以義興，夷齊用爲耻。懷王歿於欺，此恨痛入髓。力不加虎狼，固有去之爾。向來長往人，素心政如此。俗人不識呼爲仙，謂無君臣益欺天。慷慨褰裳睨東海，不見當年魯仲連。淵明胡爲作此記，不紀義熙同一意。羞殺人間淺丈夫，反君事讐如犬彘。我來山中覓餘春，千古義氣猶如新。楚人安肯爲秦臣，縱未亡秦亦避秦。《全元詩》，册 6，第 570—571 頁

## 同前

王景月

秦皇有地包沙漠，秦民無地堪托足。民心咫尺不戴秦，秦令安能到空谷。商山紫芝青門瓜，武陵洞底栽桃花。草木不共人逃去，虞妃山赭良堪嗟。秦皇一世二世歇，秦民萬世桃花月。漁子相逢五百年，已聞幾度乾坤裂。靖節先生曾作記，祇云賢者玆避世。時人浪作神仙傳，空自渺茫涉奇異。君不見年來禮樂卯金刀，先生歸對廬山高。所種柴桑五株柳，勝是武陵千樹桃。《全宋詩》卷三七八五，册 72，第 45688—45689 頁

## 桃源行送張頡仲舉歸武陵

王令

山環環兮相圍，溪亂亂兮漣漪。花漫漫兮不極，路繚繚兮安之？棄舟步岸兮欲進復疑，山平阜斷兮忽得平原巨澤，莽不知其東西。桑麻言言兮田野孔治自注：平聲，風回地近兮將亦聞乎犬鷄。信有居者兮，盍亦往而從之？語何爲乎獨秦？服何爲乎異時？見何驚兮遌錯？貌何野而棲遲？問何迂兮古昔，聽何感而噫噫。秦崩晉代兮河覆山移，天顛地陷兮何有不知。上無君兮孰主，下無令兮孰隨。身群居而孰法，子娶嫁而孰媒。既棄此而不用，何久保而弗離。豈畏伏於亂世兮，猶魚潛而鳥棲。寧知君之爲擾兮，不知上之可依。豈懲薄而過厚兮，遂篤信而忘欺。將久習以成俗兮，亦耳目之無知。眷叙言之綢繆，與歡意之依稀。及情終而禮闋，忽回腸而念歸。更酸顔而慘頞，嘆異世之從容。惜暫遇之偶然，嗟永離而莫同。舟招招而去岸，帆冉冉以行風。豁山靄之披袪，赫曉日之曈曨。驚回舟而返盼，忽徑斷而溪窮。目恍惚兮圖畫，心䡾張兮夢中。何一人之獨悟，遂萬世之迷踪。惟天地之茫茫兮，故神怪之或容。惟昔王之制治兮，惡魑魅之人逢。逮後世之陵夷兮，固人鬼之争雄。抑武陵之麗秀兮，故水複而山重。及崖懸而磴絶，人迹之不到兮，反疑與夫仙通。君生其地兮，宜神氣之所鍾。觀顔面之峭峭兮，其秀猶有山水之餘風。憫斯民之無知兮，久鬼覆而仙蒙。願窮探兮遠覽，究非是之所從。因高言而大唱，一洗世之昏聾。《全宋詩》卷六九一，册12，第8073—8074頁

## 桃源行寄張兵部

郭祥正

武陵溪上青雲暮，昔人傳有桃源路。時見落花隨水流，咫尺神仙杳難遇。神仙有無何可量，但愛武陵山水强。松烟竹霧水村暗，鳥啼猿嘯花雨香。車輪不來塵坌絶，日月自與乾坤長。聞君取身欲長往，禾熟良田給春釀。陶然一醉萬事休，還我天真了無象。生胡爲榮死奚慼，爲笑紛紛避秦客。一身千歲何足論，更向漁家寄消息。《全宋詩》卷七七九，册13，第9019頁

## 次韻弟觀用王介甫桃源行韻寫感爲西湖行

陳　著

錢塘江頭駐龍馬，西湖風光甲天下。西湖西邊屋萬間，中有沈沈醉花者。鶯鶯燕燕日日

春，萍虀豆粥蠟代薪。黑殺吹飆忽過江，夏貽君父辱在臣。烽火連天天已近，浪將督師答天問。畏縮不前江神嗔，坐受排墻侶西晉。我行六橋扇障塵，仰面發慟風岸巾。誤國至此臍莫噬，安得包胥哭向秦。《全宋詩》卷三三八八，册 64，第 40320 頁

## 再次前韻

陳著

大地山河屬司馬，雲闕岧嶢都洛下。夕陽亭上已賣國，無與東門長嘯者。銅駝荆榛不成春，華林轉眼爲樵薪。連墻枯骨若有聲，啾啾知是清談臣。中原雖遠江東近，典午偏安姑莫問。苻堅百萬卷淝波，猶有安石能强晉。嗟今玉輦竟蒙塵，將相受辱甘幗巾。求如西晉已觖望，萬世遺笑無人秦。《全宋詩》卷三三八八，册 64，第 40320 頁

## 和桃源行效何判縣鍾作

吴澄

冀州以北健蹄馬，一旦群嘶廬霍下。睢陽不遇雙貂公，總是開關迎拜者。燎原焰焰春復春，不惟捧水惟益薪。海門浪沸會稽坼，血泪交流草莽臣。舉首日邊遠與近，不知官守何人問。

仲連未即蹈東海，元亮至今尚東晉。桃源深處無腥塵，依然平日舊衣巾。擬學漁郎棹舟入，韓良寧忍終忘秦？《全宋詩輯補》，册7，第3609頁

## 桃源二客行

張方平

劉郎阮郎丹籙客，桃花源中有舊宅。閑尋流水過碧溪，忽聞鷄犬見人迹。瓊臺瑶榭知何所，紫雲深處開珠户。鶴駕龍軿彩仗來，鸞歌鳳舞霞觴舉。世緣未斷塵心狂，苦厭仙家日月長。洞門一閉恍如夢，歸路古木何荒凉。《全宋詩》卷三〇八，册6，第3883頁

## 桃源歌

漆高泰

武陵傳説遇神仙，再問桃源已窅然。元亮去後山水遷，津迷向處訪高賢。此源非是避秦膻，此處桃花不浪傳。山城畫裏縱盤旋，奇峰兀突摩大圓。名山横列鎮前川，兩水夾鏡絶塵牽。漁舟夜泊歌扣舷，土門空豁緑楊偏。中有神皋百頃田，晨興理穢帶月還。鷄鳴木末犬輕猥，黄髮垂髫自年年。我來此地卜居廛，依山結構足酣眠。幽窈之中曠且平，四時遞嬗樂相

緣。春輝鶴嶺嵐拖烟，雲峰響石草芊芊。時雨東來好風連，良苗懷新鷺渚拳。巖阿避暑洌寒泉，寒泉清可沁詩篇。柳陰一曲奏暮蟬，山頭牧笛起炊烟。金風催桂菊舒妍，蟹肥酒熟慶尊前。團圞坐月笑語闐，露白葭蒼雁羽翩。凍徹梅花雪裏娟，幽香兼憶剡溪船。懷芹負日向西櫋，俯仰無慚影自全。平陂世態任回旋，心苦形役皆自煎。別有桃花浪八千，朝來且種火中蓮。劉叟芳踪留數椽，孝友家風著簡編。五陵諸子如問焉，仙乎仙乎在樂天。［清］徐家瀛修(同治)《靖安縣志》卷十四《藝文志》，清同治九年，第24頁

## 倉前村民輸麥行并序

張　耒

詩序曰：「余過宋，見倉前村民輸麥，止車槐陰下，其樂洋洋也。晚復過之，則扶車半醉，相招歸矣。感之，因作《輸麥行》，以補樂府之遺。」宋周紫芝《周紫芝詩話》曰：「本朝樂府當以張文潛爲第一，文潛樂府刻意文昌，往往過之。頃在南都，見《倉前村民輸麥行》，余嘗見其親稿，其後題云：『此篇效張文昌，而語差繁。』乃知其喜文昌如此。」①清厲鶚《宋詩

---

①《宋詩話全編》册3，第2834頁。

紀事》引《蓉塘詩話》曰：「自鎮江以東，有獨輪小車，凡百乘載皆用之。一人挽於前，一人推於後，謂之羊頭車。書籍未見載此名者，獨張文潛《輸麥行》云：『羊頭車子毛布囊，泥淺易涉登前岡。』始見詩人用之。」①按，《宋詩紀事》作張耒詩，題作《輸麥行》。②《全宋詩》卷一一八七又作吕本中詩，題辭皆同，兹不復録。

場頭雨乾場地白，老稚相呼打新麥。半歸倉廩半輸官，免教縣吏相催迫。羊頭車子毛巾囊，淺泥易涉登前岡。倉頭買券槐陰凉，清嚴官吏兩平量。出倉掉臂呼同伴，旗亭酒美單衣換。半醉扶車歸路凉，月出到家妻具飯。一年從此皆閑日，風雨閉門公事畢。射狐罝兔歲蹉跎，百壺社酒相經過。自注：此篇效張文昌，而語差繁。

《全宋詩》卷一一八七，册20，第13418頁

① 《宋詩紀事》卷二六，第666頁。
② 《宋詩紀事》卷二六，第666頁。

# 臘月村田樂府十首并序

范成大

詩序曰：「余歸石湖，往來田家，得歲暮十事，采其語各賦一詩，以識土風，號《村田樂府》。其一《冬舂行》，臘日舂米爲一歲計，多聚杵臼，盡臘中畢事，藏之土瓦倉中，經年不壞，謂之冬舂米。其二《燈市行》，風俗尤競，上元一月前已賣燈，謂之燈市。價貴者數人聚博，勝則得之，喧盛不減燈市。其三《祭竈詞》，臘月二十四夜祀竈，其説謂竈神翌日朝天，白一歲事。故前期禱之。其四《口數粥行》，二十五日煮赤豆作糜，暮夜闔家同饗，云能辟瘟氣，雖遠出未歸者，亦留貯口分，至襁褓小兒及僮僕皆預，故名口數粥。豆粥本正月望日祭門故事，流傳爲此。其五《爆竹行》，此他郡所同，而吴中特盛，惡鬼蓋畏此聲。古以歲朝，而吴以二十五夜。其六《燒火盆行》，爆竹之夕，人家各又於門首燃薪滿盆，無貧富皆爾，謂之相暖熱。其七《照田蠶行》，與燒火盆同日，村落則以秃帚若麻藍竹枝輩燃火炬，縛長竿之杪以照田，爛然遍野，以祈絲穀。其八《分歲詞》，除夜祭其先竣事，長幼聚飲，祝頌而散，謂之分歲。其九《賣癡獃詞》，分歲罷，小兒繞街呼叫云賣癡汝賣汝獃。世傳吴人多獃，故兒輩諱之，欲賈其餘，益可笑。其十《打灰堆詞》，除夜將曉，鷄且鳴，婢獲持杖擊糞壤致詞，以祈利市，謂之打灰堆。此本彭蠡清洪君廟中如願故事，惟吴下至今不廢云。」

## 冬春行

臘中儲蓄百事利，第一先春年計米。群呼步碓滿門庭，運杵成風雷動地。篩匀箕健無粞糠，百斛只費三日忙。齊頭圓潔箭子長，隔籮耀日雪生光。上倉瓦龕分蓋藏，不蠹不腐常新香。去年薄收飯不足，今年頓頓炊白玉。春耕有種夏有糧，接到明年秋刈熟。鄰叟來觀還嘆嗟，貧人一飽不可賒。官租私債紛如麻，有米冬春能幾家。

## 燈市行

吴臺今古繁華地，偏愛元宵燈影戲。春前臘後天好晴，已向街頭作燈市。疊玉千絲似鬼工，剪羅萬眼人力窮。兩品争新最先出，不待三五迎東風。兒郎種麥荷鋤倦，偷閒也向城中看。酒壚博簺雜歌呼，夜夜長如正月半。災傷不及什之三，歲寒民氣如春酣。儂家亦幸荒田少，始覺城中燈市好。

## 祭竈詞

古傳臘月二十四，竈君朝天欲言事。雲車風馬小留連，家有杯盤豐典祀。猪頭爛熱黃本作熟雙魚鮮，豆沙甘鬆粉餌團。男兒酌獻女兒避，酹酒燒錢竈君喜。婢子鬥争君莫聞，猫犬觸穢君莫嗔。送君醉飽登天門，杓長杓短勿復云，乞取利市歸來分。

## 口數粥行

家家臘月二十五，淅米如珠和豆煮。大杓轑鐺分口數，疫鬼聞香走無處。鍑薑屑桂澆蔗糖，滑甘無比勝黃粱。全家團欒罷晚飯，在遠行人亦留分。褓中孩子强教嘗，餘波遍沾獲與臧。新元叶氣調玉燭，天行已過來萬福。物無疵癘年穀熟，長向臘殘分豆粥。

## 爆竹行

歲朝爆竹傳自昔，吴儂政用前五日。食殘豆粥埽罷塵，截筒五尺煨以薪。節間汗流火力透，健僕取將仍疾走。兒童却立避其鋒，當階擊地雷霆吼。一聲兩聲百鬼驚，三聲四聲鬼巢傾。十聲百聲神道寧，八方上下皆和平。却拾焦頭疊床底，猶有餘威可驅癘。屏除藥裹添酒杯，晝日嬉遊夜濃睡。

## 燒火盆行

春前五日初更後，排門然火如晴晝。大家薪乾勝豆䕺，小家帶葉燒生柴。青烟滿城天半白，棲鳥驚啼飛格磔。兒孫圍坐犬鷄忙，鄰曲歡笑遥相望。黄宫氣應纔兩月，歲陰猶驕風栗烈。將迎陽艷作好春，政要火盆生暖熱。

## 照田蠶行

鄉村臘月二十五，長竿然炬照南畝。近似雲開森列星，遠如風起飄流螢。今春雨雹繭絲少，秋日雷鳴稻堆小。儂家今夜火最明，的知新歲田蠶好。夜闌風焰西復東，此占最吉餘難同。不惟桑賤穀芃芃，仍更苧麻無節菜無蟲。

## 分歲詞

質明奉祠今古同，吴儂用昏蓋土風。禮成廢徹夜未艾，飲福之餘即分歲。地爐火軟蒼术香，飣盤果餌如蜂房。就中脆餳專節物，四座齒頰鏘冰霜。小兒但喜新年至，頭角長成添意氣。

老翁把杯心茫然，增年翻是減吾年。荆釵勸酒仍祝願，但願尊前且强健。君看今歲舊交親，大有人無此杯分。老翁飲罷笑撚鬚，明朝重來醉屠蘇。

## 賣癡獃詞

除夕更闌人不睡，厭禳鈍滯迎新歲。小兒呼叫走長街，云有癡獃召人買。二物於人誰獨無，就中吴儂仍有餘。巷南巷北賣不得，相逢大笑相揶揄。櫟翁塊坐重簾下，獨要買添令問價。兒云翁買不須錢，奉賒癡獃千百年。

## 打灰堆詞

除夜將闌曉星爛，糞掃堆頭打如願。杖敲灰起飛撲籬，不嫌灰涴新節衣。老媪當前再三祝，只要我家長富足。輕舟作商重船歸，大牸引犢鷄哺兒。野繭可繅麥兩岐，短衲换著長衫衣。當年婢子挽不住，有耳猶能聞我語。但如我願不汝呼，一任汝歸彭蠡湖。《全宋詩》卷二二七一，册41，第26029—26032頁

## 村田樂

釋善來

按，《樂府詩集》無此題，然范成大《臘月村田樂府》爲新題樂府，釋善來《村田樂》與范作類同，故予收録。

意舞佯歌取次行，鼓聲嘈雜笛悠揚。玉堂金馬非吾事，土甕新蒭晚粒香。《宋代禪僧詩輯考》，第709頁

## 夢泉并序

唐庚

詩序曰：「潮陽尉鄭太玉夢至泉側，飲之甚甘。明日得之東山上，因作《夢泉記》示余，命作詩。」

入道肯着相，出神得佳泉。起尋定中境，謾意山之巔。四人蹋舡齀，數里聞潺湲。循聲到

巉絶，滿意流甘鮮。雖深石可數，太察魚難筌。分爲縞練去，濺作珠璣圓。一窺宿酲解，三咽沈痾痊。恍惚尚疑夢，歡呼欲成顛。山間短于井，海飲鹹生涎。那知道在邇，幾作野遺賢。事故由人興，物爲知己妍。誰陪濠上游，諒携室中天。雖無十丈花，中有一滴禪。名酒覺殊勝，宜茶定常煎。蘭亭羽觴冷，魚腹青筒連。新文來遠矣，開卷猶濛然。徑欲抱琴去，臨流聽未全。不但受以耳，庶幾神者先。寫爲夢泉操，第入樂府篇。將前輒復却，萬事付有緣。自注：四人蹋䰙䰛，退之《記夢詩》；「數里聞澪湲」，永叔《醉翁亭記》。

《全宋詩》卷一三二〇，册23，第14995頁

## 時宰生日樂府四首并序

周紫芝

詩序曰：「歲十有二月二十有五日，太師魏國公之壽日也。凡縉紳大夫之在有位者，莫不相與作爲歌詩，以紀盛德而歸成功。篇什之富，爛然如雲，至於汗牛充宇，不可紀極。所以祈贊壽齡，無所不至，猗歟盛哉！昔未有也。某綿陋不才，加以門薄而地寒，人微而器窳，如瓦釜囊瓢，宜在草野。雖欲挽而致之，與鼎俎籩豆之器雜然前陳于郊社燕享之間，有所不可。而鈞播之下，萬化斡旋，根荄飛走，并用無遺。前者拔自筦庫，置之省闥，俾司吏牘以主其藏，雖未得與鼎俎籩豆之器雜然前陳，固已不在草野間矣。感激之私，無以自發，

方且含茹吻頰之間而不得吐。會都人士夫奔走爲壽，得不呈露鄙素，爲下俚之辭，尾賀客而前，以謁鈞庭之下乎？乃作樂府四章，再拜而獻。倘欲被之金石，流之管弦，與一代之樂諧和《韶》《濩》，則有所不敢。至若附魏晉以還曹劉諸人殘音餘韻，流傳後來，則又非其人也。譬如茂林時鳥，感動至和，而振翮一鳴，蓋有不知其所以然而然者。仰惟真人出御大寶，由中興以來，每遇是日，必即大第，賜湛恩之燕，賜鈞天之樂，所以寵異師臣，以示旌功報德之意。考諸舊牒，所未前聞，乃作《御燕曲》。朝庭修兩國之好，結百年之盟，休兵息戰，使各保其骨肉父子之親，公之陰德，歲所全活不可以鉅萬計。天下休休乎日向于安平泰定之域，繄公德是賴，乃作《班師行》。時方偃武，文教誕敷，民和年豐，國足財阜。禮之墜者復振，樂之廢者更新，百度彰明，萬邦悦附。實我周公迓衡之政，乃作《升平謡》。四方無虞，五兵不試，國肅以清，民庶以寧。當是時也，家被更生之賜，人懷欲報之心。皇天無私，仁者必壽，此天之所以歸德於公也，乃作《祈年歌》。竊惟公之洪猷茂烈，度越曠世，雖盈編溢册，不能具載。而質之四詩，亦可概見。後之賢者，聞而悦之，將欲鼓之舞之，長言而永歌之，庶幾或有取於斯焉。謹序。」

## 御燕曲

新陽入谷春欲回，瑤池春早桃花開。黄金三尺瑞獸暖，雲横霧繞珠簾垂。碧腴分香自紫府，百壺流泉酒如許。御厨排燕羅八珍，更飭梨園賜歌舞。黄門宣詔天上來，歡喜時聞傳帝語。紅鑾畫幕密護遮，參差吹竹凌丹霞。雙成持觴蕚緑勸，五雲遥望群仙家。仙家日月真長久，地久天長聖恩厚。願公歲歲復年年，長帶宫花飲宫酒。

## 班師行

漢兵出塞將軍行，棘門灞上空屯營。羽書夜半急如火，淮田千里無春耕。廟堂有議如建武，十歲邊頭不鳴鼓。君王無事兩國歡，長樂宫中瞻聖母。鷹飢虎飽不足圖，三軍漸欲銷兵符。紅旗盡卷夜烽冷，銅花綉甲金模糊。横議當年蝟毛起，公持一言天自喜。盡收諸將入神京，十六衛閑清似水。榆關一騎不動塵，陰功何止活萬人。封侯鑄印不足説，朱顔一笑三千春。

## 升平謡

負石填海海可乾，鑄鐵削山山可刊。俟河之清豈易得，眼見太平真復難。春風輦路宫槐緑，花繞漢宫三十六。喜入天顔人盡知，奉常新奏升平曲。前年被衮郊圓天，今年執玉朝塗山。漢官威儀久不見，三代禮樂俱追還。太師功大非人力，早向壺天賜新宅。消得官家駐六飛，畫鼓咽咽燕瑶席。紫宸朝散千官行，四方警奏虚封章。衮司無事鈴索静，牙牌報漏春晝長。但聞群賢歲歌舞，壽曲聲中玉觴舉。青衫小吏亦復歡，自采民謡裨樂府。

## 祈年歌

十雨五風年歲熟，萬落千村俱種粟。人從南畝把金犂，誰在廟堂調玉燭。昔年避地今安居，前日荷戈今佩犢。開元宰相不開邊，當時米賤斗數錢。自從罷武銷劍戟，外户不閉俱安眠。人蒙更生家受賜，父老歡喜兒童顛。君不見天上宸章燦星斗，翔鸞驚飛翠蛟走。爲言一德似阿衡，上格皇天贊元后。皇天報德亦可知，仁者必壽天無私。但願天心錫難老，貂冠晝衮常光輝。四國無兵誰不喜，共説升平自今始。黄帝垂衣坐法宫，千歲常師廣成子。《全宋詩》卷一五二〇，册26，第17290—17292頁

# 卷一三四　宋新樂府辭三

## 時宰相生日樂府三首并序

周紫芝

詩序曰：「某嘗歷考自昔大臣，身輔帝王，名垂書傳，而得光明盛烈，足以夸耀後世者，不可殫紀。如商阿衡、周尚父之徒，雖號爲傑，不可跂及，然皆未免於兵。於是後世喜言兵者皆曰：『是數人者以此而定亂，以此而成功。』往往亦以是説而説其君，蓋將以邀利於一時，而其黷武之弊有不可勝言者矣。夫善師者不陳，班固所以言堯舜之兵也；不戰而屈人，揚雄所以言堯舜之兵也。由唐虞以來不知其幾千百年，世間有好戰以危國者，未聞其以不戰而定亂也。今太師大丞相魏國公，以堯舜無爲之道而事君，以堯舜好生之德而用武，用能不戰以成功。自修盟以來至於今日，不交一戟，不遺一鏃，而天下大定。其不世之功，無窮之利，使有班、馬之文，蘇、張之辨，安能一書再書而足。況若某之拙于文辭，宜不能措一字於其間，而向之已陳者又不復以黷聰明之聽。日者郊祀之夕，瑞雪收霽，大禮告成，太史占星，殊祥并出。某猥以賤吏，駿奔祠事，禮成而歸。道聞父老之言，歡呼載路，嘗欲述以爲獻，無因而前。會太師之壽日，乃敢采爲歌詩，作樂府三章，相與行道之人壽而祝之，以示區區報德述生之意。詞雖鄙俚，意實鄭重。蓋嘗以謂方今揄揚盛德、稱頌大美者日至於前，不啻若弦匏金石之并奏，未嘗一日而不入於耳也。然則安知厭聞雅頌之音者，聽蕢桴土鼓之樂、負薪扣角之歌而無取焉？此某之《折揚》《皇荂》，所以得至於鈞庭之下也。謹序。」

帝居七星中紫宸，黄金掣鎖天開門。中人傳詔不動塵，御府拜賜天爐芬。鬱金蘇合百和匀，雙虬鏤合盤雕紋。雲錦織帕勞天孫，金狻猊擁春空雲。流霞一酌千日醺，壽公遐齡天語温。朱弦白雪聲調新，洞庭之樂人皆聞。官家異禮尊帝臣，八師七友無此勛。聖賢一出五百歲，開闢以來能幾人。東方曼倩何足數。三食仙桃識王母。何當移植上林中，歲歲年年見花吐。溪上人家自一川，武陵邂逅非神仙。但令父老不識戰，人間何處無桃源。自從罷武得生活，垂髫小女皆能言。肯爲八方開壽域，廟堂政要公調元。

甘泉羽書久不至，六樂初成禮初備。萬兩黄金鑄景鍾，八級層壇築圓陛。侍臣曉入明光宫，彤庭暖日升曈曨。弦匏鼎俎耀前列，大聖製作垂無窮。太常爲旆玉爲輅，路穩沙平試天步。日邊風雨曉前收，夜半笙簫月中度。君臣有道道格天，五星同色三台圓。千官拜舞皇輿旋，青城路遠聞鳴鞭。黄麾羽葆識全仗，綉衣雷鼓鳴鈞天。羽林騎士如流水，未央宫闕明山川。千門萬户不知數，盡捲簾幕瞻龍顔。道傍父老百歲許，醉倚春風自相語。昔年舊事一日新，廊廟功成不因武。群生欲報知何緣，再拜願壽公千年。

海上神仙不知數，無人解説三山路。舟中彷彿見霞裾，弱水波深不堪度。青天那得白日升，仁能愛物功乃成。秦漢之君俱好武，枉從方士求長生。從來定亂必以戰，公以不戰爲中興。兩朝歲活數百萬，報公福禄知難名。只今潭潭開二府，富貴如山澤如雨。經殿時聞御幄香，日對清光接天語。歸來下馬復過庭，一德樓邊柳陰舞。天上頻移瑇瑁筵，瓊漿賜酒如流泉。盛事傳觀作圖畫，蕊珠何處求群仙。皇天報德何時足，政恐天心似人欲。會從四世數五公，何止長年是公福。《全宋詩》卷一五二二，册26，第17308—17309頁

## 時宰生日樂章七首并序

周紫芝

詩序曰："某嘗觀漢武帝在位既久，心喜太平，凡一草木、一飛走之瑞，間見迭出，旋命詞臣作爲樂章，載在史牒，人到於今猶稱誦之。太初四年獲宛馬，作《天馬之歌》；元封二年芝生甘泉，作《齋房之歌》；元狩元年獲白麟，既作《朝隴首》；太始三年獲赤雁，則又作《載

象瑜》。然是數物者，特以鳥獸草木之珍、羽毛品類之異，遂見紀錄，不知其何補於治，何益於人，何功於宗廟社稷而稱述歌詠之如是其至耶？爲人臣而有大功德於天下，人主倚以爲安危，四海視以爲治亂，陰陽調和，四夷馴服，教化修明，天地昭格。曠古以來耳目之所未嘗見聞者，乃反不得紀之樂章、被之金石，曾千里之馬、九莖之芝，與夫一麟一雁之不若，豈不毀譽失實，冠屣顛倒，大爲可笑哉！仰惟上穹垂祐，聖相聿生，八表蒙休，群蒼贊壽。聖天子自我作古，加以寵恩，錫之燕喜，蓋無所不用其至焉。天下賢士大夫能援毫者，誰不作爲歌詩，踴躍自獻。則頒明詔、命詞臣，寓勛德於樂章，紀成功於大筆，爲有日矣。某猥以一介，辱在坯陶。白首詞官，十年之間，内職編摩，外專城壘，栽培枯枿，造化餘生。蓋將援甲子於泥途，以補山林之歲月，則某佩太師公相之恩，華嶽不足方重，滄海難以擬深。周視此身，念無以報，唯歲以骫骳之詞，而祈喬松之壽。區區自謂，其殆庶幾焉。重惟大德日新，陳言屢出，不變故常，始終一律，重章複句人所厭觀，輒敢易爲樂章七疊。雖不動望班孟堅、司馬相如輩於萬一，他日朝廷采詩之官以摭歌謠，稗官以求里巷之言，或將有取焉爾。至若宣王中興之臣，如仲山甫、方叔、召虎之徒，功德光華見於《烝民》《崧高》諸篇，則必有其人矣。詩曰『吉甫作誦，穆如清風』，固所願見。而《十九章》之詩則義有闕，未之與也。」

## 樂賢臣章第一

亳后出，莘野興。一德懋，三台明。歲在午，月嘉平。鼓坎坎，玉簫鳴。醉厭厭，椒醑馨。閲萬古，所未聞。肖説像，傳堯文。盤誥出，德爵尊。依日月，慶風雲。等箕翼，奉羲軒。願公壽錫兮公齡。

## 忠貫日章第二

六親和，孝慈不出。國道昌，忠臣不立。韙公節，秋霜栗。緊公忠，貫白日。河洛腥，黄霧塞。梟獍鳴，群奸集。靡它而從中不沐，忠臣飲氣義士戢，主在與在公不屈。茫茫沙漠萬里天，渺渺歸船徐本作航海中楫。公之歸，天爲悦。願壽公兮報公節。

## 回瀾章第三

歲在昔，時否屯。河陽狩，滄海渾。將惰驕，霸棘分。盜連行，兵蜂屯。公決策，摭霧雰。豐豕封，群羊奔。佩櫜鞬，朝帝閽。奸氣讋，聖道尊。三階明，萬室歡。帝籍功，永不刊。願壽公兮公永安。

## 單于朝章第四

單于朝，流沙暨。天降康，神樂只。坐法宮，聖天子。稽唐虞，制六藝。屬大儒，明古義。金支張，玉帛制。告太平，備昭事。天馬徠，渥洼至。朱鳥徠，翔九陛。願壽公兮報公治。

## 歌泰和章第五

馬牛歸，文軌同。洛邑宅，神邱蒙。神光流，爟火通。君車駕，款郊宮。君車回，霈澤豐。神既娭，景冲融。俗阜康，君樂雍。願壽公兮報公功。

## 泰一徠章第六

排天門，羅萬戟。升三陔，祠泰一。旗幡幡，鼓吸吸。降赤霄，下瑶席。泰一徠，景貺集。歲三登，連八極。五臣相，宇宙一。神降臨，罔不吉。神言歸，恍兮惚。願壽公兮報公德。

## 榆中章第七

榆關以北，一騎不馳。孰窺漢月，燧息烽夷。塞草春榮，夷氓負犁。九州萬井，風恬俗怡。

血屬相保，母父子妻。既續厥嗣，亦活黄萊，幾億萬年。維德所施，礿雲來睇。天之報之，壽之福之。劫塵可數，此報何期。《全宋詩》卷一五三二，册26，第17399—17401頁

## 莫望草并序

徐積

詩序曰：「莫望草，爲路公而作也。路公行且有日，某方抱病伏枕，感公之行，於枕上爲此詩焉。時夜漏方半，適與孤甥老老同寢，竊自感其意，即以手撫老老而歌之。老老最耽眠，至明日猶能記憶，是其歌之甚數也。既而即欲自書而病不能書，然卒亦自書之。公且行矣，某病未除也，某不知恤己之病，唯欲公之長無苦也。公其强食自愛，爲國慎疾，此乃詩之所不能道者也。方某年未四十時，歷事尚淺，或見人感慨悲歌至於潸然出涕，或對之竊笑，或意色不悦，蓋以謂此非壯夫之事，乃兒女子之情也。其後歷事浸多，或得之於所見，或得之于所聞，或得之於傳記，然後知其所以然者，是其不可以已也。然後以謂四庫本作爲非特兒女子之情，真出於壯大烈士之義也。蓋士有徇一日之義，蹈白刃，趨鼎鑊，出萬死而不顧者，則悲歌涕泣，又何足道哉！彼壯夫烈士者，未必皆合於義，雖近於義，未必皆合于中道，然至比于薄俗小人忘德背恩者，可爲之長嘆息也。夫以悲歌涕泣爲不足道，則此

詩尤爲不足道也。蓋其所以戀公之意不能少見，故少見之於詩也。雖然，以公之義，豈區區之詩所能道耶？是亦不可以已也。此詩樂府也，借喜事小吏歌之，不一歌而止可也。」

莫望坡頭日，日色催行人。莫望河上草，草色空連雲。雲邊芳草路，茫然是何處。行人望不見，草色自如故。《全宋詩》卷六四四，册 11，第 7633—7634 頁

## 伯弜出示新題樂府四十章雄深雅健有長吉之風喜而有詠

釋永頤

偉哉吴人周伯弜，《國風》《雅》《頌》今再昌。鈞天洞庭不敢張，楚芉原作芊，據汲古閣本改暗泣嗟窮湘。慶祚三百多禎祥，嗚呼四十樂府章。春宵翦燭飛蘭香，浩歌激烈聲洋洋。貞魂義血流精光，奸鬼妬魄誅幽荒。土木閃怪踏雪僵，茫茫萬竅塞鼓簧。再洗律吕調宫商，金玉振耀齊鏗鏘。一清一濁均陰陽，風霆變化始有常。詠歌唐虞及商湯，矇瞽獻納皆贊襄。煌煌天子朝明堂，永被金石無哀傷。《全宋詩》卷三〇二一，册 57，第 35988 頁

## 五溪道中見群牛蔽野問之容州來感其道里之遠乃作短歌以補樂府之闕

周紫芝

淮田一廢不復秋，五夫扶犁當一牛。番兵大入郡不守，青窠未熟官來收。狐狸晝嘯荆棘裏，此事最貽廊廟憂。羽檄徵牛牛蔽野，問言萬里來容州。容州價賤苦易得，四蹄纔堪一劍易。來時草青今草黄，道路既遠多死傷。沙場草淺食不飽，夕陽時見烏銜創。江北江南幾阡陌，幾牛能滿千家倉。願言田父各努力，會見西風禾黍長。將軍官大馬亦壯，肯使胡兒原作敵騎，據諸本改窺漢疆！《全宋詩》卷一四九七，册26，第17090頁

## 補樂府十篇并序

曹勛

詩序曰：「夫《小雅》廢而《頌》聲寢，王澤竭而詩不作。何則？治亂之迹殊，而哀樂之情變也。故《簫》《韶》歌虞，鳥獸率舞；靡靡歌桀，淫湎流化。是知吟詠情性關乎盛衰，參諸天地；俯仰疾徐，接於影響，形於風化。傳以爲動天地，感鬼神，不亦信哉！予讀古史，

見六代之樂，及覽外傳，自宓犧以至於商，皆有其名而亡其詞。唐元結嘗第而補之，惜其文勝理異。予志于古而不及見者也，因申其名義，補而發之，庶幾一唱三嘆，當有賞音者存焉云爾。」

**帝宓犧氏之樂歌** 一章章三句

《罔罟》，以利民也。

罔兮罟兮惟田漁，時兮食兮民之須，以享以祀兮燔祭有餘。

**帝神農氏之樂歌** 一章章五句

《豐年》，報帝功也。

豐年告成，百穀用登。匏籩既盈，黍稷既馨，昭假是膺。

**帝有熊氏之樂歌** 三章章四句

《雲門》，紀瑞應而昭靈命也。

於昭上帝，靈命有赫。其命維何，卿雲五色。

翩如游龍，萃如山崇。來臨來止，愓然有顒。惟欽惟畏，乃祇乃庸。肇建官師，神民肅雍。

帝少昊氏之樂歌三章章四句

《九淵》，澤及飛沉也。

鳥飛於天，魚躍於淵。俟其尸之，其然而然。物之生矣，時其殖矣。職其宜矣，安其居矣。神之降依，昭假左右。霜露所沾，罔不在宥。

帝高陽氏之樂歌一章章九句

《五莖》，萬物遂其性而遍諸嘉生也。

悠悠上天，罔不覆護兮。芸芸動殖，靡不康阜兮。三光全兮，五穀熟兮，神顧歆兮，吾人昌兮，維上帝之功兮疇依。

**帝高辛氏之樂歌**三章章四句

《六英》，草木暢茂而被其光華也。

時雨濛濛，自西及東。日月所至，罔不率從。
田有黍稷，原有榛栗。尊卑秩秩，民有家室。
惟川冲冲，惟山崇崇。允執厥中，臻於大同。

**帝陶唐氏之樂歌**三章。二章章四句，一章章六句

《咸池》，德施周普而流於罔極也。

鴻惟烈祖，啓迪後人。皇皇上帝，俾予字民。
民協平康，帝命式臧。宅彼陶唐，光于萬方。
萬方億寧，亦莫我敢承。如天之運，如日之升。孰知其極兮，不可得而名不可得而稱。

**帝有虞氏之樂歌**三（疑當作二）章，章四句

《大韶》，能紹帝堯之德而同于無爲也。

草木繁蕪兮陰雨膏之，百谷豐衍兮寒暑成之。萬物護理兮元凱馴之，顧否德之弗類兮敢不允躬以承之。

庶揖讓以敉寧兮傳諸罔極，世不乏聖兮惟皇與直。俾帝堯之至公兮，終維斗之不忒。

**夏后氏之樂歌**三章。二章章四句，一章章八句。

《大夏》，美其功利之大而民歌樂之也。

於皇上聖，臨御有赫。洪流湯湯，弗降弗辟。

命於帝庭，纂服是膺。隨山濬川，海宇攸寧。

五服既宅，貢有常職。恩覃遐荒，惟帝之力。元圭告功，敢不承式。地平天成，垂休罔極。

**有商氏之樂歌**三章。一章章三句，二章章四句

《大濩》，美其寧亂救民而能覆護之也。

維天有光，式彼大商，俾正以爾萬方。

萬方其乂，易亂爲治。至於上下，鳥獸草木罔不安遂。

帝命是膺，聖政日新。佑我烈祖，以克相爾後人。《全宋詩》卷一八七七，册33，第21033—21035頁

## 采葛行

吴　泳

黄葛溪上生，青條谷中垂。薄言采其絲，緝彼絺與綌。縫作公子裳，遠寄閨人思。絺兮凄以風，不值當暑時。輕鮮未及御，棄置忽若遺。雖則遭棄捐，肯爲風雨移。朝暮蒙楚中，采采以慰飢。君看葛婦歌，嘗膽味若飴。《全宋詩》卷二九四〇，册56，第35036頁

## 鄴中行

梅堯臣

按，《樂府詩集·新樂府辭》有《鄴都引》，《鄴中行》或出於此，故予收録。

武帝初起銅雀臺，丕又建閣延七子。日日臺上群烏饑，峨峨七子宴且喜。是時閣嚴人不通，雖有層梯誰可履。公幹才俊或欺事，平視美人曾不起。五官褊急猶且容，意使忿怒如有鬼。自茲不得爲故人，輸作左校濱於死。其餘數子安可存，紛然射去如流矢。烏烏聲樂臺轉高，各自畢逋夸覂尾。而今撫卷迹已陳，唯有漳河舊流水。《全宋詩》卷二四五，册5，第2842頁

## 青樓曲

鄒登龍

青樓女兒十五六，翠掠雲鬟妙裝束。千金學舞拜部頭，新來教得涼州曲。錦韉少年被花惱，醉把金釵換香草。西風樓前秋雁飛，舞衣狼籍花顛倒。《全宋詩》卷二九三八，册56，第35016頁

## 哀青樓曲

劉仙倫

東風吹衣樓百尺，青錢唤酒春壺碧。樓中女兒顏如花，欄干徙倚春無力。翻騰舊曲偷宫商，顧曲豈怕周家郎。態濃意遠淡梳掠，依約風韻追韋娘。樽前時復度芳眄，長恐秋波落金盞。自言流落小民家，似恨相逢成太晚。吁嗟緑綺琴，弦絶無知音。行雲忽何處，十二巫山深。巫山深兮君不來，春無色兮意衰回。夕陽下兮猿叫哀，可憐宋玉空多材。［宋］陳起《江湖小集》卷四九，景印文淵閣四庫全書，册1357，臺灣商務印書館1986年版，第372頁

# 卷一三五　宋新樂府辭四

## 朝元引貽趙抱一

張方平

星斗挂空碧，鸞鶴翔紫清。朝真弟子古壇上，爐烟裊裊金碧聲。露脚斜白寒不動，千山岑寂横烟清。絳闕太真冠簡静，紫宫夫人璫佩鳴。霞旌曉邁遺空谷，石磴雲埋瑶草緑。殘蟾冷帖西南隅，回首塵寰烟一簇。《全宋詩》卷三〇八，册6，第3878頁

## 哀三城并引

釋居簡

詩引曰：「開禧至紹定，幾三十年士不解甲。殘虜假息韃人，擾亂我邊陲，潼關以西，如無人之境。成守李冲、鳳守李寔，皆名將種，備禦有嚴，不頹家聲。西和守陳寅仲，開禧總餉不受僞命咸之家嗣，奮仁勇於世家子，苦戰無援，偕二城死義。壯其死而哀之，擬《悲陳陶》《悲青阪》，賦《哀三城》以泚。偷富竊貴，賣降致款，非人類之纇。」

歲逢虎牛禍折萌，蕩蕩蜀道猶可評。嗾奸反正善其計，振槁拉枯徒爾勤。初雖覆杯可撲滅，終焉決海難爲平。智人三尺眼前暗，明玉一玷磨弗晶。因仍擾擾不知了，殘金欲炧連韃人。武功夙著冲與寔，貂蟬貴欲兜牟成。孽成孤鳳鳥不度，守有可死生無因。兩公氣節固相類，又類射虎飛將軍。西和寅仲出儒素，開禧總餉先垂名。太丘是父有是子，衝樓跨竈前無倫。話頭講明有定見，不與奸諂相因循。犬戎日衆我日寡，貔貅乍屈還乍信。賀蘭飽鮮方醉醇，嚙指不讎南霽雲。慟哭秦庭不肯援，有嚴玉帳無分兵。借令空拳可持滿，飛鏑已盡風中鳴。三城父兄一時陷，況復骨肉懷親親。有生必死死有所，此死可羞尸素群。矜韜銜略謾蠢蠢，妬功嫉效徒逡逡。幸災之迹弗容掩，不掉之尾何足云。鄉來益昌倡大義，阿源流芳千載榮。勝天倘可恃人衆，公道莫于行路聽。後先忠節貫日星，野史孰愈良史真。《全宋詩》卷二七九六，册 53，第 33205—33206 頁

## 哀王孫

梅堯臣

泗水赤龍將欲飛，瘦蛟在泥雲未歸。冰繭煮灰寒水擘，長大王孫抱饑色。誰知適自下鄉來，日昃可哀猶未食。菰飯白漿持與君，王孫王孫何復云。《全宋詩》卷二四九，册 5，第 2960 頁

## 促促詞

徐照

促促復促促，東家歡欲歌，西家悲欲哭。丈夫力耕長忍飢，老婦勤織長無衣。東家鋪兵不出户，父爲節級兒抄簿。一年兩度請官衣，每月請米一石五。小兒作軍送文字，旬日一輪怨辛苦。《全宋詩》卷二六七二，册50，第31401頁

## 同前

吴泳

促促復促促，急柱危弦無好曲。樂日常少苦日多，男耕女桑長不足。麥方在場絹在軸，里正登門田吏趣。東鄰女兒當窗看，西家阿孾闌道哭。閒時輸官猶自可，况是兵符急如火。近聞官家榜村路，運糧多要人夫去。妾貧猶足備晨炊，不願身爲泰山婦。《全宋詩》卷二九四一，册56，第35047頁

## 促刺詞

徐集孫

按，《樂府詩集·新樂府辭》有《促促曲》《促促詞》，王建《促促詞》首句云「促促復刺刺」，宋人《促刺詞》《促刺行》當出於此，故予收録，置《促促詞》後。

促刺復促刺，勸織聲轉劇。小婦跣雨采桑歸，大姑煮雪抽絲繹。辛勤欲織禦寒衣，朝暮惟恐不盈尺。織成門外迫催租，不了輸租仍賣紿。婦姑對泣兒號寒，更無可補兒衣隙。帛暖本擬代紿寒，賣紿寒來愈無策。促刺兮，促刺兮，勸人織兮織何益。貯之金屋是何人，重重綾錦飾珠璧。《全宋詩》卷三三九〇，册64，第40331頁

## 促刺行

嚴　羽

促刺復促刺，男兒蹭蹬真可惜。三年走南復走北，歲暮歸來空四壁，鄰翁爲我長太胡本、夏校本作嘆息。人生四十未爲老，我已白頭色枯槁。海内伶俜獨一身，裘馬摧藏愁欲倒。今日飲君

數杯酒，座閑頗覺顔色好。忽憶當年快意時，與君笑傲長相期。大杯倒甕作牛飲，脱巾袒跣唯嫌遲。即今多病筋力弱，壯心雖存興寂寞。君不見昨夜誰爲烈士歌，聽罷仰空泪零落。《全宋詩》卷三一一六，册59，第37212頁

## 效退之青青水中蒲五首

王令

雙雙水中鳧，足短翼有餘。飛高既能遠，行陸安事明本作事安俱。

雙雙水中鳧，來疾去閒暇。江湖風晚波，泛泛自高下。

雙雙水中鳧，已往又回顧。弋者窺未知，舟來避還去。

雙雙水中鳧，常在水中居。還有籠中鶩，騰軒仰不如。

雙雙水中鳧，食飽不出水。靈鳳來何時，鴻鵠志萬里。《全宋詩》卷七〇一，册12，第8143頁

## 蒲三首

劉敞

青青水中蒲，根葉自勾帶。今我不如彼，望君萬里外。

青青水中蒲，秀色宜三春。常苦秋氣早，飄飄悲路人。青青水中蒲，誰能移之陸。婦人繫所徇，憔悴甘獨宿。《全宋詩》卷四八七，册 9，第 5903 頁

## 塞上曲

田　錫

秋氣生朔陲，塞草猶離離。大漠西風急，黄榆凉葉飛。襜襤罷南牧，林胡畏漢威。藁街將入貢，代馬就新羈。浮雲護玉關，斜日在金微。蕭索邊聲静，太平烽影稀。素臣稱有道，守在於四夷。《全宋詩》卷四十三，册 1，第 473—474 頁

## 同前

黄庭堅

明黄浦《詩學權輿》曰：「《塞上曲》（黄庭堅魯直）：「十月北風燕草黄，燕人馬肥弓力强……」此篇形容塞上風景之殊，時士氣概之勇，末寓悲歌感慨之意，可悲可壯，可嗟可愕。誦此詩者，不無憂邊懷國之志，所謂一唱三嘆者與。」①按，《全宋詩》卷一一六三亦作張耒

① 《詩學權輿》卷一二，四庫存目叢書，集部册 292，第 154 頁。

詩，題作「塞獵」。

十月北風燕草黄，燕人馬肥弓力强。虎皮裁鞍雕羽箭，射殺山陰雙白狼。青氈帳高雪不濕，擊鼓傳觴令行急。戎王半醉擁貂裘，昭君猶抱琵琶泣。《全宋詩》卷一〇二七，册17，第11740—11741頁

## 同前六首

陸　游

三尺鐵如意，一枝玉馬鞭。笑把出門去，萬里行無前。當道何崔嵬，云是玉門關。方當置屯守，征人何時還。馬色如雜花，鎧光若流水。肅肅不敢嘩，遥望但塵起。日落戍火青，烟重塞垣紫。回首五湖秋，西風開芡觜。《全宋詩》卷二一五七，册39，第24347頁

茫茫大磧吁可嗟，暮春積雪草未芽。明月如霜照白骨，惡風卷地吹黄沙。駝鳴喜見泉脈出，雁起低傍寒雲斜。窮荒萬里無斥堠，天地自古分夷華。青氈紅錦雙奚車，上有胡姬抱琵琶。犯邊殺汝不遺種，千年萬年朝漢家。《全宋詩》卷二一七二，册39，第24683頁

秋風獵獵漢旗黄，曉陌霜清見太行。車載氈廬駝載酒，漁陽城裏作重陽。

將軍許國不懷歸，又見桑乾木葉飛。要識君王念征戍，新秋已報賜冬衣。

金鼓轟轟百里聲，綉旗寶馬照川明。王師仗義從天下，莫道南兵夜斫營。

老矣猶思萬里行，翩然上馬始身輕。玉關去路心如鐵，把酒何妨聽渭城。《全宋詩》卷二一七三，册39，第24708頁

## 同前

李龏

賀蘭山下陣如雲，擬報平生未殺身。誰道古來多簡策，古來名將盡爲神。王維、王建、耿湋、劉禹錫《全宋詩》卷三一三三，册59，第37469頁

按，此爲集句詩。

## 同前

張至龍

匣裏干將午夜鳴，碧油幢下夢魂驚。沙場磷火風吹起，半在骷髏眼底明。《全宋詩》卷三二八一，册62，第39084頁

## 同前

王鎡

黄雲連白草，萬里有無間。霜冷髑髏哭，天寒甲胄閑。馬嘶經戰地，雕認打圍山。移戍腰金印，將軍度玉關。《全宋詩》三六〇八，册68，第43199頁

## 同前

張玉娘

題注曰：「横吹曲辭。」按，横吹曲辭有《出塞》《入塞》，新樂府辭有《塞上》《塞下》，後者從前者衍生而來，此詩題注可證其衍變關係。

爲國勞戎事，迢迢出玉關。虎帳春風遠，鎧甲清霜寒。落雁行銀箭，開弓響鐵環。三更豪鼓角，頻催鄉夢殘。勒兵嚴鐵騎，破虜燕然山。宵傳前路捷，游馬斬樓蘭。歸書語孀婦，一宵私昵難。《全宋詩》卷三七一五，册71，第44625頁

## 同前

翁宏

按，此爲殘句。

風高弓力大，霜重角聲干。《全宋詩》卷一五，册 1，第 214 頁

## 秋日擬塞上曲

謝翱

按，《全元詩》册一四已收謝翱此詩，元代卷不復録。

落日墩煌北，妖星太白西。涼風吹沙磧，帳下玉人啼。吹沙復吹草，嘶馬未知道。醉後聞塔鈴，胡天忽如掃。野駝尋水向月行，露下胡兒食秋棗。《全宋詩》三六八九，册 70，第 44292 頁

## 塞上北風行

李　龏

按,《樂府詩集・新樂府辭》有《塞上行》,《塞上北風行》或出於此,故予收録。此爲集句詩。

北風叫枯桑,玉沙粼粼光。天寒山路石斷裂,駐馬相看遼水傍。軍容帶甲三十萬,都護寶刀凍欲斷。旄頭夜落捷書飛,少年金紫就光輝。孟郊、李賀、張籍、王建、高適、岑參、王維、張祜　《全宋詩》卷三一三二,册 59,第 37455 頁

## 塞上

譚用之

秋風漢北雁飛天,單騎那堪遶賀蘭。磧暗更無巖樹影,地平時有野燒瘢。貂披寒色和衣冷,劍佩胡霜隔匣寒。早晚横戈似飛尉,擁旄深入異田單。

鉢略城邊日欲西,遊人却憶舊山歸。牛羊集水烟黏步,雕鶚盤空雪滿圍。獵騎静逢邊氣

薄，戍樓寒對暮烟微。橫行總是男兒事，早晚重來似漢飛。《全宋詩》卷三，册 1，第 38 頁

**同前**

楊徽之

戍樓烟自直，戰地雨長腥。《全宋詩》卷一一，册 1，第 160 頁

按，此爲殘句。

**同前**

柳開

宋江少虞《宋朝事實類苑》曰：「馮太傅端嘗書一絶句云云，顧坐客曰：『此可畫於屏障。』乃柳如京《塞上》之作。」①

① ［宋］江少虞《宋朝事實類苑》卷三五，上海古籍出版社，1981 年版，第 449 頁。

嗚髇直上一千尺，天静無風聲更乾。碧眼胡兒三百騎，盡提金勒向雲看。《全宋詩》卷五四，册1，第575頁

## 同前

王　操

無定河邊路，風高雪灑春。沙平寬似海，鵰遠立如人。絶域居中土，多年息戰《瀛奎律髓》作虜塵。邊城吹暮角，久客自悲辛。《全宋詩》卷五八，册1，第648頁

## 同前

寇　準

春風千里動，榆塞雪方休。晚角數聲起，交河冰未流。征人臨迥磧，歸雁别滄洲。我欲思投筆，期封定遠侯。《全宋詩》卷九〇，册2，第1002頁

## 同前

胡宿

漢家神箭定天山，烟火相望萬里間。契利請盟金匕酒，將軍歸卧玉門關。雲沈老上妖氛斷，雪照回中探騎還。五餌已行王道勝，絶無刁斗至闌顔。《全宋詩》卷一八二，册4，第2088頁

## 同前

余靖

漢使重頒朔，胡臣舊乞盟。烽烟虚晝望，刁斗絶宵驚。虎落雲空鎮，龍堆月自明。祁連山更北，新築受降城。《全宋詩》卷二二七，册4，第2659頁

## 同前

陶弼

星落胡王死，河窮漢使歸。雪山經夏冷，天馬入秋肥。《全宋詩》卷四〇七，册8，第5000頁

## 同前五首

司馬光

胡兵欲下陰山，寒烽遠過蕭關。將軍貴輕士卒，幾人回首生還。《全宋詩》卷四九八，册 9，第 6011 頁

節物正防秋，關山落葉稠。霜風壯金鼓，霧氣濕旌裘。未得西羌滅，終爲大漢羞。慚非班定遠，棄筆取封侯。

鴻雁秋先到，牛羊夕未還。旌旗遥背水，亭堠遠依山。落日銜西塞，陰烟澹北關。何時獻戎捷，鞍甲一朝閑。

瀚海秋風至，蕭蕭木葉飛。如何逢漢使，猶未寄征衣。不嘆千里遠，難甘一信稀。年年沙漠雁，隨意得南歸。

劍客蒼鷹隊，將軍白虎牙。分兵邏窅水，縱騎獵鳴沙。浪有書藏袖，難憑信達家。不堪聞曉角，吹盡落梅花。《全宋詩》卷五〇二，册 9，第 6078—6079 頁

## 同前

韋驤

塞草游駒犢，邊城夜不關。健兒心亦禮，老將没于閑。豈見兵符走，唯聞象貢還。從兹徐勣比，不得冢前山。《全宋詩》卷七二八，册13，第8439頁

## 同前

陸游

塞上今年有事宜，將軍承詔出全師。精金錯落八尺馬，刺綉鮮明五丈旗。上谷飛狐傳號令，蕭關積石列城陴。不應幕府無班固，早晚燕然刻頌詩。《全宋詩》卷二一六九，册39，第24606頁

# 卷一三六　宋新樂府辭五

## 塞上贈王太尉

釋惠崇

《全宋詩》題注曰：「按：《石倉歷代詩選》作釋懷古詩。」

飛將是嫖姚，行營已近遼。河冰堅度馬，塞雪密藏雕。敗虜殘旗在，全軍列帳遥。傳呼更號令，今夜取天驕。《全宋詩》卷一二六，册3，第1464頁

## 同前

釋宇昭

按，《全宋詩》卷一七〇又作唐異詩，題作《塞上作》，首句爲「防秋人不到」，餘皆同①。

---

①《全宋詩》卷一七〇，册3，第1921頁。

《全宋詩》卷首《編纂説明》曰：「《六一詩話》所謂惠崇『馬放降來地，雕盤戰後雲』，實爲惠昭《塞上贈王太尉》五律中二句，也見於《清波雜志》卷十一。」①「惠昭」疑宇昭之誤。

嫖姚立大勛，萬里絶妖氛。馬放降來地，雕閑戰後雲。月侵孤壘没，燒徹遠蕪分。不慣爲邊客，宵笳懶欲聞。《全宋詩》卷一二六，册3，第1474頁

## 塞下曲

田錫

黄河瀉白浪，到海一萬里。榆關風土惡，夜來霜入水。河源凍徹底，冰面平如砥。邊將好邀功，夜率鏖兵起。馬度疾于風，車馳不濡軌。盡破匈奴營，别築漢家壘。擴土過陰山，窮荒爲北鄙。天威震朔漠，戎心畏廉李。所以龍馬駒，長貢明天子。邊夫苟非才，怨亦從兹始。《全宋詩》卷四三，册1，第474頁

---

①《全宋詩》，册1，第18頁。

## 同前二首

文彦博

老上焚庭後，昆邪右衽時。休開小月陣，罷禱拂雲祠。徒覺筋竿勁，寧聞羽檄馳。祁連皆積雪，渠答夜應施。

朔漠凝寒久，窮荒氣候賒。凍雲藏虎谷，殘雪滿龍沙。地迥胡風急，天高漢月斜。何人動鄉思，壟上聽金笳。《全宋詩》卷二七三，册6，第3473頁

## 同前二首

劉才邵

北落光摇霜海空，邊烽飛入甘泉宫。天家下詔發精鋭，健馬騰驤衝朔風。羽書四出如飛電，路指蕭關旗影轉。壯士争酬未報恩，青樓泪臉空垂線。匣中劍作饑龍鳴，流星正墜單于營。將軍玉帳曉初起，卧看邊風吹漢旌。

燕支山頭秋葉脱，白龍堆下沙如雪。膠筋漆力胡馬肥，驃騎提兵辭玉闕。萬甲光寒若流水，殺氣高隨鼓聲起。琱弓一發落欃槍，連天氛祲清如洗。金節牙旗入漢關，捷書曉奏天開顔。

玉麟噴香滿瑶殿，黄麾仗裏排千官。小臣拜舞彤庭下，一寸丹心願攄寫。安邊上策古豈無，戒在窮兵事戎馬。但敷文德懷百蠻，邊塵不動弓刀閑。漢人耕種胡人獵，陛下聖壽齊南山。《全宋詩》卷一六八一，册29，第18839—18840頁

## 同前

曹勛

天聲未暢威窮髮，將軍已過長城窟。紅旗半卷夜歸來，馬蹄踏碎天山月。

秋草黄雲塞馬肥，漢家驃騎擁旌旗。可能衛霍年年出，不及燕然一片碑。《全宋詩》卷一八八〇，册33，第21060頁

## 同前六首

嚴羽

孤城莽莽秋天外，竟日無雲空自哀。忽怪一時天盡黑，合群胡雁向西來。

渺渺雲沙散橐駝，風吹黄葉渡黄河。羌人半醉蒲萄熟，塞雁初肥苜蓿多。

古戍秋生畫角哀，思歸泣盡望鄉臺。胡天日落寒風起，但見黄沙萬里來。

一身遠客逐戎旌，落日蕭條望古城。漸近磧西無水草，北風沙起橐駝驚。
玉關西去更無春，滿眼蓬蒿起塞塵。漢馬不歸青海月，胡笳愁殺隴頭人。
天山一夜雪漫漫，虜去營空戰血乾。十萬征人回馬首，天邊烽火報平安。《全宋詩》卷三一一五，冊59，第37185—37186頁

## 同前

嚴仁

漠漠孤城落照間，黃榆白葦滿關山。千枝羌笛連雲起，知是胡兒牧馬還。《全宋詩》卷三一一六，冊59，第37216頁

## 同前

李龏

都護今年破武威，磧烟烽火夜深微。金釵漫作封侯別，白髮生頭未得歸。皎然、江爲、沈彬、令狐

按，此爲集句詩。

楚　《全宋詩》卷三一三三，册 59，第 37469 頁

## 同前

張玉娘

題注曰：「横吹曲辭。」

寒入關榆霜滿天，鐵衣馬上枕戈眠。愁生畫角鄉心破，月度深閨舊夢牽。愁絶驚聞邊騎報，匈奴已牧隴西還。《全宋詩》卷三七一五，册 71，第 44625 頁

## 次韻塞下曲

楊公遠

貂裘氊帽紫驊騮，挾彈彎弧架鐵矛。飛放歸來天欲暮，數聲羌笛起高樓。《全宋詩》卷三五二四，册 67，第 42114 頁

## 古塞下曲

周　密

塞下棗已紅，胡馬號北風。傳聞右賢王，萬騎圍雲中。雲中太守猛如虎，夜開城門納降虜。十丈高旂沉黑雲，一尺捷書飛白羽。武皇但喜奏捷頻，豈知白骨高如城。邊城百戰勝常少，一勝惟著將軍名。將軍成名戰士死，去年戰士今無幾。血染黄沙草不青，萬里陰雲哭胡鬼。塞下曲，不忍聞，何人爲我達漢君。武功本是輔文具，願君偃武而修文。《全宋詩》卷三五五七，册 67，第 42513 頁

## 塞下

釋惠崇

離磧雁銜雪，渡河人上冰。《全宋詩》卷一二六，册 3，第 1470 頁

按，此爲殘句。

## 同前

吴泳

黄雲連隴樹，紅日下溪榆。氈帳三千里，蜂屯十萬夫。魯芻肥厩馬，漢粟遺城狐。虎韔空涵月，犀渠半網蛛。遊軍聲勃崒，巡徼語嚨胡。柳脆藩籬薄，桑乾壍壘孤。突炎將及燕，逋尾又侵烏。曲引梅花落，謡聞小麥枯。將軍金騕褭，輕俠綉蝥弧。十二營田利，知誰上此圖。《全宋詩》卷二九四二，册 56，第 35060 頁

## 同前

嚴羽

鞍馬連年出，關河萬里賒。將軍思報國，壯士耻還家。大漠春無草，天山雪作花。誰憐李都尉，白首没胡沙。《全宋詩》卷三一一五，册 59，第 37192 頁

## 塞下絶句

嚴　羽

莫被封侯誤，封侯似漢家。君看城下骨，萬古一黄沙。《全宋詩》卷三一一五，册59，第37185頁

## 塞下行贈韋士穎歸鄂渚上江陵謁閫相

柴　望

詩序曰：「夫運籌帷幄，草軍前檄，毋但曰白面書生之未學也。馬上撲鞭，隨從軍樂後，誦《吊古戰場文》，使驚濤亂石相顧駭愕者，此重食武昌魚後會公案。」

長安二月春正濃，長江二月風正急。城頭楊柳雪絮飛，道傍黏雨沱潦濕。邯鄲誰家俠少年，上馬意氣揮金鞭，下馬掃筆大如椽。興來一石未能醉，劇飲數斗口流涎。玉山跌倒扶未起，金鞭留當酒家裏。隔樓仿佛畫眉人，相邀夜宿鴛鴦被。睡魔不醒五更鐘，笛聲吹斷相思泪，嘐嘐鳴鷄將度關，欲去未去踟躕間。道逢項莊把劍舞，樓上美人歌玉環。劃然掣電蛟龍怒，便指南樓問歸路。二千三百里更長，爾備秋堂集作僕衣糧我扉屨。青衫著破不堪典，典到青衫共誰

語。世上豈無虬髯漢，散財結客千千萬。豈無燕昭萬黄金，築作高臺禮瓌彦。秦坑漢罵不肯收，自是一番遭薄賤。唐人科舉更糊名，天下英雄消沮盡。生兒不學去封侯，錐毛弄禿成霜鬢。世無荆軻樊於期，只今誰復是男兒。我聞兵凶戰危事，愁殺天上蚩尤旗。人心承平易思亂，中原塊土急驅漢。蔡城未下闞未誅，機來一髮不容間。三邊未即妖祲清，天河何時能洗兵。送君不作斷腸客，三尺一騎君西征。臨岐酌酒再三語，今日君王自神武。此行投筆事班超，不必區區問兒女。上流夜夜雨如箭，下流炮火驚淮甸。襄師重屯郢州北，淮師未解長江面。勸君莫賦横槊詩，樓頭正要籌邊算。軍前一著天下奇，夜斬樓蘭無人知。露布直到天子墀，六宫歡動龍顔怡。維清象武獻太廟，未央前殿稱玉卮。搴旗斬將不足道，運籌帷幄果謂誰，曰何功第一參次之。噫吁嘻，帝命我公歸衮衣。《全宋詩》卷三三四〇，册 64，第 39914—39915 頁

## 汾陰曲

李　新

按，《樂府詩集・新樂府辭》有《汾陰行》，《汾陰曲》或出於此，故予收録。

吾愛西河段干木，凜然節概凌孤竹。遺風掃地青冢存，汾水千年爲誰渌。水邊劍佩鏘寒

玉，熊車來作江陽牧。忠梗峨峨一面霜，想像古人今在目。我嘆今人似古人，絲桐爲播汾陰曲。《全宋詩》卷一二五四，册21，第14162頁

## 永嘉行

薛季宣

夷甫清談平子醉，晉俗浮虚喪節義。不閑胡虜哭桑林，九伯五侯無一至。洛陽宫中胡馬嘶，晉家天子行酒卮。驅出如羊晉卿士，婦辱面前争敢知。胡兒居坐漢官立，不許紛紜但含泣。刃加頸上始覺憂，追悔前時又何及。胡塵坌起昏中土，人死如麻骼如阜。草萊萬里無舍烟，氈帳羊裘自來去。烏旗霧合胡笳咽，無援邊城腸斷絶。琅琊匹馬竟浮江，棄寘存心堅片鐵。天驕一坐昭陽殿，九鼎遷移如轉電。禁聲不得悲楚囚，白版金陵謾龍變。數奇督運淳于伯，誅斬無名血流逆。若思不識是何人，却是帥師臨祖逖。《全宋詩》卷二四七三，册46，第28680頁

## 田家行

劉敞

按，宋人又有《田家》《田家語》《田家四時》《田家詞》《田家詠》《田家語》《田家樂》《田家

苦》《田家嘆》《田家吟》《田家謡》，均當出於此，亦予收録。

春耕高原不辭苦，晚歲離離滿百畝。豈知輸稻如輸金，始信種田虛種黍。持黍易金入市行，粳稻踴貴黍價輕。十鍾一石亦不憚，三時力農空自驚。去年歲荒食半菽，今年歲豐彌不足。物理悠悠難豫謀，誰謂豐荒略相覆。《全宋詩》卷四七八，册 9，第 5787 頁

## 同前二首

趙蕃

雨聲颯颯斷復來，間作隱隱兼出雷。田家作苦樂不哀，拔秧插田政時哉。誰知有客洞庭上，船破篷疏蔽無障。何如雨笠與烟蓑，相逐田伴歌田歌。

江東聞田歌，湖北聽田鼓。鼓聲于以相疾徐，歌調因之慰勞苦。東山絲竹仍携妓，風月鳴蛙勝鼓吹。何如田鼓與田歌，烏烏坎坎安而和。《全宋詩》卷二六二三，册 49，第 30514 頁

## 和周秀實田家行

王庭珪

旱田歲逢六月尾，天公爲叱群龍起。連宵作雨知豐年，老妻飽飯兒童喜。向來辛苦躬鋤荒，剜肌不補眼下瘡。先輸官倉足兵食，餘粟尚可瓶中藏。邊頭將軍耀威武，捷書夜報擒龍虎。自注：近報殺退籠虎大王。便令壯士挽天河，不使腥羶汙后土。咸池洗日當青天，漢家自有中興年。大臣鼻息如雷吼，玉帳無憂方熟眠。《全宋詩》卷一四五六，册25，第16752頁

## 田家留客行

范成大

按，范成大《樂神曲》題注曰：「以下四首效王建。」《樂神曲》以下四首爲：《繅絲行》《田家留客行》《催租行》《缄口翁》。《樂府詩集·新樂府辭》有王建《田家行》，《田家留客行》當出於此，故予收録，置《田家行》後。

行人莫笑田家小，門户雖低堪灑掃。大兒繫驢桑樹邊，小兒拂席軟勝氈。木臼新春雪花

白，急炊香飯來看客。好人入門百事宜，今年不憂蠶麥遲。《全宋詩》卷二二四四，册41，第25767頁

## 田家

梅堯臣

按，宋人程公許有《爲玉汝賦蓴湖借田家樂府韻》，則《田家》當爲宋時樂府。

南山嘗種豆，碎莢落風雨。空收一束萁，無物充煎釜。《全宋詩》卷二三七，册5，第2756頁

## 同前

梅堯臣

高樹蔭柴扉，青苔照落暉。荷鋤山月上，尋徑野烟微。老叟扶童望，羸牛帶犢歸。燈前飯何有，白薤露中肥。《全宋詩》卷二四一，册5，第2790頁

**同前**

歐陽修

緑桑高下映平川，賽罷田神笑語喧。林外鳴鳩春雨歇，屋頭初日杏花繁。《全宋詩》卷二九二，册6，第3686頁

**同前**

鄭獬

數畝低田流水渾，一樹高花明遠村。雲陰拂暑風光好，却將微雨送黄昏。《全宋詩》卷五八五，册10，第6888頁

按，《宋詩紀事》卷一九據宋吴曾《能改齋漫録》收此詩，其五首句作「田家汩汩水流渾」，三句作「雲意不知殘照好」。①

① 《宋詩紀事》卷一九，第469頁。

## 同前二首

華 鎮

莫笑田家物象微，柴荆未肯愧朱扉。槿籬花發錦步障，莎逕葉齊絲地衣。葭葦吟風環竹屋，鴛鴦浴水傍苔磯。藜羹黍酒有餘味，笑看庭陰密又稀。

繞舍澄溝玉色方，夾堤密樹儼修廊。霜遲留得穠陰緑，秋冷全無潦水黄。獨木短橋通别圃，攢蘆新廩出高墻。終年飽暖人生足，何必崎嶇走異鄉。《全宋詩》卷一〇八七，册18，第12347頁

## 同前

陳師道

鷄鳴人當行，犬鳴人當歸。秋來公事急，出處不待時。昨夜三尺雨，竈下已生泥。人言田家樂，爾苦人得知。《全宋詩》卷一一一四，册19，第12641頁

## 同前五首

張　耒

宋劉克莊《後村詩話》曰：「王建《北邙行》云：『北邙山頭少閑土，盡是洛陽人舊墓。……』《田家行》云：『麥收上場絹在軸，的知輸得官家足。』……樂府至張籍、王建，道盡人意中事，惟半山尤賞好，有『看若尋常最奇崛，成如容易極艱辛』之語，此十四字，唐樂府斷案也。本朝惟張文潛能得其遺意。」①

野塘積水緑可染，舍南新柳齊如剪。去冬雪好麥穗長，今日雨晴初擇繭。東家饋黍西舍迎，連臂踏歌村市晚。婦騎夫荷兒扶翁，月出橋南歸路遠。

社南村酒白如餳，鄰翁宰牛鄰媪烹。插花野婦抱兒至，曳杖老翁扶背行。淋漓醉飽不知夜，裸股掣肘時歡爭。去年百金易斗粟，豐歲一飲君無輕。

新見鵲銜庭樹枝，黄口出巢今已飛。粟留啄椹桑葉老，科斗出畦新稻齊。田家苦作候時

① 《後村詩話》新集卷三，第196頁。

節，汲汲未免寒與飢。去來暴取獨何者，請視七月豳人詩。《全宋詩》卷一一六三，册20，第13124頁
門外清流繫野船，白楊紅槿短籬邊。旱蝗千里秋田净，野秫蕭蕭八月天。
新插茅檐紅槿籬，秋深黄葉已飛飛。灘頭水闊孤舟去，渡口風寒白鷺啼。《全宋詩》卷一一七二，册20，第13238頁

## 同前四首

李綱

江村烟水遠，茅屋兩三家。斷岸垂衰柳，疏篁隱細沙。田疇剩秔稻，網罟足魚蝦。不識宦遊味，見人還嘆嗟。
場圃事方畢，稻粱成已勤。兒童自逐逐，鷄犬亦欣欣。啼鳥霜林暮，卧牛烟草昏。田夫樂歲稔，斗酒共醺醺。
柴門臨小浦，竹徑繞幽莊。雨剪葵韭滑，夜舂秔稻香。年豐飽妻子，日夕下牛羊。誰識田家樂，拂衣歸興長。
誰謂田家苦，田家樂甚真。鷄豚燕同社，簫鼓祭瘟神。高廪方有歲，西疇行復春。但令租賦足，終老得相親。《全宋詩》卷一五四三，册27，第17524頁

## 同前

劉子翬

長空淡淡如雲掃，暮過田家風物好。耕犁倚户寂無人，飢牛卧齧墻根草。《全宋詩》卷一九一三，冊34，第21351頁

## 同前

劉學箕

稻熟田間笑老農，鼕鼕村鼓樂時豐。新蒭自酌花瓷椀，醉倒扶携夕照中。堆槃野柿間山梨，酒美鷄肥稻滑匙。婦子團圞常見面，一生寧識别離悲。《全宋詩》卷二七八二，冊53，第32922頁

## 同前

鄭清之

老農喜説田家早，缺月疏星穿木杪。洗鋝燎草作晨炊，麥飯嚥甘蟲食蓼。兒牽秧馬

婦携笠，泥滑不嫌春雨少。平疇拍拍水連堤，姑惡數聲天欲曉。《全宋詩》卷二九〇五，册55，第34667頁

## 同前

黄師參

露積山場稻已收，春浮老瓦酒新篘。平生不識離愁味，兒女團欒到白頭。《唐宋千家聯珠詩格校證》卷六，第250頁

## 同前

趙崇嶓

方春事鋤犁，晚節多黍稌。鷄豚樂豐歲，一飽輕萬事。少長情熙熙，呼喚相爾汝。雖無禮節拘，氣象應近古。先進不可期，無懷在農圃。《全宋詩》卷三一七一，册60，第38075—38076頁

## 同前

釋文珦

田家翁媪頗自適，翁解耕耘婦能織。官中租賦無稽違，所養牛羊亦蕃息。歲時力作不徒勞，桑柘滿園禾黍高。皆因勤儉百事足，老身不復愁逋逃。兒女長成畢婚嫁，祇在東鄰與西舍。甕頭時復有新篘，親戚團欒樂情話。神前祭賽宜豐腴，家中衣飯隨精粗。縣吏下鄉鷄犬盡，但願官府無追呼。《全宋詩》卷三三二七，册63，第39690頁

## 同前

潘璵

田事收成了，倉箱積萬千。鷄鳴秋屋外，牛卧夕陽邊。溪樹争收果，村醪不值錢。幸無征役苦，一醉樂豐年。《全宋詩》卷三三四一，册64，第39924頁

## 同前　方一夔

按，《全元詩》册一四已收，作方夔詩，元代卷不復録。

近來不復應差科，生計無成奈老何。漆種十年雖恨晚，牛生百犢未嫌多。春耕着我扶犁手，社飲還渠擊壤歌。聞道溪頭新長水，偷閒試著舊漁蓑。

數間茅屋占林塘，二頃田園幸未荒。蒿葉正長蠶卧起，鶯聲漸老麥青黄。壁間龍骨流泉活，筐載豚蹄白酒香。春事年年閑過去舊抄本作却，欲將擁腫問庚桑。《全宋詩》卷三五三六，册 67，第 42285 頁

晌午鵶鵶響踏車，那邊叢薄有人家。老農歇熱藤陰下，一樹冬青落細花。《全宋詩》卷三五三八，册 67，第 42305 頁

## 同前　　黄庚

按，《全元詩》册一九亦收黄庚此詩，元代卷不復録。

流水小橋江路景，疏籬矮屋野人家。田園空闊無桃李，一段春光屬菜花。《全宋詩》卷三六三八，册69，第43601頁

## 同前　　黎廷瑞

按，《全元詩》册一五亦收黎廷瑞此詩，元代卷不復録。

陌上青裙跣送茶，籬根白髮卧看家。山禽不語檐陰轉，一樹輕風落柿花。《全宋詩》卷三七〇五，册70，第44476頁

## 同前

羅南山

逐壯鷄飛過短墻，茅柴燒盡滿林霜。釀成社酒家家醉，炊得新粳處處香。牽犢負犁朝種麥，開渠引水晚澆桑。老農不管催租急，未夜烘衣先上床。《全宋詩》卷三七七〇，册72，第45470頁

## 同前

向雪湖

樵罷歸來打麥忙，要犁舊壤插新秧。老翁八十猶强健，閑坐松根説救荒。《唐宋千家聯珠詩格校證》卷七，第302頁

## 同前

牟應龍

地偏生事僻，轉覺入城遥。犬吠三叉路，人行獨木橋。炊烟時滅没，村酒自招邀。昨日蠶新浴，柔桑緑滿條。《全宋詩輯補》册8，第3669頁

## 同前

黄潡潤

翁携潑襪去栽秧，婦踏繅車日夜忙。終歲幾曾身飽暖，逢人猶自説農桑。《唐宋千家聯珠詩格校證》卷六，第 260—261 頁

## 同前十絶

華岳

十幅生綃一墨池，盡收好景入屏幃。會須少緩丹青筆，更倩牧童横笛歸。
農夫日炙面如煤，絲婦繅成雪一堆。早早安排了官税，莫教耆長上門催。
老農鋤水子收禾，老婦攀機女擲梭。苗絹已成空對喜，納官還主外無多。
鷄唱三聲天欲明，安排飯椀與茶瓶。良人猶怒催耕早，自扯蓬窗看曉星。
緋袴青衫紫繫腰，攬衣隨過水平橋。雖然不識風流事，也向人前學逞嬌。
村獒奮迅出籬笆，欲吠還休唤可拏。不是忘機太馴狎，那回曾宿那人家。
畫眉無墨把燈燒，豈識宫妝與翠翹。堪笑東風也相謔，暗牽裙帶纏自注：去聲。人腰。

鬱魚炊糝作荷包，宿飯無湯暖酒澆。放碗出門行一匝，小溪新漲已平橋。
麥飯瓜齏及早催，田夫雙眼望儂來。油鹽不倩傍人帶，日午癡兒猶未回。
拂曉呼兒去采樵，祝妻早辦午炊燒。日斜枵腹歸家看，尚有生枝炙未焦。《全宋詩》卷二八八六，冊55，第34421頁

# 卷一三七　宋新樂府辭六

## 和田家

趙希逢

門外無人水滿池，獨□一犬護門幃。驀然踴躍聞聲喜，翁媪犁鋤帶月歸。

笠蓑懶把一身包，沾體何曾怕雨澆。待得年豐饒一飽，大家買酒醉溪橋。

攣耳蓬□色似燒，晚山歸負錯薪翹。逢人猶作嬌羞態，無力輕將手托腰。

茅舍圍圍護刺笆，寂寥無處著紛拏。斜陽急趁牛羊下，社酒招邀三兩家。

布衫裁就短平腰，兩兩三三步小橋。粗態撩人在何處，山花鬢畔露村嬌。

豪門方奪吏還催，打户搥門陸續來。力弊筋駑不入腹，愁腸料得日千回。

羸糧破曉自薪樵，有米無柴著甚燒。更有一般欠區處，淡餐糲飯鼎中焦。

秋深場圃已登禾，窗下寒機暫釋梭。積貯不教如櫛比，索逋門外苦多多。《全宋詩》卷三二六六，册62，第38941頁

## 爲玉汝賦蓴湖借田家樂府韻

程公許

蓴湖何物堪怡悦，與鑑湖境無差别。自注：蓴湖與鑑湖相近。詩人胸貯冰雪清，湖邊吟作寒螿鳴。紫蓴可羹菰可飯，把茅自足了一生。食前方丈位鈞軸，何如深林一枝足。寬閑之野寂寞濱，釣有緡竿耕有犢。男兒何須嗟命薄，富貴不淫貧賤樂。《全宋詩》卷二九八九，册57，第35549頁

## 秋日田家

文同

淘漉溝源築野塘，滿坡烟草卧牛羊。今年且喜輸官辦，豆莢繁多粟穗長。《全宋詩》卷四四一，册8，第5380頁

# 春日田家三首

黄大受

凛寒陵熙春，誰爲禦其侮。酸風吹積雪，濃雲灑飛雨。農夫荷耒耜，俶載耕斥鹵。爲其有身累，寧免自辛苦。妻兒送中飯，凍凌强欲吐。晚歸極困倦，倒睡帶泥土。朝來天光開，紅紫新媚嫵。南園踏青人，日暮猶歌舞。

二月祭社時，相呼過前林。磨刀向猪羊，穴地安釜鬵。老幼相後先，再拜整衣襟。釃酒卜筊杯，庶知神靈歆。得吉共稱好，足慰今年心。祭餘就廣坐，不問富與貧。所會雖里閭，亦有連親姻。持殽相遺獻，聊以通殷勤。共説天氣佳，晴暖宜蠶春。且願雨水匀，秋熟還相親。酒酣歸路喧，桑柘影在身。傾欹半人扶，大笑亦大嗔。勿謂濁世中，而無羲皇民。

清明百草春，家家上丘墓。南鄰去年冬，禍痛及翁嫗。酒殽羅新阡，蹙頞見追慕。舊時細君墳，望見泪已注。紙錢風飄飄，世用此文具。其間無紙者，已無子孫故。有紙與無紙，百步五十步。《全宋詩》卷三〇三〇，册57，第36087—36088頁

## 江南田家

劉攽

種田江南岸，六月纔樹秧。借問一何晏，再爲霖雨傷。官家不愛農，農貧彌自忙。盡力泥水間，膚甲皆瘡痏。未知秋成期，尚足輸太倉。不如逐商賈，游閒事車航。朝廷雖多賢，正許貲爲郎。《全宋詩》卷六〇三，册 11，第 7126 頁

## 吴門田家十詠

毛珝

去年一潦失冬收，逋債于今尚未酬。偶爲灼龜逢吉兆，再供租約賃耕牛。

竹罾兩兩夾河泥，近郭溝渠此最肥。載得滿船歸插種，勝如賈販嶺南歸。

到處車聲轉水勞，東鄉人事獨逍遥。一堤灩灩元非雨，總是吴江淡水潮。

今年田事謝蒼蒼，儘有瓶罌卒歲藏。只恐主家增斛面，雙鷄先把獻監莊。

主家租入有常規，十月開倉不許違。占得頭籌先衆了，繞身紅彩送將歸。

西鄉本是最高鄉，今歲收成亦倍常。瓦鼓彩亭連日鬧，誰家不謝白龍王。

村村鼓笛樂秋成，露未凝霜水未冰。無賴酒家偏罔利，隔年早挂上元燈。

田家少婦最風流，白角冠兒皂蓋頭。笑問傍人披得稱，已遮日色又遮羞。

長襟侈袖若僧衣，閒蕩扁舟入郭嬉。好是醉歸村舍晚，聲聲耳畔阿郎兒。

主家文牓又圍田，田甲科丁各備船。下得樁深笆土穩，更遷垂柳護圍邊。

《全宋詩》卷三一三五，册59，第37487頁

## 田家三詠

葉紹翁

織籬爲界編紅槿，排石成橋接斷塍。野老生涯差省事，一間茅屋兩池菱。

田因水壞秧重插，家爲蠶忙户緊關。黄犢歸來莎草闊，緑桑采盡竹梯閑。

抱兒更送田頭飯，畫鬢濃調竈額烟。争信春風紅袖女，緑楊庭院正秋千。

《全宋詩》卷二九四九，册56，第35137頁

## 田家四時

梅堯臣

昨夜春雷作，荷鋤理南陂。杏花將及候，農事不可遲。蠶女亦自念，牧童仍我隨。田中逢老父，荷杖獨熙熙。

草木繞籬盛，田園向郭斜。去鋤南山豆，歸灌東園瓜。白水照茅屋，清風生稻花。前陂日已晚，聒聒競鳴蛙。

荒村人自樂，頗足平生心。朝飯露葵熟，夜舂雲谷深。采山持野斧，射鳥入烟林。誰見秋成事，愁蟬復怨磓。

今朝田事畢，野老立門前。拊頸望飛鳥，負暄話餘年。自從備丁壯，及此常苦煎。卒歲豈堪念，鶉衣著更穿。《全宋詩》卷二三二，册5，第2713頁

## 同前

郭祥正

田田時雨足，鞭牛務深耕。選種隨土宜，播擲穤與秔。條桑去蠹枝，柔柔待春榮。春事不

可緩，春鳥亦已鳴。
麻麥聞熟刈，蠶成繰莫遲。更看田中禾，莨莠時去之。幸此赤日長，農事豈敢違。願言一歲稔，不受三冬飢。
開塍放餘水，經霜穀將實。更犁原上疇，坎麥亦云畢。老叟呼兒童，敲林收橡栗。乃知田家勤，卒歲無閑日。
田事今云休，官輸亦已足。刈禾既盈囷，采薪又盈屋。牛羊各蕃衍，御冬多旨蓄。何以介眉壽，甕中酒新熟。《全宋詩》卷七五七，册13，第8815—8816頁

## 和崔若拙四時田家詞四首

賀　鑄

題注曰：「崔字至之。庚申八月滏陽賦。」

鼓聲迎客醉還家，社樹團欒日影斜。共喜今年春賽好，纏頭紅有象生花。
野蔓牽花過短墻，麥秋時節并蠶忙。迎門老父延行客，井汲清甘樹蔭涼。
鷄聲犬吠遠相望，社酒登槽喚客嘗。曉日晴明陂更闊，風吹蕎麥蜜花香。

晚雪漫漫没兔罝，滿杯豆粥餉鄰家。夜長少婦無舂織，一點青燈伴緝麻。《全宋詩》卷七五七，册19，第12589頁

## 田家詞

艾性夫

按，《全元詩》册一九亦收艾性夫此詩，元代卷不復録。

大兒荷鍤去疏麻，小兒提筐來采茶，翁自決水灌秧芽。今年續食不可望，一夜老風摇麥花。《全宋詩》卷三六九九，册70，第44392頁

## 田家辭

黄庚

按，黄庚此詩《全宋詩》失收，今據《全元詩》收録，仍置本卷。

春蠶未上箔，已擬新絲賣。秋穀未登場，已償舊來債。心頭既無肉可剜，眼前却有瘡難瘥。

瘡醫不瘥猶自可，悍吏催糧似星火。官司明文減分數，苛徵急欲催全課。我願君王莫賜租，轉教官吏急追呼。但願賜我賢守令，牛多千頭桑萬株。《全元詩》，册19，第111頁

## 田家語并序

梅堯臣

詩序曰：「庚辰詔書，凡民三丁籍一，立校與長，號弓箭手，用備不虞。主司欲以多媚上，急責郡吏，郡吏畏不敢辨，遂以屬縣令。互搜民口，雖老幼不得免，上下愁怨，天雨淫淫，豈助聖上撫育之意耶？因録田家之言次爲文，以俟采詩者云。」

誰道田家樂，春税秋未足。里胥扣我門，日夕苦煎促。盛夏流潦多，白水高於屋。水既害我菽，蝗又食我粟。前月詔書來，生齒復板録。三丁籍一壯，惡使操弓韣。州符今又嚴，老吏持鞭朴。搜索稚與艾，唯存跛無目。田閭敢怨嗟，父子各悲哭。南畝焉可事，買箭賣牛犢。愁氣變久雨，鐺缶空無粥。盲跛不能耕，死亡在遲速。我聞誠所慚，徒爾叨君禄。却詠《歸去來》，刈薪向深谷。《全宋詩》卷二四一，册5，第2791—2792頁

## 同前

呂本中

東家西家蠶上簇，南村北村麥已熟。小兒腰鐮日早歸，大兒去就田間宿。斗酒相邀不爲薄，鄰翁相對且斟酌。聖主當陽億萬年，年年歲歲田家樂。《全宋詩》卷一六一五，册28，第18131頁

## 田家樂

楊萬里

按，《全宋詩》卷二一一據宋陳景沂《全芳備祖》後集卷二〇及《宋詩紀事》，收此首及「周遭圩岸繚金城，一眼圩田翠不分。行到秋苗初熟處，翠茸錦上織黄雲」，「古來圩岸護堤防，岸岸行行種綠楊。歲久樹根無寸土，綠楊走入水中央」二首，題作「七絶三首」，作滕白詩。①《全宋詩》卷二三〇〇據《誠齋集》卷二六《江西道院集》收此首，題作「田家樂」，作楊

① 《全宋詩》，卷二一一，册1，第301頁。

萬里詩。①《全宋詩》卷二三〇六又據《誠齋集》卷三二《江東集》收「周遭圩岸繚金城」及「古來圩岸護堤防」二首，題作《圩田二首》，亦作楊萬里詩。② 據劉蔚《全宋詩誤出重收甄辨》，③三首皆楊萬里詩。本卷止録題作《田家樂》者。

稻穗堆場穀滿車，家家鷄犬更桑麻。漫栽木槿成籬落，已得清陰又得花。《全宋詩》卷二三〇〇，册42，第26421頁

## 同前

方岳

前村後村場圃登，東家西家機杼鳴。神林飲福阿翁醉，包裹餘胙分杯羹。婦子迎門笑相語，慚愧今年好年歲。牛羊下來翁且眠，時平無人夜催税。《全宋詩》卷三二二一，册61，第38458頁

① 《全宋詩》卷二三〇〇，册42，第26421頁。
② 《全宋詩》卷二三〇六，册42，第26503頁。
③ 劉蔚《全宋詩誤出重收甄辨》，《揚州大學學報》2003年第6期。

## 田家苦

章甫

何處行商因問路，歇肩聽説田家苦。今年麥熟勝去年，賤價還人如糞土。五月將次盡，早秧都未移。雨師懶病藏不出，家家灼火鑽烏龜。前朝夏至還上廟，着衫奠酒乞杯珓。許我曾爲五日期，待得秋成敢忘報。陰陽水旱由天工，憂雨憂風愁殺儂。農商苦樂元不同，淮南不熟販江東。《全宋詩》卷二五一四，册 47，第 29053 頁

## 同前

方岳

六月之雨田成溪，七月之旱烟塵飛。眼中收拾不十年，未議索飯兒啼饑。夜點松明事治穀，規避債家相迫促。平明排闥自分沾，渠更舞權還不足。《全宋詩》卷三二二一，册 61，第 38458 頁

## 田家嘆二首

陳造

五月之初四月尾，菖蒲葉長楝花紫。淮鄉農事不勝忙，日落在田見星起。前之不雨甫再旬，秧疇已復生龜紋。近者連朝雨如注，麥隴横雲欲殷腐。如今麥枯秧失時，舉手仰天禱其私。秧惡久晴雨害麥，兼收并得寧庶幾。餅托登盤米藏庾，儂家歲寒無重糈。豈知送日戴朝星，凡幾憂晴幾憂雨。吾儕一飽信關天，下箸敢忘田家苦。《全宋詩》卷二四二七，册 45，第 28037 頁

秧欲雨，麥欲晴。補創割肉望兩熟，家家昂首心征營。一月晴，半月陰。宜晴宜雨不俱得，望歲未免勞此心。《全宋詩》卷二四二九，册 45，第 28064 頁

## 同前

虞儔

麥已化蛾猶未打，蠶雖作繭不堪繅。一年活計今如許，只望西成我廩高。

山前雨脚如麻下，田裏水頭猶屋高。祇恐無秧可重插，農夫相視敢辭勞。《全宋詩》卷二四六五，册 46，第 28588 頁

## 同前

趙蕃

春欲耕時天不雨，小雪不能濡旱土。辛勤僅得遍鉏耰，浸種可憐溝脈縷。忽然一雨催插秧，東阡西陌青相望。謂玆勞逸足報補，豈知亢旱愁秋陽。高田已分鹵莽取，下田庶幾十八九。奈何雨勢反作淫，令我痛心仍疾首。我曹饑餒無足悲，不死會值豐登時。所嗟官吏不相察，借租日日來符移。《全宋詩》卷二六二三，册49，第30514頁

## 同前

趙汝鐩

破屋三間結草扉，柴根煨火閫家圍。此生能得幾年活，薄命連遭兩歲饑。腸久鳴雷惟淡粥，體雖起粟尚單衣。晚來稚子總歡喜，報道小姑挑菜歸。《全宋詩》卷二八六九，册55，第34256頁

## 烏程辛十三日往龍洞禱晴歸言見田家兩岸車水其聲如雷兼刈穫甚忙若得旬日晴則農事濟矣因作田家嘆一首

虞儔

慚愧田家趁好晴，鵶鵶兩岸水車鳴。畦丁露宿腰鐮健，饁婦泥行脚板輕。作苦僅能供伏臘，有年何處不升平。只愁官里催租動，里正敲門沸似羹。《全宋詩》卷二四六三，册46，第28507頁

## 用韻賦歲暮田家嘆聞之者足以戒也

虞儔

催科里正莫頻頻，望麥登場更浹旬。紈袴向來無餓死，黄冠此去罷迎神。田間作苦誰憐汝，天上調元合有人。自嘆農家消底物，百金斗米便回春。《全宋詩》卷二四六三，册46，第28507—28508頁

## 田家吟

劉　敞

題注曰：「少時作。」

舊穀未没新穀登，家家擊壤含歡聲。慚愧今年雨水足，隻鷄蚪酒相逢迎。豪家征斂縱獰隸，單巾大帕如蠻兵。索錢沽酒不滿欲，大者羅織小者驚。穀有揚簸實亦簸，鉅斛凸概謀其贏。詎思一粒復一粒，盡是農人汗血成。《全宋詩》卷三四二三，册 65，第 40698 頁

## 田家謡二首

洪　芻

鳩婦勃谿農荷鋤，身披襏襫頭茅蒲。雨不破塊田坼圖，梯稗青青佳穀枯。大婦碓舂頭鬢疏，小婦拾穗行餉姑。四時作苦無袴襦，門前叫嗔官索租。《全宋詩》卷一二八二，册 22，第 14501 頁

父耕原上田，子劚山下荒。六月一禾生，官家一開倉。《全宋詩》卷一二八二，册 22，第 14504 頁

## 同前

陳　造

麥上場，蠶出筐，此時祇有田家忙。半月天晴一夜雨，前日麥地皆青秧。陰晴隨意古難得，婦後夫先各努力。倏涼驟暖繭易蛾，大婦絡絲中婦織。中婦輟閒事鉛華，不比大婦能憂家。飯熟何曾趁時吃，辛苦僅得蠶事畢。小婦初嫁當少寬，令伴阿姑頑自注：房謂嬉爲頑。過日。明年願得如今年，剩貯二麥饒絲綿。小婦莫辭擔上肩，却放大婦常姑前。《全宋詩》卷二四二九，册45，第28066頁

## 同前

陳元晉

長年飯不足，背裂赤日中。忍饑不肯懶，辛苦求年豐。今秋幸一熟，天意亦憚窮。庶幾債可了，或有餘粟舂。團欒共妻子，糠粃一笑同。焚香答天賜，力作人何功。君不見前年三百青銅米一斗，又不見去年蕨根掘盡不充口。妻孥長恐不相守，敢擬如今蘇息否。《全宋詩》卷三〇二三，册57，第26012頁

## 同前

宋自遜

清溪繞山流，茅屋瞰溪住。山田雖不多，荒年亦禾黍。有園不栽花，但種桑與苧。有兒只爲農，不士不商旅。老翁雪滿頭，煮茗相勞撫。問我從何來，今將去何所。日月如飛梭，人生幾寒暑。浮名底須求，求之亦何補。我見貪名人，名成隔千古。微利不足營，營之徒自苦。我見嗜利人，甘作守錢虜。青山冢纍纍，今古一抔土。勉我勤歸耕，風雪歲云暮。因作田家謡，備述老翁語。《全宋詩》卷三二五五，册 62，第 38832—38833 頁

## 同前

釋文珦

東坡粟已黄，西疇稻堪穫。農家慶豐年，茅茨舉杯酌。復喜官家用賢相，奮發天威去元惡。詔書寬徭榜村路，悍吏不來鷄犬樂。兒童牧牛舍牛舞，翁媪賽神聽神語。飲則食兮福鄉土，五日一風十日雨，萬歲千秋戴明主。《全宋詩》卷三三二七，册 63，第 39690—39691 頁

# 卷一三八　宋新樂府辭七

## 思遠人

曹　勛

有美人兮天之涯，食蘭菊兮服錦衣，披瓊簡兮規天維。隔昆丘之遐阻兮，限弱水之漫彌。曾故人之莫吾知兮，曠千載而不歸。歲冉冉其將莫兮，儼吾駕而不可以徒回。幾逍遥于山阿，思夫君于式微。《全宋詩》卷一八八〇，册33，第21064頁

## 思遠人四方四首

釋文珦

娟娟秋月照空床，行人東征未還鄉。思如轆轤不斷絶，千轉萬轉縈愁腸。
念郎南行在桂林，蠻風瘴雨衆毒侵。室家團欒第一樂，願郎早歸無久淫。
草間小蟲鳴素秋，唤起妾身離别愁。愁多宛轉結成夢，夢遠直過西凉州。
幽燕地冷無春輝，此時道歸郎不歸。今朝朔風欺遠客，又還無處寄寒衣。《全宋詩》卷三三二五，

冊63，第39652頁

## 憶遠曲

許琮

露下花寒香不起，單羅輕薄如秋水。梧桐聲定金鋪關，長看對月青天閑。泪眼看春不知處，楊花化作浮萍去。可憐環佩參差光，采蓮獨自艷南塘。菖蒲如劍南塘曲，亂割波文碎空緑。今夜音書欲寄君，莫教疑殺鯉魚群。《全宋詩》卷二六六〇，冊50，第31184頁

## 夫遠征

吴泳

采蘩浴春蠶，夫婿今遠離。貧無金釵别，愁有玉筯垂。朝同火伴去，莫獨衾裯隨。百夫十夫長，千里萬里期。去期日已遠，征郎不顧返。生理日就貧，歲年亦云晚。雖有乳下男，不能充夫丁。昨日府帖下，籍已書其名。官軍獨備北，頗恤東西民。勿言征錢輕，抽徵將到人。《全宋詩》卷二九四〇，冊56，第35035頁

## 寄遠曲

呂本中

相送江邊遠客船，孤帆一道寸心懸。日南珠價知多少，不及閨中珠淚圓。《全宋詩》卷一六二八，册28，第18263頁

## 同前

趙汝鐩

君馬踏邊塵，綉帷妾一身。仰天無過雁，俯水無遊鱗。酒難獨自酌，蟻樽空浮春。食亦不知味，駝峰徒薦珍。憶昔送君君已醉，醉言更戍一年事。兜鍪北去幾寒暑，兩地肝腸摧萬里。别來容貌似舊無，寄去衣裳知到未。折柳絲絲紫塞心，對花片片青春淚。夜聞琴瑟鼓鄰家，人皆齊眉老年華。不忍恨君翻自恨，長吁矯首天之涯。幾度虚傳歸信息，愛聽乾鵲怕聽鴉。孤枕有時髣髴夢中見，覺來霜角咽梅花。《全宋詩》卷二八六四，册55，第34204頁

## 寄遠曲用唐人張籍韻

楊冠卿

按，宋人又有《寄遠辭（詞）》《寄遠》《寄遠人》，均當出於此，亦予收録。

江南淡蕩烟波暖，蒲萄渌漲春江滿。日暮汀洲采白蘋，芹芽出水蘭心短。美人去矣隔湘江，誰其贈我明月璫。《全宋詩》卷二五五五，册 47，第 29631 頁

## 寄遠辭

羅　願

過黎陽而遂西兮，煩嘉友之臨餞。道躊躇而屢顧兮，忽背馳而不可挽。幸介弟之勤我兮，守權輿其益堅。人情豈其惡逸兮，慮我修塗之易倦。粲高原與平隰兮，冰雪凜其同踐。山負石以當逕兮，泥飛屐以相濺。喜招招以卬涉兮，又風濤之交戰。幾四載之皆乘兮，初不悟其已遠。亦既降乎廬阜兮，縣尹告以舟辦。謀不主於雲夢兮，果若大江之爲限。分渚陸之異遵兮，弟亦曰予將返。試往閲於千帆兮，前車近其當鑒。挾忠信以臨深兮，猶一覘而色變。愛我者於是而

委去兮，吾然後知所恃之惟天。寧戒懼之遂忘兮，托命於南公之鷄犬。舍親戚與墳墓兮，初豈以易芻豢。抑甚珍其所懷兮，每欲棄置而未忍。行四方以經營兮，膂力猶幸其可勉。荆又用武之國兮，庶幾少施乎吾辯。至天性之燥濕兮，蓋終身陋巷而不厭。非將老無聞之爲病兮，且安往而不樂其貧賤。獨夫人之信此兮，跂予望之而不之見。秋蘭何時其可致兮，聊以報乎足繭。

《全宋詩》卷二五〇五，册 46，第 28966—28967 頁

## 同前二首

徐寶之

江頭風雨多，蘼蕪濕春香。皎皎千里心，閨中春夢長。曉城鼓聲發，寄書問河陽。君行紫騮老，君母白髮黄。

暮堂解羅衣，未洗别時泪。燕子雨中歸，春寒門已閉。邊城想如此，草色入湖地。花前教小郎，已解識侯字。《全宋詩》卷三一六一，册 60，第 37912 頁

## 同前

羅與之

寒梢蕭索風振林，蟪蛄切切語欲噤。終宵展轉不能寐，遥憶良人戰場裏。陽關一别歸無期，翠烟幾度秋螢飛。當時手種合歡樹，今已蒼蒼雲雨垂。蜀錦裁書憑雁寄，那能道人意中事。深秋倘得未移軍，猶見幽閨數痕泪。居延城外刁斗聲，無定河邊霜月明。妾身雖老幸未死，何日中原賀太平。《全宋詩》卷三二九七，册62，第39288頁

## 寄遠

詹茂光妻

錦江江上探春回，銷盡寒冰落盡梅。争得兒夫似春色，一年一度一歸來。《全宋詩》卷一〇九，册2，第1261頁

## 同前二首

釋智圓

車聲日日碾紅埃，何事良人獨未回。苔鎖洞房書久絶，月明深夜雁空來。寒侵竹葉難成醉，塵暗菱花更懶開。杳杳雲山不知處，夕陽頻上最高臺。《全宋詩》卷一三二，册3，第1512頁

洞房秋晚更思君，寶瑟慵彈日又曛。雁過長空書不到，滿庭黄葉落紛紛。《全宋詩》卷一三七，册3，第1540頁

## 同前

晏　殊

寶轂香輪不再逢，峽雲巫雨杳無蹤。梨花院落溶溶月，柳絮池塘淡淡風。幾日寂寥傷酒後，一番蕭索禁烟中。魚書欲寄無由達，水遠山長處處同。《全宋詩》卷一七一，册3，第1941頁

## 同前

陳　襄

飛鵲翩翩暮欲棲，楚天新月射璇題。袖中已滅三年字，心曲惟通一點犀。步障影迷金谷路，桃花香隔武陵溪。瑶華好折無人寄，腸斷江樓百尺梯。《全宋詩》卷四一四，册8，第5087—5088頁

## 同前

柴　援

别時指我堂前柳，柳色青時望子時。今日柳綿吹欲盡，尚憑書去説相思。《全宋詩》卷一三七〇，册24，第15733頁

## 同前

釋元肇

拄策窮西望，閑雲去復生。亂鴉棲落日，孤雁叫寒更。坐久燈生暈，衣單夢不成。遥知今夜月，還向故人明。《全宋詩》卷三〇九一，册59，第36888頁

## 同前

吴惟信

别後一身長是客，何須更説負烟蘿。近來心事深如海，梅損清香雨雪多。
江風月白水平沙，一曲琵琶別酒家。泪洒秋風消息斷，可憐猶自信燈花。
雨聲入夢江湖闊，暝色分愁草樹衰。君亦不來書不去，小樓閑過雁多時。
澹烟芳草鄉心遠，細雨梨花客夢孤。十載故廬茅卷盡，春風知有燕歸無。《全宋詩》卷三一〇七，册59，第37076頁

## 同前

温琬

按，《全宋詩》未收此詩，《宋詩紀事》卷九七據《青瑣高議》卷七收録。

小花静院東風起，燕燕鶯鶯拂桃李。斜倚紅墻卜遠人，樓外春山幾千里。《宋詩紀事》卷九七，上海古籍出版社1981年版，第2323頁

## 同前

晏殊

宋陳巖肖《庚溪詩話》曰：「詩詞中多用『南雲』，晏元獻公《寄遠》詩曰：『一紙短書無寄處，數行征雁入南雲。』紹興庚午歲，余爲臨安秋賦考試官，同舍有舉歐陽公長短句詞曰：『雁過南雲，行人回淚眼。』因問曰：『南雲其義安在？』余答曰：『嘗見江總詩云：『心逐南雲去，身隨北雁來。故園籬下菊，今日幾花開？』恐出於此耳。」①按，此爲殘句。

## 同前

楊黎州

一紙短書無寄處，數行征雁入南雲。《全宋詩》卷一七三，册3，第1965頁

按，此爲殘句。

---

①［宋］陳巖肖《庚溪詩話》卷下，叢書集成初編，册2552，中華書局，1985年版，第13—14頁。

胡越自爲迢遞國，參商元是別離星。《全宋詩》卷三七三七，册71，第45053頁

## 次韻李鶴田德真寄遠

趙希棇

長安日下浮雲生，故人久作西南行。漚邊兩載音訊絶，鬢絲應與秋風争。蒼苔冉冉荒茅屋，愁來忍把《離騷》讀。驚鴻剛自墮邊聲，碧嶂那堪遮遠目。青雲高處期翱翔，去人歲月今堂堂。吴鈎拂拭霜雪冷，龍光飛躍秋天長。思君一夜離心折，東樓又送無情月。《全宋詩》卷二八〇四，册53，第33322頁

## 秋夜寄遠

張耒

秋晚蕭條風露清，星河耿耿漏丁丁。祇應新月頻相見，長向玉樓東畔生。《全宋詩》卷一一七三，册20，第13252頁

## 寄遠人

翁卷

秋氣日凄清，秋衣紉未成。在家猶不樂，行路若爲情。幾處好山色，暮天群雁聲。分明相憶夢，夜夜出江城。《全宋詩》卷二六七三，册 50，第 31410 頁

## 征婦怨

劉兼

按，宋人又有《征婦思》《征婦嘆》《征婦吟》《征婦詞》《戍婦詞》，當均出於此，亦予收録。

金閨寂寞罷妝臺，玉筯欄干界粉腮。花落掩關春欲暮，月圓欹枕夢初回。鸞膠豈續愁腸斷，龍劍難揮别緒開。曾寄錦書無限意，塞鴻何事不歸來。《全宋詩》卷十六，册 1，第 233 頁

## 同前

周行己

嫁君苦太遲，別君苦太早。官行有程期，不得暫相保。妾有嫁時衣，金縷光葳蕤。送君即遠道，數日望君歸。君去竟何許，君歸竟何長。昔爲膠與漆，今爲參與商。朝看雲間雁，暮看水底魚。雁魚過幾許，何處寄君書。有食不下咽，有衣不被體。夜回九轉腸，日下千行淚。階前萱草長，奩内粉黛空。萱草不解憂，粉黛爲誰容。人生若朝露，顔色豈長好。況乃懷憂愁，憂愁復易老。及春不開花，結子待何時。君在須早歸，妾在長相思。妾不願君富貴，妾只願君賤貧。賤貧足相保，富貴多棄舊。妾不願君成功，妾只願君早歸。早歸及年少，功成妾已老。君去妾二八，容顔花莫如。肌白不著粉，色紅不施朱。即今君尚未酬勛，妾年二十已有餘。《全宋詩》卷一二七一，册22，第14359頁

## 同前

張仲節

按，此爲殘句。

凱歌四面動地來，斬得名王歸獻闕。《全宋詩》卷三〇八七，册 59，第 36818 頁

## 同前

趙崇嶓

梧桐葉葉生涼秋，燕山早寒已知遒。則則力力嘆不休，堂前月光使人愁。停針罷線泪沾裳，朔風漸高天雨霜。妾憂欲死幸未死，未死猶堪寄衣去。《全宋詩》卷三一七一，册 60，第 38076 頁

## 同前

釋文珦

寧爲路傍草，莫作戰士妻。初嫁席未温，夫今戍遼西。憶與夫别時，山川正飛雪。腰間弓箭重，冰凍馬蹄裂。夫君在萬里，如何可相求。瞻彼日月光，使妾心悠悠。悠悠復悠悠，想思曷云已。夜夜勞夢魂，遥遥渡遼水。軍中有紀律，君當慎終始。勿以念室家，無心事戎壘。自昔忠義人，從軍皆效死。《全宋詩》卷三三一五，册 63，第 39508 頁

## 同前

周密

夢魂夜夜在天涯，連歲音書不到家。萬里征人成白骨，春閨猶自卜燈花。《全宋詩》卷三五五九，册 67，第 42536 頁

## 征婦怨效唐人作

陸游

萬里安西久宿師，東風吹草又離離。玉壺貯滿傷春泪，錦字挑成寄遠詩。擊虜將軍方戰急，押衣敕使尚歸遲。妝臺寶鏡塵昏盡，髮似飛蓬自不知。《全宋詩》卷二一七二，册 39，第 24694 頁

## 征婦怨效張籍

釋善珍

前年番兵來，郎戰淮河西。官軍來上功，不待郎書題。淮河在何許，妾身那得去。生死不相待，白骨應解語。天寒無衣兒啼苦，妾身不如骨上土。《全宋詩》卷三一五〇，册 60，第 37778 頁

## 征婦思

徐　照

年半爲郎婦，郎去戍采石。又云戍濠梁，不得真消息。半年無信歸，獨自守羅幃。西風吹妾寒，倩誰寄郎衣。姑老子在腹，憶郎損心目。願郎征戰早有功，生子有蔭姑有封。《全宋詩》卷二六七二，册50，第31401頁

## 征婦嘆

趙汝鐩

蓮浴雙鴛鴦，梧棲雙鳳凰。雙舞蝶度墻，雙飛燕歸梁。倚欄人顰翠，忍泪心暗傷。閉户羅幃悄，孤燈耿空房。欲睡睡未得，獨坐理絲簧。彈吹不成調，征夫天一方。《全宋詩》卷二八六四，册55，第34203頁

## 同前

韓信同

《全宋詩》卷三三三八作陳碧娘詩，題作《平元曲寄二弟植與格》，末多數句：「元人未知肯我許，我能管瑟又能舞。二弟慨然舍我去，日覩江頭淚如雨。幾回聞鷄幾欲死。未審良人能再覩。」①

虎頭將軍眼如電，領兵夜渡黄河面。良人腰懸大羽箭，遼東掠地遼西戰。一紙紅箋寄春怨，十年消息無歸便。日長花柳暗庭院，斜倚妝樓倦針綫。心憶良人嗔不見，手擲金彈打雙燕。無術平戎報明主，恨身不是奇男子。倘妾當年未嫁時，請學明妃獻西虜。《全宋詩輯補》，册6，第2897頁

① 《全宋詩》卷三三三八，册63，第39860頁。

# 卷一三九　宋新樂府辭八

## 征婦吟

陳淳祖

虜退沙場洗戰斑，誰家不上望夫山。江邊迤邐春無賴，楊柳枝垂人未還。《全宋詩》卷三三〇八，册63，第39405頁

## 征婦詞十首

劉克莊

聞説三邊地，今爲百戰場。君書一二紙，妾泪萬千行。
妾甘爲隱服，君喜冒先鋒。但祝玉關入，寧無石窌封。
遠書徒攬思，歸信屢愆期。瓦卦偏無準，燈花未必知。
寬作三年别，安知四序遷。可憐容鬢改，人有幾三年。
去時兒在腹，忽已語嚘啞。何日番休了，迎爺兩手叉。

詩云王赫怒，吏説相宣威。假使從公旦，三年便衮歸。燒操蒙衝艦，獲堅雲母車。賜君新節鉞，還妾舊荆練。野雉自雙飛，離鸞半隻棲。君非秋胡子，妾是杞梁妻。江南絲帛貴，塞北雪霜濃。莫恨鐵衣冷，全裝可禦冬。晨起推孤枕，昨夜留半衾。恐郎渾忘却，萬一夢相尋。《全宋詩》卷三〇七五，册58，第36688頁

## 同前

釋文珦

第一傷心是别離，别來三度寄征衣。更嫌春夢無憑準，夢裏言歸又不歸。《全宋詩》卷三三二五，册63，第39651頁

## 同前

王　鎡

日日妝樓望雁回，雁回郎不寄書來。誰知别後身寬窄，欲送寒衣未敢裁。《全宋詩》卷三六〇九，册68，第43220頁

## 戍婦詞三首

劉克莊

織錦爲書寄雁飛，功名從古恨無機。良人白首沙場裏，何日封侯建節歸。

昨日人回問塞垣，陣前多有未招魂。營司不許分明哭，寒月家家照淚痕。

九月嚴霜塞下飛，連營回首望寒衣。將軍縱上移屯奏，無奈公卿半是非。《全宋詩》卷三〇三七，冊58，第36201頁

## 同前一首

許棐

半落缸花午夜閑，戍衣裁就寄君難。雁來不帶平安字，却帶邊風入帳寒。《全宋詩》卷三〇八九，冊59，第36848頁

## 同前二首

釋文珦

女蘿施松柏，終始相因依。結髮爲婚姻，偕老相與期。夫今戍邊城，賤妾無由隨。行行日已遠，何時定當歸。但願崇勛業，上報明主知。諒君守恒節，妾心終不移。《全宋詩》卷三三一六，册63，第39519頁

新婚便別比秋胡，何似當年莫嫁夫。身在朔方征戍久，雁來南國信音無。空閨寂寂寒宵永，荒路悠悠遠夢孤。聞道仙家能縮地，癡心要覓長房符。《全宋詩》卷三三二四，册63，第39634頁

## 同前

宋慶之

君去無還期，妾思無已時。軍中無女子，誰爲補征衣。或傳雲中危，夫死賢王圍。恐傷老姑心，有泪不敢垂。《全宋詩》卷三五九二，册68，第42910頁

## 讀唐人樂府戲擬思婦怨

陸游

按，《樂府詩集》無《思婦怨》，然此詩題旨與新樂府辭《征婦怨》同，且詩題稱乃擬唐人樂府所作，故予收録，置《征婦怨》後。

一自門前征馬嘶，此心常與斷雲西。雙飛空羨雉朝雊，獨泣忍聞烏夜啼。遼海晝昏塵漠漠，杜陵春到草萋萋。孤愁可爲鄰姬説，只有臨樽醉似泥。《全宋詩》卷二一九九，册40，第25131頁

## 織婦怨

文同

按，《樂府詩集·新樂府辭》有《織婦詞》，宋人《織婦怨》《織婦嘆》當出於此，亦予收録。

擲梭兩手倦，踏簫雙足趼。三日不住織，一疋纔可剪。織處畏風日，剪時謹刀尺。皆言邊幅好，自愛經緯密。昨朝持入庫，何事監官怒。大字雕印文，濃和油墨汙。父母抱歸舍，拋向中

門下。相看各無語，淚進若傾瀉。質錢解衣服，買絲添上軸。不敢輒下機，連宵停火燭。當須了租賦，豈暇恤襦袴。前知寒切骨，甘心肩骭露。里胥踞門限，叫罵嗔納晚。安得織婦心，變作監官眼。《全宋詩》卷四三三，册8，第5313頁

## 織婦嘆

戴復古

春蠶成絲復成絹，養得夏蠶重剥繭。絹未脱軸擬輸官，絲未落車圖贖典。一春一夏爲蠶忙，織婦布衣仍布裳。有布得着猶自可，今年無麻愁殺我。《全宋詩》卷二八一三，册54，第33473頁

按，《全元詩》册一四亦收謝翱此詩，元代卷不復録。

## 同前

謝翱

待得蠹蠶繭上絲，織成送女去還歸。支機本是寒砧石，留取秋深自搗衣。《全宋詩》卷三六九二，册70，第44331頁

## 織錦詞

許棐

按，《樂府詩集·新樂府辭》有《織錦曲》，《織錦詞》當出於此，故予收録。

彩絲愁緒雜春機，咿軋聲中日又西。織到花枝連理處，玉驄門外一嬌嘶。《全宋詩》卷三〇九〇，冊59，第36866頁

## 續潘探花搗衣曲

鄭會

白石砧，秋沉沉。家家搗衣燈下補，惟有妾家心最苦。妾初嫁來能幾時，良人從軍今不歸。去時楊花未飛絮，欲着春衫裁白苧。秋來暑盡白苧寒，遠征未必便可還。宮袠止是賜上將，良人猶在行伍間。搗衣搗衣寄將去，聞道分兵又西戍。茫茫莎草生寒塵，沙場不見愁殺人。堂前阿姑老，得君早歸好。搗衣搗衣空斷魂，因□上有雙泪痕。邊功未成君着力，妾身孤單君莫憶。《全宋詩》卷二九五九，冊56，第35257頁

## 搗衣曲

熊禾

北望悠悠音信少，空房念遠心常早。流螢熠熠夜稍清，寒雁嗈嗈寒已到。細絲清水練方新，在桅半濕日中明。隔籬翁媪寐不熟，月落尚聞砧杵聲。將軍錦帳環歌舞，百戰尚遲歸寸土。老農肩米肉成瘡，思婦裁衣泪如雨。《全宋詩》卷三六七四，册70，第44108頁

## 同前

張玉娘

入夜砧聲滿四鄰，一天霜月秋雲輕。自憐歲歲衣裁就，欲寄無因到遠人。《全宋詩》卷三七一五，册71，第44624頁

## 同前

翟澥

寒蛩何處棲，棲傍砧石月。停砧問蛩鳴，砧動蛩復歇。似嗚辛苦心，欲替征人說。去年舊

衣寄誰去，今年新衣織到曙。却移砧石來支機，蛩鳴復在支機處。《全宋詩》卷三七五九，册72，第45333頁

## 寄衣曲

張耒

秋風西來入庭樹，攀條正念征人苦。空窗自織不敢任，鳴機愁寂如鳴艫。練成欲裁新絲香，抱持含愁叔姑堂。別來不見衣覺窄，試比小郎身更長。《全宋詩》卷一一五五，册20，第13028頁

## 同前

羅與之

憶郎赴邊城，幾彀秋砧月。若無鴻雁蜚，生離即死别。愁腸結欲斷，邊衣猶未成。寒窗剪刀落，疑是劍鐶聲。此身倘長在，敢恨歸無日。但願郎防邊，似妾縫衣密。《全宋詩》卷三二九六，册62，第39276頁

## 同前

釋斯植

自君之出矣，壁上琵琶君記取。日日望君君不歸，自君去後徒相憶。欲剪征衣寄贈君，天涯望斷無消息。

自君之出矣，欲寄征衣泪如雨。征衣未寄心已悲，一寸相思隔千里。湘江水是巫山雲，巫山雲是湘江水。湘江兩岸芳草深，湘江日夜多行人。行人去去天之涯，門對落花三兩家。家家有酒謳且歌，醉來月下彈琵琶。《全宋詩》卷三三〇〇，册 63，第 39325 頁

## 同前

宋无

按，《全元詩》册一九亦收宋无此詩，元代卷不復録。

聞有宫袍賜，翻令閨意傷。良人在行伍，祇待妾衣裳。

征衣須早寄，遥憶藁砧寒。莫訝啼痕少，相思泪已乾。《全宋詩》卷三七二三，册 71，第 44754 頁

## 同前

許志仁

貂裘雖云温，非妾手中迹。唯此萬里衣，一針三嘆息。嘆息恐人聞，縫時常避人。開緘勿嫌涴，中有雙泪痕。江南十月雁初飛，邊地纔秋塞草衰。衣成妾手君寧見，寒到君邊妾自知。寄書問征夫，好在何當還。西風吹妾夢，夜度魯陽關。《全宋詩》卷一九七〇，册35，第22066頁

## 同前

劉克莊

征夫去時着紵葛，征夫未回天雨雪。夜呵刀尺製寒衣，兒小却倩人封題。上有泪痕不教洗，征夫見時認針指。殷勤着向邊城裏，莫遣寒風吹腠理。江南江北一水間，古人萬里戍玉關。《全宋詩》卷三〇四〇，册58，第36257頁

## 同前

許棐

蘆花風緊雁飛飛，便寄邊衣也是遲。妾把剪刀猶覺冷，況君披甲枕戈時。願君百戰圖勛業，馘項殲羸頻獻捷。博取貂蟬金印歸，無負君王無負妾。《全宋詩》卷三〇八九，册 59，第 36851 頁

按，《全元詩》册一九亦收艾性夫此詩，元代卷不復録。

## 張宛丘寄衣曲

艾性夫

衷甲葱河不記春，何須更比小郎身。只消狹剪征衫去，塞雪邊風最瘦人。要識《關雎》樂不淫，勿疑漢上有題衿。思無邪是觀詩法，一笑先生欠古心。《全宋詩》卷三七〇一，册 70，第 44424—44425 頁

## 泰娘

宋　无

按，宋无此詩《全宋詩》失收，《全元詩》收録且記其本事曰：「泰娘本韋尚書家主謳者，尚書守吴郡得之，命樂工誨之琵琶，使之歌且舞，以盡其妙。攜歸京，新聲善工，於是又捐去故技，以新音度曲，而泰娘名往往見稱貴游間。元和初，尚書薨，泰娘爲蘄州刺史張遜所得。遜後坐事，謫居武陵卒。泰娘無所歸，地荒且遠，無有能知其容與藝者，故日抱樂器而哭，其聲焦殺而悲。劉禹錫聞之，爲歌其事以足樂府云：『泰娘家本閶門西，門前緑水環金堤。有時妝成好天氣，走上皋橋折花戲。風流太守韋尚書，路旁一見停隼旟。斗量明珠鳥傳意，紺幰迎入專城居。長鬟如雲衣似霧，錦裀羅薦承輕步。舞學驚鴻水榭春，歌撩上客蘭堂暮。從郎西入帝城中，貴游簪組香簾櫳。低頭緩視抱明月，纖指撥破生春風。繁華一旦有銷歇，劍珮無光履聲絶。洛陽舊宅生草萊，杜陵松柏蕭蕭哀。妝奩蟲網厚如繭，博山爐火傾寒灰。蘄州刺史張公子，白馬新到銅駞里。自言買笑擲黄金，月墮雲中花墜水。安知鵩鳥座隅飛，寂寞旅魂招不歸。秦嘉鏡有前時結，韓壽香消故篋衣。山城少人江水碧，斷雁哀猿風雨夕。朱弦已絶無知音，雲鬢紅顔私自惜。舉目風烟非舊時，夢尋歸路多參差。如何將此千行泪，更洒西江斑竹枝。』」①

太守風流寵泰娘，歌成樂府屬劉郎。一般女子皋橋住，底事無人詠孟光。《全元詩》，册 19，第 428 頁

## 競渡曲

周紫芝

江風獵獵吹紅旗，舟人結束夸水嬉。短衣青帽錦半臂，横波鼓鬣飛鯨鯢。江潮漫漫江水闊，浪花擊碎千堆雪。畫橈擘水挽不回，白羽離弦箭初脱。歸來醉作踏浪歌，應笑吴兒拜浪婆。朱樓相映緑陰裏，兩岸人家歡樂多。飯筒角黍纏五綵，楚俗至今猶未改。日暮空歌何在斯，不見三閭憔悴時。《全宋詩》卷一四九七，册 26，第 17092 頁

---

①《全元詩》，册 19，第 428 頁。

# 北邙行

釋法泉

宋釋曉瑩《雲卧紀談》曰：「蔣山佛慧禪師，叢林號『泉萬卷』者，有《北邙行》曰……」①

前山後山高峨峨，喪車轔轔日日過。哀歌幽怨滿巖谷，聞者潛悲《薤露》歌。哀歌一聲千載別，孝子順孫徒泣血。世間何物得堅牢，大海須彌竟磨滅。人生還如露易晞，從來有會終別離。苦樂哀感不暫輟，況復百年驚夢馳。去人悠悠不復至，今人不會古人意。栽松起石駐墓門，欲爲死者長年計。魂魄悠揚形化土，五趣茫茫井輪度。今人還葬古人墳，今墳古墳無定主。洛陽城裏千萬人，終爲北邙山下塵。沈迷不記歸時路，爲君孤坐長悲辛。昔日送人哭長道，今爲孤墳卧芳草。妖狐穿穴藏子孫，耕夫撥骨尋珠寶。老木蕭蕭生野風，東西壞冢連晴空。寒食已過誰享祀，冢畔餘花寂寞紅。日月相催若流矢，富貴賢愚盡如此。安得同游常樂鄉，縱經劫火無生死。《全宋詩》卷五一八，册9，第6304頁

① ［宋］釋曉瑩《雲卧紀談》，《全宋筆記》第5編，册2，第62頁。

## 野田行

梅堯臣

輕雷長陂水，農事乃及辰。茅旌送山鬼，瓦鼓迎田神。青皋暗藏雉，萬木欣已春。桑間偶耕者，誰復來問津。《全宋詩》卷二三八，册5，第2760頁

## 節婦吟

蘇　籀

君不見迴妙殊憐世絶塵，脱足褰帷韞玉人。藕絲帖體沈香熨，清瘦纖柔傷九春。勒芳戢翠妍無偶，嘖嘖拳拳徐叩叩。潔餒何嘗羡汙飲，令淑專貞絶難有。緑樽翠杓稽留舉，林下閒情風韻度。單羈抛擲幾星霜，瑣卑脅脅蓬茨伍。里鄰敩嚬詫又夸，傖翁詎堪眉斧加。想當然爾霸勾踐，豈竢再顧傾夫差。雲霞攏抹振瓊璫，蒨穠蕙轉婉清揚。此翁南郭坐忘趣，道眼不玷慵來妝。

《全宋詩》卷一七六五，册31，第19651頁

# 病鶴吟上黄尚書度并序

劉宰

詩序曰：「伏聞課長淮綏靖之績，升西清次對之班。爰按彝章，當舉自代，以某備數。切惟此舉前輩所重，如韓文公之于錢徽，歐陽文忠公之于吕公著，皆其名位已高，才望素孚，故聞者不疑，受者不愧。如某幺麽，加以不可療之疾，分甘屏處，忽冒公舉，豈惟駭聽，上玷師門，抑與漫浪之迹不相似。然昔唐張司業受東平之辟，而愧其不就，賦《節婦吟》以謝，好事者至今傳之。某才固不敢望司業，而受舉不能報，與之略同。用敢擬《節婦吟》之作，賦《病鶴吟》寄上。」

五湖浩蕩平沙暖，病鶴摧頹翅翎短。萬里空懷宿昔心，忘機已結沙鷗伴。華表飛來遼海仙，人間嘉會恰千年。一聲嘹唳九關傳，虎豹辟易不敢前。盡推同類游鈞天，浮丘王喬相後先。縹緲遺音墮雲際，應念沙頭苦憔悴。欲令弱羽更軒昂，共駕飛廉騎六炁。瑶池飲，芝田戲，五湖回首皆塵世。菰米熟，藕花鮮，五湖秋色正相便。寄聲青鳥謝勤拳，摧頹病鶴那能然。《全宋詩》卷二八〇九，册53，第33412頁

# 卷一四〇　宋新樂府辭九

## 楚宮行

司馬光

楚王宫中夜未央，清歌秘舞會華堂。木蘭爲柱桂爲梁，隋珠和璧爛同光。横吹乍鳴秋竹裂，繁弦初度春雨歇。九微火樹垂垂滅，羅衣紛紛玉纓絶。滿朝冠劍東方明，宫門未啓君朝醒。秦關日夜出奇兵，武安君火照夷陵。《全宋詩》卷四九八，册9，第6011頁

## 同前

陸　游

漢水方城一何壯，大路并馳車百兩。軍書插羽擁修門，楚王正醉章華上。璇題藻井窮丹青，玉笙寶瑟聲冥冥。忽聞命駕遊七澤，萬騎動地如雷霆。清晨射獵至中夜，蒼兕玄熊紛可藉。國中壯士力已殫，秦寇東來遣誰射。《全宋詩》卷二一七二，册39，第24691頁

## 山頭鹿

陸游

呦呦山頭鹿，毛角自媚好。渴飲澗底泉，饑嚙林間草。漢家方和親，將軍灞陵老。天寒弓力勁，木落霜氣早。短衣日馳射，逐鹿應弦倒。金槃犀筯命有繫，翠壁蒼崖迹如掃。何時詔下北擊胡，却起將軍遠征討。泉甘草茂上林中，使我母子常相保。《全宋詩》卷二一八二，册39，第24860頁

## 湘江曲

徐照

湘江無潮水，日夜一向流。别心無彼此，兩處各悠悠。《全宋詩》卷二六七二，册50，第31398頁

## 夢上天

李龏

按，此爲集句詩。

馭鳳升崑崙，夢上高高天。雲樓半開壁斜白，蓬萊宫殿玉爐烟。春羅書字邀王母，緑章封事咨元父。鴻瓏九關朝玉皇，大道無言暗相許。身不沉，骨不重，半空回首晨鷄弄。寒緑幽風生短絲，春雷蟄蟄龍蛇動。孟郊、元稹、李賀、陳陶、李賀、李賀、陳陶、陳陶、齊己、温飛卿、李賀、陳陶 《全宋詩》卷三一三二，册59，第37456頁

## 樓上曲

陳　襄

金徒抱箭寒更起，寂寞孤城一千里。姮娥擘出月華來，白玉樓臺瑩如水。上有佳人紅粉妝，妙年學得吹《霓裳》。呼兒將出紫玉笛，一聲天外流宫商。清商欲盡何幽咽，曲調不成聲斷絶。羅衣掩泪愁向天，手把瑶華歌一闋。寒蟾出兮明星稀，良人阻兮天一涯。憑軒遥望兮心傷悲，願隨鴻鵠兮高飛。《全宋詩》卷四一二，册8，第5073—5074頁

## 同前

王　令

逆口不唱當時歌，當時笑聲與曲和。忍目不視當時字，當時字寫當時意。當時意斷字空

存，縱有前歌不忍聞。樓憑西北欄干暖，病眼看天泪瘴昏。望望行雲迷笑電，曉夢依稀有時見。雙眉聚緑眼揉紅，猶似臨歸别時面。秋夜遲遲夜燈短，翠被孤眠不成暖。舊時笑月不長圓，如今愁看月空滿。武陵幾欲尋歸路，桃花迷人不知步。霜餘芳草不成青，暮鴻飛入斜陽去。《全宋詩》卷七〇八，册 12，第 8190 頁

## 同前

薛季宣

樓頭月白良夜深，美人睡起搊胡琴。咿嚘怨抑如誠訴，四弦了不諧琴音。推琴憑欄歌一曲，爲聲不成氣不續。和愁擁面歸錦帷，曲肱展轉愁相屬。床前蛟燭光熒熒，乍明乍滅如參星。卷衾起來問高燭，能知妾意還不能。燭如不解人深意，如何伴妾長垂泪。澄思微物本無情，有懷觸目皆傷志。眠來復坐坐復眠，不交兩睫時潸然。自惟命薄多離恨，春宵鎮長遲曙天。親知問得郎書不，低頭無言墮紅雨。遲回捩泪强爲容，不成一語愁還主。何人遠自日邊歸，殷勤爲問郎歸期。待得郎歸與俱隱，不教被劾緣蛾眉。《全宋詩》卷二四七五，册 46，第 28703 頁

## 同前

張元幹

清陳廷焯《白雨齋詞話》曰：「張元幹《樓上曲》云：『樓外夕陽明遠水。樓中人倚東風裏。……』意味深長，音調古雅，艷體中《陽春》《白雪》也。」①

樓外夕陽明遠水，樓中人倚東風裏。何事有情怨别離，低鬟背立君應知。東望雲山君去路，斷腸迢迢盡愁處。明朝不忍見雲山，從今休傍曲闌干。

清夜燈前花報喜，心隨社燕凉風起。雲路修成寶月時，東樓悵望君先歸。沉瀣秋香生玉井，畫檐深轉梧桐影。看君西去侍明光，杯中丹桂一枝芳。《全宋詞》，册2，第1095頁

① [清] 陳廷焯《白雨齋詞話》卷九，上海古籍出版社，2009年版，第231頁。

## 湖中曲

趙希棢

按，宋人又有《湖中游春曲》，當出於此，亦予收録。

長眉柳葉交青條，玉花嬌面垂雲髾。湖波藍色春寥寥，大堤新曲干銀霄。翠絲絡馬金裹腰，香風隨步烟飛飄。芳亭深杳傳金貂，一笑嫣然輕百綃。歡娱未了日晷短，城鼓咿咿續復斷。嗚鞭夜月入鷄關，碧山皎皎水潺潺。《全宋詩》卷二八〇四，册53，第33326—33327頁

## 白虎行

周端臣

女修玄鳥開嬴始，附庸于周自非子。由襄寖强三十世，末命昭莊逾崛起。殺降濺血長平坑，返戈盡篡天王城。黷兵不戢恃强大，物忌太盛終當傾。邯鄲賈人識奇貨，發謀不惜千金破。窈窕尊前歌舞人，腹中已孕秦家禍。怙勢陵威奮餘烈，怨氣愁聲九州裂。虎暴狼貪天使然，六國未滅嬴先滅。天道何曾長助强，豈知用柔能勝剛。君不見後來項羽戰無敵，却使山河歸漢

王。《全宋詩》卷二七八四，册 53，第 32960 頁

## 水仙謡爲趙子固賦

周　密

九歌討群珍，遺此横道寶。雪光射初月，静夜織裳縞。雲護白珊瑚，風蜚碧龍腦。招得湘娥魂，千年化瑶草。《全宋詩》卷三五五八，册 67，第 42524 頁

## 鷄鳴埭

楊　備

輦出城時鷄未鳴，春羅蟬翼赭袍輕。蒙塵獵騎奔如電，到此聞鷄第一聲。《全宋詩》卷一二四，册 3，第 1436 頁

## 同前

馬之純

臺城五里到青溪，埭在青溪西復西。向日只緣貪射雉，常時過此始鳴鷄。翬鷂用處亦無

幾，羽翮貢來誰敢稽。便是游田須有節，如何晨夕恣荒迷。《全宋詩》卷二六四五，册 49，第 30968—30969 頁

## 春曉曲

朱敦儒

西樓落月鷄聲急，夜浸疏香寒淅瀝。玉人酒渴嚼春冰，曉色入簾横寶瑟。《全宋詞》，册 2，第 868 頁

## 惜春詞

田錫

按，宋人又有《惜春謡》，當出於此，亦予收録。

春色初從江國來，湖邊楊柳嶺頭梅。梅花飛雪柳垂帶，遞次相將時節催。春力欺寒過江北，深谷黄鸝生羽翼。曉月輕烟禁苑啼，南園桃李已成蹊。就中何處芳菲好，春波飛絮魏王堤。我憶去年暮春月，京洛新妝丹鳳闕。天津水緑烟樹深，萬井笙歌牡丹發。天子鑾輿駕幸時，嵩

峰瑞靄籠郊圻。扈從千官與萬騎，翊衛羽林兼佽飛。六宮隨駕羅珠翠，諸王從行陪七貴。香氣成霞金犢車，鳴珂中節虹龍駟。朱橋細柳端門前，畫舫橫塘會節園。朝花貴俠珊瑚席，夜燭嬌娥玳瑁筵。西樓殘月深宮漏，明河半沈垂北斗。縱飲貪歡意未闌，紫陌喧喧人已繁。玉鈎挂簾開雉尾，曉日赭袍朝至尊。方今寓止臨清渭，杜門無與天涯異。殊忘詩酒狂蕩心，但悅琴書高古意。可惜春芳漸欲歸，五陵烟草方離離。回憶當時洛陽道，歌魂空與殘花飛。《全宋詩》卷四四，册1，第481頁

## 同前

李季萼

宋洪邁《夷堅志》曰：「縉雲英華事，前志屢書，然未嘗聞其能詩詞也。今得兩篇，其詩云：『夜雨連空歇曉晴，前山重染一回青。林梢日暖禽聲滑，苦動春心不忍聽。』其《惜春詞》：『……』殊有情致，故或者又以爲神云。」①按，李季萼，字英華，元豐中縉雲令開封李長卿女。

---

①《夷堅志》丁志卷一九，第631頁。

東風忽起黄昏雨，紅紫飄殘香滿路。憑闌空有惜春心，濃緑滿枝無處訴。春光背我堂堂去，縱有黄金難買住。欲將春去問殘花，花亦不言春已暮。《夷堅志》丁志卷一九，第692—693頁

## 又和惜春謡

司馬光

詩末自注曰：「劉伯壽坐中度曲，命曰《惜春謡》。」

朝來風雨歇，春意漠然收。去我不辭訣，憑誰能借留。杓星漸西轉，洛水自東流。曲渚撤華幄，芳園罷彩毬。雉鳴丘麥秀，蠶起野桑柔。亂絮天涯滿，晴陽草際浮。已嗟心緒簡，況復鬢絲稠。賴聽新翻曲，非爲負勝遊。《全宋詩》卷五〇九，册9，第6185頁

## 春愁曲

陸游

題注曰：「客話成都戲作。」

虙羲至今三十餘萬歲，春愁歲歲常相似。外大瀛海環九洲，無有一洲無此愁。我願無愁但歡樂，朱顔緑鬢常如昨。金丹九轉徒可聞，玉兔千年空擣藥。蜀姬雙鬟娅姹嬌，醉看恐是海棠妖。世間無處無愁到，底事難過萬里橋。《全宋詩》卷二一五七，册 39，第 24345 頁

## 陸務觀作春愁曲悲甚作詩反之

范成大

東風本是繁華主，天地元無著愁處。詩人多事惹閑情，閉門自造愁如許。病翁老矣癡復頑，風前一笑春無邊。糟床夜鳴如落泉，一杯正與人相關。《全宋詩》卷二二五八，册 41，第 25915 頁

## 春愁曲次劉正仲韻

戴表元

按，《全元詩》册一二亦收戴表元此詩，元代卷不復録。

山翁隱居雁蒼谷，春樹年年爲翁緑。耕休坐樹作勞歌，山光水影相徵逐。歌成無人衹自娱，行人頗怪歌聲殊。循蹤歷歷見井舍，恐是避秦來此居。花烟溟濛亂晴雨，山前倉庚後杜宇。

客來不喜亦不驚，但道寒暄無俗語。山中今歲是何年，黄旗徵樹裝樓船。淺村已盡到深谷，逢人未説先凄然。憂來宛轉歌不已，我樹非材端後死。自注：劉號樗園。五陵當日蓊如雲，如今何處悲風起。山南老農亦不憂，機淺不爲妻子謀。日高飯飽牛背坐，日晚放牛溪上游。人生逐名被名誤，十年車馬長安路。長安路絶雲霧昏，歸來棄筆尋農具。舊遊年少難與隨，夢境一笑難重追。惟有剡源窮掌固，相思望斷西天垂。《全宋詩》卷三六四二，册69，第43667頁

## 正仲復有倒和春愁曲之作依次奉答

戴表元

按，《全元詩》册一二亦收戴表元此詩，元代卷不復録。

漸老之日來垂垂，已去之日不可追。傷春畏老兩作惡，世事嘗與愁人隨。忽得君家遺愁具，行歌日日春溪路。不知愁緒逐詩來，更惜芳顔被春誤。王孫草暗誰重遊，曲江痛哭窮參謀。燕騎琵琶渭城酒，居人不覺行人愁。行人欲歸瘦念起，白髮逢春心未死。水流花落無處尋，燕去鴻來何日已。溪村此日更蕭然，强笑爲君呼酒船。黄鷄唤日不待曉，蟠桃一熟三千年。草間管樂真浪語，鳥雀應門蓬柱宇。衹餘平世畎畝心，夜半吴吟泣風雨。高人與虎能同居，壯士斷

蛇應不殊。年高漸欲置憂患，每賴君語相調娛。昔日劉郎悲放逐，看花惆悵春無緑。何如今日《春愁曲》，爛醉徉狂白雲谷。《全宋詩》卷三六四二，册 69，第 43667 頁

## 後春愁曲并序

陸　游

詩序曰：「予在成都作《春愁曲》，頗爲人所傳。偶見舊稿，悵然有感，作《後春愁曲》。」

六年成都擅豪華，黄金買斷城中花。醉狂戲作《春愁曲》，素屏紈扇傳千家。當時説愁如夢寐，眼底何曾有愁事。朱顔忽去白髮生，真墮愁城出無計。世間萬事元悠悠，此身長短歸山丘。閉門堅坐愈生愁，未死且復秉燭遊。《全宋詩》卷二一六八，册 39，第 24588 頁

## 八駿圖

蕭立之

穆王八駿真八龍，萬里歷塊追長風。齊州膻惡塵土境，夜宴阿母瑶池宫。人間亦有千年絹，包裹神奇夜光現。畫師那計馬腹羞，當時下筆親曾見。詩人多事管閒愁，却笑重來不到頭。

一聲黄竹斷歸夢，枉使徐土成荒丘。尤物移人吁可怕，此圖至今負高價。君不見華陽有馬閑且都，無人畫作武成圖。《全宋詩》卷三二八五，册 62，第 39146 頁

## 同前

吴 澄

陰山鐵騎千千匹，雨鬣霜蹄神鬼出。風馳雲合暗中州，蹂盡東賓西餞日。豈皆騕褭與蜚黄，拓土開基功第一。忽於紙上見八駿，穆滿所乘最超逸。如今已死骨亦朽，漫向毫端想毛質。當時造御天上藝，僅到瑶池王母室。暮雪霏霏黄竹歌，日行三萬竟如何？逢時莫問才高下，祇與論功孰少多。《全宋詩輯補》，册 7，第 3591 頁

## 李夫人

徐 照

延年有妹顔如花，十四選入君王家。翡翠結簾玉鏤床，君王一時無暫忘。朝朝出入芙蓉殿，莫道妾身出微賤。妾生未久身入泉，上天何不與妾年。君王愛妾言不死，逐夜宫中唤方士。《全宋詩》卷二六七二，册 50，第 31403 頁

## 同前

劉克莊

恍惚疑如在，纏綿愛未休。明知已仙去，猶欲出神求。《全宋詩》卷三〇四六，册58，第36335頁

## 隋堤柳

曹勛

隋堤柳，千里夾隋堤。堤中有平道，百尺隱金鎚。柳色間桃李，行客迷芳菲。牙檣從西來，雲表開龍旗。一舟挽千人，萬舟若魚麗。舟中盡絶色，不厭荒淫饑。錦帆壓奔流，日夜東南馳。龍舟未及返，身辱吴公泥。神器失所托，化作迷樓灰。向來桃與李，花色猶不衰。向來堤上柳，柳色猶依依。唐公已舉晉陽甲，草木雖小知無隋。《全宋詩》卷一八八二，册33，第21076—21077頁

## 同前

江鉌

錦纜龍舟萬里來，醉鄉繁盛忽塵埃。空遺兩岸千株柳，雨葉風花作恨媒。《全宋詩》卷三一七九，册61，第38150頁

# 卷一四一　宋新樂府辭一〇

## 秦吉了

林景熙

詩注曰：「《邵氏聞見録》：『瀘南有畜秦吉了者，能作人語，夷酋欲以錢十萬買之。其人告以貧，欲賣之，秦吉了曰：「我漢禽也，不願入蠻夷山。」不食而死。』」宋邵博《邵氏聞見後録》原文作：「有關中商，得鸚鵡於隴山，能人言，商愛之。偶以事下有司獄，旬日歸，輒嘆恨不已。鸚鵡曰：『郎在獄數日已不堪，鸚鵡遭籠閉累年，奈何？』商感之，携往隴山，泣涕放之去。後每商之同輩過隴山，鸚鵡必于林間問郎無恙，托寄聲也。瀘南之長寧軍有畜秦吉了者，亦能人言。有夷酋欲以錢伍拾萬買之，其人告以『苦貧，將賣爾』。秦吉了曰：『我漢禽，不願入夷中。』遂絶頸而死。嗚呼！士有背主忘恩與甘心異域而不能死者，曾秦吉了之不若也，故表出之。」宋范成大《桂海虞衡志》曰：「如鴝鵒，紺黑色。丹咮黄距，目下連頂有深黄文，頂毛有縫，如人分髮。能人言及咳嗽、謳吟，聞百蟲音，隨輒效學，比鸚鵡尤慧。大抵鸚鵡聲如兒女，秦吉了聲則如丈夫。出邕州溪洞中。《唐書》：『林邑出結遼鳥。』林邑，今占城，去邕、欽州但隔交趾，疑即吉了也。白樂天諷諫，又自有《秦吉了》詩。」①宋吴曾《能改齋漫録》「吉了禽」條曰：「唐萬年縣尉段公路撰《北户録》，紀廉州民獲赤白吉了者。赤者尋卒，白者久而能言，笑語效人，禽之珍者也。予考鄭熊所作《番禺記》云：『秦吉了，出藤州。身紺，嘴丹，兩眼旁有眉，如胭脂抹，彎環垂下，秀媚可愛，深類鸜鵒。注云：南中亦呼鸜鵒爲牛吉了。頭上微有冠，如鷄然。舌辨而語清，所食惟魚肉。凡賓客奴僕，一過而皆知其名位。苟飼之或不如所欲，家有弊事，亦以告人。』熊以爲秦吉了，段以爲吉了，而更分以赤白兩種，何耶？白樂天亦有《秦吉了》詩。『了』音『料』。」②明張岱《夜航船》「秦吉了」曰：「嶺南靈鳥，一名了哥。形似鸜鵒，黑色，兩肩獨黄，頂毛有縫，如人分髮，耳聰心慧，舌巧能言。有夷人以數萬錢買去，吉了曰：『我漢禽，不入胡地！』遂驚死。」③明王濟《君子堂日詢手鏡》曰：「横地多産珍異之鳥，吴浙所有者不録。若烏鳳、山鳳、秦吉了、珊瑚、倒挂之屬，皆有。……秦吉了，俗呼爲了歌，教之能人

---

① [宋] 范成大《桂海虞衡志》佚文，《全宋筆記》第 5 編，册 7，第 136 頁。
② 《能改齋漫録》卷一五，第 444 頁。
③ [明] 張岱撰，唐潮校點《夜航船》卷一七，巴蜀書社，1998 年版，第 375 頁。

言，狀如鴝鵒而大，嘴爪俱黄，眼上有黄肉。」①清談遷《談氏筆乘》「禽魚異名」條曰：「鳥之異名者：曰畢方，能銜火作災。……曰秦吉了，能言鳥也。」②清李調元《南越筆記》「了哥」條曰：「《本草綱目·釋名》：『秦吉了即了哥也。嶺南容、管、廉、邕諸山峒中，皆有之。如鴝鵒能效人言。』《廣州志》云有三種，『眼黄者金了，爲上；眼白者銀了，爲次；眼黑者鐵了，爲下。産瓊州』。《唐志》：『開元初，廣州獻之，言音頗雄重，能識人情，慧於鸚鵡。』《嶺南録異記》謂：『有廉州民獲赤白吉了各一頭，獻于刺史。』《唐會要》謂『了哥形似鸚鵡而色白，頂微黄，頂毛有縫如人分髮』。出杜薄州《禽蟲述》，謂生秦中。元稹詩『紅羅著壓逐時新，吉了花紗嫩面塵』，謂紗色相似也。」③清董含《三岡識略》「物名類人名」條曰：「鳥如人名者，天山曰帝江，函山曰王母使者，瀛洲曰信天翁，蜀鳥曰探花使，嶺表曰秦吉了。」④

---

① [明]王濟《君子堂日詢手鏡》卷下，叢書集成初編，册 3120，中華書局，1985 年版，第 30—31 頁。
② [清]談遷《談氏筆乘》，車吉心編《中華野史》明朝卷四，泰山出版社，2000 年版，第 4389 頁。
③ [清]李調元《南越筆記》卷八，叢書集成初編，册 3125，中華書局，1985 年版，第 113 頁。
④ [清]董含《三岡識略》卷三，四庫未收書輯刊，第 4 輯，册 29，北京出版社，1997 年版，第 662 頁。

爾禽畜於人，性巧作人語。家貧售千金，寧死不離主。桓桓李將軍，甘作單于鬼。《全宋詩》卷三六三一，冊69，第43475頁

## 獵騎

僧惠崇

宋吴處厚《青箱雜記》曰：「楊文公《談苑》稱，楚僧惠崇工詩，於近代釋子中爲傑出，而歐陽公少師《歸田録》亦紀其佳句，則不甚多。余嘗見惠崇自撰句圖，凡一百聯，皆平生所得於心而可憙者，今并録之。……《獵騎》云……」①

長風躍馬路，小雪射雕天。《青箱雜記》卷九，第94—97頁

## 答朱寀捕蝗詩 慶曆二年

歐陽修

捕蝗之術世所非，欲究此語興於誰。或云豐凶歲有數，天孽未可人力支。或言蝗多不易

---

① [宋] 吴處厚撰，李裕民點校《青箱雜記》卷九，中華書局，1985年版，第94頁。

捕，驅民入野踐其畦。因之奸吏恣貪擾，户到頭斂無一遺。蝗災食苗民自苦，吏虐民苗皆被之。吾嗟此語祇知一，不究其本論其皮。驅雖不盡勝養患，昔人固已決不疑。秉蟊投火況舊法，古之去惡猶如斯。既多而捕誠未易，其失安在常由遲。詵詵最説子孫衆，爲腹所孕多蝝蚳。始生朝畝暮已頃，化一爲百無根涯。口含鋒刃疾風雨，毒腸不滿疑常飢。高原下濕不知數，進退整若隨金鼙。嗟兹羽孽物共惡，不知造化其誰尸。大凡萬事悉如此，禍當早絶防其微。蠅頭出土不急捕，羽翼已就功難施。只驚群飛自天下，不究生子由山陂。官書立法空太峻，吏愚畏罰反自欺。蓋藏十不敢申一，上心雖惻何由知。不如寬法擇良令，告蝗不隱捕以時。今苗因捕雖踐死，明歲猶免爲蝝菑。吾嘗捕蝗見其事，較以利害曾深思。官錢二十買一斗，示以明信民争馳。斂微成衆在人力，頃刻露積如京坻。乃知孽蟲雖甚衆，嫉惡苟鋭無難爲。往時姚崇用此議，誠哉賢相得所宜。因吟君贈廣其説，爲我持之告采詩。《全宋詩》卷二九八，册6，第3749—3750頁

## 捕蝗

鄭獬

翁嫗婦子相催行，官遣捕蝗赤日裏。蝗滿田中不見田，穗頭櫛櫛如排指。鑿坑篝火齊聲驅，腹飽翅短飛不起。囊提籯負輸入官，换官倉粟能得幾。雖然捕得一斗蝗，又生百斗新蝗子。

只應食盡田中禾，餓殺農夫方始死。《全宋詩》卷五八三，册 10，第 6849 頁

## 和君玉捕蝗雜詠

彭汝礪

按，《全宋詩》卷九〇二有彭汝礪《送君時》曰：「未曉乾坤大，能容此類蕃。連雲障飛翼，穴石聚遺根。籃縷誰家子，奔忙幾處村。焉知神聖意，饑渴念元元。」題注曰：「此詩寫捕蝗，題與下《和君玉捕蝗雜詠》互倒。」①同卷又有《和君玉捕蝗雜詠》，共五首，其一曰：「草木經春老，牛羊薄晚歸。水痕長淡薄，花片巧菲微。感物愁盈斛，勞形帶緩圍。利名勞有此，今日已知非。」其二曰：「澤畔行蕭灑，山邊宿寂寥。烟塵牽永日，風月自澄霄。水旱憂千里，農桑念七條。君材知有待，歸夢莫迢迢。」其三曰：「燕拂低枝出，鶯尋接葉藏。地平山影薄，溪急水聲長。零露濕人鬢，飄風吹我裳，道邊花更好，還亦似河陽。」其四曰：「南北驅之既，東西長又多。已知蠹人力，毋亦沴天和。號令趨風雨，鞭笞畏網羅。相看愁欲死，恐未及驩歌。」其五曰：「馬病風塵裏，人疲簿領間。旱枯憂澤竭，汗浹怨風慳，時雨

① 《全宋詩》卷九〇二，册 16，第 10583 頁。

恩終厚，驕陽勢苦頑。降真香一炷，百拜望南山。」題注曰：「題與上《送君時》互倒，又，其四『南北驅之既』一首當屬《和君玉捕蝗雜詠》，餘四首并屬《送君時》。」故本卷於《和君玉捕蝗雜詠》題下止録其四「南北驅之既」一首。

南北驅之既，東西長又多。已知蠹人力，毋亦沴天和。號令趨風雨，鞭笞畏網羅。相看愁欲死，恐未及驩歌。《全宋詩》卷九〇二，册16，第10583頁

## 次韻楊宰捕蝗宿兑巖四首

陳　造

歸來聞道頗休閒，蝗事今隨暑氣殘。我欲一樽供軟脚，還能衝雨過蘇端。

旱蝗蔽土翳雲空，遥想驅馳逐轉蓬。端坐賴君酬一飽，老顔可諱發慚紅。

去爲民勞走險艱，停驂幾問具茨山。祇今欲致賢勞謝，詩債徒能準數還。

龍公私我雨霶浪，釀酒須防有乞漿。慚愧四鄰千萬室，略無笑語及時暘。自注：弊家東莊，近屢得雨。

《全宋詩》卷二四三九，册45，第28239頁

## 王夢得捕蝗二首 章甫

相逢每嘆俱飄流，尊酒作意同新秋。蝗蟲日來復滿野，府帖夜下還呼舟。江天尚黑客騎馬，草露未晞人牧牛。路長遥想兀殘夢，家在風烟蘭杜洲。

江頭曉日方曈曈，僕夫喘汗天無風。茅檐汲井洗塵土，野寺煮餅燒油葱。平生憂國寸心赤，在處哦詩雙鬢蓬。村民喜識長官面，樹陰可坐毋匆匆。《全宋詩》卷二五一四，册47，第29052頁

## 倚聲制曲三首有序 張耒

詩序曰：「予自童時即好作文字，每于他文吕本下有嘗爲之三字，雖不能工，然猶能措詞。至於倚聲製曲，力欲爲之，不能出一語。《傳》稱裨諶『謀于國則否，謀於野則獲』。杜南陽以謂『性質之蔽』。夫詩、曲，類也，善爲詩不能製曲，豈謀野蔽耶？爲賦三首。」宋葉寘《愛日齋叢抄》曰：「文潛乃又自謂不善倚聲製曲，而致意古樂府，有所矯耶？其説曰：『予自

幼童，好作文字……豈謀野蔽耶？』」①按，《樂府詩集·新樂府辭》有温庭筠《樂府倚曲》，《倚聲制曲》當出於此，《張耒集》置此詩於「樂府」類，故予收録。

春絲惹恨鬢雲垂，媚態愁容半在眉。早是思深難語别，可堪肌瘦不勝衣。眼前有恨景尤速，門外無情車載脂。自笑不如天上月，尊前猶有見郎時。

不恨因緣不恨天，强持牙板向樽前。《陽關》一曲動山月，别泪千行盈酒船。薄命有情今已矣，傍人無意亦凄然。願君學取梁間燕，秋去春來到妾邊。

山未高兮水不深，此情此意薄千金。今朝酒伴雙垂泪，明夜燈前獨擁衾。玉箸異時空見迹，麈犀千里亦通心。桃源路絶無人到，應許劉郎再訪尋。《全宋詩》一一五五，册20，第13032頁

## 鬻海歌

柳　永

題注曰：「爲曉峰鹽場官作。」詩序曰：「《鬻海歌》，憫亭户也。」按，《樂府詩集》無此

---

①［宋］葉寘撰，孔凡禮點校《愛日齋叢抄》卷四，中華書局，2010年版，第86頁。

題，然此詩深得元白新樂府之旨，故予收録。

鬻海之民何所營，婦無蠶織夫無耕。衣食之源太寥落，牢盆鬻就汝輸征。年年春夏潮盈浦，潮退刮泥成島嶼。風乾日曝鹹味加，始灌潮波塯成鹵。鹵濃鹹淡未得閒，采樵深入無窮山。豹踪虎迹不敢避，朝陽出去夕陽還。船載肩擎未遑歇，投入巨竈炎炎熱。晨燒暮爍堆積高，才得波濤變成雪。自從瀦鹵至飛霜，無非假貸充餱糧。秤入宫中得微直，一緡往往十緡償。周而復始無休息，官租未了私租逼。驅妻逐子課工程，雖作人形俱菜色。鬻海之民何苦辛，安得母富子不貧。本朝一物不失所，願廣皇仁到海濱。甲兵净洗征輸輟，君有餘財罷鹽鐵。太平相業爾惟鹽，化作夏商周時節。《全宋詩》卷一六二，册3，第1840—1841頁

按，《樂府詩集》無此題，然此詩深得元白新樂府之旨，故予收録。

## 打麥

張舜民

打麥打麥，彭彭魄魄。聲在山南應山北，四月太陽出東北。纔離海嶠麥尚青，轉到天心麥

已熟。鶡旦催人夜不眠，竹鷄叫雨雲如墨。大婦腰鐮出，小婦具筐逐。上壟先捋青，下壟已成束。田家以苦乃爲樂，敢憚頭枯而焦黑。貴人薦廟已嘗新，酒醴雍容會所親。曲終厭飫勞童僕，豈信田家未入脣。盡將精好輸公賦，次把升斗求市人。麥秋正急又秧禾，豐歲自少凶歲多，田家辛苦可奈何。將此打麥詞，兼作插禾歌。《全宋詩》卷八三三，册 14，第 9670 頁

## 養蠶行

姚　寅

按，《樂府詩集》無此題，然此詩深得元白新樂府之旨，故予收録。

南村老婆頭欲雪，曉傍墻陰采桑葉。我行其野偶見之，試問春蠶何日結。老婆斂手復低眉，未足四眠那知得。自從紙上掃青子，朝夕餧飼如嬰兒。只今上筐十日許，食葉如風響如雨。夜深人静不敢眠，自繞床頭逐飢鼠。又聞野祟能相侵，典衣買紙燒蠶神。一家心在陰雨裏，只恐葉濕繰難匀。明朝滿簇收銀繭，軋軋車聲快如剪。小姑促湯娘剥絍，嬉嬉始覺雙眉展。繰成白雪不敢閑，錦上織成雙鳳團。天寒尺寸不得著，盡與乃翁輸縣官。君不見長安女兒嫩如水，十指不動衣羅綺。我曹辛苦徒爾耳，依舊績麻冬日裏。《全宋詩》卷二七二六，册 51，第 32083 頁

**士大夫湛於不義雖窮極富貴君子過之弗顧而況女子失身於委巷容笑之賤亦豈能自拔哉吾友人賦嘆息行有謂而作諸人既屬和僕亦擬古樂府爲辭傷之於其末開之以正是亦詩人之志也**

饒節

按,《宋詩紀事》卷九二亦收此詩,作釋如璧詩,題作《嘆息行》。①

嘆息復嘆息,丹砂爲土玉爲石。誰家女兒妙無敵,日日當窗泪沾舄。問之何思復何憶,深顰欲語語不得。回身抱琴不回面,清商自寫昭君怨。朔風蕭蕭霜月懸,萬里胡沙鳴一雁。此聲此意太分明,猶恐君侯未會情。從頭却欲爲君説,恐君斷腸君勿聽。黄鶴一去已千里,雉子高飛亦能幾。人生長短要自裁,嗟爾此身今已矣,刺刺促促徒爲爾。《全宋詩》卷一二八六,册22,第14544—14545頁

① 《宋詩紀事》卷九二,第2216頁。

## 木綿怨并序

方回

詩序曰：「故亡國權臣，乙亥南竄，猶携所謂王生、沈生者自隨，他不止是。此二生者，天下絶色也。漳州城南木綿庵既殂，二生入烏衣樞使家。丙子謝北行，其年十月天台破，清河萬户得之，挾以俱北。庚辰正月張卒，久乃南還。謂慣事貴人，巧伎藝，拙女功，仍願粥爲人妾。或競闚垂涎，惟健者是歸。故寫之古樂府以爲世戒焉。」按，《全元詩》册六亦收方回此詩，題辭皆同，元代卷不復録。

湖山一笑乾坤破，欺孤弱寡成遷播。不念六宫將北行，太師雙擁嬋娟卧。甬東香艷到漳南，争看并蒂芙蓉過。天兵及頸幸全尸，想見駢肩泪珠墮。木綿花下痛猶新，已向誰家踏舞茵。長頭未及死肉冷，折齒遽專妝面春。赤城戰塲夜避火，萬里又隨燕塞塵。肉食酪漿更苟活，不慚金谷墜樓人。萬户郎君遄卒死，却自金臺還故里。嗟爾薄命兩佳人，三爲人妾亦可已。巧畫蛾眉拙針線，空自纖纖長十指。後堂執樂换小名，更事少年貴公子。憶昔軍中入相時，潛搜密邏漁妖姬。民間妻女凜不保，何啻如花三五枝。曲江近前少陵恐，今日總孕他人兒。賤獲淫婢

何所知，但爲權臣深惜之。《全宋詩》卷三四九三，册66，第41624頁

## 畬田詞有序

王禹偁

詩序曰：「上雒郡南六百里，屬邑有豐陽、上津，皆深山窮谷，不通轍迹。其民刀耕火種，大底先斫山田，雖懸崖絶嶺，樹木盡仆，俟其乾且燥，乃行火焉。火尚熾，即以種播之。然後釀黍稷，烹鷄豚，先約曰：『某家某日，有事于畬田。』雖數百里如期而集，鋤斧隨焉。至則行酒啖炙，鼓噪而作，蓋劚而掩其土也。掩畢則生，不復耘矣。援桴者有勉勵督課之語，若歌曲然。且其俗更互力田，人人自勉。僕愛其有義，作《畬田詞》五首，以侑其氣。亦欲采詩官聞之，傳于執政者，苟擇良二千石暨賢百里，使化天下之民如斯民之義，庶乎汙萊盡闢矣。其詞俚，欲山甿之易曉也。」

大家齊力劚孱顔，耳聽田歌手莫閑。各願種成千百索，自注：山田不知畎畝，但以百尺繩量之，曰某家今年種得若干索。豆萁禾穗滿青山。

殺盡鷄豚唤劚畬，由來遞互作生涯。莫言火種無多利，禾樹明年似亂麻。自注：種穀之明年，自

然生禾，山民獲濟。

鼓聲獵獵酒醺醺，斫上高山入亂雲。自種自收還自足，不知堯舜是吾君。

北山種了種南山，相助刀耕豈有偏。願得人間皆似我，也應四海少荒田。

畬田鼓笛樂熙熙，空有歌聲未有詞。從此商於爲故事，滿山皆唱舍人詩。《全宋詩》卷六四，册2，第716—717頁

## 寅陂行

王庭珪

詩序曰：「安成西有寅陂，溉田萬二千畝，廢久，官失其籍，大姓專之，陂旁之田，歲比不登。邑丞趙君搜訪耆耋，盡得古迹。乃原缺，據四庫本增浚溪港，起堤閼，躬視阡陌，灌注先後，各有繩約不可亂。是歲紹興十三年，適大旱，而寅陂溉萬二千畝，苗獨不槁，民頌歌之。國家方下勸農之詔，法有農田水利，實丞職也。然緣是而僞自增飾以蒙褒顯者，世不爲怪，由是水利爲虛名。今寅陂功績崇崛，丞不肯自言，部使者終不及省察。某出城别君東門外，逢寅陂之民塞路涕泣言此，爲叙其事，作《寅陂行》。不復緣飾，皆老農語也，冀有采之者。紹興癸亥十月望日書。」

安成城頭烏夜宿，啼烏未起鷄登木。傾村入城來送君，馬首摩肩袂相屬。但有龐首不識名，何物老翁出山谷。老翁持酒前致詞，家住西村大江曲。大江兩岸皆腴田，古有寅陂置官屬。自從陂廢田亦荒，宫中無人開舊瀆。公沿故道堰横流，陂傍秔稻年年熟。今年雖旱翁不憂，田頭已打新春穀。誰云此陂會當復，老父曾聞兩黄鵠。嗟哉如君不負丞，躬行阡陌勸農耕。監司項背只相望，風謡滿路胡不聽。胡不聽，寅陂行，爲扣天閽叫一聲。《全宋詩》卷一四五三，册25，第16732—16733頁

## 冬雪行并序

王　炎

詩序曰：「甲寅，歲雖小稔，縣官和糴，米價遂增。兩日雨雪，市中貧民有無炊烟者，艱糴反甚於去年之凶歉。父老輩遂具公牘赴訴于庭，因成《冬雪行》一篇。其辭如古樂府，其義則主文譎諫，言之可以無罪者也。」

擁衾展轉夜不眠，細數更籌知苦寒。角聲未動紙窗白，兒曹報我雪滿檐。玉妃剪水出天巧，飛花萬點争清妍，朱門貴人對之笑，初見一白來豐年。金甖玉爵雜蔬笋，飲罷敲冰煮新茗。

綉幃中有紅麒麟，輕暖勝春尚嫌冷。窮巷小家真可憐，典衣糴米無炊烟。江頭津吏日來報，往往上流無米船。縣官要糴十萬斛，天上符移星火速。去年秋旱糴陳腐，今年秋熟米如玉。且願扶桑枝上紅，日轂東來却滕六。今年冬雪民已臞，明年春雪民更飢。九關有路虎豹守，欲語不敢空長吁。《全宋詩》卷二五六四，册48，第29766頁

## 同前

强　至

幼年壯氣寒逾熱，更喜朱顔照飛雪。門前地厚堆玉塵，屐齒千回狂走折。今來過壯能幾秋，眼未見雪心先愁。病膚隱粟出門懶，敝袍盡日紅爐頭。此身知更十年後，雪屋能如今坐否。層衾没領定晝眠，那復吟邊開凍口。壯齡袞袞洪濤奔，百年浩蕩未易論。人間萬事亦顛倒，且對今雪空清樽。《全宋詩》卷五八九，册10，第6929頁

## 古樂府用禮禪滅翁韻三

洪咨夔

按，此題下凡四首：一曰《公子游獵》，一曰《公毋渡河》，一曰《鳳引雛》，一曰《鴻雁

行》。《公毋渡河》相和歌辭已收録，故本卷止録餘三首，詩題中「四」亦改爲「三」。

黄金絡頭五花馬，槲葉無風雪蜚野。仰看飛鳥命中之，好兮儇兮誰似者。上蔡門，望夷宫。往事了不省，引白春滿容。嘯笙坎鼓踏雪歸，馬蹄不記來時踪。

右《公子游獵》

桐春華，竹秋霏，蒼梧雲深人未歸。烏八九子恣飛啄，夜半飽啼山月落。鸑鷟引孤雛，腸空羽毛薄。爲言增擊勿作遥，吹參差兮共飄飄。

右《鳳引雛》

羽肅肅，鳴雝雝，江南江北秋思同。秋思中人無避處，風酸月冷江流去。雁奴亦良苦，群雁不我凴。夜深炬火滅復明，舉網揜盡蘆花翎。

右《鴻雁行》　《全宋詩》卷二八九四，册55，第34566頁